T0067900

Los juicios de la ciénaga y la horqueta

Los juicios de la ciénaga y la horqueta

Adalberto Mendez Santana

Número de Control de la Biblioteca del Congreso de EE. UU.:   2015960890
ISBN: Tapa Dura   978-1-5065-1122-1
                 Tapa Blanda   978-1-5065-1124-5
                 Libro Electrónico   978-1-5065-1123-8

Esta es una obra de ficción. Los nombres, personajes, lugares e incidentes son producto de la imaginación del autor o son usados de manera ficticia, y cualquier parecido con personas reales, vivas o muertas, acontecimientos, o lugares es pura coincidencia.

El texto Bíblico ha sido tomado de la versión Reina-Valera © 1960 Sociedades Bíblicas en América Latina; © renovado 1988 Sociedades Bíblicas Unidas. Utilizado con permiso. Reina-Valera 1960™ es una marca registrada de la American Bible Society, y puede ser usada solamente bajo licencia.

Información de la imprenta disponible en la última página.

Fecha de revisión: 06/16/2017

Para realizar pedidos de este libro, contacte con:
Palibrio
1663 Liberty Drive
Suite 200
Bloomington, IN 47403
Gratis desde EE. UU. al 877.407.5847
Gratis desde México al 01.800.288.2243
Gratis desde España al 900.866.949
Desde otro país al +1.812.671.9757
Fax: 01.812.355.1576
ventas@palibrio.com
731183

DEDICATORIA

Esta obra está dedicada a mi esposa, Lydia, a mi hijo, Alex Mendes, a mi hija Damaris Mendez Solomon y a mis nietos, David Solomon, Sheila Solomon, Alexander Mendes, y a Yael Mendes.

Notas de Importancia

Los nombres y apellidos de personajes en esta novela de ficción "Los Juicios de la Ciénaga y la Horqueta", no guardan relación alguna con personas de nombres y apellidos similares, es pura coincidencia.

~ I ~

SOLLOZOS, LLANTOS Y SUSPIROS

Una enorme muchedumbre se había reunido en el embarcadero. Un barco de gran tamaño, de seis altos mástiles, con las banderas de España sobre sus prominentes palos, y de extraordinarias velas blancas, permanecía anclado recibiendo abastos y pasajeros. La nave había hecho escala en Gran Canaria para tomar más pasajeros. Muchos venían de Madrid, Andalucía, Toledo, Valencia y otras provincias y ciudades. El destino era San Juan, Puerto Rico.

Los marineros trabajaban, afanosamente, acomodando los equipajes y ayudando a los viajeros a abordar. En el andén, hombres, mujeres con sus niños hacían esfuerzos por contener sus lágrimas al despedirse de sus familiares, era una estampa dolorosa. El viaje de navegación era largo y riesgoso. El Océano Atlántico es mar violento, de sorprendentes tiempos atmosféricos sumamente peligrosos y salvajes piratas.

Oficiales de Aduana, con ejercicio expedito inspeccionaban los equipajes, los enumeraban y contaban. Otros agentes de gobierno, portando portafolios, entraban y salían del barco. Era obvio que, estarían cobrando por adelantado los escrupulosos arbitrios de navegación, negocio lucrativo, forzado por La Corona.

2

Dentro del núcleo de pasajeros habían hombres de negocio, artistas de las artes histriónicas, pintores del pincel, escritores, artistas de artes dramáticas, profesores, trovadores, músicos, cantores, bailaores, braceros, agricultores, carpinteros, ebanistas, religiosos, seglares, militares, y gente de reputación dudosa, inclusive.

Un grupo homogéneo se destacaba entre los viajeros, cuáles eran el foco de atención. Estos eran ibéricos de nacimiento, pero practicantes de religión distinta a la promulgada por el imperio. Eran hebreos- españoles, monoteístas, gentes que sostienen la creencia en un solo Dios, asunto chocante con la religión del Imperio Español. La mayoría de estos viajaban por motivos de empleo, y ubicación permanente en Puerto Rico, y un sitio que les proveyera algún respiro de libertad cultural y religiosa, asunto difícil dentro del dominio de La Corona.

Pero, la mayoría de los viajeros estaba constituida por ciudadanos españoles comunes, católicos por tradición. Dentro de ellos había muchos braceros, contratados para el trabajo agrícola en el sector Las Palmas, finca de vegetales en el poblado de Naguabo, Puerto Rico. Un empleado de la finca los recogería al abordar el andén en San Juan, y los transportaría hasta los administradores de la finca que los empleaba y les proveería alojamiento mientras fueran sus empleados. El grupo de hebreos residiría en la comunidad hebrea de Miramar en San Juan, donde estarían empleados, unos como carpinteros, otros como ebanistas, agricultores, sastres, escritores, maestros de hebreo y educación religiosa. La comunidad estaba en su desarrollo y necesitaba gente diestra en trabajos manuales. Debido a las condiciones económicas en Iberia y sus territorios, había cruento estancamiento de la economía, y Las Canarias era área de mucho desempleo, viéndose forzada mucha gente a emigrar a Puerto Rico, que ofrecía mejores oportunidades para los negocios con Hispano-América.

Los hombres de negocio, hebreos habían salido con sus manos prácticamente vacías. La Corona no permitía a ningún hebreo salir del territorio ibérico con el dinero que habían adquirido de la venta de sus negocios, y en la mayoría de las veces, tendrían que dejar todo a la

Corona, que no era lenitiva con aquellos que no comulgaran con su fe y práctica religiosa instituida por decreto de pastoral- eclesiástico.

El analfabetismo en las comunidades judías, para esa época era reducido. Las plegarias diarias deben de leerse desde un libro de oraciones, y ha sido así por todas las épocas. Esto hace obligatorio a los padres, enviar sus hijos a educarse. Las comunidades judías locales e internacionales, proporcionan para la educación y bienestar de los más necesitados.

En España, todavía había analfabetismo regional. En las comunidades rurales apartadas de las ciudades, escaseaban los planteles de enseñanza, y la transportación para llegar a las comunidades urbanas era asunto difícil, los trayectos eran largos y muchos, peligrosos. El mismo patrón se repetía en los países latinoamericanos. Muchos de los españoles que emigraban a Puerto Rico, eran pues, analfabetos por consecuencia.

Puerto Rico, Cuba, los países de Centro y Sur América, La Española y otros del Caribe, ofrecían buenas oportunidades para la agricultura y los negocios. Luego de ya los españoles establecidos, comenzaron a llegar los más instruidos académicamente. Estos, por su potencial fueron estableciendo negocios, inyectando de este modo, estímulo económico, lo que creaba una economía más estable, y futurística.

Escena emotiva.

"Madre, no te aflijas. Confía en Dios, Él no los abandonará, tampoco lo hará con nosotros en este viaje. Mis abuelos quedarán con vosotros, todavía están fuertes. Mis hermanos quedaran también para ayudarte. Mi padre y yo vamos contratados para trabajar. Tío Jacob tiene negocio de carpintería y ebanistería en Puerto Rico y le va muy bien. Él está trabajando en la construcción de las casas para vivienda, la escuela y el lugar de estudio y oración de la comunidad hebrea. Sabes que papá es experto en carpintería y ebanistería, profesión que he aprendido y ejecuto sin dificultad. El próximo año ya tú, mis hermanos y mis abuelos estarán viviendo en Puerto Rico. Dicen que es una bella isla llena de verdor y cielo azul, y que todo lo que se siembra da formidables frutos. Ahora, dadme vuestra bendición, madre.

"Nefta, es vuestro padre quien debe darte la bendición."

"Madre, ya mi padre me la ha dado, solamente quiero la repitas."

"¿Que crees Abraham?"

"Sara, estás en todo el derecho de también bendecir a nuestro hijo. Reúne a todas las niñas también, para que yo las bendiga. Vuestro padre nos dará su bendición inclusive."

"Nefta, hijo mío, entonces os bendigo. EL CREADOR TE BENDIGA Y TE CUIDE. HAGA ELOHIM RESPLANDECER SU ROSTRO SOBRE TI Y TE MUESTRE GRACIA, VUELVA YAH SU ROSTRO SOBRE TI Y PONGA PAZ EN TI".

"Que pasen los demás niños y niñas para bendecirlas. Tu padre Simón me dará su bendición."

Como es la costumbre hebrea, Simón bendijo a Abraham, luego a Neftalí. Abraham puso su mano sobre la cabeza de cada uno de los hijos y pronunció la bendición sacerdotal que previamente había pronunciado Sara sobre Neftalí, y todos lloraron juntos. Simón pronunció unas palabras de consuelo. Todos se abrazaron y lloraron juntos, compungidos por la aflicción de la separación. Un pajarito cantor se paró sobre el borde de la ventana que permanecía abierta, y emitió sonidos melodiosos, mientras una suave brisa entraba acariciando el rostro de los afligidos.

La familia, en unidad acompañó a Abraham y a Neftalí hasta el embarcadero, donde esperaba el elegante y enorme barco por los viajeros, quienes se abrazaban con efusividad emotiva. Los sentimientos que causaban la dispersión del núcleo familiar y el abandono de la patria que los vio nacer, creaba en el andén una escena patética. Neftalí trataba con dificultad de ocultar su tristeza y dolor al despedirse de su madre, hermanos menores y hermanas. Sentía que le faltaban las fuerzas para decir adiós. Nunca había experimentado cuanto amaba a su familia. Su padre abrazaba a su esposa, e hijos y los sollozos eran irresistibles.

Era el día primero de mayo de 1882. El viento soplaba con acariciante suavidad y el día era soleado. La esplendida nave permanecía en espera de las ordenes de su Capitán Noah Sheita, para zarpar. Este era un prominente empresario marítimo, hebreo-español, propietario de muchos otros barcos que navegaban tanto el Atlántico como el Mediterráneo. Solo faltaban algunos detalles finales de los marineros para enfilar proa. En el andén, los familiares y amigos batían sus manos, o levantaban sus pañuelos en ademán de decir adiós a los que quizás miraban por última vez. El imponente barco se balanceaba en el arrítmico movimiento de las suaves olas. El viento procedente del Norte, y el suave oleaje hacían azotar ligeramente de lado al barco contra el protector del atracadero, impaciente por desafiar el agresivo Océano Atlántico. No era un barco común; había sido construido en honor y requerimientos de La Corona.

El elegante ejemplar, diseño y obra de la ingeniería marítima española, estaba incluso al servicio de los reyes de España, era el mejor barco de su clase construido en esa época. Las mejores maderas de España habían sido seleccionadas en la fabricación de su estructura. Sus asientos eran de cuero, acolchonados con lana y algodón, para la comodidad de la realeza y pasajeros. Consistía el ejemplar de cinco niveles. En el nivel superior habían, veinticuatro lanchas de evacuación, con capacidad para veinticinco personas por lancha, grúas para el levantamiento de las lanchas, para la operación de evacuación en caso de emergencia. Ocho cañones de largo alcance habían sido instalados a sus lados para defensa de piratas, por ser el Mar Caribe ruta de los piratas más violentos y sagaces de esa época. Estaba también la nave al servicio de "La Corona" en ocaciones especiales.

Dos cocinas habían sido construidas para la facilitación en la preparación de los alimentos, a petición de los reyes, quienes usaban el navío, para el cuerpo de la Marina Española, que también lo utilizaban una vez al año, como escuela naval, y para vacaciones como otras actividades de la realeza, las que se les antojase.

Noventa hebreos españoles, constituidos por hombres, mujeres y niños, emigraban con planes de establecerse en Puerto Rico. Quince familias árabes, tres familias de indios asiáticos, obreros africanos, algunos gitanos españoles, era parte de los emigrantes, así como ocho religiosos dominicos de la Orden de Santo Domingo, doce soldados de la Compañía del Batallón de Madrid de Guarnición, estacionado en San Juan, viajaban como militares. Dos sacerdotes, uno de nombre Perfecto Buenaventura y otro de nombre Vicente Pinzón. Dos hermanitas de la caridad, Teresita y María, así como un Rabino de nombre Samuel Esdras, dos médicos, uno de nombre Yonadav Méndez y su primo-hermano, Datan Méndez, viajaban como parte de la tripulación. Trescientos veinticinco españoles cristianos de los viejos, viajaban como pasajeros. Un gracioso lorito parlanchín, un divertido monito acróbata y un agresivo perro pastor alemán, eran las mascotas del Capitán, y la tripulación.

El Capitán Noah Sheiat de casta hebrea española, hombre culto, nacido en Madrid, de fina personalidad, aguerrido navegante de larga experiencia, junto a su copiloto David Gadol, se pusieron al Control de Mando. Con su bocina anunciaron la pronta partida, instruyendo a los pasajeros a tomar asientos. El copiloto sacó de la bitácora, la brújula, la hoja de ruta y otros artefactos de navegación.

Ave Rara

De súbito surgió como salida de la nada un enorme pájaro negro, produciendo con sus enormes alas un estruendoso ruido que dejó estupefactos a todos, dentro y fuera de la nave. La misteriosa ave se paró sobre el mástil del medio, agitó sus enormes alas, con tanta fuerza que hizo sacudir el barco como si una ola lo azotara. Las velas se estremecieron como si una ráfaga de viento las agitara. El Capitán tomó su aparato óptico y la observó por algunos minutos y luego miró a su copiloto preocupado.

"Capitán, ¡que enorme pájaro! ¿Lo había visto antes?"

"Nunca Manolo, es raro y misterioso animal"

La misteriosa y enorme ave levantó su largo pescuezo, voló en forma casi vertical, perdiéndose de la vista de los aterrorizados espectadores, haciendo persignar a todos los españoles católicos, y dejando preocupados a todos los demás. Cuando parecía que ya aquella espeluznante aparición había desaparecido, resurgió por el Oeste. Volvió a posarse sobre el mismo mástil, por un instante miró hacia el timón del barco donde permanecían El Capitán y el co-piloto con algunos marineros. Aleteó tres veces haciendo estremecer el gigante buque y agitar sus velas, como si una fuerte ráfaga de viento las azotara con ímpetu. Luego, levantó vuelo, revoloteó dos veces por encima del barco dando escalofriantes chillidos y revolviendo dodo objeto suelto sobre cubierta, alzó vuelo hacia el Norte perdiéndose en las nubes.

Los gitanos, gente sumamente supersticiosa, sacaron de sus bolsillos unos libritos de oraciones y tirados al piso, juntamente con los árabes leyeron unas oraciones impresas, sosteniendo sus amuletos en sus manos.

El Rabino Esdras pidió permiso al Capitán para dirigirse al salón de estudio y oración con diez hombres hebreos. Los dos sacerdotes junto a las monjitas se fueron igual a su salón de misa y leyeron Siete Padre Nuestro y Siete Avemarías.

"Esa cosa es un engendro de Satanás traído por los judíos.",- gritó un hombre de nombre Barullo.

El Capitán concedió quince minutos para las oraciones. Todos regresaron al término del tiempo a sus asientos, y había silencio absoluto dentro de la nave.

~ II ~

LA PARTIDA

"Leven anclas, icen velas, suelten sogas, disparar tres cañonazos declarando salida. Pasajeros, atención todos, estamos ya listos para partir. Todos deben de estar sentados en vuestros asientos. Padres, sujetar vuestros hijos a vuestros lados. Marinos, orienten velas hacia Oeste. Hacia allá nos lleve nuestro Dios, sanos y salvos", - fue la orden del Capitán Noah.

Con su carta de navegación a manos, el Capitán y su copiloto repasaban con detenimiento el derrotero; la latitud y longitud, pasando hacia el Norte del Trópico de Cáncer, y luego, la Isla de Puerto Rico. Los marineros inspeccionaron, mirando hacia lo alto de los mástiles, el estado de las velas y re-inspeccionaron las sogas que aseguraban las velas. El timonel fue orientando velas y el timon hacia el Suroeste. La nave dio un violento jalón, y fue volteando hasta enfilar proa hacia el corredor náutico, señalado. Una rápida ola azotó contra el andén, empapando a todos los que observaban la maniobra de partida. La rápida nave, en cinco minutos, estaba casi perdiéndose de la vista de los observadores en el muelle, quienes no se separaban del andén hasta verla desaparecer de sus ojos. Pasado diez minutos, ya mar adentro en el ancho Atlántico, se oyó la voz del Capitán que hablaba por su clásico altavoz metálico:

"Señores y señoras, en nombre de La Corona, les advierto que cruzaremos un mar muchas veces turbulento, y se requiere por orden de navegación seguir las instrucciones que se les impartan. Tenéis el privilegio de navegar en el mejor y más seguro buque de velas de España y del mundo. Gracias por haber seleccionado esta bella embarcación. Mis marineros, mi copiloto y yo les damos la bienvenida."

No obstante de ser una nave poderosa, lujosa y bien construida no es una total garantía contra las inesperadas inclemencias del tiempo. El océano a veces es misterioso. De forma inesperada pueden aparecer enormes tempestades. Por tanto, deben ustedes seguir las instrucciones del Capitán o del copiloto, para vuestra seguridad. Es una orden estricta de navegación de La Corona, que tiene que ser obedecida.

En el barco hay dos médicos y sus ayudantes, dos sacerdotes y dos monjas para servirles, además de un Rabino, además de los buenos servidores de la limpieza, es un servicio de mi empresa marítima. Las comidas se servirán justo a su hora señalada. Encargados de las cocinas y marinos irán a sus asientos para solicitarles les informen por adelantado lo que desean para desayuno, almuerzo, cena. Quien no informe lo qué apetece para comer, podría enfrentar dificultades a la hora de las comidas, por lo tanto, les urjo que presten atención a este asunto. Los cocineros habrán de preparar dos tipos de comidas, una es conforme a la dieta común española y la otra, siguiendo los requisitos hebreos. A nadie se le habrá de prohibir ordenar la clase de alimento que prefiera comer, sea hebreo árabe español católico, hindú, etc. Ah, habrá un día de pesca por semana, si las condiciones marítimas lo permiten, ya los marineros les informarán al respecto. En las mañanas y en las tardes, los sacerdotes y el Rabino realizaran servicios religiosos en sus respectivas capillas señaladas para estos actos, claro, todo es voluntario. La hora para retirarse a dormir no debe exceder a las 10:00 pm. Los excusados están en el tercer nivel, Los padres están en el deber de acompañar a sus hijos menores de edad hasta los servicios sanitarios y esperar por ellos. Estamos en alta mar y no quiero surjan desgracias. En las mañanas y en las tardes podrán subir a cubierta para solearse y en las noches observar las estrellas. Nadie está autorizado a acercarse en las barandas del barco, por seguridad. Hay guardias para la seguridad y el orden. Por la tercera infracción el infractor podría ser puesto en prisión hasta que lleguemos a Puerto Rico, y si regresa a España, o a otro territorio donde este navío vaya, no lo podrá hacer en este barco, ni en ninguno otro de mi propiedad. Sera puesto en prisión quién cometa un delito donde esté amenazada la seguridad de los demás pasajeros, es ley de La Corona. Buen almuerzo. Que Dios nos dirija para que tengamos un buen viaje."

Las Canarias

En la antigüedad, Las Canarias fueron conocidas como "Las Hespérides, o Islas Afortunadas" Este archipiélago español del Atlántico, situado a 115 km. de la costa de Marruecos meridional, comprende las Islas de Fuerteventura, Gomera, Gran Canaria, Hierro, La Palma, Lanzarote, Tenerife y seis islotes.

El clima es benigno, su agricultura consta de tabaco, verduras y plátanos. Su suelo es especialmente volcánico. En el centro de Tenerife se encuentra El Pico de Teide, con una altura de 3,718 metros. Estas islas, de muy buen clima, fueron conquistadas por Enrique 3ro. de Casilla en 1402. Los habitantes primitivos, sometidos por los españoles, se llamaban guanches. La historia indica que en mayoría, era gente de tez blanca, pelo amarillo y de costumbres sencillas. Estos vivían en cavernas de piedras. Fueron subordinados por España y gradualmente se fueron uniendo en matrimonio con sus conquistadores, los españoles, convirtiéndose luego en los habitantes de Las Canarias.

A partir de la conquista en 1493, comenzaron las emigraciones en masa desde las Islas Canarias hacia Puerto Rico, por motivos de desempleo en esas islas del archipiélago español. La pobreza era rampante, y el único recurso para los afectados era emigrar. Comenzando desde el segundo viaje de don Cristóbal Colón, y así sucesivamente, la inmigración de canarios fue constante hasta finales del 1,800. Hoy Puerto Rico es un próspero pueblo multicultural, pero de origen español en su mayoría, procedentes de Canarias y Andalucía.

Los indígenas de Puerto Rico fueron extinguidos, al extremo que, solo ha quedado un exiguo remanente casi desconocido. Aunque una mayoría de la inmigración fue de Canarias, Andalucía, sefarditas judíos, también llegaron de otras provincias de España, sin dejar pasar por alto la contribución que han hecho inmigrantes del Este de Europa, así como de Asia y África.

La nave había zarpado el día 1ro. de mayo de 1,882 a las 7:00 am. El día era diáfanamente claro, la mar era serena que invitaba a un chapuzón. Suaves y ondulantes olas azotaban contra la proa, y a sus lados. Pequeños y grandes peces se veían nadar al lado del barco, que se desplazaba elegantemente, con suaves y rítmicos movimientos sobre las cristalinas aguas. Hombres mujeres y niños cantaban típicos cánticos de España, al compás de músicos con sus, guitarras y otros instrumentos, llevados por el suave movimiento de la embarcación, mientras subía y bajaba. Muchos gitanos divertían a los pasajeros con folclóricos flamencos. La angustia por la separación de las familias y amigos parecía que comenzaba a disiparse, al ir confraternizando mutuamente, al encuentro con amigos y familiares que hacía tiempo habían perdido de vista y que se encontraron allí después de muchos años.

El desayuno fue servido a las 8:30 am. No pudo faltar la taza del rico café cosechado en Puerto Rico. Una hogaza de pan de trigo fue puesta en cada mesa. Queso de leche, huevos hervidos y manzanas, fueron el deleite de los comensales, disfrutando en grata camaradería. Los ayudantes de cocina aprovecharon la oportunidad para repartir la lista del menú para el almuerzo, advirtiéndole que tenían 15 minutos para informar a la cocina sus preferencias de alimentos. Los empleados de cocina no habían recogido totalmente los cubiertos y sobras, cuando una inesperada enorme ola se estrelló con violencia contra el barco, haciendo rodar por el piso a hombres mujeres, niños, cubiertos de mesa y todo lo que no estaba firme al piso. A esto le siguió una borrasca que, si tan de imprevisto llegó, tan raudo así amainó. El sol volvió a alumbrar y las olas se calmaron, como si por allí no hubiese pasado nada. El barco continuó su curso. El Capitán invitó a todos los que quisieran, subir a cubierta para tomar un poco de sol y mirar el océano. Suficientes marineros y guardias de seguridad fueron asignados, para guiar a los pasajeros y explicarles las instrucciones de como ubicarse para mantener el balance de la nave. Otros prefirieron recostar sus cuerpos en sus camarotes. Debido a la excitación del viaje, muchos no habían podido dormir la noche anterior y el movimiento del barco junto a la suave brisa invitaba a echar un sueñito recuperador.

El barco había sido bautizado como "El Intrépido de Canarias", por su dueño, el Capitán Noah en 1878, haciendo su primer viaje por el Caribe, con los Reyes de España, y altos oficiales de La Marina de Guerra Española, en ese mismo año, como una contribución de honor a los Reyes, y La Corona por su propietario. Era usado en casos de emergencias militares para transportar importantes oficiales de La Marina, y como una escuela para marinos, quienes lo usaban por treinta días cada tres años. Estaba fuertemente equipado con una fuerte batería de cañones, con la autoridad de los Reyes. La realeza, por su lujo comodidad y seguridad, lo usaba esporádicamente para ir de vacaciones por el Caribe, y para algunas fiestas. Su propietario, mantenía una buena relación con La Realeza, y como empresario, era dueño de muchos otros barcos que navegaban hacia el estado de Florida, a Nueva York, San Juan y otros países de Europa, Las Canarias, Islas Baleares y Mediterráneo. Su negocio pagaba altos aranceles de aduana, y muchas otras regalías voluntarias. Ciudadanos Españoles adinerados y de otras naciones de Europa lo contrataban para fiestas, bodas y excursiones. Su fama había recorrido por toda Europa, por lo que viajar en él constituía un privilegio.

Dos cocinas habían sido autorizadas, por La Realeza y La Marina Española, ya que el barco estaba al servicio Real y militar, cuando era solicitado, y para aquellos que, por motivos culturales o religiosos, no comían de todo tipo de alimentos. Pasajeros, como los hebreos, árabes indios asiáticos y personas vegetarianas, estaban pagando por sus alimentos especiales. Esto había comenzado crear enojo entre muchos celosos españoles que, no miraban con buenos ojos a los hebreos y a otros extranjeros. Se estaban quejando de un trato preferencial para los hebreos. Ya en previa ocasión este caso había sido visto en las cortes, pero la decisión había sido en favor del Capitán siempre. Era su barco y él tenía la prerrogativa de tener cuantas cocinas quisiera, y si los pasajeros pagaban por el servicio, no había razón de negárselo. Las comidas preparadas para los hebreos tenían unas características distinta a aquellas que se cocinaban en la cocina común. Estos, por motivos de dogmas sagrados, no comen alimentos de cerdo, ni derivados de cerdo.

Sus alimentos no pueden ser cocidos ni preparados en una cocina donde se cuece toda clase de alimento, no apto para su consumo, ni mucho menos ser preparados y servidos, en platos donde se sirve alimentos vedados a su consumo.

~ III ~

INFAUSTO SUCESO

Viajaban en el barco, sesenta personas, muchas con familia, contratadas por una firma española para la agricultura y la ganadería, ubicada en Quebrada Palma en el poblado de Naguabo, al Este de la isla, en Trujillo Alto, Fajardo, Juncos, Humacao, y otros pueblos de la misma isla en Puerto Rico. Estos trabajadores agrícolas tendrían siete pesetas españolas como salario de un mes, más sitio donde vivir, con un descuento de 2 pesetas por comida y albergue. Dentro del grupo de braceros y de españoles comunes, habían algunos de tajante xenofobia, radicales, de carácter volátil, recalcitrantes, desajustados sociales; gente que no comulgaba con otros de distintas creencias religiosas. A esta gente le fastidiaba la presencia de los hebreos. Les disgustaba verlos comer alimentos distintos a la de ellos, aún cuando estaban pagando por ellos, y mucho menos, verlos sentados a comer en sitio separado. Les aborrecían las reuniones que tenían para estudiar y meditar durante las mañanas y tardes. Les exigían que también los acompañaran a ellos a la misa de la mañana, pero ellos se resistían a compartir con ellos. No obstante, los hebreos los habían invitado a sus oraciones, ellos rechazaban la invitación, aduciendo que los hebreos oraban a espíritus satánicos. El odio ya había estado escalando niveles explosivos.

La nave poseía algunas macro distinciones y sofisticaciones especiales. Además de la rica elaboración de la madera con la cual fue construida y decorada, las imponentes elegantes velas blancas, eran esplendida atracción. Su alfombra los tapices de los asientos y su sistema sanitario, único en su clase. Tanques de agua recogida de la lluvia proveían agua a través de tuberías hasta los depósitos sanitarios. El usuario, luego de finalizar su necesidad fisiológica, abría un grillo para que el agua fluyese y limpiara los excrementos. Pero, para este grupo de extremistas lo más que les molestaba no era la estética ni las comodidades de la embarcación, sino, las dos cocinas, pero que una de ellas unas fuera separada, junto con sus trastos de cocinar al beneficio de los hebreos; que se les permitiera a esa gente sentarse separados a comer sus alimentos, distintos a los de ellos, junto con su grupo social - cultural.

Había entre los viajeros un individuo agitador, de nombre Barullo y Basset. Era un personaje excéntrico, indisciplinado de soez vocabulario; un individuo escuálido, te tez oscura, con cara de perro hambriento, de malas pulgas, egoísta, que caminaba de forma extraña, porque era zambo y tenía una joroba en su espalda. Era de esquelético aspecto, no buen amigo de nadie. Tenía su esposa viviendo en Canarias con cuatro hijos y viajaba con una amiga que lo cortejaba. Nunca le faltaba una larga cuchilla en su posesión y no dudaría en usarla en la menor provocación. Era un hombre hosco, poco sociable y de carácter impredecible.

Este, se paró sobre un asiento, se dirigió a los sacerdotes y despotricó, vociferando a todo pulmón palabras insultantes contra el grupo de hebreos, al jefe de cocineros, al Capitán y solicitando la atención de los sacerdotes:

"Señores sacerdotes, me dirijo a vosotros por ser los únicos hombres santos, quienes tienen la absoluta autoridad de enseñar y aconsejar, no reconozco a ningún otro. Sois vosotros nuestros mentores, líderes impuestos por nuestra madre Iglesia, a los que todos debemos obedecer, so pena de sanción severa a quien se oponga, o no reconozca públicamente vuestros deberes. Quiero pues, denunciar mediante mi justa protesta, algunas anomalías que atentan contra nuestro principios religiosos, heredados de nuestros padres y forzados por nuestra única y santa madre Iglesia."

"Señor sacerdote Perfecto Buenaventura, cabeza principal y señor sacerdote Vicente Pinzón, no veo correcto de que este asqueroso barriga de mierda cocinero, Benjamín Mendo y sus hediondos ayudantes, cocinen comidas especiales, autorizados por el Capitán, cómplice y protector de estos mal paridos, enemigos nuestros. Para nosotros, verdaderos cristianos españoles viejos, se han separado los peores alimentos. No solamente esos privilegios tienen estos hijos de serpientes, sino que, también se les permite sentarse a disfrutar de sus exquisitas golosinas separados, mientras nosotros tenemos que conformarnos con rabo, orejas de cerdo y tocino, que es lo que nos cocinan. No nos dirigen la palabra y hablan una jerigonza barriobajera ininteligible, para que nosotros no los entendamos. Quién sabe cuántas cosas sucias como ellos, hablan de nosotros y en nuestras caras. Esta plaga que en 1492 fue expulsada a la fuerza de España, han ido regresando y están otra vez inundando a nuestro país.

No solamente estos favores especiales tienen esta gente distinguida y protegida por el Capitán, si es que se le puede llamar "gente". También se reúnen en la mañana y en la tarde, para rezar, dicen ellos, que quien sabe a quién rezan. Saben vosotros que esto no es permitido en España señores sacerdotes. Solamente por invocar deidades desconocidas y vedadas por nuestra madre Iglesia, son reos de muerte. Tienen ellos un líder al quien le dan el título de Rabino, que yo no sé qué eso quiere decir, ni me interesa. A esa cosa ellos siguen como ovejitas obedientes a su pastor. En este barco, entiendo yo, tenemos dos líderes espirituales, quienes son vosotros, sacerdote Buenaventura y sacerdote Vicente. No sé si os habéis enterado que esos individuos son protegidos por el barrigón, jefe de las cocinas, Benjamín Mendo y sus ayudantes.

Señor sacerdote, en esta embarcación, nosotros, los verdaderos cristianos viejos, somos gente de segunda clase, peores servidos, y tratados como basura por esta escoria salida del lodazar. Ah, y si vosotros los vieran como caminan con sus cuellos erguidos. Saludan y abrazan al Capitán y al cocinero ese, de repugnante aspecto, y a nosotros, ni les importamos".

Benjamín Mendo, el jefe de las cocinas y cocineros, desde la cocina había estado escuchando la arenga de Barullo, pero trataba de hacerse el desentendido por evitar conflictos. Era un hombre de estupendos principios morales, pero firme en defender sus postulados. No obstante a su experiencia militar, de haber sido marino y experto en defensa personal aprendida mientras era militar, no utilizó sus destrezas para enfrentar a Barullo. Más bien trataba de no confrontar al iracundo personaje, quien no tendría ventaja sobre él. Barullo continuaba con sus acusaciones y peyorativas contra el jefe de la cocinas. No habiendo otra alternativa, el señor Mendo opto por contestar a sus insultos.

"El señor Barullo, al igual que todos los demás tienen absoluta libertad de solicitar cualquier comida de las que se ofrecen en el menú, ya sean para judíos, africanos, árabes, o de cualquier otra etnia, de las que van en este barco. Yo, como cocinero estoy en total disposición de complacerlos en vuestros predilecciones de alimentos, ya sea por razones de salud, o cualquier razón que sea. No entiendo cual sea vuestra preocupación respecto al menú, señor Barullo. A no ser que queráis vos desestabilizar la paz de los que vamos en este barco. Si ese es el caso, le sugiero cambie vuestra actitud para vuestro bien. Aquí tenemos leyes de navegación que se podrían aplicar contra los infractores".

"¿Me amenazas hijo de Satanás, barrigón de mierda? ¿No sabes que soy español de los viejos y podría hacer que os quemen vivos en la hoguera? Vosotros judíos sois herejes, enemigos de nuestra Iglesia. Fueron echados de España en 1492 por justas causas y están otra vez merodeando como asquerosos perros por nuestros patios. ¡Como os detesto!".

"Vuestra merced, español de los viejos, acepte nuestra esmerada distinción de ser servido en vuestro asiento, con vuestro suculento plato de rabo y oreja de puerco, como así lo solicitó y que le aproveche."

"Eres un hijo de perra, te burlas de mí. No estaré tranquilo hasta que te pueda vaciar esa barriga de mierda de una cuchillada".

Barullo, de un abrupto y sumamente excitado, calló de frente a Benjamín Mendo y, con su tembloroso dedo índice apuntado hacia la cara del chef, le soltó una salta de peyorativas. El chef, sorprendido por la actitud bélica del pasajero y evitando entrar en argumentos e incongruencias, volvió su cara sin devolverle palabra. Trató de abandonar el escenario y retirarse a la cocina para no causar alarma entre los pasajeros, pero Barullo lo empujó con tal violencia que, a no ser por otros hombres detrás, pudo haber caído contra los espaldares de los asientos, causándose severos daños físicos, o tal vez la muerte. Aún así, el chef se sentó para evitar confrontación, pero Barullo montó en cólera.

"Mira, barriga de mierda, ¿oíste bien lo que dije anteriormente.? Pero si no, te repetiré una vez más, en presencia de todos. ¿Por qué le preparas a tus preferidos suculentas carnes de cordero y a nosotros, patas y orejas de cerdo? Por qué se sientan los tuyos en lugar preferido a comer sus exquisitas comidas, como si fueran reyes? ¿Por qué se le ponen manteles blancos en las mesas donde van a comer tus secuaces y a nosotros no? ¿Por qué se les permite un salón especial para celebrar cultos prohibidos por el orden religioso de nuestra madre Iglesia y La Corona? Eres violador de nuestras leyes, que son las santas prácticas religiosas de nuestro país. ¿No sabes que, por estas cosas podrías ser quemado en la hoguera, o enterrarte vivo, mal parido gordiflón hijo del lumpen, cara de asquerosa rata de inmunda letrina?"

El sacerdote Buenaventura se acercó un poco a Barullo y al cocinero y habló las siguientes palabras:

"Señores, ustedes que han presenciado una escena desagradable, quiero rogarles que, mantengan la calma. Sé que hay razón lógica por la cual el señor Barullo se siente preocupado. Aquí en este barco todos somos iguales. Nadie es merecedor de tratos preferenciales, ya sea por condiciones sociales, culturales o religiosas. El señor Barullo necesita una inteligente respuesta de parte del señor Mendo, pero dudo de que tenga la capacidad intelectual de responder con razón lógica."

"Señores presentes, con todo el respeto que me merece su señoría, sacerdote Buenaventura, y todos los apreciados pasajeros, que nos honran al usar esta embarcación: Me urge expresar mi más sentido pesar por el suceso desagradable que ha empañado la buena reputación de todos los buenos, honrados ciudadanos españoles, quienes repudian comportamientos propios de gente de decadencia moral, como la que ha demostrado el pasajero Barullo. En todo mis años de chef de cocina en este barco, nunca había tenido esta mala experiencia, por lo que reitero mis excusas por lo que ha sucedido.

El señor sacerdote me ha retado a dar una respuesta lógica al señor Barullo. Valla mi respuesta, no únicamente para el ciudadano español Barullo, sino para el señor sacerdote y para todos los que han presenciado y oído el discurso de mal gusto de este enajenado señor. Yo soy un ciudadano español, nacido en Toledo. Fui capitán de marinería de La Corona. Trabajé como instructor de marinos y algunos de esos cursos y adiestramientos se han hecho en este mismo barco, estando a mi cargo ocho instructores, a quienes yo educaba, adiestraba y supervisaba. Obtuve honores por mi desempeño como militar y luego como Capitán de la Marina. Me eduqué en la Escuela Militar Española de La Corona y dirigí un grupo de militares para la seguridad de los Reyes de España. Me retiré con todos mi honores de marinería, y experto cocinero, oficio que aprendí en la escuela de "Alta Cocina de Paris". He trabajado en los mejores restaurantes, tanto de Paris, como de Roma y Madrid. No necesito trabajar para vivir, tengo una buena pensión militar que me da para vivir cómodamente. No obstante, el Capitán de esta nave, quien es mi amigo personal, solicitó mi ayuda en la marinería y cocina de esta nave, me paga un buen salario. Como nací para estar en el mar, y siendo amigo del Capitán desde mi infancia, y amante de la cocina y la marinería, acepté la petición de mi amigo. Estoy a vuestros servicios señores.

Además, quiero reiterarles que, las reglas de navegación y cocina de esta nave las establece el Capitán, según de la ley de La Corona. A todos se les exige que con prioridad informen a la cocina sobre lo que desean para comer. Lamento si luego a alguien no le apeteció lo que se le sirvió, que fue exactamente lo que pidió del menú de cocina. Si alguien tiene una queja, está en el derecho de llevarla al Capitán."

"Mira, boca de letrina, presumido judío errante, ¿quién te ha dicho ser español con iguales privilegios que yo? Parece que te estas dando muchas patadas de pecho, imbécil. Qué diablo nos importa dónde has estudiado, ni cuantos títulos ostentas burro de carga. La protesta que tengo es en el sentido de que, en este barco, nosotros, los españoles genuinos, fieles católicos, no somos tratados con la misma deferencia con que tratas a toda esa... gentuza tuya. Ellos participan de suculentos platos, y los acomodas en lugar separado de los demás, tal como si fueran de la familia real. Al diablo contigo y con todas esas despreciables musarañas, los odio."

"Señores sacerdotes Buenaventura y Vicente, vosotros habéis sido asignados por La Corona, y aceptados por nuestro Capitán, para ser consejeros espirituales en este barco. Os ruego aconsejéis a este señor Barullo a que controle su beligerante comportamiento e indecorosa actitud hacia mí. De vosotros no poder ejecutar vuestros deberes y responsabilidades, por la razón o sin razones que tengan, entonces me veré obligado de tomar la decisión que crea correcta, conforme al protocolo de las leyes de navegación en un barco militar y de transporte de pasajeros como este. Les suplico lo hagan pronto, por la seguridad de las víctimas de este belicoso esquizofrénico y xenófobo personaje."

"Señor lavaplatos, y trapeador de sucios pisos de cocinas ¿me amenaza? Vos descontextualiza el discurso del señor Barullo. Debe una lógica excusa, tanto al señor Barullo, como a todos los que comulgan con su lógica protesta. Con permiso, yo me retiro de este escenario y lo dejo con el señor Barullo para que resuelva este asunto con hombría y coherencia. Recordad que, él es un pasajero, merece vuestro respeto y servicios; viaja pagando como todos los demás. Y le advierto que se cuide de volver a recordarme cuáles son mis deberes y responsabilidades, no es vuestra prerrogativa. Es vos pretencioso, nadie lo ha puesto como consejero. Manténgase trapeando y limpiando los pisos de vuestra cochambrosa cocina."

"¿Está satisfecho mantecoso culón? ¡Ahora sabrá quién es Barullo!"

Barullo sustrajo una larga navaja de su cintura y se abalanzó contra el señor Mendo tirándole una estocada a su estómago. El señor Mendo, la pudo esquivar con absoluta habilidad y rapidez, a pesar de su peso. Barullo volvió al ataque, esta vez le infligió una herida en la mano derecha, por la que sangraba profusamente.

~ IV ~

LAUDO Y ADMONICIÓN DEL CAPITÁN

Barullo regresó al ataque tirándole otra cuchillada al abdomen del chef, quien en un rápido movimiento de arte marcial, la volvió a esquivar magistralmente. Dando media vuelta e inclinándose del lado izquierdo, le asestó una rápida patada a los testículos con tanta fuerza, que lo hizo rodar por el suelo, y retorciéndose, daba gritos de dolor. Mientras se restregaba al suelo, vomitaba y gritaba como niño. Fue alertada la guardia, quienes se personaron de inmediato, poniendo bajo arresto a Barullo, no sin antes propinarle una merecida golpiza, pues este repelió el arresto, atacando a uno de los agentes con su cuchilla. El iracundo pasajero fue llevado ante la presencia del Capitán, quien ordenó su retención en la cárcel del barco, sujeto a una audiencia para oír los agravantes, después del almuerzo. Los médicos Yonadav y Datan Méndez, tomaron seis puntos de sutura en la herida del señor Mendo, la vendaron y le amarraron un paño al cuello para sostener el brazo. Los médicos le recomendaron reposo por tres días en su camarote. Desde la prisión Barullo gritaba injurias y palabras soeces contra el señor Mendo, mientras sacudía con todas sus fuerzas los barrotes de acero de la cárcel y amenazando con cortarle el cuello al señor al chef Mendo, tan pronto fuera liberado.

El almuerzo fue servido de inmediato, sin ninguna otra interrupción, pero bajo fuerte vigilancia de la guardia. Los hebreos comieron lo que habían ordenado. A una gran cantidad de los demás, españoles, se les fue servido el mismo menú de los hebreos, y a los demás, lo que habían solicitado para comer: rabo, orejas, patas de cerdo y tocino. Vino rojo de uvas de las bodegas españolas acompañó el menú, al igual que agua fresca de limón endulzada, turrón y café. El almuerzo le fue llevado a Barullo a su celda, quien se lamía los dedos. El Capitán llamó a su salón de conferencia a los implicados en el suceso, con tres testigos y los sacerdotes. Tres militares junto a cuatro refuerzos de la guardia de vigilancia, condujeron al reo hasta el Capitán. Barullo le tiró un salivazo a la cara del señor Mendo, quien se limpió la inmundicia con su paño para limpiarse el sudor, un guardia le pegó una bofetada. El sacerdote Buenaventura pidió la palabra para hacer defensa a favor de Barullo.

"Señor Capitán, es muy injusto encarcelar a un hombre cuyo único delito, si así se le podría calificar, ha sido protestar por una causa justa. Este hombre se sintió agredido emocional y moralmente por la prepotencia, de uno que tiene en sus manos la protección y poder que vos le ha dado. Yo le exijo que, el señor Barullo sea puesto bajo el cuidado de nosotros, los sacerdotes, Vicente Pinzón y yo, la vigilancia de la Guardia Marina de este barco y los militares. Nosotros nos hacemos responsables de él, de aquí en adelante, hasta que lleguemos a puerto, es un acto de humanidad."

"Sacerdote Buenaventura, vos no tiene la prerrogativa de exigirme. Este hombre ha cometido un delito grave, es agresivo y peligroso. Está interfiriendo con el curso de la justicia, que es conforme a la ley de La Corona. Sepa bien que vuestros servicios sacerdotales podrían ser removidos de este buque es derecho que poseo por ley, puede sentarse."

"Señor Capitán, mi nombre es Rubiano Martin. Fui testigo del suceso. El señor Mendo se portó como todo un caballero. Siempre trató de evitar un conflicto físico con el señor Barullo, quien fue el primer agresor. Yo no soy hebreo, soy hermano de la razón y el orden. Mi sentido de responsabilidad, como un ciudadano español, es defender estos predicados. Este señor Barullo, insultó con palabras soeces a este hombre, señor Mendo. Protestaba que el chef le servía a los hebreos, cordero, mientras él y los demás comían rabo y orejas de cerdo. Yo no comí tocino ni orejas, comí lo mismo que los demás hebreos y me senté junto a ellos. Compartimos en gran camaradería, mientras disfrutábamos de los alimentos. Nadie me prohibió sentarme con ellos. Por orden vuestra hay que notificarle a los cocineros sobre lo que queremos se nos sirviera, y así lo hice, otros hicieron lo mismo. Así que, la protesta de este señor alborotoso, no tiene fundamento y está basada en su complejo de inferioridad y prejuicios raciales. Este xenófobo, Barullo, empujó con todas sus fuerzas al señor Mendo, quien cayó, por suerte, sentado en uno de los asientos. Inmediatamente, Barullo se le fue encima con un puñal. El señor Mendo, como todo un atleta, evadió la puñalada, con tan mala suerte para Barullo, quien terminó con una merecida patada en el lugar que mereció. Este señor Barullo ha amenazado con asesinar a todos vosotros los judíos, señor Capitán. Ahora, la pregunta que me hago es: ¿Podría dormir vos seguro, así como el señor Mendo y también ahora yo, estando este hombre suelto? La guardia militar ni nadie podría vigilarlo veinticuatro horas, por todo el tiempo que naveguemos en este barco."

Prudencio Rivera, otro español del grupo de los tres testigos pidió permiso para dar su declaración sobre el caso y se expresó de la siguiente manera:

"Mi señor Capitán, señores sacerdotes y compañeros presentes: Yo como buen español, responsable de mis deberes, fiel a mis principios cristianos, soy respetuoso de las leyes de La Corona y consciente de los derechos a la convivencia pacífica, de todo ciudadano español, siempre que se comporte moralmente correcto. Conozco a los hebreos ser hombres y mujeres honorables, respetuosos de las leyes de nuestro país. Son hombres y mujeres laboriosos emprendedores, de gran potencial, gente que hace una enorme contribución a nuestro país.

El señor Capitán y el señor Mendo son ejemplos de lo que os digo. Pero por desgracia, este hombre de nombre Barullo, quien dice ser un cristiano español de los viejos, está perdido y equivocado en su forma de pensar. Este hombre es una vergüenza para España, la Iglesia y el mundo.

Conozco a este señor Barullo desde mi mocedad. Este hombre ha dejado en Canarias a su esposa, desamparada con cuatro hijos, para salir de viaje con una mujer que lo acompaña en este barco. Este señor sabe que tiene dos asesinatos viciosos a su cargo. No sé por qué no lo han metido a una cárcel fría, a pan y agua. Es un error pedir la indulgencia para un criminal de carrera, como él. Nadie aquí en esta embarcación estaría seguro teniendo libre a un individuo como este. Yo no podría serrar mis ojos para dormir, y mucho menos después de mi declaración. Es todo lo que tengo que decir."

"Señores, me urge, como Capitán, por la seguridad de los que aquí vamos, dar mi veredicto final. Lamento no comulgar con el sacerdote Buenaventura y le urjo dedicarse a las cosas espirituales, y dejar el asuntos de la ley y orden de esta embarcación a mí. Aquí, por la ley que me otorga La Corona, no solamente soy el Capitán y dueño de esta nave, si no, también responsable de la ley y el orden. Así que, por facultad superior, soy un Juez. Manténgase en su sitio señor sacerdote, le conviene; podría ser que solicitara vuestra de expulsión de esta nave."

"Señor Barullo y Basset, le ordeno esté de pie. Preste atención a la sentencia que me propongo a dictar contra vuestra persona, y que es conforme a los estatutos de las leyes de navegación, instituidos por La Corona de España. Por testimonios de los testigos, y el informe de la Guardia Marina de esta embarcación, y luego de visto el caso y comprobado los hechos, yo, Noah Sheiat, Capitán de este barco, El Intrépido de Canarias, lo he encontrado culpable por los delitos de acometimiento y agresión grave, terrorismo, sedición, intento de cometer asesinato, contra el ciudadano, empleado jefe de los cocineros de este barco, el Señor Benjamín Mendo, y otros, hoy día tres de mayo de 1882.

Señor Barullo, por ser vos una persona sumamente belicosa, es considerado un individuo de extremo peligro, para los compañeros navegantes de este barco; por lo tanto ordeno a la Guardia encerrarlo en la cárcel de este barco, hasta que esta nave llegue a puerto. Luego será entregado a La Guardia Civil, con mi laudo. El Juez de la Corte Civil de San Juan estará viendo, mi fallo, vuestros antecedentes criminales, y dictará su propia sentencia. Tendrá mientras tanto, derecho a vuestros alimentos y cuidados médicos. ¿Tiene algo que decir Señor?"

"Obvio que tengo algo para decir. Tanto vos como el barriga de caca, cocineros lava platos, sois ambos hijos de arrastradas. Le juro me beberé la asquerosa sangre, del cochino mantecoso Mendo. Rubiano, Prudencio, cuiden vuestras espaldas, porque los degollaré aunque se vistan con armaduras de acero."

"Guardias, retiren a esta bestia de mi lado antes de que me arrepiente de la pena que le he impuesto, y se la cambie por la otra de tirarlo por la borda, a la que tengo derecho. Señor Mendo, en vez de darle tres comidas al día, a este indeseable, ordene vos a los demás cocineros, le provean solamente una al día. Señor sacerdote Buenaventura, y sacerdote Vicente Pinzón, urge tomar nota sobre mis instrucciones. Ahora continuemos viendo los tópicos pendientes. Creo el más interesante para muchos es la controversia de las dos cocinas, y la diferencia de alimentos étnico-religioso."

Veamos el asunto de las cocinas, asunto que ha estado molestando a algunos. Sé que, nunca habían visto otro barco de pasajeros igual. Pues sí, este barco es singular. Les reitero que, esta nave fue construida a raíz de una solicitud de La Corona. Esta sirve a los Reyes de España, cada vez que lo solicitan y claro, ellos pagan por los servicios. Por tanto, ha sido construido con todo el lujo y las comodidades que La Corona merece y solicita. El conjunto de elegantes velas blancas, las exquisitamente diseñadas butacas de cuero y el sistema sanitario, hacen de este barco de velas uno distinto en su clase. Es el navío de velas más rápido que existe en Europa. Por ser barco dedicado al servicio naval español de La Corona, posee potentes cañones de defensa. Así que, todos deben sentirse seguros y orgullosos de viajar en una nave de este calibre, no únicamente lujosa, fuerte y rápida, sino, de tipo militar.

Dos cocinas fueron construidas y diseñadas para un rápido servicio del menú, inclusive. Son útiles para cuando viaja gran cantidad de personas, como lo es esta vez, y cada vez que navega como barco de turismo hacia países lejanos.

Pero, lo que más molesta a algunos, no es el asunto de la existencia de dos cocinas, sino más bien que, una de ellas sea utilizada para la elaboración de alimentos aptos para el consumo de personas hebreas. Si ellos pagan por ellos, yo no puedo negárselo, este es mi negocio. Igual que, si otros no hebreos piden con prioridad participar de similares alimentos, es mi deber complacerlos, claro, pero se les cobrará adicional, igual como se les cobra a los hebreos. Por ser alimentos más costosos, justifica el cargo adicional. Mi deber es dar excelente servicio a todos, con absoluta deferencia, indistintamente la nacionalidad de cada cual. Tanto el que come jamón, patas, orejas y tocino, como el que come ternera, cordero y filete de res, todos son personas de mi más alto respeto. Pero, por órdenes mías, no se podrá preparar ni llevar alimentos de cerdo, o con contenido de cerdo a la cocina donde se preparan alimentos para personas hebreas. Los utensilios de esa cocina no podrán ser usados en la cocina común, ni viceversa, es ley mía sobre las cocinas. Los hebreos están autorizados por mí a sentarse para disfrutar de sus alimentos en cualquier espacio dentro del comedor, están pagando por eso. Los no hebreos que ordenen el menú hebreo, también lo pueden hacer, si lo desean. Espero haber terminado mi explicación y este asunto."

~ V ~

VIGILANCIA ACTIVADA

Desde popa surgían voces de agitación de parte de un grupo furibundo que no comulgaba con la decisión del Capitán, sobre el caso de Barullo y las comidas. Era obvio notar por los gestos de los alborotosos la desaprobación del laudo. Perfecto Buenaventura, parecía se notaba liderando el grupo. La Guardia Marina del barco y los militares habían tomado posiciones estratégicas. Desde su celda, Barullo no cesaba de amenazar al jefe de las cocinas, señor Mendo y al Capitán, y a todos los que odiaba.

"Capitán, vuestro juicio racista y perorata es una canallesca palmadita sobre los hombros de vuestros apestosos benefactores, esos asquerosos hebreos. Malditos sean todos. Los poderes de Belcebú caerán sobre todos vosotros pronto. Todos irán a parar al quinto infierno de este océano. Buenaventura, tienes el poder de sacarme de esta cárcel, hazlo pronto."

"Señores, la comida tradicional de España, ha sido la carne de puerco. Aquí se come puerco mañana, tarde y noche. No será el mejor alimento, pero, nos gusta el puerco. Si estos hebreos quieren vivir en territorio español, que coman puerco, ellos no son mejores. Quisiera apareciera otro Torquemada pronto. Si no les gusta nuestra dieta, entonces, que se larguen a Palestina. Yo, Malatesta, hago constar que, detesto a estos mal engendrados, vagos, sucios hebreos, al igual que a Barullo, que sé que no es menos puerco que ellos, pero no estoy de acuerdo de que esté preso por lo que ha sido sentenciado. Mejor debió haber sido fusilado por los crímenes que ha cometido. Esa basura mató a mi primo y me vengaré. Barullo, no cierres los ojos, lo que hiciste lo pagaras con tu sangre."

"Malatesta, oídme bien. Yo maté a vuestro primo en defensa propia. Melquíades, quiso enamorar mi amiga y amenazó matarme, pero yo me le adelanté, ja, ja, ja. Cuidad ahora vuestra espalda, te sacaré el corazón."

La guardia se acercó al lugar, e hizo desbaratar al grupito y los amenazó con ser arrestados de reincidir. Se retiraron hablando entre dientes.

"Señor Malatesta, he estado escuchando vuestras diatribas. Oídme bien, soy español de nacimiento, respetuoso a las leyes de La Corona. Además de ser Rabino, soy abogado, y poseo un título de profesor de filosofía y letras en la Universidad de Madrid, así como escritor. Conozco personalmente al Capitán de esta nave por muchos años. Es hombre de negocios que hace una enorme contribución económica a La Corona. Aunque no sea de vuestro agrado y de otros, soy de origen judío y vos lo sabe. Muchos hebreos tienen negocios y pagan grandes sumas de dinero al Departamento de Hacienda, dinero que es usado para fortalecer la economía, e infraestructura de España, y para la ayuda de los pobres de esta nación. Nuestros centros de enseñanza, claro que son exclusivos, porque nos concentramos en el lenguaje hebreo y castellano. Entiendo que lo del hebreo choca con muchos. Nuestra gente son esmerados trabajadores, hebreos-españoles. No hay holgazanes judíos deambulando por las calles, pero si, trabajando duro para luego servir a nuestra patria España, donde hemos nacido y vivimos. No tenga envidia de nuestra cultura y limpia dieta. Si vos también la usa tendréis buena salud física.

Señor Malatesta, España es un país multicultural. Aquí vivimos romanos, judíos, griegos, indios asiáticos, ingleses, alemanes, así como árabes, y de muchas otra nacionalidades. Todos constituimos la sociedad multicultural de Iberia. Vos es persona versada y sabe la gran contribución que ha hecho nuestra gente a España. Anhela el resurgimiento de la doctrina de Torquemada, lo sé. La inquisición fue una ley racista, antisemita, criminal, surgida de la mente fanática de ese inquisidor quien dejó de existir hace cuatro siglos, no creo que volverá esa ley a surgir, fue un bochorno para nuestra sociedad civilizada y progresista, hoy es el año 1882, señor.

"Pues a mí me importa un carajo que siglo es, ni que mierdas de ciudadanos son los judíos, ni las pingües o exiguas, contribución que decís que hacéis. Para mí, como para la mayoría de los buenos españoles de los viejos, sois vosotros solo mierda, una plaga que amenaza nuestra religión y sociedad. Deberían ser echados vivos al fondo del mar. Sé que a vos y a otros hebreos como a vos no los echarían, tienen mucho poder para comprar las influencias del gobierno, esto es un bochorno."

Permitidme agregar algo más, señor Malatesta: Conforme a las leyes de navegación, La Corona autoriza al Capitán de un barco a sentenciar a una persona a la muerte por ahogamiento en el mar, si este ha sido hallado culpable de haberle quitado la vida, de forma viciosa a otro pasajero, y que continúe siendo un peligro potencial para la tripulación y los demás pasajeros. En su defecto, el Capitán lo puede encerrar en la cárcel del barco, si esta ofrece garantías de que no escapará para cometer otro crimen, y luego entregarlo a las autoridades policiacas del país del destino de esa nave. Fue vos militar, por lo que debe de tener conocimiento de lo que digo. Todos esperamos que vos se porte en orden, en buena disciplina. Es asunto que le conviene señor."

"Tengo la presunción de que me está amenazando señor Rabino. No me gusta la gente que me amenaza, no acepto intimidaciones de nadie. Fui militar guerrillero, no temo a nadie. Además, yo no he matado a nadie, señor. ¿Quién lo ha puesto por juez en este barco? Si es que está tratando de darme consejos, déjeme hacerle saber que, no se los he pedido, y mucho menos me hacen falta. Encárguese de los arrastrados de vuestra rasa."

"Solo le advierto, señor Malatesta. No soy juez de nadie, solo Rabino y abogado. ¿Se ha sentido aludido? No ha sido mi intención hacerlo sentir de ese modo. Solo pregúntele a vuestra conciencia, es nuestra mejor concejera."

Barco a la vista, vigilancia activada

Había pasado el mediodía, el sol comenzaba a caer en la ruta de su ocaso. La mar era serena y los pasajeros disfrutaban de una merecida siesta, luego de haber disfrutado un suculento almuerzo. La brisa soplaba de popa y la nave se deslizaba con suma suavidad.

Casimiro, en el puente de observación no apartaba su catalejo de sus ojos. El Capitán lo observaba constantemente. Desde su perspectiva, tenía la impresión de que algo de interés atisbaba en la lejanía, y se estaba ya sintiendo interesado por saber.

"Casimiro, ¿todo está bien allá arriba?"

"Capitán, noto en lontananza una nave dirigirse en dirección a nosotros. Creo estaremos haciendo contacto con ella dentro de veinte minutos.

"Vuelve a informarme en cinco minutos de lo que ves. No despeguéis la mirada de vuestro catalejo."

"Capitán, noto que es nave española, le puedo ver las banderas."

"Muy bien Casimiro, bájate, la seguiremos desde timón"

El Capitán giró un poco a la derecha, parecía que quería pasarle cerca. Ambas naves se acercaron, la otra nave levantó una bandera de emergencia. Le estaba indicando al Capitán Noah de algún peligro atmosférico adelante. Era increíble, el día era claro y el océano calmado, no había nubes obscuras en el cielo y el aire era suave. Parecía una toma de pelos la advertencia de la otra nave, la cual siguió su navegación a toda vela hasta desaparecer en la distancia. Todo dentro del barco era calma absoluta, y los pasajeros continuaban en su siesta sin interrupción.

"Casimiro, vuelve al puente de observación e indícame si notas indicios de disturbios atmosféricos hacia el Oeste, o al Sur."

"Capitán, muy lejos noto nubes negras. No sería hasta después de la puesta del sol que estemos llegando hasta ese punto."

"Perfecto Casimiro, bájate, te necesito abajo."

"Neftalí, tuve un sueño donde vi un enorme pez, del tamaño de este barco que nos quería hacer naufragar. Nos azotaba con su enorme cola y revolvía las aguas creando grandes olas y vientos. Desperté sobresaltado. Pero cuan alegría cuando pude saber que se trataba de un sueño.

Padre, tengo presentimiento de que tendremos tiempo tormentoso. Pero es raro, todo se ve normal. Dios permita nada acontezca, pero estoy sumamente preocupado", -- comentaba Neftalí con su padre.

Las tres de la tarde, no se notaba indicios de mal tiempo. Los ayudantes de cocina estaban haciendo su recorrido, entregando la lista del menú de la noche y anotando en una libreta lo que cada uno quería para comer en la cena. Llegó la hora de la cena, el sol estaba a punto de ocultarse, entre nubes ligeramente oscuras en el Oeste.

Mira barrigón cocinero, obliga a esa gentuza tuya que se coman el tocino y las patas de puerco. Darle la carne de ternera asada a los españoles legítimos. - gritaba Barullo desde su prisión. A mí no me traigas más apestoso tocino. Malatesta, tu mereces comer mierda. Ojalá te trague el mar, junto con toda la mala yerba judíos. Mira si no te ahogas, en este océano, te ahogaras en tu propia sangre, cuando te degolle, barriga de mierda cocinero."

Habiendo terminado la cena una enorme ola azotó el barco por el lado de la baranda derecha. Los utensilios en la cocina rodaron por el piso al igual que muchos pasajeros. Las olas se movían con extremada agitación y ráfagas de vientos del Norte estremecían los altos mástiles y, las velas se estiraban al extremo de querer volar. El Capitán informó que cruzarían una amplia zona de fuertes turbulencias.

El Capitán volvió a dirigirse a los pasajeros, a través de los marinos, advirtiéndoles de una enorme tormenta en Caribe, la cual no podrían evadir. El Capitán inquirió al Rabino sobre lo que él presagiaba de esta inesperada turbulencia. Este, le hizo saber que, más que una pasajera turbulencia, sería una violenta tormenta de mucha duración, y otros sucesos aciagos ocurrirían durante el viaje, por lo cual debería tomar muchas precauciones. La presencia del Rabino ante el Capitán volvió a encender el celo y el odio entre el elemento radical.

Las lanchas de salvamento fueron preparadas para cualquier eventualidad. Un brillante rayo cayó sobre el agua, y la corriente de radiación corrió sobre la superficie del agua. Un estruendoso trueno puso los pelos de punta a la mayoría. Otra enorme ola azotó de lado. Mujeres y niños vomitaban lo que hacía poco habían ingerido. Todos se agarraban con todas sus fuerzas de los asientos para evitar rodar por el piso. A la segunda ola siguió otra más violenta, cual levantó al barco del lado izquierdo haciéndolo hacer agua por el lado derecho, casi al punto de volcarlo y cambiarlo de su trayectoria. El Capitán y copiloto pudieron restaurar su derrotero, no con poco esfuerzo. A la anterior ola siguió otra haciendo entrar agua de proa a popa. Una montaña de olas, que parecía a la distancia, tan altas como el barco se les vino encima, estrellándose con toda furia por babor, mientras fuertes vientos azotaban inclementes. Los altos mástiles chirriaban en sus bases y se doblaban peligrosamente. El enorme navío peleaba contra la tormenta, como un gigante guerrero de la extraordinaria epopeya en la Ilíada de Homero. Muchos dicen haber visto a una de las gigantes velas desprenderse y bolar cual insignificante pluma de pájaro, hasta perderse entre las oscuras nubes. La nave volvió a girar en círculos desorientándose de trayectoria por un buen rato, haciendo sudar al timonel en su lucha para mantener el control de la embarcación y re orientar su derrotero, mientras el viento y la lluvia quemaban su cara.

"Capitán, este barco va a naufragar pronto. Los demonios están sobre él, solo por vuestra culpa, porque mantienes un preferente trato para los hebreos. Buenaventura, escuchad, si es vos hombre piadoso y, con tantas influencias como dices tener, liberadme de esta cárcel y estas cadenas. No me dejéis ahogar. Libre podría ser útil a muchos",- rogaba Barullo, desesperado a gritos.

El ángel de la muerte

No existe, ni existirá un navío, ni ningún otro medio de transportación, invulnerable al poder de los elementos naturales. Estos han sido creados por Un Poder Superior al del hombre, por tanto, no deben ser subestimados,

ni retados. Es obvio que, el Capitán Noah nunca se jactó en construir un
súper barco que fuera infalible a estas fuerzas naturales, cuales tienen el
poder de alterar las condiciones atmosféricas o climáticas; no era hombre
arrogante, ni de fantasías.

Pero ahora la tormenta estaba allí y había que lidiar con ella, con toda la
destreza de un buen experimentado piloto navegante. Las fuertes ráfagas
de viento y violentas olas demostraban la pequeñez del hombre ante el
inmensurable poder de su fuerza natural.

"Señor sacerdote Buenaventura,--gritó Barullo desde su encarcelamiento:
Sois vos y vuestro compañero sacerdote Vicente Pinzón hombres santos.
¿Por qué no le preguntan a la santa Virgen sobre este flagelo? ¿Qué cosa
mala habéis hecho para que ahora vengáis a morir de una forma tan vil?
¿Qué malo han hecho las santas hermanitas Teresita y María para que
sufran el tan desastroso castigo, de perecer ahogadas en medio de la ira
del océano? Malditos hebreos, ellos son los únicos responsables, que
mueran ellos. Hablen ustedes con alguna Virgen. Pedidle a cualquier
Virgen, a la que sea, que se lleve esta maldita tormenta allá, a Palestina
con todos los judíos, que mueran ellos dentro la arena del desierto, que
se los coman las serpientes."

El ángel de la muerte, había llegado a realizar su oficio, a pronunciar
juicio sobre los fanáticos radicales, enemigos de la ley, el orden, lo divino
y criminales sin escrúpulo. Habría llantos y crujir de dientes.

"Señores, os ruego me escuchen una vez más. Les he dicho que de
no amainar esta tormenta, naufragaremos. Ustedes me conocen de ser
hombre dedicado al estudio, la meditación y la enseñanza. Entiendo que
muchos no aceptan los que les advierto, pero les aseguro estoy en lo
cierto. Luego de hablar con el Capitán, él ha visto bien mi decisión de
ir a cubierta para rogar al Creador detenga este castigo, que ha venido
por el mal comportamiento de muchos de los que van con nosotros. Los
vientos y las aguas son Su creación, son dirigidos por Él hacia donde Él
crea deban de ir. Sé que para algunos es una aberración mía. He recibido
manifestación divina en el sentido de que, de no hacer lo que les he dicho,

podríamos perecer todos. Yo salvaré mi responsabilidad de hacerlo, aunque tenga la oposición del noventa y nueve por ciento."

¿"No os dije que este tío es un seudo profeta y frustrado maestro? Ya pronto se declarará el Mesías, ja, ja, ja, ja. Yo, que soy un ungido por la Santa Eucaristía divina, no me atrevería a retar a Dios ¡Que burla! ¡Blasfemia, blasfemia! Mejor te queda el calificativo de "Jonás". Esta tormenta solo terminará cuando te tiremos por la borda, falsario, engendro del mal.

Pero, ¿por dónde se te ha escapado la sabiduría que dices tener? Más bien eres un charlatán, maestro de torpes judíos errantes. Y déjame decirte que, la responsabilidad por los asuntos espirituales de este barco es solamente mía y de mi hermano Vicente. Para eso hemos sido asignados por nuestra santa institución. Y tú, ¿quién eres? Sé que solo eres un judío embustero que haces un flaco servicio, aún a tu propia gente. Estas huyendo de tu mismo Dios, compréndelo. Solo por vuestra culpa tenemos esta tormenta y los tormentos de este mundo. El mal comportamiento es vuestro y los vuestros, estan ciegos no pueden ver la realidad. Si amas a tu gente, tírate por la borda y verás el bien que harás a los vuestros y a todos."

Oídme bien, Rabino ignorante de las leyes de navegación, implementadas por La Corona. Déjame volverte a recordar que, solamente mi hermano sacerdote y yo somos los únicos asignados de velar por el bienestar espiritual de todos los que aquí vamos. Eso lo sabe muy bien el Capitán, quien nos ha certificado para los oficios de humanidad y religión en su buque."

"Es lamentable escuchar tan despectivo vocabulario, tanta burla, ofensa y desprecio; suena un tanto ordinario, señor. Lo más increíble es que, ese léxico surja de un maestro religioso, egresado de una respetable academia, que entiendo deba de tener un refinado currículo de moral y ética, Señor sacerdote, vos me ha venido a conocer recientemente, aquí, en este barco, aunque conozco a vuestros padres. Pero entiendo vuestro antagonismo a nuestros principios milenarios históricos, y lo perdono. Me refiero al conjunto de ordenanzas bíblicas del pueblo hebreo, ordenanzas que en parte han venido a formar las bases de vuestra institución religiosa, que aparece en escena, más de tres mil años después de que nuestro legislador Moisés las instituyera a nuestro pueblo Israel, no a otra nación. Habrá visto con la deferencia que lo he tratado, mas no obstante, con vuestro discurso, ofende mi carácter. ¿No toma en consideración mis canas, y mi longeva ley? No creo que ese vocabulario soez, ha sido un reflejo del protocolo curricular de la academia que le otorgó el título de sacerdote. Personalmente, he conocido sacerdotes y monjitas de su institución religiosa, ser muy cabales, de muy buenos principios morales, pero usted parece ser una excepción; quisiera equivocarme, reitero, perdono vuestras ignorancias, señor."

"Mire señor Rabino, no tengo por qué darle excusas. Ha dicho que soy egresado de una respetable academia, está en lo cierto. Eso es suficiente crédito, ostento una profesión muy honrada, que me da muchos privilegios, soy muy conspicuo dentro de mi sociedad, eso me da honra y honor sobre vos.

"Aunque no aplaudo vuestro discurso, hagamos una prueba. Irá vos donde el Capitán y expondrá vuestra petición. No olvide que yo, como sacerdote, tendré que aprobar o desaprobar cualquier aventura que ponga en riesgo la vida de uno o más individuos. Aproximarse a las barandas de este barco, durante una tormenta como esta, es exponerse a perder la vida. ¿No ve como se inclina este barco hasta tocar el agua con sus bordas? Reitero Rabino que, como Jonás, acepte ser tirado al agua, salvaría esta nave y a los que aquí vamos; pero esa decisión no la puedo tomar yo, sino el Capitán, aunque se la recomendaría. ¿Le aterroriza lo que le digo? Es una historia bíblica señor, vos la conoce. ¿No cree se pueda repetir?"

"Señor sacerdote, parece que tiene miedo, pues no yo; ni me preocupa en lo absoluto vuestra radical amenaza y burlas, pero le repito una vez más que, perdono vuestra notable ignorancia. Mire, yo le sugiero que vayamos ambos al Capitán y le solicitemos nos permita ir hasta las barandas, con siete testigos, para hacer las suplicas para que cese esta tormenta. Entiendo que por ley vos tiene la prerrogativa de atender las necesidades de salud física y emocionales de los españoles que van en este barco. Así que, por ley, tendría el privilegio de ser el primero para hacer los ruegos. Pongamos las reglas: Si luego de veinte minutos de vuestros rezos no hay bonanza, entonces me tocará a mí de hacer las oraciones. Si pasado cinco minutos de mis suplicas, no ha habido una bonanza, sino que, la tormenta continúa, lo autorizo a que me tiren al agua, ¿estoy claro?

"Está claro, señor Rabino, muy claro. No tengo ninguna duda para que yo no sea oído por la Virgen, a la que he venerado y servido toda mi vida. Rabino, espero no pretenda vos querer exorcizar, aquí no hay demonios que vos pueda echar. Pero no obstante, noto que es hombre que gusta de darse ínfulas de súper hombre, un presuntuoso, engreído, embustero, promotor de la mentira. Se cree vos con poderes que exceden las leyes de la naturaleza. Es importante le vuelva advertir que solo nosotros, los sacerdotes, hemos sido escogidos para realizar estos actos gloriosos. Yo he sido un hombre pío, toda mi vida, así es que, acepto vuestra invitación."

"Maldita tormenta, nos ahogaremos todos pronto de vos no intervenir pronto, sacerdote Buenaventura. Vaya y haga esas oraciones, no permita al perro este, quien se hace llamar Rabino que vaya él solo; ojalá se lo trague el mar. Empújelo, por la borda, yo lo puedo ayudar. ". --gritó Malatesta golpeando con rabia sobre el asiento."

"Esté vos tranquilo Malatesta, debe de confiar en las bondades de nuestra Virgen. ¡Ella nos ama tanto! Le aseguro que no nos dejará desamparados en estos momentos aciagos. No se quite el crucifijo del cuello, ni el rosario de vuestras manos. Le hará vos un honor a nuestra Virgen y un bien a los que aquí vamos, aunque todos estos judíos se merecen ser tirados al agua, así se haría justicia."

"Muy bien le conozco Malatesta, es vos un fanfarrón, no matarías ni una cucaracha más. Al momento de la verdad, huiras como gallina loca. Buenaventura, sacadme de esta maldita cárcel y os prometo por mi honor, que yo, Barullo y Basset, tiraré al judío errante ese al agua, se lo juro por mi madre."

"Barullo, mantened la calma, saldrías de esa cárcel pronto. Ya verá, el judío este, cuando fracase en su empresa de detener la tormenta, se tirará el mismo al agua. Su final destino es ahogarse, ya él mismo ha pedido lo arrojen por la borda si falla en sus suplicas. Te liberaré de la cárcel Barullo, cuando yo haya logrado hacer que se detenga la tormenta y todos verán que soy el hombre escogido y, no el insoportable y engreído hebreo este que estará a mi lado en los rezos. Ten paciencia y saldrás vindicado de esa prisión."

"Señor sacerdote, no pretendo impugnar vuestra declaración y prerrogativa. Soy Rabino, instructor de hebreo, idioma español, y los postulados teocráticos que practico y defiendo. No hago alardes de ser superhombre, no tengo poderes para realizar milagros. No iré a los bordes del barco a detener la tormenta. No soy exorcista, curandero, agorero, nigromante, mago, adivino, brujo o encantador. No pretendo declararme profeta ni mucho menos Mesías. Hare el trabajo que debo realizar, indistintamente a la opinión generalizada que tengan muchos de mí. Esta nave depende de un timón y un timonel dirigido por un Capitán. Estamos en alta mar, a merced de las olas y el viento, fuerzas mayores que el Capitán y el barco, no importa su tamaño, nos pueden controlar. El Capitán no rige sobre las aguas y el viento, solo un Poder Superior rige sobre todos los elementos, creados por Él, a ese obedezco y sirvo. Él detendrá la tormenta, no yo. Las críticas y las burlas de espíritus antagónicos no me intimidan, no me detendrán."

"Un embustero embaucador y vividor de los más ignorantes eres Rabino parlanchín," -- prosiguió el sacerdote Buenaventura.

Hubo risas, burlas y abucheos contra el Rabino de parte de Barullo, Malatesta y muchos más que escuchaban. Un pasajero le arrojó un cepillo de peinarse, a la cabeza del Rabino, que de no ser por haberlo esquivado con rapidez le hubiese causado contusiones. Las risas burlonas no se hicieron esperar de nuevo.

El sacerdote volteó la cabeza, miraba de reojo, hacia guiñadas con el ojo izquierdo a Malatesta y los que lo vitoreaban. Exhibió una sarcástica sonrisa y se retiró lentamente, agarrándose, de donde mejor podía, para no caer de bruces, por la crítica inestabilidad de la embarcación, la que se ladeaba de lado y lado, y se levantaba de proa casi vertical.

Un grupo de malandrines radicales revoltosos, un tal Prudencio Matas, alias Barrabas, Tertulio, cuyo nombre de pila era Tertuliano Sierpe y Severo Malatesta, estos agitaron al sacerdote para que se apresurara a salvarlos de la hecatombe que se les venía encima. Margarita Suarez, a través de los barrotes, conversaba con su especial amigo, Barullo y Basset. Esta trataba esforzadamente de tomar por las manos al presidiario y se notaba emocionalmente afectada y derramaba "lágrimas de cocodrilo" por el aparente sufrimiento que le causaba el encarcelamiento de su promiscuo amigo. Un guardia de la seguridad del barco le ordenó retirarse de los entornos de la celda inmediatamente. El sacerdote se acercó a Margarita, le puso un brazos sobre los hombros y la consoló, mientras le murmuraba algo en los oídos, ella lo abrazó con aparente efusividad pasional y se oía a la fémina dar fuertes suspiros. Luego se retiró secándose las lágrimas con un pañuelo que le facilitó el sacerdote. Barullo escupió un salivazo que, por la distancia de un pelo, no dio en la cabeza de uno de los guardias.

"Sacerdote Buenaventura, oiga, oiga señor, mantenga distancia, cuide las emociones. Una cosa es una, otra es otra. Esa mujer es mi amiga. No soy santurrón, ni me gusta esa clase de gente. ¿Ha leído en vuestra Biblia donde dice que, "un poco de levadura leuda toda la masa?" No de rienda suelta a la carne; cuide su celibato y profesión. Atienda el reto del Rabino y le irá muy bien, así como a todos nosotros. A Margarita Suarez, la atiendo yo." - De inmediato le arrojó un salivazo que fue a dar en la túnica del sacerdote.

"Barullo, recabo vuestro respeto, si es que quiere salir de esa cárcel pronto. Recordad, soy sacerdote, señor promiscuo, mantened la distancia. Margarita no os pertenece, no es vuestra mujer y es muy bonita para un mal hecho como vos. Encárguese de atender las necesidades de vuestra esposa e hijos."

~ VI ~

SUCESO SORPRENDENTE

Desde que se recogieron anclas y partieron, el viaje había estado plagado de odios raciales y religiosos, orquestado por un grupo mayor en número. En apreciación, las críticas, la insidia y odio del grupo mayor tenía el aval de uno de los representantes mayores del establecimiento jerárquico religioso, encargado del bienestar moral- espiritual de los viajeros, respaldado y animado por un sector radical de tendencias criminales.

El otro nucleo más pequeño, lo constituía un grupo de hebreos comerciantes, estudiantes, carpinteros, escritores y algunos braceros. El conjunto de individuos era de espectacular cohesión. Estos se dirigían a trabajar por contrato a Puerto Rico. Es obvio que, por cultura religiosa milenaria, los hebreos han mantenido una dieta alimentaria, totalmente distinta; así como una cultura y doctrina religiosa diferente en fe y práctica, establecida milenios antes de que la organización religiosa del gobierno religioso de la actualidad, extrajera para su conjunto de enseñanzas, parte de las leyes hebreas, dadas por Moisés al pueblo judío, aproximadamente 3,325 años antes del nacimiento de Jesús. La iglesia comienza después del año 312 d. c, mediante autorización y amparo del Emperador Constantino, forjada y adornada por un caudal de costumbres y efigies romanas paganas.

"Señor sacerdote, ejerza el liderato que a vos pertenece. Ha sido escogido para dirigirnos, no ceda a un necio sus derechos. Ese señor al que algunos llaman Rabino no le llega ni a los tobillos. Exíjale que lo acompañe hasta babor o estribor para hacer las oraciones. Le haré saber sobre el plan que estamos creando para desaparecer para siempre a ese Rabino engreído. Conviene a vos citarlo hasta las barandas, es allí donde culminaremos nuestro plan", -- le notificó Tertuliano Sierpe, hablándole en voz baja.

"Tertulio, me interesa lo que me has dicho a cuentagotas; debe ser más específico. Quiero saber quiénes son los que participaran en tu plan y cómo será trazada vuestra estrategia. Debemos reunirnos en mi camarote a la brevedad posible. Recordad que, debido a mis oficios no debo de patrocinar la violencia, pero bueno…. ya me informaras con más detalles."

"Señor sacerdote Buenaventura, me ha conocido desde las Canarias. Sabe bien que fui militar por cuatro años y que no temo ni al Diablo".

"Es cierto Malatesta, pero también recuerdo que, estuviste preso en cárcel militar por los últimos dos años, solo por vuestro paupérrimo comportamiento. No honraste vuestro uniforme."

"Bueno…, vos entiende, cuando se es joven se cometen muchas estupideces."

"Espero hayas aprendido la lección. Vayamos al grano Malatesta, mira, que hasta tu nombre habla de vuestra pobre personalidad, en mi caso me lo cambiaría."

"Sacerdote Buenaventura, lo vi hablando con Tertulio. Vos lo conoce bastante bien". Si el secretillo se trató del plan que tenemos, pues a vos le conviene, digo, si es que quiere deshacerse del zorrillo hebreo, ese que le hace la competencia. Mire, ese señor le dará duro en vuestra cabeza. De no eliminarlo pronto pagará las consecuencias con dolor."

"Malatesta, reúne a todos los que están envueltos en este plan, hombre, que me interesa saber de qué se trata. Nos veremos en mi camarote dentro de quince minutos. No entren todos a la misma vez. Hay vigilantes por todas partes. Esa tormenta me ha estado destrozando los nervios, tengo pavor por lo que nos podría acontecer en esta noche tan obscura". Apuraos, agarraos bien, no sea de que en uno de estos saltos que da este barco valláis a caer por encima del borde, no os acerquéis demasiado a las barandas. ¡Huy que horror hasta pensarlo!"

"Veo que está entendiendo la gravedad de todo esto, sacerdote Buenaventura. A este hombre hay que tirarlo al agua, pero tendremos que hacerlo con mucha precaución, no podemos dejar sospechas. De no eliminarlo de entre nosotros inmediatamente, quien iría a parar al agua sería vos; no queremos que eso acontezca, señor Sacerdote."

"Os veré junto a los demás en quince minutos. Entraréis a mi camarote uno a uno, no quiero que la vigilancia del barco sospeche. Recordad que sois gente de no buen agrado para los guardias. Mientras tanto voy a rezar a la Virgen."

"Vaya vos, sacerdote a rezar, a ver si la virgencita aparece por ahí y nos ayuda. Hombre, que no sé cómo vendrá desde la parroquia hasta aquí, con tanto viento…..".

"Sin sarcasmos Malatesta. Bueno aún le queda un poco de fe. Algo le queda de lo que ha aprendido cuando era monaguillo. Dejadme ir a rezar un poco."

"Tengamos esmerado cuidado mientras caminamos. Gracias a los espaldares de los asientos, de otra forma no podríamos ni dar un solo paso, hermano Pinzón. Creo que naufragaremos en poco."

"Es obvio que estamos al borde de una catástrofe mayor, hermano Buenaventura. Me preocupan los más ancianos, las mujeres y los niños. Hermano, abra la puerta pronto, ya las piernas no me resistirán por mucho más tiempo. Solamente la intervención divina nos salvará."

"Ya estamos aquí; tome asiento hermano Pinzón, sosténgase fuerte de la cama. Me duele mucho la espalda, creo que los saltos de este barco me han causado problemas en la columna vertebral. Nunca había visto relámpagos tan impresionantes, ni truenos tan ensordecedores, y terroríficos. Había oído hablar de tormentas de vientos, y truenos, pero nunca había tenido la mala experiencia de estar dentro de una tempestad y en medio de un mar tan extenso y violento, ¡qué horror! Pensé que esto sería una de esas tempestades que vienen y pasan ligero. Y como si todo fuera poco, tenemos que sufrir la tormenta esa del estúpido Rabino…. Qué pena que no exista Torquemada, porque ya estuviera pagando sus herejías en la hoguera. Pero es que ese tío no respeta mi autoridad, ni me rinde pleitesía, es como si yo no existiera para el idiota ese. Más que eso, se atreve a retarme, el incircunciso de corazón, hijo de…, mejor no digo nada."

Hermano, Buenaventura, quizá todo esto ha venido para provecho. Las cosas suceden por alguna razón. Démosle una oportunidad al señor Rabino. Vaya vos con él hasta las barandas del barco, babor o estribor. Haced vos los primeros ruegos, así como lo ha solicitado. De vos fallar, seria funesta desgracia. Vaya vos pues la Virgen no lo abandonará. Si por desgracia fuera así, entonces, tendría el Rabino su oportunidad. Comience a rezar para que esa mala experiencia no acontezca. Ahora me retiro para atender las necesidades de los pasajeros, habrán muchos heridos y, muchos más afectados emocionalmente por esta salvaje tormenta. Hablad con los que vienen a reunirse con vos para hablar sobre los rezos del rosario, en las barandas, ya estarán por llegar. Antes, hagamos una plegaria corta a la virgen, para que nos bendiga y nos dirija en nuestros planes."

"Tertuliano, Malavé, Malatesta, Prudencio Mata, que bueno que han llegado, pasen, pasen. Los he reunido para que me expliquen de lo que se trata el plan que han trazado. ¡Pero qué pandilla, parecéis forajidos!!

"Señor sacerdote, está perdiendo demasiado tiempo, mientras el Rabino apostata le está ganando terreno. He oído comentarios en el sentido de que, adolece de valor para competir con el Rabino, por temor a quedar en ridículo, que no le importa el bienestar de los pasajeros y más que eso, hay comentarios por ahí en el sentido de que, Margarita Suarez, la amiga de Barullo está dispuesta a cualquier cosa por conquistarlo. Ella sabe que Barullo terminará preso en Puerto Rico. Barullo ha dicho que se vengará."

"Tertuliano, pierde cuidado. Como quiera que sea, soy sacerdote, apartado de esos rollos de faldas, aunque dicen que soy de muy buena apariencia física:, ¡ella no es fea, ah!. No me quita el sueño la amenaza de Barullo, yo mismo me encargaré de que termine preso cuando arribe a San Juan, la rata apestosa esa."

"Señor sacerdote, Buenaventura, he caminado, en integridad, a través de mi paso por esta vida. Mire, mis amigos y yo estaremos rezando el rosario mientras vos esté haciendo las oraciones. ¿No crees que esto será un gran respaldo? No tema de ir y rogar a la Virgen para que venga en nuestro auxilio."

Tertuliano, ¿cómo te atreves decir que has caminado en integridad? No sé a qué llamas integridad. Has sido perverso desde que te parió tu madre. Todos vosotros en vuestro grupo habéis sido malandrines. Pero bueno, creo que los hombres se arrepienten de sus maldades, y serian perdonados si lo merecen. Cuidado,…. el perdón no está concedido para los que viciosamente asesinan a un ser humano. Esos pagaran con su sangre, por la sangre derramada a un semejante. Solo el que mata en defensa propia es perdonado, si pide perdón por la sangre derramada, por ser la sangre la vida."

"Sacerdote Buenaventura, yo le quité la vida a otro, pero fue en defensa propia. Catalizo vino contra mí con cuchillo, quiso matarme. Yo me defendí y le di muerte, entonces, ¿no tengo salvación de parte de Dios?"

"Mataste a un ser humano. Si fue en defensa propia, debes pedir perdón a Dios, como ya le dije. Si fue viciosamente, no tendrá perdón de Dios, aunque te arrepientes, porque no puedes volver esa alma a la vida, pagaras con tu vida por ella."

"Sacerdote, no me asuste. Yo estuve sirviendo en el ejército español y con mi rifle mate muchos, ¿ soy culpable con esas muertes?

Malatesta, estuviste en el ejército defendiendo a España; hiciste lo que La Corona te indicó que hicieras. Cumplías órdenes superiores. No mataste por vicio, sino en cumplimiento de un deber patrio. Pero, si lo hiciste por pura gana, o por despojarlo de bienes, por rencillas viejas, por envidia, celos o asuntos baladíes, entonces eres culpable, y aunque te arrepientas, iras a juicio divino; esa es la ley. Te digo que, una ley es : "no mataras" y la otra es, "no asesinaras, dos actos distintos en su clase."

"Señor sacerdote, la ley de España tiene su propia religión, que entiendo es la correcta. Si alguien predica otra religión, ¿es digno de muerte"?

"Malavé, si la tal persona persiste en continuar enseñando lo que es un error, sin arrepentirse de su equívoco, luego de haber sido amonestado en muchas ocasiones, puede ser llevado a los tribunales eclesiásticos y ser sentenciado a cárcel de por vida, a latigazos, o condenado a la pena capital que indica España, la que el Juez indique."

"Entonces, sin margen a equivocarme, y como vos indica, este señor Rabino, hace rato que debió haber sido quemado en una hoguera. ¿Por qué esperar tanto?" Pero, no lo sometamos a una muerte tan dolorosa, solamente démosle un fuerte golpe a la cabeza y tirémoslo al agua. Total, ya estará muerto para cuando caiga al mar, no sufrirá en lo absoluto."

"Tertulio, yo me lavaré mis manos de tu plan contra ese Rabino, aunque sea un hereje. Que conste, yo no sabré nada de lo acontecido. No puedo recomendar, ni participar en el asesinato de otra persona."

"Hermano Perfecto, mucho le habremos de agradecer este gesto de valentía. Ya veremos cómo le temblaran las rodillas al Rabino. Estoy seguro que él querrá tener la primera oportunidad para comenzar las plegarias. Aunque finja, yo sé que él teme a la influencia y poder que tenemos los sacerdotes. Es usted uno con especial unción, él Rabino lo sabe, aunque parezca ignorarlo. Tiene orgullo superfluo, es sumamente arrogante cuando admite ser llamado escogido por Dios. No entiendo tan crasa ignorancia, y narcisismo."

"Agradezco su reconocimiento a mi persona de ser sacerdote con unción santa."

"Seremos muchos los que estaremos rezando el rosario a la Virgen, mientras usted hace las demandas de rigor para que cese y desista esta tormenta de continuar azotándonos. Ella personalmente vendrá a intervenir y no otro. Entonces hará desenmascarar a este embustero líder de esos vanidosos y sabelotodo hebreos."

"Hermano Perfecto, todos le habremos de agradecer el insólito acto de valor de dirigirse a las barandas para interceder a nuestra Virgen para que venga en nuestro auxilio. La Virgen hará una insólita maravilla, ya lo veras. Las rodillas le temblaran al vanidoso Rabino. Estoy totalmente seguro que él habrá de querer ser el primero en ir a comenzar las plegarias. Él quiere llevarse el premio y el aplauso. Este señor le teme, hermano Buenaventura, aunque pretenda ignorarlo. Sabe él muy bien de que es vos persona ungida por santa unción, pero él se da golpes de pecho de ser un escogido de Dios. No entiendo tanta crasa ignorancia. ¿Pero es que no entiende él que, es un desahuciado por Dios y ese privilegio ha pasado a nosotros?"

"Pongámosle título a ese próximo evento hermano Pinzón."

"¿Cuál cree vos sea el más original título, hermano Buenaventura? Le dejo a usted ese derecho."

"Ya lo tengo hermano Pinzón: "El Desenmascaro de un Rabino""

"Mejor no habría otro, hermano Buenaventura."

"Hermano Pinzón, es de todos sabido que, estos judíos fueron despedidos por Dios dese la destrucción de su segundo templo y ya cesaron las maravillas de Dios a través de ellos. Ese liderato pasó a nosotros. Desde entonces van errantes de nación en nación y nadie los quiere. Así que, perderá su tiempo rezando por esta tormenta. ¿Cómo es que reta al que lo echó de Su presencia, ¡Que testarudo y vanidoso es ese tío! A la verdad que no lo soporto."

"Más que un profeta, es un hereje, nigromante, agorero, hermano Buenaventura. Habrá que salir de esa cosa a la brevedad posible. Está en vuestras manos ese Rabino presuntuoso y la salvación de esta nave."

Cual barquito de papel, la nave se inclinó de un lado y daba vueltas erráticamente, por el efecto de una enorme ola que la azotó de lado. La levantó en ángulo de 45 grados, la tiró de picada, volvió y la levantó de proa haciendo caer de espalda a todos los pasajeros. Un fuerte ventarrón la inclinó de estribor, luego de babor; la hizo girar como trompo sobre una superficie de cristal. Otra gigante ola la atacó de popa, levantándola, haciéndola caer otra vez de proa en picada, levantándola casi verticalmente. Volvió a levantarse de proa mientras otra ola empapó todo el piso de agua, llenando la nave de peces y algas marinas. Un rayo se vio caer como a cien pies del barco seguido de un ensordecedor trueno. Fuertes ráfagas de viento procedentes del Sur volvieron a cambiar el rumbo de la embarcación, mientras las nubes negras se movían a toda la velocidad hacia el Norte. De súbito el mar se aquietó, y comenzó a verse cielo despejado. Los marinos comenzaron a limpiar el agua de la superficie del barco. Los doctores y las monjitas volvieron a darle auxilio a los heridos. El timonel volvió a leer la hoja de ruta y pudo orientar la nave hacia el Suroeste. La imponente nave volvió a navegar plácidamente. Había surgido una inesperada bonanza. En media hora los cocineros estaban sirviendo el desayuno. Barullo prosiguió con sus amenazas de degollar al jefe de las cocinas, y al Capitán, tan pronto fuera liberado, acusándolo de ser parte de la culpa de la tormenta. Los sacerdotes se encontraban rezando en el camarote de Pinzón. El Rabino y diez hombres estaban en las tareas de las oraciones matinales.

"Hermano Buenaventura, la virgen ha escuchado vuestros ruegos. Ya no habrá necesidad de arriesgar vuestra vida rezando desde las barandas del barco; no tendrá que retar al Rabino. Vos es hombre santo y con virtudes".

"Ahora disfrutemos de este tan merecido desayuno hermano Pinzón".

"Maestro Samuel Esdras, nuestros rezos que hemos hecho durante la noche han sido escuchados. Ha pasado la tormenta. ¡Vea cuan limpios se ven los cielos, y el agua quieta y cristalina!".

"Neftalí, hijo, parece que todo ha terminado, pero nos esperan momentos aciagos. Un hecho insólito hará historia, algo trágico acontecerá a cinco, y a uno para bien, al retorno de la tormenta. Tres más están señalados para luego."

Neftalí, preocupado por la seguridad del Rabino Esdras, su padre y la de sus hermanos judíos, debido a las constantes amenazas de Barullo, se acercó a su mentor para advertirle del peligro que se cernía sobre él y de todos los hebreos.

"Maestro Esdras, estamos temblorosos por el miedo que nos imparte ese señor Barullo. Me preocupa vuestra seguridad y la de todos nosotros. He notado que este señor Barullo tiene el aval de los sacerdotes, de Malatesta, Malavé, Tertulio y de otros de los que les patrocinan su plan. Ese hombre y los suyos llevarán a cabo sus planes, tan pronto como lleguemos a tierra.

He estado escuchando conversaciones que me erizan los pelos. Ellos son españoles de una religión distinta a la nuestra y nos detestan. Entiendo que el territorio de Puerto Rico es pequeño comparado al del que hemos salido. Además de su tamaño, es, según me he enterado, montañoso y no tan poblado, asunto que se presta para cometer delitos sin ser vistos. Es fácil para ocultarse y acechar. La vigilancia de la Guardia Real, no es suficiente, y poco les importa la criminalidad, según me he enterado por mi tío Jacob en cartas enviadas a mi madre."

"Neftalí, es cierto todo que has leído y oído. Si, son hombres muy peligrosos, debemos tomar precauciones. Esta gente no prevalecerá en sus nefastos planes. Nosotros somos guiados por voluntad divina; no pondrán sus criminales manos contra nosotros, aunque trataran. Ya he hablado sobre este peligro con nuestro amigo, el Capitán. Él nos dará protección al llegar. No temas, por sus malévolos planes.

Vamos a un lugar muy fértil para la agricultura, Nefta. Es tierra sumamente bella, rodeada de agua por los cuatro lados. Eso sí, que a veces llueve copiosamente. Debes tener cuidado con las correntías de agua, no te acerques a ellas cuando esté lloviendo. Surgen tormentas de fuertes vientos que arrasan con todo, igual a la que hemos tenido en esta embarcación o peor. Las casas tienen que ser fabricadas tomando en consideración estos fenómenos atmosféricos, así es el Caribe. Ah, tenemos que cuidarnos, y protegernos de los mosquitos, traen fatales enfermedades."

"Maestro Esdras, anda un comentario de boca en boca, entre toda esta gente detractora, los que nos odian a muerte. Dicen ellos que, todos nosotros, los hebreos, somos culpables de esta tormenta, que gracias al Creador, ya ha pasado."

"Abraham, la tormenta ha cesado para que nos alimentemos y descansemos un poco. Después de la cena volverá con más violencia que antes, y terminará definitivamente, cuando haya habido juicio para algunos y salvamento misericordioso para otros. Abraham, ¿por qué dicen ellos que yo soy el culpable de este flagelo, qué has oído?"

"Dicen ellos que es vos un Jonás, causante de esta tragedia, que debe ser tirado por la borda, por los males que tenemos."

"Ya he hablado con mi Capitán, Abraham."

"Muy bien, ¿ya habló con el Capitán del barco? Eso me satisface."

"He hablado con el Capitán de ese Capitán."

"Bueno, ahora entiendo Maestro. No habrá sucesos aciagos para nosotros en el futuro. Ya me siento más seguro Rabino."

"Abraham, ya le he comunicado todo esto al Capitán de este barco, él ya ha comenzado a tomar precauciones y ha elaborado un plan para protegernos. La Guardia también está enterada y está tomando precauciones estrictas.". Nosotros tenemos una más alta protección, aún. Pero como le dije a Neftalí, no hablemos de los planes del Capitán, con más nadie. Que no llegue a los oídos de los que nos odian; sobre la estrategia del Capitán. Podrían fracasar sus planes y entonces estaríamos en riesgos."

"Maestro, usted me infunde valor, ¡qué bien me siento! No sabía que usted ya había notificado al Capitán. Esta gente se ve hablando cosas en secreto y creo que, hay otros planes que tal vez no sabe el Capitán. Lo más irónico es ver al sacerdote Buenaventura secreteándose con ellos."

"Abraham, no temamos a la tormenta ni a los tormentos. El Dios a quien servimos está con nosotros, en tiempos buenos, y también en los menos buenos. Quedémonos quietos y veremos Su respuesta salvadora."

"Como ya previamente os he dicho, inclusive a Neftalí. Tuve una revelación que me hizo despertar con los pelos erizados, hermano Abraham."

"Me asusta Maestro. Sé que es un gran vidente. Lo que siempre ve en sueño, resulta ser una revelación divina de gran importancia, es algo que se materializará, tarde o temprano. ¿Qué le ha sido mostrado esta vez, Rabino?"

"Te reitero, he visto rondar por dentro y la parte fuera de esta nave al ángel de la muerte." Existen ángeles de la muerte y de la vida". Este mundo es una miniatura del mundo invisible que no le es mostrado a todos, porque la mayoría no está preparada para ver las cosas divinas, morirían si vieran hasta las más pequeñísimas cosas de lo que existe más allá de nuestras narices. Abraham, así como en esta tierra hay legiones de militares para protegernos, así mismo hay legiones de seres invisibles, ángeles, que no están al alcance de los ojos del mundo secular. Hay ángeles encargados de oficiar sobre cada nación, cada pueblo, cada individuo. Ángeles hay para regir sobre las aguas y sobre el gehinon, conocido en castellano, el sepulcro y sobre el alma del hombre cuando es separada de su cuerpo. Debemos rogar mientras tenemos vida para que nuestras almas no vallan al sepulcro, sino, al seno de Abraham. El cielo, que es la Gloria, tiene una organización perfecta. Los hombres sin saberlo, han organizado sus gobiernos, conforme a lo macro- organizado en lo infinito, que es la Gloria de Dios. Esto es así porque, el hombre es hechura de Dios, y así organiza su formación social, militar, policial, etcétera de este mundo. Es copia miniaturizada de la organización celestial. El hombre ha organizado involuntariamente y sin reflexión, la forma en que está constituido su andamiaje social, militar, gubernamental, etcétera, en el modelo del cielo, pero el terrícola, es macro, e imperfecto. El de arriba, cuál será el último orden mundial, el que vendrá a la tierra, será enorme, perfecto y eterno. Pero, no todos tendrán el privilegio de residir en ese nuevo orden."

"Profesor, ¿cómo se explica la existencia de uno o más ángeles en este lugar, y bajo estas circunstancias? ¿Cómo parecían sus caras? ¿Que representa el color de las vestimentas? ¿Cómo el tamaño? Nunca he tenido el privilegio de tener una revelación igual. Sería una experiencia aleccionante, y edificante."

"Neftalí, también puedes tener esta virtud, si te esmeras en solicitarla, pero recuerda, es un gran compromiso sobre vuestros hombros. Sobre la apariencia de sus rostros no te puedo decir nada, cada uno tenía un velo sobre su cara. No se puede ser muy gráfico en describir con exactos detalles la total apariencia de un ser sobrenatural. Uno estaba vestido con ropas blancas que brillaban como el sol. Sus túnicas le cubrían hasta los tobillos y vestían mangas largas. Sus manos y pies y eran brillantes como el Sol. Eran dos seres, de elevada estatura y volaban sobre las cabezas de todos. No les vi alas, pero podían flotar y desplazarse rápido por el aire. El otro estaba vestido de ropas negras como el azabache. Yo no podía fijar mi mirada en ellos por más de dos segundos, sentía que me cegaba. Preguntas por qué uno tenía ropas blancas y el otro negras. El de ropas blancas traía bendición, el de negras, maldición. El de ropas negras puso una marca negra sobre la frente de unos, quienes son nuestros más notables detractores, y los maldijo. El de ropas blancas, puso una marca blanca sobre dos que también han sido detractores nuestros y son líderes espirituales y maestros, y los bendijo. Le pregunté por qué ponía un sello de bendición en la frente de esos dos que, desde nuestra salida se habían destacado como nuestros enemigos. Me contestó que la respuesta la sabría antes de tocar tierra. Le pregunté si tendríamos más dificultades durante este viaje. Me dijo que tendríamos algunas más, pero que solo morirán los que nos odian. Me dijo el ángel de blanco que, enfrentaras grandes dificultades, pero que al fin lograras triunfar sobre vuestros enemigos. Nefta, el ángel de blanco se detuvo sobre vuestra cabeza y te bendijo. Me dijo que, vos casarás con una prima y tendrás muchos hijos. Ella enfermará de una grave enfermedad, pero me dará a mí la virtud para sanarla. Volverás a España con ella, posterior a su sanación. Vuestros hijos alcanzarán altas profesiones en el campo de la medicina y vos tendrás muchas bendiciones espirituales y materiales. Serás hombre muy prospero en el hogar y los negocios. Luego ambos ángeles salieron volando hacia el Norte y desaparecieron en las nubes. Yo quedé temblando, no de miedo, pero por una sensación muy agradable, la que no puedo describir."

"Maestro, esto de seres sobrenaturales me intriga. ¿Cómo un solo ángel puede intervenir con tantos millones de individuos en este mundo?"

"Neftalí, además de apuesto, tienes interés en inquirir, escudriñar, pensar y analizar. En vuestro fuero interno, hay bondad y fidelidad a los principios que has adquirido de Abraham, vuestro padre, Reflejas propiedad inherente de justicia, imparcialidad con respecto a vuestros hermanos, amigos, esas son buenas cualidades. Vos es la personificación terrenal de un ángel de la pura luz que emana de Dios. No siempre los ángeles se manifiestan de forma sobrenatural. Estas manifestaciones sobrenaturales tienen un propósito especial. No existe un solo ángel, hay un ángel por cada un individuo de este mundo. Vos tienes un ángel que está representado en vuestra personalidad. Pero los hay buenos y malos. Lucifer fue un ángel de luz al principio, ahora, de las tinieblas. Ese ser tiene a su disposición ángeles, también. Un ángel de Lucifer puede habitar dentro de seres humanos que andan en promiscuidad crímenes y toda clase de maldad, y muchas veces estos hasta hacen cosas con apariencia de piedad. Estos ángeles pueden confundir a seres humanos que no andan en conformidad con los principios espirituales, los dados por nuestro Creador, los que has aprendido a través de vuestro padre Abraham y maestros de las leyes bíblicas.

Quiero ser breve, el tema es largo y místico. Cuando morimos, nuestro ángel viene por nuestra alma, la que nos ha sido dada en nuestro nacimiento. El ángel no viene por nuestro cuerpo, que fue el recipiente de esa alma. El cuerpo irá al sepulcro y el alma al lugar que se merezca estar, conforme a la educación moral, de intelecto-espiritual, la que le dimos, mientras vivió, en nuestro cuerpo. Un día habrá una resurrección y a esa alma se le permitirá regresar a ese cuerpo que la poseyó y la educó, ya fuera de forma mala o buena, para luego presentarse al Dios que nos creó. Así que, el cuerpo es solo un estuche, envoltura que alberga el alma. Al final habrá un juicio para esa alma y el cuerpo que la poseyó. Mira, aún lo vegetal que Dios ha creado para comer, viene en una envoltura, o una corteza. Porque como te dije: lo que existe en el plano material terrestre, es una micro copia, muy ínfima, de lo original existente en el lugar elevado celestial, somos creados a imagen de Dios, eterno, nosotros, efímeros ahora."

Tertulio y Malavé se habían aproximado a la puerta de entrada al camarote del Rabino Esdras, mientras este hablaba con Neftalí y su padre Abraham. Terminada la conversación se fueron retirando lentamente tomando la mayor precaución posible para no ser vistos. Estaban estupefactos por lo que habían oído. Se dirigieron hasta el camarote del sacerdote Buenaventura donde este mantenía un diálogo con su compañero sacerdote Pinzón. Con sus manos temblorosas, Tertulio tocó a la puerta del sacerdote. Este tardó en abrir y preguntó quién tocaba con tanta urgencia. La respuesta no se hizo esperar:

"Su merced, somos nosotros, Malavé y yo, Tertuliano. Abra la puerta, es urgente lo que le queremos comunicar."

¿"De qué se trata, alguna emergencia? La guardia del barco los pueden estar observando y los detendrían para interrogación. El Capitán ha ordenado vigilancia constante, esto es riesgoso, vosotros no sois gratos al Capitán."

"Señor nuestro, más peligroso es lo que hemos oído."

"Bueno, pues entren, pero con mucho cuidado. Si ven la guardia, retírense, y hablamos en otra ocasión."

"No su merced, no hay vigilancia en todo este entorno."

"Pues pasen, vamos, entren, pero rapidito."

"Tomen asiento como puedan, este lugar no es tan amplio para tanta gente, decirnos de que se trata vuestra urgencia, hombres."

"Señores sacerdotes, nos acercamos a la puerta del Rabino mientras hablaba con dos de sus amigos hebreos y escuchamos cosas raras."

Sobre lo que nos acaban de comunicar, ya teníamos conocimiento. Tertulio, ese hombre se jacta de hablar con ángeles, es brujo. Ya él mismo me había hecho saber de tal aberración. Por eso y mucho más hay que sacar a ese hombre de aquí pronto! Ese hombre tiene una conspiración contra nosotros. Malavé y Tertulio, salgan de uno en uno de este camarote. Cuídense de no ser visto por la guardia. Tenemos que hablar pronto sobre este delicado asunto; luego nos reuniremos. Mi hermano Pinzón y yo, estamos muy agradecidos de vosotros. Ahora, salgan con mucho cuidado."

"Hermanos Perfecto y Pinzón, ábranos la puerta pronto, queremos hablar con vosotros presto, abran, abran."

"Bueno, pero hombre, aquí todos tocan con prisa. ¿De qué se trata ahora? ¿Quiénes sois? ¿Cuál la urgencia que tenéis?"

"Somos las hermanas Teresita y María. Queremos audiencia con vosotros."

"Hombre hermanas, pues para luego es tarde. Entrad pronto. ¡Pero qué sorpresa verlas en mi camarote! Sabéis que este lugar es también vuestro. Que se repita tan agradable visita. Pero decirnos de que se trata vuestra urgencia."

"Hermano Perfecto, hemos venido para hablar un poco referente al señor Rabino. Nos parece que este señor no parece ser persona de malos sentimientos. Lo hemos oído expresarse y luce ser un individuo ducho en teología, filosofía e idiomas y otras materias. El judío refleja capacidad en lo que dice y hace. No es prudente mantener aversión con él ni nadie. El Rabino también es hijo de Dios. No porque rece de forma distinta a nosotros debemos despreciarlo. Se nos ha enseñado que debemos ser tolerantes. Continuar con la práctica de xenofobia podría desestabilizar los ánimos de otros y crear graves conflictos."

Hermanas, agradezco vuestra visita, y vuestras sugerencias. Vicente y yo somos sacerdotes experimentados, sabemos nuestros deberes y responsabilidades. Es inverosímil, una paradoja. Quisiera pensar que todo esto se trata de una pesadilla. No quiero que mis palabras afecten vuestros sentimientos y respetos. Siempre las hemos tenido en gran estima. Pueden vosotras estar tranquilas, nosotros sabemos cómo debemos comportarnos."

"Esperamos no minusvalore nuestras palabras. Es de vuestros conocimiento, lo que les diremos a continuación. Nos conocen de hace mucho tiempo, vamos hombres. Mi hermana María y yo, así como todas las monjas, hemos renunciado, a las comodidades efímeras que ofrece la sociedad, para servir a esta santa causa, sin prejuicios raciales, situación social, o diferencias de religión, etcétera. Creemos que ese hombre, el Rabino, debe de ser oído. Démosle una oportunidad. Si su mensaje no es divino, entonces, que sea anatema y terminará como todos los demás de esa índole. Pero, si por lo contrario, viniera de Dios, entonces, vosotros, nosotras y nuestros hermanos, quedaríamos burlados. Recuerde que, nuestra Iglesia surge de los fundamentos religiosos predicados por el Rabino. No hubiera existido nuestra Iglesia a no haber sido que Dios se le mostrara a Moisés, muchos siglos antes de la existencia de nuestra Iglesia. Son ellos nuestros hermanos mayores, de quienes hemos aprendido lo que Dios instruyera a Moisés, para Israel primero, y luego a nosotros. Son ellos el tronco, nosotros, las ramas. Es el tronco quien alimenta las ramas. Es eso lo que está explicado en los Escritos Sagrados, lo leemos constantemente."

"Hermanas Teresita y María, no nos tienen que dar discursos de moral y religión. Todo eso lo sabemos. Pero este señor Rabino ha sido escuchado por nuestros hermanos, Malavé y Tertulio, cuando hablaba con algunos de sus amigos de cosas que nosotros no creemos correctas, y que ya él mismo me las había dado a entender."

Hermanos, ¿qué terribles cosas habéis escuchado de esos delincuentes? ¿Cómo les podréis creer a individuos de paupérrimo estado moral? ¿Fue que, acaso el Rabino habló con ellos sobre asuntos que nos ponen en más peligro?"

"Hermanas, Malavé y Tertulio, mientras pasaban frente a la puerta del camarote del Rabino oyeron conversación, se detuvieron a escuchar para oír de qué hablaba con sus amigos. Nada más ni menos, decía ese señor Rabino, que había hablado con ángeles y que estos, ángeles, habían puesto señales de muerte sobre la frente de nosotros". Este señor, es brujo, falso vidente, o embaucador. Creo que está tramando algún crimen contra nosotros. Sería blasfemia para la iglesia, ir con un individuo de ideas oscuras, a rezar por una causa tan seria. No os dejéis engañar hermanas."

~ VII ~

ESTADO DE NERVIOS

Comenzaba a descender el sol. Los ayudantes de las cocinas habían ya terminado de anotar en el listado la selección de los alimentos seleccionado por los pasajeros para la cena. El buque navegaba con suavidad, cortando con su protuberante quilla, las olas a veces tranquilas, otras, un poco agitadas. El aire era suave y cálido, el agua, cristalina. Nubes blancas engalanaban el cielo tropical. El barco había ya entrado en el a veces agitado trópico. Muy lejos en el horizonte Oeste podía apreciarse algunas nubes oscuras, común en esa ruta marítima. Muchos peces, saltando, se notaban nadando en la misma dirección del barco. Algunos pasajeros habían llevado pan, y lo arrojaban sobre el agua, para alimentarlos. Un delfín pasó por el lado del barco, nadando con su cabeza erguida, emitiendo sonidos agudos, como advirtiendo algo. Continuó nadando hasta algunos cien pies, más allá de popa, y regresó de la misma forma, por el otro lado de la nave, produciendo el mismo sonido. Los marinos lo miraban atónitos. El marinero encargado de la vigilancia de los horizontes subió al puente de observancia y auscultó con su lente óptico. Bajó del puente unos minutos después, y hablaba con el Capitán, mientras con su dedo señalaba hacia el Oeste.

El sol se fue ocultando, formando un espectáculo de color amarilloso y negro. Hacia el Este era más escuro, indicando que la noche llegaría pronto. Los pasajeros fueron ordenados a retornar a sus asientos para la cena de la noche. El Rabino y diez hombres se retiraron al salón de estudio y meditación para la oración de la tarde. Las mesas fueron servidas media hora después, y los pasajeros disfrutaron de su exquisita cena.

"Maldito cocinero, te pedí me sirvieras suficiente carne de ternero, y me trajiste un pedacito que se me quedó en una muela rota, lo demás fue rabo, oreja y tocino. A los tuyos les serviste abundante ternero asado, vino tinto, y a los míos, rabo, oreja y el tocino apestoso de siempre. Ojalá te reviente la apestosa barriga esta noche, hijo de perra."......"

"Calla tu boca, jorobado, cara de cerdo, sino quieres que te quite la comida que te llevé, y se la dé al perro, quien es más decente que tú, y te traiga como comida sus excrementos" -- le gritó el guardia que le llevó la comida a la celda.

"A la desgraciada madre que te trajo a este mundo, le vas a dar la mierda del perro, bastardo mulato. Que te lleve el diablo, a las pilas del infierno, placenta con dos patas, rata de letrina."

Mientras tanto, los sacerdotes Buenaventura y sacerdote Pinzón confraternizaban con amenidad sobre diversos temas:

"Hermano Vicente, creo que este señor Rabino, puede ser un enviado de Dios para ponernos en alerta sobre algo que aun no entiendo. Es un judío y existe una sanción sobre maldecir a un judío. Quien lo maldiga, ese será maldito, y quien lo bendiga será bendito. Pero, es vos un hombre seleccionado por Dios. La tormenta ha terminado por vuestra intervención. Permítame besar vuestras santas manos."

El sacerdote sintió inflado su ego, por el acto de sumisión de su hermano, aun siendo ambos de un mismo nivel jerárquico.

Más desesperos.

Tres horas después de terminada la cena y de haber Vicente besado las manos de Buenaventura, un veloz y resplandeciente relámpago rajó el cielo de Este a Oeste, dejando iluminado todo el ámbito, por un fugaz momento. Un estridente trueno siguió al relámpago, y una rápida e inesperada ráfaga de viento, azotó con tal ímpetu, que hizo inclinar la nave de un lado, tirando al piso a hombres mujeres y niños y a todo lo que no estaba firme.

"Señores y señoras, pasajeros todos, estamos siendo azotados por otra tormenta, que parece ser más violenta que la anterior. Por instrucciones del Capitán, queda prohibido subir a cubierta, ni caminar de un lado al otro. Todos deben permanecer es vuestros asientos. Los niños deben de permanecer junto a sus padres o encargados", - fueron las instrucciones del timonel, copiloto David Gadol.

Las olas se agitaban con furia indescriptible, haciendo al enorme buque girar en círculo y navegar sin rumbo. Las velas se inflaban al punto de salir disparadas, los mástiles se doblaban casi al nivel de partirse. El copiloto ordenó, bajar un poco las velas para impedir el desastre de quedar varados en alta mar. El gran titán de los mares, era levantado por las enormes olas de popa, y tirado de picada de proa, casi a punto de quedar sumergido por las gigantescas olas que lo azotaban sin tregua.

El Capitán ordenó activar las lanchas de salvamento, para una eventualidad, de ser la última alternativa. Parecía que el naufragio era inminente. Las mujeres se persignaban, otras gritaban histéricas, y el terror de perecer ahogados era desgarrador. Los lesionados rodaban por el piso, el Rabino, las monjitas y los médicos, con esfuerzo daban auxilio a los afectados. El piso había sido inundado de agua, peces y algas marinas se veían por todo el piso. Los marinos optaron por amarrar a sus asientos a los más débiles, para evitar lamentables accidentes.

"Maldito huracán, hay que joderse con él, nos quiere destruir, solo por la culpa de estas realengas bestias judías. Pero ya verá el idiota Rabino y la tormenta esta, quien es Buenaventura. Ya tengo a mi grupito con sus rosarios en mano."

Pero, pasada la media noche, hubo inesperada bonanza. Al amanecer, aunque estaba nublado y se sentían brisas, el sol había salido con timidez de entre las nubes, las velas fueron levantadas y el barco regresó a su derrotero. Los fogones de las cocinas volvieron a encenderse, los marinos pasaron a hacer la lista para el desayuno, y el barco navegaba una vez más sin impedimentos. Luego del desayuno muchos subieron a cubierta para contemplar el océano. Bien lejos en el horizonte se notaban nubes negras. El aire que soplaba era caliente, húmedo, las olas eran rápidas y altas, el sol opaco, saliendo y desapareciendo entre las nubes. A lo alto de los mástiles se sentía el chasquido que producían las velas al rozarlas el viento. El barco se bamboleaba de babor y estribor en movimientos irregulares. Los pasajeros se notaban preocupados y hablaban poco, sus ojos permanecían fijos al océano. Eran las once de la mañana. Los marinos ordenaron a los que estaban sobre cubierta a regresar a sus asientos para hacer las órdenes del almuerzo.

A las 12:30 fue servido el almuerzo, pero en muchos había poco apetito, más bien preocupación por la poca estabilidad del barco, debido a inquietud de las olas. Algunos ya cansados se recostaron del espaldar de sus asientos y se cayeron en somnolencia, estimulados por vaivén del barco y el ruido constante de las velas.

"Hermano Buenaventura, ¿cree que esta tormenta regresará como predijo el Rabino?"

"Hombre, - ¿pero le cree vos a esa bestia con dos patas? Esa tormenta ya se fue, yo estuve rezando toda la noche. El único tormento que nos queda por eliminar es a ese asno."

"Pero me preocupa la inestabilidad de las olas y las nubes negras hacia el Oeste."

"Vicente estos son los efectos de la tormenta que ya terminó, gracias a mis ruegos. Pierda cuidado, disfrute vuestro alimento en paz. El Rabino estará abochornado en este momento, mira como me mira."

"Hermano Perfecto, estos hebreos conocen de Buenos alimentos. Que no quepa dudas de que esta gente, a pesar de sus raras filosofías y costumbres, sobre alimentos van a la vanguardia. Estas costillas de oveja, mas deliciosas no pueden estar. Nunca había tenido el privilegio de disfrutar de manjares más deliciosos y saludables. Ahora entiendo la razón de por qué enferman poco. Mire vos, esta gente se ve en perfecta salud, aun los más ancianos son saludables y nuestra gente, casi siempre está enferma. Ahora, decidme si has visto al Rabino y has hablado con él respecto a la tormenta pasada, y que contestó. Aunque ya la Virgen ha escuchado mis ruegos una vez más. Aunque el cielo se nota muy nublado, la tormenta ya no está. Las olas están un poco calmadas y no se sienten truenos, ni se ven ya relámpagos, gracias a mis ruegos y mis buenos propósitos. Pero anda, cuéntame lo que os dijo el idiota ese."

"Buenaventura, he hablado con ese señor y he podido ver con mis propios ojos y escuchado con mis oídos a ese hombre hablar."

"No, no me vas a decir que te has dejado convencer de ese analfabeto judío."

"Solo hemos dialogado un poco, es extrovertido, eso sí, pero, analfabeto no es, ni tampoco lo son sus hermanos."

¿"Parece que lo sugestionó su aparente elocuencia Vicente? No me asustaras."

"Nada de aparente Perfecto, debes oírlo hablar."

"Oye hermano, ¿también has sufrido una transformación? Esto me inquieta."

"Hermano Buenaventura, he podido comprender que ese hombre tiene muy buenas intenciones. Es intelectual y no resistía mirarle a sus ojos fijamente."

"Hermano Pinzón, de gente con aparente buenas intenciones está el camino al infierno lleno. Estoy desesperado por oír lo que te dijo. Por favor, decidme de una vez."

"Hermano Perfecto, el Rabino me ha informado que la tormenta regresará. Me ha sugerido que debemos de reunirnos los tres a la brevedad posible."

"Muy bueno hermano Vicente. Id donde el Rabino y decidle que, no obstante haber cesado la tormenta debido a mis ruegos, nos reuniremos con el Capitán tan pronto él lo decida. Pero antes que nada, debo reunirme con Tertuliano Malatesta, y Malavé."

Plan macabro

"Señor Rabino, gracias por atendernos en vuestro camarote, y aceptar mi petición, que ha sido vuestra previa sugerencia para los rezos. Pongamos en orden el protocolo en que haremos los rezos que tanto demandan los pasajeros y las monjitas. Pensé ya había terminado esta maldita tormenta y no había ya necesidad de llegar a este evento de rezos. Debemos hablar con nuestro Capitán inmediatamente sobre este particular. Debe de ser él quien autorice esto y ponga las reglas. Como le he dicho previamente, debo de ser yo quien comience los rezos, es prerrogativa mía, mi deber sacerdotal, quiero que me entienda señor. De no haber respuesta a mis ruegos, pues, entonces tocará a vos la parte del exorcismo. Creo es vos experto en asuntos extrasensoriales, vos se comunica con los muertos y hasta con ángeles. ¡Hay Virgen mía, me persigno en tu nombre!

"Señor sacerdote Buenaventura, no piense que ostento, o sufro de ideas obscuras, ni busco reconocimientos personales. Con el permiso de vuestra inminencia, permítame corregirle. No iré a hacer rezos de exorcismo a las barandas de este barco. Un exorcista es aquel que reprende la presencia de un demonio que está afectando la capacidad mental de una persona o personas. Aquí se trata de algo de más preponderancia. Vamos a exigirle a la naturaleza creada por Dios que cese y desista de su flagelo contra esta nave. Que terminen los vientos, la lluvia los relámpagos, los truenos y el fuerte oleaje. Es vos hombre instruido intelectual y espiritual, hombre ungido para presentarse ante vuestro Creador y solicitarle el salvamento de este flagelo. Conoce vos muy bien de lo que estoy hablando. No estamos frente a un maleficio, sino, frente a un azote divino debido a nuestras propias adversas acciones, y que traerá consecuencias. Déjeme adelantarle que, de no solicitar a La Autoridad Divina para que todo esto cese, un mal más doloroso habrá de acontecer. Sepa vos que ni un pelo de las cabezas de aquellos que han mostrado un comportamiento respetuoso y reverente habrá de perecer, solo los mal intencionados, aquellos que reflejan odio, animosidad, xenofobia, discrimen religioso y que planifican crímenes, estos habrán de recibir el azote del Cielo."

El sacerdote que, impacientemente escuchaba las explicaciones y pronósticos del Rabino, se levantó bruscamente, en actitud amenazante y exasperado, apuntó con su dedo tembloroso hacia el rostro del Rabino, a fin de repeler e increparle por su declaración y pronósticos.

"Señor Rabino, decidme con sinceridad, ¿de qué escuela de profetas ha sido egresado? ¿Qué espíritu de las tinieblas le ha revelado tan deplorables presagios, cuales no tienen un buen predicamento entre gente de dos dedos de frente? Le ratifico que es vos un falso profeta, un raposo. No quiero ni pensar que esté vos tramando algún crimen contra nosotros, o con algunos de los que vamos en este viaje, por no ser de vuestro agrado. ¿No será que, está vos, maestro de errores, poseído de sentimientos de inferioridad y quiere demostrar grandilocuencia para impresionar"? En vez de alimentar el vigor del ánimo de los atribulados pasajeros, predica vos el desastre, la miseria, la muerte. ¿Por qué pretende ser tan incisivo contra los incautos e ingenuos, cuyo fin solo causa confusión? Contestadme señor nigromante, adivinador de aciagos presagios."

El Rabino, pacientemente escuchó la vacía y denuesta arenga del sacerdote y sin emitir palabras, sino hasta terminada su perorata le contestó:

"Señor intelectual, dejad que os presagie algo más significativo. Apunte lo que os diré para que no lo olvide. Le anticipo que, antes de que amanezca empezará vos a ver lo que le diré que os sucederá, lo bueno y lo menos bueno. La metamorfosis de vuestras ideologías harán historia sobresaliente entre los sucesos acaecidos en este navío. Andarán vosotros dos, escondiéndose por algún tiempo, pero al final de muertos sus detractores, tanto vos como vuestro hermano sacerdote, saldrán de vuestro escondite, pero el cambio de identidad, creará diferencia. Lo que hasta ahora rechazan, abrasaran, y lo que practican, reprocharan; grandes misterios y enseñanzas conocerán. Maestros serán de niños, y de niños aprenderán cosas jamás antes sabidas. Pero, no será todo recibido con facilidad, costará precio de sangre, dolor, y llantos. Al final tendréis paz y muchas bendiciones. Esto lo verán cumplirse pronto."

"Óigame bien, maestro futurólogo, no me impresionan vuestros presagios caprichosos. No me sugestionan vuestros ignorantes vaticinios, esos quedan anulados con la explicación intelectual, que es conforme a la lógica y la razón. Nosotros los sacerdotes no nos regimos por adivinación, presentimientos, intuición ni nigromancias Somos intelectuales que nos regimos por razonamientos humanos. Nuestra religión es la única correcta, la que todo ser humano debe de abrazar. Señor, soy maestro, no solamente de adultos, pero también de niños. Me está presagiando algo de lo que ya hace tiempo he estado haciendo. No es una profecía lo que me anuncia. Eso es lo he estado haciendo por toda mi vida señor. ¿Cuál ha de ser la metamorfosis que me ha de surgir entonces?- ja, ja, ja ja. ¡Qué idiotez! No tolero vuestros ridículos y tontos anuncios proféticos, señor."

"Señor sacerdote, deponga vuestra arrogancia, urge volvamos con el Capitán. Lo que le he anunciado sobre vuestro futuro, vendrá pronto, pero pronto también podríamos naufragar. Mire como la gente son lanzadas de un lado a otro. Hay muchos heridos y muchas mujeres acostadas en sus camarotes con problemas de histeria y otros vomitan incontrolablemente. Es vos hombre que ha aprendido disciplina y que debe poseer tolerancia, humanidad, sensibilidad y compasión. Yo lo acompañare hasta nuestro Capitán, aunque por orden protocolar es vos quien deba de dirigirse a él para obtener el permiso de los rezos, eso no tiene espacio para discusión."

Es que la tormenta había regresado y había adquirido esta vez dimensiones más destructivas. Dentro de la nave era todo un caos. Mucha gente pedía ayuda al sacerdote a viva voz. No parecía que hubiera salvación para nadie. El sacerdote, mientras tanto, prolongaba la petición del Rabino para los rezos, con subterfugios. Parecía se sentía amedrentado por un fracaso. Al final decidió oír al Rabino y regresar a donde el Capitán. Parecía como si un severo juicio hubiera caído implacablemente sobre el ya extenuado navío. Los marineros habían amarrado a sus asientos a todos los pasajeros, para evitar fueran disparados por las bordas. El barco estaba al garete, giraba en círculos. El ruido que producía el viento y el oleaje era ensordecedor. Asistidos por los marinos, el Rabino, y el sacerdote, regresaron hasta el Capitán. Caminando a pasos sigilosos, los seguía la pandilla de malhechores.

¡Qué bueno que han venido señores, tomad asiento! La tormenta ha retornado y con más violencia, como están viendo y sintiendo. Ahora si estamos a punto de naufragar. Maestro Esdras, tengo ansiedad por escucharle, pero permitidme oír al señor sacerdote Perfecto antes. Mucho le agradeceré me conceda hablar con él en privado; luego me reuniré con vos en privado y después los tres. Con el respeto que vos me merece, os ruego espere en vuestro camarote. Dos marinos y un guardia lo escoltaran. Le reitero mi total agradecimiento."

"Bueno, ahora hablemos señor Capitán. Pero, permítame antes de comenzar hablar sobre el tema, necesito contarle una experiencia insólita que he tenido. Mire Capitán, yo no me rijo por mitos, ni ideas de asuntos sobrenaturales. Sepa que soy doctor en filosofía y divinidad. Creo que, todas estas tormentas suceden por la misma naturaleza. Pero oiga esto: La noche pasada tuve un sueño que me tiene muy preocupado. Yo nunca había experimentado una experiencia tal. Le reitero que, no creo en eso que muchos llaman revelaciones, ni mucho menos en cosas extrasensoriales."

"Hombre pues, vallamos al grano, hágame saber de qué se trató vuestro sueño."

"Señor Capitán, creo que, estando dormido, o medio dormido, no sé. Se puso frente a mí un personaje de barbas blancas y largas, y de mirada penetrante. Ese hombre, raro a los demás hombres se me acercó y me habló al oído y me dijo: Una senda larga y desconocida para vos os espera. Uno que va entre vosotros será vuestro guía, a él debéis escuchar, es hombre sabio. Vos y vuestro hermano Vicente afrontareis algunas temporeras dificultades, pero terminados los inconvenientes habréis de triunfar. Luego de esa visión, siguió otra mucho más complicada y extensa, que es la que me tiene muy preocupado, Capitán."

"Me parece interesante lo que me está contando señor sacerdote Buenaventura. Estoy muy interesado en oír de qué se trató todo el sueño. Continúe señor sacerdote con la otra parte de vuestro interesante sueño."

En la otra visión me vi tirado al suelo, y mucha gente me miraba estupefactos. Sentía mucho dolor en mi cabeza y noté que sangraba profusamente por una herida que alguien me había infligido en la parte posterior de mi cráneo. De pronto sentí que mi alma había salido de mi cuerpo y flotaba por un oscuro y largo túnel que parecía no terminar. Mientras flotaba por el oscuro túnel, gritaba de terror. Al final, llegué hasta un sitio donde había una inmensa sala donde había mucha luz y muchas personas que pude reconocer. Yo casi no podía mirar bien por el brillo de la luz. Los presentes esperaban por la llegada de un Juez que vendría a juzgar las almas. Llegó el Juez, se sentó en su estrado y yo temblaba del miedo. Uno de lo que allí estaban, me tomó de las manos y me llevó al borde de un abismo desde donde emanaban llamas de fuego. Miré el fondo del abismo y pude ver seres sufriendo, de los que a diario veo aquí, y que ni quisiera decirle. Trataba de tocar mi cuerpo, pero no lo tenía, no obstante, tenía sentido del tacto, sentimiento y sensibilidad, era algo raro que ni puedo expresar bien.

"Hombre, pues diga a quienes vio en el infierno, señor sacerdote."

"Señor Capitán, he aprendido que, nuestra alma sale de nuestro cuerpo cuando morimos, e irá a la Gloria, si fue buena persona y lo merece. Le tocará el purgatorio por mucho tiempo, para purificar sus imperfecciones, antes de gozar de la gloria. Otras almas permanecerán en el limbo, vagando de un sitio a otro, si la muerte aconteció al nacer, antes del uso de razón, hasta que Dios les asigne su lugar a estar.

Un ser de apariencia masculina, vestido de resplandecientes vestiduras blancas, me llevó hasta el borde del abismo. Me permitió mirar bien abajo y vi, como previo le dije, a personas de los que a diario veo en este barco. Estos me gritaban y suplicaban con llantos desde el fondo, pidiéndome los sacara de aquel horrendo lugar. Yo no tenía capacidad ni autoridad, para hacer nada. Sentía una carga de imperfecciones sobre mi espalda, e impotencia. Aquel lugar era aterrador, y yo estaba desesperado por lo que miraba. Tenía mucho miedo de ser lanzado en aquel terrorífico horno de intenso fuego."

El "ser humano", o no sé, me llevó hasta el borde del abismo de fuego, me levantó, y cuando se aprestaba a lanzarme en aquel infierno, oí la voz del Juez, la cual pude identificar con una que oigo todos los días entre nosotros; sentía que temblaba de pies a cabeza. La voz instruía orden al ser que me lanzaría al abismo, para que me devolviera hasta su presencia. Cuando llegué hasta el magistrado y miré a su rostro, fue cuando tuve la más dolorosa experiencia. Capitán, el Juez era el Rabino Esdras. Yo estaba muy abochornado, no quería seguir mirando su rostro. Miré hacia la derecha donde había una cortina blanca; la que se abrió de un lado al otro, quede paralizado al observar que había un jurado de doce personas, todos hombres. Ese jurado estaba compuesto por los hebreos que también van con nosotros. Yo sentía que era el ser más infeliz, y caí de hinojos ante al Juez. Este me dijo, hijo, levántate, regresa a vuestro sitio, aún no es el tiempo; hay un trabajo que tendrás que realizar todavía, hasta que llegue vuestro tiempo, tanto para vos como para vuestro compañero, Vicente. Desperté de esa pesadilla que no quisiera recordar más. Dígame, señor Capitán si puede interpretar ese sueño, o no sé….. lo que eso fue, estoy turbado."

"Señor sacerdote Buenaventura, yo no tengo facultades para interpretar sueños. Mi única facultad es trabajar duro en esto de la navegación, pero, a mi modo sencillo de analizar, el sueño no tiene otra interpretación, sino, la misma que vio. No obstante, creo sería favorable preguntara al Rabino Esdras. Él es un estudioso de cábala, muy ducho en esa mística. Eso de revelaciones, son asuntos muy complicado para mí."

"Señor Capitán, no me haga afligir más. Pero bueno, haré una prueba. Veré lo que dice el burro este. Ese Rabino insiste de que esta tormenta no cesará, sino, hasta que vallamos él y yo hasta los bordes del barco, y allí recemos a Dios para que cesen estos horrendos vientos. Yo más bien creo que eso es una aberración de ese señor. Pero tanto insiste ese asno, que estoy pensando con aceptar su idiotez. Señor Capitán, quiero solicitar de vuestra autoridad de que, sea yo el que inicie los rezos, no me defraude, seria humillante."

"Esperemos oír lo que interpretará el Rabino sobre vuestro sueño."

~ VIII ~

CONSPIRACIÓN DE MUERTE

"Capitán, más bien lo que pienso es que, este señor Rabino es presuntuoso. Las tormentas son productos de la naturaleza, ya terminará cuando la misma naturaleza lo quiera. Pero, para que este fanático esté tranquilo, lo complaceré. No obstante, seré yo quien tenga la primera parte en los rezos, ya que soy yo la persona líder de los asuntos religiosos de los pasajeros de este barco, y así lo establecen los reglamentos de nuestra institución religiosa. Como quiera, las oraciones de este tonto, no pasaran más allá de su nariz. Quiero hacer bien claro, señor Capitán, que este narcisista me ha dicho que, de no haber una bonanza después de que el rece, lo tiren al mar. Esa declaración tiene peso y creo que vos, señor Capitán debe considerar hacer cumplir su petición, no merece otra castigo por sus mentiras."

"Señor sacerdote Buenaventura, en este barco la primera y la última palabra es la mía. Será vos, señor sacerdote, quien tendrá la iniciativa de los rezos; pero, escuchadme con mucha atención señor sacerdote Buenaventura. Me conoce bien, sabe bien que soy hombre que abrazo la equidad, la justicia y la imparcialidad. Justo y equitativo sería pues, que de vos fallar en los rezos, sea lanzado por las barandas, según lo pide para el Rabino. Es vos persona que predica la justicia, decirme si estoy equivocado. Venga hombre, que la tormenta se hace más fuerte a cada minuto. El Rabino interpretará vuestro sueño, para eso lo he mandado a venir hasta aquí, oigámoslo."

Por la Virgen de las Mercedes, Capitán, que no atiendo a premoniciones de adivinos. ¿Pero, qué méritos tiene este tío embustero para que yo lo escuche? ¿Quién le ha dado el título de profeta a esta cosa de predicador? Mire, olvide lo del sueño, Capitán, tal vez fue un trastorno orgánico por no haber digerido bien los alimentos. ¡Qué vergüenza tener que rebajarme a este idiota!"

"Señor sacerdote, no está obligado a rebajarse ante mí, no tiene que contarme su sueño. Yo le diré que fue lo que soñó y también le daré el significado."

"Míreme a los ojos, brujo embaucador, le contaré el verdadero sueño y espero me dé la repuesta correcta. Atienda bien: Soñé que, había una conferencia de Cardenales con el Papa. Yo había sido invitado, y estaba sentado en la parte trasera. Miré a los atuendos, con los que yo estaba vestido y noté que estaban sucios, desgarrados y estaba descalzo. Era yo así como un ceniciento en la casa del Rey, me sentía avergonzado. Estaba el Papa y sus Cardenales eligiendo al Cardenal Superior, quien tendría el cargo de dirigir el Sacro Colegio de Consejeros, una distinción de gran honor. Se echaron las suertes y ninguno de los Cardenales allí presentes fue elegido. -- ¿No hay más Cardenales presentes?—preguntó el Papa. – No señor, dijo el líder que presidia. -- ¿Quién es el harapiento sentado en la parte de atrás?—preguntó el Papa. -- Es un sacerdote que ha hecho votos de pobreza, su Santidad. Pues traerme a ese sacerdote tan humilde y devoto, ponerle las vestimentas honorificas para ser vuestro director Cardenal."

"Señor sacerdote, no mienta, no fue ese el sueño que tuvo."

"¿Se atreve a llamarme embustero, sabelotodo imbécil?"

"No he oído el sueño que vos tuvo, pero yo le diré cuál fue su sueño y le daré la interpretación. Hombre, que los hombres que profesamos piedad debemos ser cabales, correctos, humildes, y honestos. ¿Qué oculta?"

"Me insulta señor, maestro de falsos presagios y discursos moralistas."

"Señor sacerdote, ¿por qué se empeña en proferir insultos contra mi persona, constantemente? ¿Por qué encierra en vuestro corazón tanto odio? Entiendo que vuestro sarcástico proceder no fue lo que le enseñaron durante su período de educación. ¿Ha aprendido poco de vuestras hermanas monjas? Ved que son muy humanas, y con alto sentido de respeto a toda persona. Es el comportamiento medular esperado de aquel, o aquellos asignados a realizar trabajos de liderazgo. Los odios, tendrán consecuencias funestas, y es vos candidato a experimentar un gran dolor que le hará cambiar vuestra errática conducta y carácter. No piense que lo regaño, señor, solamente le advierto, porque lo respeto y le tengo estimación.

Continuemos en el tópico dominante, al que hemos venido. Sobre el sueño que tuvo, señor sacerdote. Vos sonó que alguien lo golpeó en vuestra cabeza y mucha sangre salía de la herida. Según el sueño, vuestra alma salió de vuestro cuerpo, entiéndase que murió. Pasó por un largo y obscuro túnel hasta llegar a una sala enorme donde había una muchedumbre para ser juzgadas y estaba vos incluido. Vio allí un lugar donde habían personas en suplicio por un devorador fuego que los consumía lentamente. Fue vos llevado ante el Juez y............

"Ya, ya, ya cuentista nigromante, dejad el asunto hasta este punto. ¿Quién le sopló el sueño?"

"Señor sacerdote, detenga los insultos al señor Rabino. Yo he sido la primera persona en oírle su sueño que dice vos haber tenido, y no lo he contado al señor Rabino, deponga vuestra falta de ética. Soy el Capitán y dueño de esta nave. Le estoy advirtiendo que de no cambiar vuestra actitud me veré obligado a informar de vuestro paupérrimo comportamiento a La Corona y le aseguro que los resultados serán nefastos para vos. Podría ser que, incluso no tuviera el privilegio de oficiar más como sacerdote en ninguno de mis barcos."

"Señor Capitán, perdería vos el tiempo. La Corona es poderosa."

"Señor sacerdote, tendría una desagradable sorpresa. En mi barco, soy el Capitán y las leyes de navegación están establecidas conforme a La Corona.

"Señor Rabino, puede vos continuar la conversación con el sacerdote."

"Gracias señor Capitán"

"Señor sacerdote, es obvia vuestra xenofobia y aversión a mi raza esto le hará mucho mal. ¿Sabe vos que por vuestras venas corre sangre judía? Si vos me odia por motivos de raza, debería de tomar en consideración que vuestra madre es de nuestra misma raza. Vos estaría odiando también, a vuestra propia madre. No podrá cambiar vuestra sangre, por más que lo intente. No solamente por vuestras venas corre sangre hebrea, sino también por las de vuestro hermano Vicente, sus padres son de linaje hebreo inclusive. Entonces no entiendo por qué encierra en vuestro corazón tanto odio. Perdone que a veces hablo en el modo caribeño y tal vez no sea de su agrado."

"Olvide los modismos lingüísticos, no tiene importancia, tío. ¿Quién le informó secretos de mi familia? ¿Anda vos por ahí regándolo por los cuatro vientos?"

"Todos los judíos nos conocemos, señor. Además, mi nombre no es "tío". Mucho le he de agradecer que, por respeto y buena ética profesional, me llame por mi nombre, vos sabe muy bien cuál es. Ha visto que, siempre que me dirijo a vos, lo hago con respeto y altura de oficio; es lo que he aprendido dentro de mis enseñanzas milenarias, que tienen origen desde muchos siglos antes de la existencia de vuestra institución religiosa."

"Señor reverendo."

"No soy reverendo señor, soy Rabino, que significa maestro."

"Excúseme, señor Rabino, soy un sacerdote, título de alta estima que me costó muchos años de educación y sacrificios. Siempre hemos guardado en secreto los orígenes de mi madre. Sé que es denigrante estigma ser parte del grupo étnico hebreo. No hubiera llegado yo hasta la posición que ostento, de haber sido parte de vuestra comunidad. Por lo tanto, le ordeno no lo siga regando, me es un desprestigio."

"Esté vos tranquilo Señor, continuemos con el tópico de su sueño. Lo de sus orígenes, es algo aparte. Ya las aguas volverán a su sitio."

"Señor Rabino, dígame la verdad, ¿me habrá de acontecer todo eso que vi en eso que vosotros llamáis revelación? Hombre, que se me erizan hasta los pelos. ¿Cómo sabe lo que soné? Todavía creo que es brujo."

"Le he dicho la verdad monda y lironda, señor sacerdote. Antes de que salga el sol acontecerán sucesos, uno de ellos que marcará vuestros futuros. Antes del anochecer vos tendrá muchas aprensiones y antes de que toquemos puerto tendréis mucho miedo por vuestra seguridad. No soy brujo, sino vidente."

"Habla sandeces señor adivino."

"Cuando vea el cumplimiento, lamentará vuestro herrado predicamento y arrogancia."

"Señores, sacerdote Buenaventura y Rabino Esdras, Que El Creador los dirija en vuestra empresa. Yo, como Capitán de esta nave, los autorizo para que comencéis hacer el gran trabajo de este reto. He dado órdenes a los marineros para que amarren sogas a lo largo del barco para que os sostengáis. Todos estarán atentos a vosotros. Señor sacerdote, tendrá el privilegio de ser el primero en comenzar los rezos. Es vos el sacerdote ordenado por la Iglesia para vuestros oficios en este barco, y aceptado por mí. Los rezos serán individuales. De no haber respuesta divina a vuestras súplicas, tendrá el turno el señor Rabino. Yo repartiré los turnos. A quién escuche Dios, y cese esta tormenta, ese puede llamarse hombre escogido por disposición santa, al cual Dios escucha. ¿Estoy claro? ¿Alguna duda?

"Señor Capitán, quiero recordarle la declaración que ha hecho el señor Rabino en el sentido de que, de él fallar en sus rezos sea tirado por la borda."

"Muy bien, señor sacerdote. Si vos fallase, entonces ordenaré a cuatro marinos y a la guardia del barco para que sea vos echado por la borda, de ser ese vuestro fatídico resultado. ¿Es justo mi juicio?"

"Tengo inmunidad otorgada por mi Iglesia, confirmada por La Corona, por ser sacerdote, señor Capitán. No puede imponer pena de muerte contra un sacerdote."

Gastón Malavé, aprovechando que los marinos y la Guardia estaban ocupados en la instalación de las sogas, se reunió con otros delincuentes, Tertulio y Barrabas, para explicarles el "plan Buenaventura" para la eliminación del Rabino esa noche.

"Tertulio, presta atención. Previo a la ejecución del Rabino, he orquestado un grupo de revoltosos, quienes estarán cerca de popa, para que comiencen una aparente reyerta y gritería, para enfocar la a atención del Capitán, justamente en el instante de mi comando.

Yo estaré parado sobre un asiento, con un farol en mi mano, levantado bien alto, para dar la señal de comenzar la gritería cuando lo encienda. Alguien a quien ya he elegido, me estará sujetando para mantener el balance. El Rabino y el sacerdote estarán juntos uno del otro, Barrabas y Tertulio estarán inmediatamente detrás de los dos. El Capitán y la Guardia estarán atendiendo el acontecimiento de proa. Toda la demás gente también estará pendiente de la algarabía en la parte trasera del barco. Justamente, al momento de yo apagar el farol, vos, Tertulio, le asestarás al Rabino un violento golpe con la cachiporra, en la parte trasera de la cabeza, la cual tendrás lista para el evento de liberación nuestra, la eliminación del Rabino. Cuídate de no equivocarte de víctima. Recuerda, un solo golpe, pero contundente, mortal al instante de yo apagar el farol, lo que creará una ilusión de más oscuridad.

Inmediatamente, vos y Barrabas levantarán el cadáver del Rabino y lo tirarán sobre borda. Nadie habrá visto, la noche es pura tiniebla, hay mucho ruido y confusión por la tormenta. El Capitán y la Guardia estarán ocupados en la solución de la aparente reyerta, no hay que temer."

"Gastón, eres un verdadero genio."

"Bueno, pues estaos listos para, sacar del medio a esta rata."

"Señor Rabino Esdras y sacerdote Perfecto Buenaventura, que La Divina gracia del Omnipotente los acompañe en esta delicada empresa. Les solicito a que valláis a estribor, cerca de proa, seguid los agentes policíacos. Debéis tomar mucha precaución, los vientos son peligrosos, sosteneos fuerte de las sogas. He ordenado a diez hombres hebreos fuertes, para que sean testigos de lo que habréis de realizar, y les brindan protección de la furia de los vientos."

"Por qué hombres hebreos? ¿A caso nosotros los no hebreos no contamos"?

"Tranquilo, también he seleccionado a cinco hombres no hebreos, señor sacerdote, no seáis tan sensitivo."

"Señor Capitán, permítame solicitarle que, al momento de realizarse este acto de fe, el Señor Tertuliano, conocido por Tertulio esté situado detrás de mí y del Señor Rabino. El señor Rabino estará a mi lado derecho."

"Perdone mi curiosidad, señor sacerdote. ¿Por qué prefiere que el señor Rabino esté a vuestro lado derecho"?

El sacerdote hizo un momento de silencio buscando una respuesta rápida. Su maquiavélico plan había sido planificado con premeditación y alevosía, no quería reflejar sospecha de su perfidia, él creía que estaba en lo correcto, pues consideraba al Rabino una amenaza para su fe religiosa."

"Señor Capitán, prefiero que el Rabino esté a mi lado derecho, porque lo que he de realizar es de máxima espiritualidad. Por haber sido yo un hombre que siempre he caminado por la derecha, ahora necesito que este Rabino esté a mi lado derecho. Le he de demostrar a este arrogante, lo grande y sagrado que es un sacerdote de mi grado. Será un acto de gran relevancia para mí, esta noche desenmascaré a un embustero. Bueno, tal vez extraerá una varita mágica, y como Moisés, tratará de hacer maravilla, o igual a Jesús, querrá reprender la tormenta. Pero tendrás gran sorpresa, Rabino fanfarrón y engreído. Carece de poderes para tener éxito. Vuestra oración no pasará de vuestra nariz. Nuestra Virgen está a nuestro lado."

"Si usares burlas contra mi persona, os perdono, aunque no lo creas. Pero, si lo hace contra Dios, o personajes celestiales, a los que no ves, pagarás con creces, con dolor, vuestro error garrafal. Yo no poseo poderes sobrenaturales, es de mi Dios el poder."

"Señor sacerdote, permítame hacer una breve defensa a favor del Rabino Esdras. Oiga, prejuzgar a una persona sin conocerla en su totalidad es una actitud que indica ignorancia, característica de mente retrógrada. Reflejar aversión y xenofobia, no es propio de un hombre de pulpito. El señor Rabino es tan hebreo, y tan español como lo soy yo, y los demás ciudadanos ibéricos. Tengo el privilegio de conocer al señor Rabino Esdras desde hace veinte años. No es la primera vez que viaja en uno de mis barcos. Hemos pasado muchos momentos juntos y hemos estudiado filosofía, teología y cábala juntos. Entiendo que sabe que soy de estirpe hebreo inclusive, nacido en Madrid. Mi padre fue un notable rabino, también nacido en España, al igual que mis abuelos.

El Rabino Esdras habla a perfección, además del castellano, hebreo, italiano, francés, inglés, portugués, alemán, griego y se hace entender muy bien entre los árabes. El señor Rabino tiene una vasta preparación en teología, filosofía griega, romana, ciencias, historia universal. Es abogado, ha sido profesor de matemáticas en la Universidad de Madrid, así como Director de la Yeshiva de Madrid. Así es que, no estoy hablando de una persona ignorante, sino de un gran intelectual. Ha sido mentor de muchos, y maestro de muchedumbre. No obstante es hombre sencillo, de muy buenas costumbres y padre de hijos ejemplares en España."

"Bueno, pues, en hora buena sea el señor intelectual, Rabino. Veremos cómo se comporta ante el reto de los rezos desde la baranda. Aunque creo no tendrá que hacer rezos. No, no tendrá que sacrificarse de ser azotado por el fuerte viento y la violenta lluvia. Basta que yo me pare frente al viento y ordene, como todo un sacerdote representante de Dios, que cesen los vientos, el fuerte oleaje y la implacable torrencial lluvia, inmediatamente. Dios me ha escuchado desde tierra y lo hará ahora desde este iracundo océano, ya sea a estribor, babor, proa o popa de este barco, Dios responderá a mi reclamo, en balde no le he servido desde mi niñez. Capitán, yo estoy preparado. Solamente de la orden y allí estaré. No me hace falta ese Rabino, rechazado de Dios. Solo ha traído mala suerte, lagarto sea este arrogante tío."

"Barrabas, no temas. Para más seguridad, ya he seleccionado a cuatro hombres de alta estatura, quienes al momento de levantar mi mano portadora del farolillo para dar la señal del golpe mortal, estarán parados detrás de Tertulio. Ellos también estarán levantando sus manos, aparentando que también están implorando, pero lo que harán será impidiendo al Capitán vea lo que estará pasando al frente. Yo estaré ocultando mi identidad con un paño negro sobre mi cabeza y cara. Estos cuatro hombres estarán al frente del Capitán, quienes le impedirán una vista clara sobre el evento del ataque de Tertulio. Además, la densa oscuridad y el griterío desde la parte trasera, contribuirán para que este acto sea realizado sin testigos oculares. Yo me moveré inmediatamente a la parte de donde procede la algazara, tan pronto apague el farolillo. Aún yo mismo no habré visto cuando Tertulio haya asestado el golpe mortal al Rabino. La conmoción desde cerca de popa, la inestabilidad del barco, la oscuridad, el ruido de las olas el viento, el crujir de los mástiles y el estruendo de los truenos, crearan confusión. Nadie habrá visto lo que ha sucedido, por consiguiente, no habrá quien acuse a Tertulio. Así que, estad tranquilos, todo lo hemos planificado correctamente el sacerdote Buenaventura y yo. Es un santo acto de santa inquisición, para salvar a España de conceptos y religiones foráneas."

Una monstruosa ola levantó la enorme nave de un lado, como barquito de juguete. Hombres, mujeres y niños eran arrojados de un lado al otro del barco, creando heridas en sus cabezas, brazos y piernas, a todos los que salían disparados por el impacto de las olas, y los saltos del barco, producidos por el salvaje huracán. El resplandor de una poderosa descarga eléctrica cruzó el firmamento de Este a Oeste, rompiendo las tinieblas de la noche, por asunto de segundos. Después del relámpago, se sintió un estallido ensordecedor que por un momento todos pensaron que la nave se había partido por el medio. La nave se levantó de popa y bajó de picada. Parecía que ya había llegado el final, quedando todos sepultados bajo el agua. La férrea violencia de los vientos estiraban las velas que parecían pronto a reventar. Los mástiles ya casi no podían soportar más.

~ IX ~

MOMENTO DE LA VERDAD

"Señores, ya habéis oído mis instrucciones. Podéis caminar hasta estribor. La sogas están debidamente amarradas y seguras para que os sean de sostén. Señor sacerdote, imparta las instrucciones a la gente que vos ha señalado para rezar vuestro rosario. Tened mucho cuidado, la noche es tan obscura que con dificultad se palpa a ver la palma de la mano. Sacerdote Buenaventura, es vos el primero en comenzar. Si pasado diez minutos no ha habido respuesta pasaré al Rabino su turno. Yo admiro vuestra seguridad de recibir inmediata respuesta. Un poco más atrás habrá otros fieles de vuestra institución religiosa, rezando vuestro rosario inclusive. Allí estarán las monjitas, el sacerdote Vicente Pinzón, José María y otros que les acompañarán."

Más hacia la parte trasera del barco, Gastón Malavé había reunido una pandilla de delincuentes. Estos estarán pendientes a las instrucciones de Malavé, quien parado sobre un asiento y portando un farolillo en una de sus manos, lo levantaría como orden de comando, para comenzar una gran bulla, a fin de desviar la atención de la guardia hacia los acontecimientos del entorno donde estaban el Rabino, el sacerdote Buenaventura, el Capitán y la guardia, durante los rezos. Tertuliano Sierpe estará situado detrás del Rabino y del sacerdote Buenaventura. Este portará una cachiporra de madera, escondida por debajo de la camisa. A las instrucciones de Malavé y tan pronto comenzara la aparente reyerta en la parte posterior, y a la ausencia de la guardia para investigar, Tertuliano sacará el madero, al momento del Rabino comenzar los rezos y le fracturará el cráneo de un certero golpe. Tan pronto el Rabino caiga supuestamente muerto, Barrabas y Tertuliano, aprovechando la ausencia de la guardia, quiénes estarán investigando la conmoción, en la parte trasera, previamente orquestada por Malavé, estos levantarán al cadáver a toda prisa y lo lanzarán al agua.

"Guardias, traed al sacerdote Buenaventura inmediatamente. Señor Rabino, tome su posición para los rezos. La tormenta ha arreciado y ya estamos a punto de un seguro naufragio. Organice los hombres que le acompañarán pronto. Me sorprende la ausencia del sacerdote Buenaventura."

Tres guardias, por orden del Capitán recogieron todo el barco en busca del sacerdote. Lo llamaban, no respondía, preguntaban por él, nadie lo había visto por los últimos quince minutos. Por fin lo encontraron encerrado dentro de una de las letrinas.

"Sacerdote Buenaventura, el Capitán lo necesita inmediatamente. Acompáñenos hasta cubierta",-- le gritó uno de los guardias.

"No me griten, idiotas, ya los he escuchado. ¿Por qué él no habla con mi compañero Vicente? Tanto él como yo somos sacerdotes. ambos somos escogidos para hacer las misas funciones, además, estoy rezando."

¿"Anda escondiéndose?—Abra la puerta, vamos, antes de que la arranquemos. Una letrina no es un sitio adecuado para rezar, --¿ acaso no lo sabe? Es vos un sacerdote de renombre. Vergüenza le debería dar."

"Está bien, está bien hombres, no tenéis que romper la puerta, que ya voy. Esperad a que termine de hacer mis necesidades fisiológicas, que con estos brincos que da este maldito barco, ni eso se puede hacer, vea." ¡Virgen santa, se me ha caído el rosario sobre mis excrementos! Tendré que lavarlo.

"Salga rápido, ahora, ya las monjitas le conseguirán otro. No saque ese rosario de los excrementos, ¡qué barbaridad, un rosario con excrementos, cochino! Lave bien vuestras manos que, va vos a rezar, hombre. De prisa que nos hundimos pronto. Ya el Rabino y los demás están en sus puestos, solo vos falta. Límpiese bien el culo, puerco. ¡Qué mal olor!

"No me mencionéis a ese Rabino rata, Si ese fraudulento trata de hacer un solo rezo naufragaremos más pronto. Nos libre el cielo de esa errante placenta, para eso he sido yo escogido. Ya lavé bien el rosario, idiotas, huele bueno.

"Oiga embarrado cura, a mí me resbala lo que vos dice quien es. Atienda tío, no se lo repetiré, de no salir en diez segundos lo sacaremos, y no de buena forma, que ya nos está impacientando, vea, tío hediondo."

"Guardias apestosos, les voy a romper la cara a ambos. Me están haciendo quedar en ridículo ante toda esta gente que me está mirando. Los llevaré ante el Congreso Inquisidor, para que los quemen en una hoguera, al igual que a la rata esa que llamáis maestro y Rabino."

"Mire cura embarrado de mierda, parece que no se limpió bien como le dijimos y apesta a letrina."

"Negros gitanos, sucios, arrabaleros, hijos del diablo, pagaran caro lo que me han hecho."

En un descuido de uno de los agentes que lo agarraba, se le zafó y le infligió un puñetazo a uno de los policías, lacerándole una ceja en el ojo derecho, por el cual sangraba constantemente. Hubo la necesidad de someterlo a ruda obediencia, amarándole las manos a su espalda. Muchos que estaban cerca, que a pesar de la oscuridad, vieron aunque con dificultad lo acontecido, gritaron improperios a los agentes del orden.

"Inmundos guardias, arrodíllense a mis pies y pidan perdón por vuestras herejías, o tendrán que ir ante un tribunal eclesiástico cuando lleguemos a puerto. No se saldrán con las suyas. Pagarán con vuestra sangre por haber humillado y abusado a un sacerdote."

"Señor sacerdote, nunca he sido consejero de nadie, solo agente del orden, pero, permitirme darle un consejo. He conocido muchos sacerdotes de gran humanidad, leales, sencillos cabales, pero vos procede como un delincuente. No obstante he notado que dentro de vos parece haber algunos buenos sentimientos. Haga visible ese otro hombre que existe dentro de vos y le irá muy bien. Deponga la arrogancia, los odios, la perfidia y complejos de superioridad. Bueno, ya, hemos llegado hasta el Capitán, por fin, él le hará muchas preguntas. Prepárese para responder lo correcto, no mienta."

"Sacerdote Buenaventura, que bueno que ha llegado. ¿Por qué lo traen amarrado de manos? Por qué está herido en un ojo, uno de los agentes?"

El agente lesionado fue conducido al cuarto de emergencias médicas para ser curado. El otro explicó al Capitán lo sucedido a ambos.

"Señor sacerdote, conforme al informe de los agentes de seguridad, y por la evidencia, ha vos cometido violencia física, contra quienes cumplían mis órdenes; esto es un craso delito. Haré un informe sobre lo sucedido, para vuestro expediente y enviaré copia manuscrita a vuestros superiores. Una letrina no es lugar adecuado para hacer rezos. Para eso hay lugares específicos aquí. Como hombre hebreo, eso es lo que se me ha enseñado, y entiendo que no es distinto según a vuestras dogmas.

Es mi prerrogativa como Capitán de este barco, hacer que se ejecuten mis instrucciones. Estos guardias han hecho, lo correcto, cumplían mis órdenes. ¿Era acaso que tenían que esperar hasta que a vos le viniera en ganas abrir la puerta de la letrina, si ya había terminado? Ellos le dieron suficiente tiempo para salir, pero parece que vos estaba dándole largas al asunto, tal vez por sentirse acobardado para llevar a cabo el acto que vos mismo ya había solicitado realizar junto al Rabino. ¿Fue cierto o no que le había preguntado a estos guardias:, - ¿por qué el sacerdote Vicente Pinzón no hacía él los rezos, que tanto quería vos realizar? ¿No era eso una declaración de cobardía, habiendo ya terminado de hacer vuestras necesidades fisiológicas? No veo otra razón. El señor Rabino no se ha amilanado señor; hace rato espera por vuestra presencia y vos escondiéndose en el retrete, -¡ muy bonito ah….!"

Pero bueno, aquí está ya vos de frente al reto, es el momento de la verdad. Ahora veremos en quién está la facultad divina. Vos ha hablado en voz alta, señor sacerdote, admitiendo vos ser la única persona poseedora del dominio, de ordenar a esta tormenta que cese inmediatamente. La mayoría espera en vuestro maravilloso poder sacerdotal, como vos así lo ha manifestado. Está en vuestras manos demostrar el protagonismo que lo faculta, ahora señor, aquí, de frente a esta horrenda tormenta. Agárrese bien de las sogas, no sea que sea lanzado fuera del barco, por la violencia de las olas y la rudeza de los ventarrones cruzados."

"Capitán, todos seréis testigo esta noche del milagro más trascendental de todas las épocas. Yo soy el único, y agraciado representante de Dios. Entiendo que es vos partidario de las herejes enseñanzas de vuestro Rabino. Antes de que amanezca, quedarán burladas sus ínfulas de gran maestro sabelotodo, y cambiará vuestra opinión sobre este engañador, mal llamado maestro."

Barullo en la oscuridad y el ruido, no despegaba sus grandes orejas del portón, y con dificultad trataba de observar y escuchar la conversación del sacerdote, con el Capitán, ya que su cárcel no quedaba muy lejos del escenario de las oraciones. Se agarró del enrejado y a toda voz despotricó una peyorativa contra el sacerdote.

"Buenaventura, cura arrogante, pruébanos que eres lo último como sacerdote. Con esa peste que tienes encima y con un rosario lleno de escremento no hay Virgen que lo escuche, ¡Jesús María y José! Me parece que el rabinito ese os aplastará esta noche. Prueba lo que has vociferado. ¡Pobre de vos, cura engreído si fallaras en vuestros ruegos!"

"Maldito ratón, calla la apestosa boca. Despúes que yo haga acabar esta tormenta, solicitaré al Capitán lo tiren por la borda para comida de los tiburones."

El sacerdote tomó su rosario en su mano derecha, se aseguró la cadena con el crucifijo en su cuello y caminó hacia el lugar de las oraciones. Tertulio y Barrabas se situaron detrás del Rabino y el sacerdote poco más atrás había cuatro hombres de elevada estatura, y detrás de ellos estaba el Capitán y los hombres que estarían haciendo oraciones con sus rosarios.

Tertulio ya estaba listo a sustraer la porra de madera que portaba debajo de su larga camisa, en espera de la señal de Malavé. El sacerdote Buenaventura permanecía estático, con su contaminado rosario entre sus dedos. El Rabino permanecía de espaldas hacia el mar, parece que observaba a Tertulio entre la oscuridad. Tertulio estaba estupefacto, sentía que su mirada trascendía la oscuridad y lo quemaba. Nervioso, con disimulo, volvió la macana de madera de roble debajo de su camisón. Tenía este que esperar que el Rabino se volteara para darle muerte, pero antes Gastón tenía que apagar el farolillo, para consumar el acto criminal. El Rabino continuaba mirando al Tertulio, en posición opuesta al sacerdote, quien se aprestaba a comenzar los rezos, mirando hacia el mar."

El sacerdote estaba preocupado porque el Rabino continuaba mirando hacia atrás, donde permanecían los ejecutores de su exterminio. Tertulio se sentía petrificado, estático estupefacto por su mirada fulminante. Sentía que sus brazos y sus ojos se quemaban, con su mirada inamovible. Sentía deseos de correr, gritar, pero no podía, sentía su lengua pegada al paladar, sus pies amarrados al suelo y sus manas pesaban como una tonelada. El sacerdote no encontraba la forma de comenzar sus rezos mientras el Rabino permaneciera en posición opuesta a él. Se volteó, lo tocó por su hombro, le susurró en el oído, suplicándole se cambiara de cara al mar. Obviamente, quería su exterminio que él había planificado, a la brevedad posible. El navío era muy inestable, y todos se movían chocando unos con los otros. El viento rugía cual monstruo marino y la lluvia quemaba los rostros de los expuesto a su furia. Tertulio debía esperar a que el Rabino comenzara sus rezos para inmediatamente asestarle el golpe de muerte. Por fin el Rabino se volteó de frente al mar. Tertulio trataba sacar la cachiporra, no sentía fuerzas en sus manos. El sacerdote comenzó sus ruegos, con el rosario mal oliente y contaminado entre sus dedos. Rezaba de esta manera:

"Virgen del Perpetuo Socorro, señora mía, dueña de los mares, no apartes vuestra mirada de este vuestro siervo. Yo siempre he sido hombre justo, fiel a mis principios de fe y verdad, la única verdad. Mira en vuestra misericordia esta agonía que sufrimos, por el mal que estos herejes judíos han traído con ellos, dirigidos por este maldito maestro que está a mi lado. Demuéstrale a este incircunciso de corazón Rabino, pájaro de mal agüero, que soy yo vuestro escogido, y glorifícame delante de él y su gente, para que teman a ti. Virgen de mi devoción, ordena a esta tormenta a que cese ya, y permite que yo sea honrado en esta noche y por siempre. Detén este huracán ahora, para que seas glorificada, como Virgen gloriosa. Elimina, echa por la borda a esta cosa de maestro mal parido que está a mi lado, pues mucho mal hace a nuestra Iglesia. Madre, tuyo es el poder y la gloria, y me has puesto a mi como vuestro benefactor."

~ X ~

MASA ENCEFALICA SANGRE
Y CONFUSION

Malavé se aprestaba a dar la mortífera señal. El sacerdote se había incorporado y junto al Rabino estaban parados mirando de frente al mar, de espaldas a Tertulio. Era el momento propicio para el golpe mortal contra el Rabino. Una fuerza mayor soltó las manos de Tertuliano, y de inmediato fue sacando lentamente el madero que llevaba oculto por debajo del camisón. Con pasmosa mente criminal amarró el cordón que sujetaba la mortífera cachiporra de madera a su brazo izquierdo, pues era diestro de esa mano. La sujetó bien en su brazo, miró de reojo entre la oscuridad. Podía ver a corta distancia al sacerdote, de pie que rezaba con su nauseabundo rosario. A su lado permanecía el Rabino, quien también estaba de pie, esperando su turno para comenzar sus rezos, en caso del sacerdote fallar en los suyos. El Capitán, no viendo los resultados esperados por el sacerdote se acercó, y desde la parte posterior a los cuatro hombres altos ordenó al sacerdote terminar y pasar el turno al Rabino. Tertulio calculó bien con su diabólica vista la distancia, a fin de no fallar en su golpe mortal contra el Rabino. Con mucho disimulo miró a ambos lados, tomó respiración con suavidad, y con extraordinaria fuerza asestó un violento golpe a la cabeza de quien había estado seguro que era su víctima. Vio caer a un hombre de hinojos que yacía en el suelo, boca abajo, y con sus brazos extendidos, exánime, daba saltos por los reflejos involuntarios de su cuerpo. Notó que un chorretón de sangre vertía de una herida de su cráneo. Miro hacia el lado donde espera ver al sacerdote y cuán grande su sorpresa. Había matado a la persona equivocada. Con sus brazos sobre su cabeza salió turbado a toda prisa, sollozando, se agarró de la mano a Barrabas y se dirigió con él hasta la baranda del barco. Lloraba sin consuelo abrazado a su otro alevoso compinche.

"Desgraciado, has dado muerte al sacerdote. ¿Cómo hiciste tal cosa hijo de la mierda…? ¿Te vendiste por dinero para matarlo? Ya me lo imaginaba. Eres una serpiente venenosa, traidor."

"Barrabas, mátame con tu cuchilla, antes de que me tiren al agua vivo."

"Buitre, matate tú mismo, pero apúrate."

"No, no tengo valor para hacer tal cosa, Barrabas. Además, el suicidio es castigado por Dios, tú lo sabes."

"Ah que bien, ahora veo que eres hombre de altos principios morales. ¿Te convenció el judío? ¿Por eso mataste a nuestro sacerdote? Dame el madero con el que mataste al sacerdote Buenaventura. Te volaré la tapa de los sesos, al igual que hiciste con el santo sacerdote."

"No…no…. no la tengo; se me zafó de la mano y rodó, no…. no sé dónde ha ido a parar. ¡Barrabas, tengo mucho miedo! ¿Crees que alguien se ha enterado? Está muy oscuro, tal vez no, - ¿crees?

"Lo que creo es que, lo que hiciste, sino te cae como maldición de muerte, esta misma noche, te dejará marcado para el resto de tu perra vida."

"Barrabas, no me tortures más, eres vil. ¿Sabes qué? Tú eres igual criminal que yo."

¿"Ahora soy yo culpable por vuestro crimen, Tertuliano? Eres absolutamente un traidor, sin margen a equivocarme."

"Barrabas, no lo hice intencionalmente. Solo sé que dirigí el porrazo a la cabeza del Rabino, pero una fuerza sobrenatural cambió la dirección del golpe hacia el sacerdote. Fue algo que no pude evitar, comprende. ¡Hay Virgen de la Piedad, ten misericordia de mí."

¿"Algo sobrenatural? ¿No tienes una explicación más lógica animal? No me digas que también me dirías: "no creo en meigas, pero haberlas haylas". Mira, bestia, yo no creo en brujas ni en ninguna de esas cosas sobrenaturales, no estés buscando un subterfugio. Lo mataste porque oíste mucho el discurso del Rabino, te puso dinero en tus manos y te vendiste, asqueroso pérfido."

Mientras los dos delincuentes se peleaban discutiendo, no percibían que por los tirones y jalones del barco se iban acercando más y más hasta la baranda del barco, de la cual se sujetaron para mantener el equilibrio. El Rabino se había enterado de lo sucedido y había ya informado al Capitán. La Guardia fue alertada y comenzó una búsqueda de los sospechosos. Barrabas y Tertulio mantenían una acalorada discusión. Barrabas sustrajo un largo puñal para asesinar a Tertulio; este le temía y trataba de huir de él sosteniéndose de la baranda

"Tertulio, te caerá la maldición judía, que dicen existe."

Mientras ambos discutían acaloradamente, Tertulio tomo valentía, sustrajo su puñal y lo esgrimía como podía, evadiendo las estocadas de Barrabas, a quien le tenía terror por ser este sumamente agresivo. Súbitamente sopló una poderosa ráfaga de viento, y a la vez una ola azotó al barco del otro lado, levantándolo a tal extremo que hizo inclinar el barco del lado donde estaban los dos criminales fajándose. El fuerte oleaje mantenía al barco tan inclinado del lado donde estaban los homicidas que la baranda de ese lado rozaba la superficie del mar, casi al punto de hacer naufragar la nave. Otra enorme ola levantó al barco por debajo, con tal ímpetu que hizo vomitar a Barrabas y a Tertuliano por encima de la baranda, dejándolos a merced de las furias de las olas y el viento. Tertulio logró de agarrarse a la baranda, pero un brusco salto del barco producido por una ola bajo la quilla lo hizo desprenderse, tirándolo de espaldas a las salvajes olas. Los que habían estado cerca de la escena, dicen que pudieron ver a ambos cuando peleaban contra el oleaje, y levantando sus manos pedían auxilio. Los vieron desaparecer en un remolino de agua, que los arrastró en moción circular hasta desaparecer en las profundidades del temible mar.

Gastón Malavé, horrorizado por lo ocurrido, escondió su rostro bajo el ancha ala del sombrero, mirando a todos lados, tomó su apagado farol y se escurrió lo más ligero que pudo, amparado por la oscuridad, al área de popa.

¿"Hacia dónde vas tan deprisa, escondiendo vuestra cara bajo las anchas alas de vuestro sombrero, escurridizo personaje? ¿De quién huyes Malavé? ¿Qué ha sucedido en proa hombre líder? ¿Qué ha sucedido con Tertulio, Barrabas y el Rabino? Está muy oscuro y desde aquí no he podido observar los eventos de los cuales eres protagonista, decidme. Te noto muy preocupado Malavé, no me escondas nada."

"No….no me preguntes Severo Malatesta. Yo creo que ni quisieras saber de la tragedia, pero ya que insistes te diré. El plan falló, el sacerdote, Tertulio y Barrabas han muerto".

"¿Muertos? ¿Mientes Malavé? ¿Sabes lo que dices Malavé? Dime la verdad, ¿Dónde están Tertulio y Barrabas?"

"Pues ya te dije, el mar se tragó a Tertulio y a Barrabas. Una violenta sacudida del barco los arrojó fuera. Se acercaron demasiado a las barandas y en un brusco movimiento de la embarcación, cayeron sobre la borda. Nadie pudo hacer nada para salvarlos, aunque lo hubieran tratado. Todo aconteció tan rápido como un pestañar de ojo. El sacerdote está muerto, Tertulio le dio con la cachiporra por la cabeza."

"Eres un maldito cuentista. Tú los mataste, o usaste a alguien para hacerlo. Mejor es que me seas franco. Si no fuiste tú, dime quien lo hizo y te aseguro que lo he de degollar, me conoces bien Malavé. Ha muerto un sacerdote, un hombre justo. El que mate a un sacerdote, es reo de muerte. ¿Le diste órdenes a Tertulio para que matara al sacerdote Buenaventura?"

"No Malatesta, lo único que puedo pensar es que hubo una falla involuntaria. No creo haya sido intencional. El barco se sacudía constantemente y daba repentinos tumbos, al igual que ahora. Las ráfagas de viento, la oscuridad, la tensión nerviosa de ser vistos por la Guardia, el Capitán, o alguien en el entorno. Todo esto pudo haber contribuido para Tertulio desatinar el objetivo. Por la Virgen del pesebre, y las mil Vírgenes, piensa Malatesta, piensa". No sé, no sé qué más decirte. Además, ¿quién crees que eres para tener que darte un informe de lo sucedido?"

"Malavé, eres el arquetipo de la basura y Satanás. Esta traición fue el diabólico epílogo de tu bien calculado y malévolo plan para matar al sacerdote. Hiciste maniobras secretas para realizar tu traidora y macabra obra. Eres un canalla, un frío criminal. Te vengaste por la reprimenda que él te dio, cuando te sorprendió besuqueando la mujer de Barullo, antes de embarcar, en las Canarias. Tuviste suerte de no ser visto por él, de otra forma no estuvieras vivo. Te aprovechaste de que Barullo estaba cortejando a su amante, la conoces, la que va en este barco, mientras su mujer se ha quedado en Canarias, acostándose con cuanto hombre le apetece, tal vez por necesidad económica, costumbre, promiscuidad, o todo lo demás, quien sabe."

"Vamos Malatesta, el que tiene techo de cristal, no tira piedras al vecino. Muchos conocen tus aventuras. Cuídate de Barullo."

"Ah, hijo de put… ¿llevaras el chisme a Barullo? No te saldrás con las tuyas."

Malatesta sintió estremecimiento por todo su cuerpo. Conocía a Barullo ser un frío calculador y traicionero. Barullo tenía sospecha de las andanzas de Malatesta con su esposa, pero no pruebas, sabía que Barullo no lo perdonaría. Se preocupaba de que algún día Barullo se enterara por la boca de Malavé, quien también era traicionero y poco reservado. Muchos de los que iban en el barco sabían de las relaciones ilícitas con su señora esposa. Tendría que eliminar a ambos, pero primero a Malavé. Enfrentarse a Barullo en Puerto Rico era un riesgo, así como con Malavé. Barullo le temía a Malatesta, sabía que había sido un militar de la Armada Española. Era hábil en el manejo de las armas y de lucha cuerpo a cuerpo. La decisión la tendría que tomar esa noche, ¿y qué mejor que aprovechar el ruido de la tormenta?

Malatesta se puso de frente a Malavé y le arrojó un salivazo en la cara para ofenderlo. Lo insultó con palabras soeces, y lo volvió a escupir. Malavé era un hombre corpulento y ligero en defensa física. Este golpeó a Malatesta con la mano cerrada en la cara, haciéndolo sangrar. Malatesta sabía que no llevaría ventaja peleando con Malavé cuerpo a cuerpo. Sustrajo una larga cuchilla que cargaba bajo su camisa y le acertó una certera puñalada en el pecho. Malavé cayó dando saltos, gimiendo y sangrando a borbotones. Abría la boca tratando de pronunciar palabras, la sangre lo ahogaba. Finalmente pudo voltearse y con esfuerzo pudo pronunciar unas palabras:

"Malatesta, nos veremos pronto."

"¿Cómo te gustaría acabar de irte al infierno nadando?

Sin pérdida de tiempo lo levantó, lo puso sobre la baranda para lanzarlo al agua. Malavé luchaba con Malatesta por no sufrir ahogándose. Sangraba en gran cantidad. Al final fue perdiendo sus fuerzas, se soltó de la camisa de Malatesta y cayó por la borda. Una fuerte ola llena de sangre bañó la cara y el cuerpo de Malatesta. Se secó con la camisa y guardó el puñal en la cintura.

"Señor Rabino, señor sacerdote, es lamentable lo ocurrido, ordenaré se haga una minuciosa investigación para dar con el criminal o criminales. Les aseguro que haré justo juicio tan pronto sea, o sean apresados los responsables. Por haber sido la victima una de fe y creencias romano-católicas, entiendo que es correcto la conclusión del sacerdote Pinzón en la forma de la disposición del cadáver. ¿Estamos de acuerdo señor Rabino?

"Señor Capitán, está usted de acuerdo conforme al protocolo a seguir en un caso como este, cuando se está en las inmediaciones de un océano y no hay esperanza de llegar a puerto en muchos días. En ese caso, habría que disponer del cadáver, son reglas de salud. Pero permítame decirle que, el muerto volverá a la vida."

"Señor Rabino, sabemos que resucitara",- prosiguió el sacerdote Pinzón.

"Señor sacerdote, respeto su declaración, -continuó-continuo el Rabino. El sacerdote, Buenaventura volverá a vivir y estará participando con nosotros del próximo desayuno."

"Señor Rabino, mi hermano ha muerto, por algún enemigo suyo, no use de vanagloria, ¿no se da cuenta que su cuerpo ya está frio? ¿No oyó a los médicos decir que está muerto? ¿Cómo se atreve a decir tal cosa? No trate de ser presumido."

"Señor sacerdote, antes de que salga el sol, estaremos desayunando con su hermano y navegando pacíficamente. Pero, no pasaran muchas horas cuando estaremos al encuentro de otro feroz enemigo, pero, la mayoría saldremos ilesos. Solo morirán en este suceso, los que deben morir. Usted lo verá y habrá cambios en vuestra forma de pensar, al igual que vuestro hermano Vicente. Así que, perdono vuestra ignorancia."

¿"Y se atreve a llamarme ignorante, siendo yo un maestro con más de diez años de educación universitaria? Es cierto que ya estamos en los días cuando los pájaros le tiran con piedras a las escopetas, creo que el mundo pronto se acabará. ¡Qué barbaridad Virgen de las Mercedes! Perdona a este vanaglorioso. ¡Qué burla la de este fanático, tiene ínfulas de Jesucristo!"

Paso a paso, sosteniéndose de las sogas, fueron reuniéndose hasta formar una gran muchedumbre. Los marinos se vieron en la necesidad de acomodarlos separados uno de los otros, para equilibrar el balance del barco. Malatesta observaba desde la parte trasera con su sombrero cubriéndole parte de los ojos. Barullo gritó desde su celda muy mal humorado por lo que sabía que le había ocurrido a sus dos amigos, Tertuliano Sierpe y Prudencio Mata. Desde su reclusión había oído la conmoción.

"Malditos marinos, los dejaron morir ahogados por no ser judíos. Severo, eres un criminal, vi todo. El espíritu de Malavé te llevará al infierno. Saldré pronto de este encierro para vengarme de todo lo que me has hecho."

El Rabino, asistido por los marinos se dirigió a la cama donde yacía muerto el sacerdote Buenaventura. El Rabino levantó sus manos e hizo una oración en hebreo:

"SHEMA ISRAEL, YAH ELOJEINO, YAH ERRAT. Significa: (Oye Israel, Yah es nuestro Dios,Yah es único). Elohim omnipresente, Elohim omnisciente, Elohim omnipotente, para que Tu nombre sea honrado, devuelve la vida a este hombre, hazlo ahora, en este momento, para que los incrédulos conozcan que Tu estas presente y oyes a este Tu humilde servidor."

El Rabino puso su rostro sobre el rostro del cadáver y sopló en sus narices. De inmediato el cuerpo muerto comenzó a hacer movimientos con sus manos y sus piernas. Su color desvaído fue tornándose rosado. Abrió sus ojos y dijo sentir mucho dolor en su cabeza. Los doctores procedieron a sedarlo con un compuesto aromático a base de éter y otras medicinas. Cayó en un estado de catalepsia, momento que aprovecharon los doctores para cerrarle la herida con hilo quirúrgico. Le pusieron un antiséptico sobre la herida, le vendaron el cráneo y lo acostaron en la cama donde estuvo hasta que despertó del estado anestésico, y fue recobrando su vitalidad.

La desbastadora tormenta no había dado muestras de aminorar su furia. Ahora todas las miradas estaban fijas hacia el Rabino que, parado con su rostro frente al océano miraba a lontananza, y rezaba una oración en silencio.

Las monjitas y otros se persignaban haciendo la señal de la cruz, al ver la maravilla de la devolución de la vida del sacerdote Buenaventura. El Sacerdote Vicente, estaba atónito, pasmado, no levantaba la vista del suelo. Se secaba el sudor con un pañuelo, y sin poder bien reaccionar, miraba de reojo hacia su compañero sacerdote, y balbuceaba en voz baja lo siguiente:

"Si este hombre logra hacer que esta tormenta cese, quedaremos abochornados, y nuestro prestigio de líderes religiosos habrá fracasado. ¡Ay Virgen de la piedad, que será de nosotros! Nunca debimos haber aceptado venir en este barco como guías espirituales. ¡Qué terrible experiencia!

"Mira, sacerdote Vicente, renuncia con dignidad, junto con tu amigo Buenaventura. Si el Rabino detiene esta tormenta, ustedes serán puras chusmas, vergüenza les debería dar"—gritaba Barullo desde su prisión.

El Rabino miró a su alrededor, estuvo observando al sacerdote por un instante, quien no pudiendo mirar fijo a los ojos del Rabino, ni por un instante, fijó sus ojos al suelo. El Rabino puso sus manos sobre las cabezas de Buenaventura y Vicente y verbalizó lo siguiente: Hoy han vuelto vosotros a nacer. En adelante comenzaréis otra jornada muy particular. Ahora, Buenaventura, levántate, tu herida ha sido sanada. Gracias Padre mío por oírme y manifiéstate a plenitud para que Tu Santo Nombre sea reconocido como único Creador.

El Rabino, se puso de frente hacia la inmensa oscuridad del océano, levantó sus manos y articuló la siguiente plegaria:

"Tormenta que nos has atormentado a tu antojo, te ordeno que, detengas tus furiosos vientos ahora mismo. Retírate hasta extinguirte más allá de la vista humana, en estos momentos, para los que aquí vamos tengamos ya reposo de tu constante e implacable flagelo. Olas agitadas, les ordeno se aquieten para que esta nave se desplace con seguridad y podamos llegar a puerto seguros. Elohin, protégenos de aquellos que se antojan en ser nuestros enemigos, aún cuando nada ofensivo le hemos hecho. Gracias Elohim, por atender mi súplica y perdona a nuestros detractores, líbranos de los que quieren nuestra muerte. Que sean nimiedades, y como pajas al viento."

~ XI ~

LA ARROGANCIA TRAE FUNESTAS CONSECUENCIAS LA MODESTIA, GRANDEZA

Un frente de fríos vientos procedentes del Norte, surgió de inmediato. La gente tiritaba por el cambio drástico de la temperatura. Un relámpago cruzó el firmamento de Norte a Sur, seguido de un estruendoso trueno. Una enorme ola corrió de Este a Oeste haciendo mover el barco como si estuviera impulsado por un motor. El timonel hacía esfuerzos para mantener la nave controlada, cual navegaba a velocidad jamás experimentada en un barco de velas. Parecía como si otro tipo de tormenta había hecho aparición, esta vez con un anormal frío que hacía temblar hasta los más fuertes. Los pasajeros no habían traído abrigos consigo, pues no era necesario, ya que se dirigían a un territorio tropical. Era un suceso sorprendente. Muchos pasajeros se quejaban de haber sido engañados por el Rabino. El brusco cambio de la temperatura duró pocos minutos. De súbito las nubes negras que habían cubierto el cielo, debido a la violenta tormenta, comenzaron a moverse de Este a Oeste, con velocidad extraordinaria. El firmamento se despejó, y las estrellas, que hacía días habían desaparecido del escenario celestial, aparecieron majestuosas. La luna apareció en el medio del cielo, era luna nueva, comienzo del mes en el calendario hebreo. Una vez cesaron los vientos fríos, el mar se tornó sereno, diáfano, el cielo claro y la nave se desplazaba con absoluta suavidad, y con total elegancia. Al desaparecer el frio, surgió un aire confortable, cálido. Era exactamente la hora cinco de la mañana, y comenzaba a surgir un suave resplandor en el horizonte Este. Eran los albores de un nuevo amanecer, lleno de muchas esperanzas. Los frustrados pasajeros cambiaron de actitud, daban vivas al Rabino, y la alegría por fin había llegado, después de algunos días y noches de torturas e incertidumbre. Los cocineros activaron las cocinas. Los marinos comenzaron a limpiar, socorrer los lesionados, y tomar nota para el próximo desayuno, portando faroles, para la ocasión. El crepúsculo del amanecer comenzaba a surgir en un océano quieto y cielo despejado.

El Capitán, personalmente hizo una inspección por todo el barco. Los marineros contaron los pasajeros, notaron que faltaban tres.

La Guardia reportó haber encontrado muestras de sangre en las barandas y el piso del área de popa, así como un pedazo de prenda de vestir manchada de sangre inclusive. Consultada la lista de los viajeros, faltaban, Tertulio Sierpe, Prudencio Mata, alias Barrabas, y Gastón Malavé. Los marineros inspeccionaron los mástiles y las velas, sin encontrar muestras de daños, no obstante, muchos dicen haber visto a una vela bolar, durante la tormenta. Había algunos pasajeros con heridas leves, quienes estaban siendo asistidos por los doctores y las monjitas.

El sol comenzaba hacer aparición en el horizonte y la alegría dentro de la nave era sutilmente contagiante. Algunos hombres robustos levantaron al Rabino en alto aclamándolo como el gran salvador. Le daban honores y no cesaban de besarle el rostro. Los sacerdotes se notaban tristes y cabizbajos.

"Señores, -prosiguió el Rabino: -- Yo no he sido el salvador de nadie, no quiero honores. Dad el honor al Creador de todo el universo, Él ha sido el salvador de todos nosotros. Yo solo he sido un instrumento en Sus manos. Ahora, permitidme dirigirme al salón de oración, antes del desayuno. Están invitados todos los que quieran dar gracias a Dios por todo lo bueno ocurrido, y por un nuevo y bello amanecer."

El salón se llenó de inmediato, tanto que apenas cabían. Unos lloraban, otros se abrazaban. El Rabino dio comienzo al acto de oración con veinte hombres hebreos. Los no hebreos quedaron sombrados al notar la forma de los hebreos hacer sus oraciones. --"Esta gente tiene algo diferente a nosotros. Ignorábamos que es gente escogida por Dios", --comentaban unos con otros.

Los olores procedentes de las cocinas impregnaban todos los ámbitos de la nave y agudizaba los bostezos, como señal del hambre imperante. La noche había sido ruda, desesperante, fatigante, enigmática y aterrorizante. Un buen desayuno sería la unica alternativa para recuperar las energías perdidas, después de tantos suplicios. El océano era diáfano, el aire suave, tibio y el ambiente, festivo. Muchos de los pasajeros, cantaban y ayudaban en la limpieza.

El suculento desayuno fue servido entre vítores y aplausos, por el esmero, rapidez y profesionalidad de los expertos cocineros. Tocineta frita para los no hebreos, con huevos a la sartén, panecillos en abundancia, con queso blanco, sin faltar el sabroso café, jugo de naranja y embutidos de cerdo, según solicitado. Para los hebreos y muchos otros que lo solicitaron, fue servido revoltillo de huevos con embutidos de ternera frita para unos, y para otros, carne de res ahumada, preparada al sartén y café sin leche, y jugo de naranja, conforme a su tradición religiosa A Barullo le fue llevado el desayuno a su celda; esta vez no protestó. Disfrutó la tocineta con huevos, embutidos y panecillos. Pidió le dieran a probar del desayuno de los hebreos y no se le fue negado. Se le fue servida una porción igual que a los hebreos. Tanto comió que se quedó dormido hasta la puesta del sol. Muchos aprovecharon para dormir un poco, otros fueron a cubierta a tomar un poco de sol, el cual era radiante y el mar cristalino. Peces de distintos tamaños y colores nadaban al compás del barco, comiendo de los pedacitos de pan que les arrojaban los pasajeros.

Luego de reposar el desayuno, el sacerdote Buenaventura se dirigió hasta el Capitán para inquirirle sobre el homicidio contra su persona.

"Señor Capitán, me gustaría saber quién me golpeó en mi cabeza. Inmediato a mí estaban Providencio Mata y Tertuliano Sierpe ¿Qué se han hecho estas dos personas? Además, me han informado que también falta Gastón Malavé. ¿Qué ha sucedido con esas tres personas? ¿Cuál ha sido el resultado de la investigación requerida?"

"Señor sacerdote, permítame serle claro en mi respuesta. Conforme al testimonio de muchos, y el informe de La Guardia. Tertulio le asestó a vos un porrazo en vuestra cabeza, voz murió por las contusiones recibidas. Dicen que estaban discutiendo acaloradamente, por vuestra violenta muerte, en las barandas, violando mis instrucciones de no pararse es los bordes del barco. Una fuerte ola azotó la nave por el lado opuesto. Otra ola lo levantó con violencia, y una ráfaga de viento, provocó un brusco salto a la embarcación, arrojando a ambos al agua. Sobre Malavé, continuamos investigando. No tenemos testigos creíbles sobre lo sucedido a ese señor hasta el momento."

"Señor Capitán, ¿cómo ocurrió todo esto? La tormenta ha cesado y el barco se desplaza como si nada hubiera ocurrido. Todos vitorean al Rabino. Me siento turbado, confundido y frustrado."

"Señor sacerdote, hay tres testigos que vieron a Tertulio cuando infligió un golpe mortal sobre vuestra cabeza. Eran él y Barrabas los más cerca a vos. La noche era tan oscura que excedía lo natural, apenas podía verse un objeto más allá de cinco pies de distancia. Yo no pude ver lo ocurrido, estaba investigando el alboroto en popa. Algunos cerca de la borda vieron a Tertulio y Barrabas discutir, mientras se sujetaban de la baranda. Otros de los que estaban como a cuatro pies del borde del barco, los vieron cuando cayeron al agua, por un movimiento brusco de la nave, e impulsados por una poderosa y rápida ráfaga de viento, como previo le he dicho. Dicen que, uno de ellos trató de agarrarse de la borda del barco, que aún estaba casi tocando el agua, cuando otra ola lo arrebató, ambos fueron arrastrados mar adentro, donde murieron ahogados. Lamentable suceso aciago. Sobre lo ocurrido a usted, puedo informarle que, el golpe a su cabeza le abrió una herida en la parte posterior de su cráneo, por donde salió parte de su masa encefálica. Usted, señor sacerdote, murió a consecuencia de un traumatismo craneoencefálico. El Rabino imploró a Dios por su resucitación, lo que ocurrió de forma milagrosa y al instante. Los médicos le administraron un anestésico para dormirlo y poderle cerrar la herida. Vos está hoy vivo por intervención divina, a través del Rabino. No solamente vos vive por misericordia de Dios, sino, todos nosotros. La tormenta ha pasado gracias a la intervención de ese especial hombre de grandes virtudes divinas. Hoy no se encuentran muchos hombres como él. Creo que ahora reconocerá la calidad espiritual del Rabino Esdras. Vos estuvo rezando por más de quince minutos, y ningún milagro se realizó. No fue sino hasta que comenzó el Rabino hacer sus rezos, cuando surgió el milagro, de inmediato, de otra forma, hubiéramos naufragado. Ya ve la razón por lo que en mis viajes de España a Puerto Rico va el Rabino Esdras. Casi siempre viajan hebreos en este barco, y es él el maestro y consejero de sus sensibilidades, costumbres espirituales y sentimientos personales y necesidades, etcétera."

Sacerdote Buenaventura, elaborando más sobre el suceso de su muerte: Le mostraré la prueba del delito. Esta cachiporra que rodó por el piso cuando se le soltó de la mano al difunto Tertuliano Sierpe, fue el arma que utilizó para cometer el crimen. Este acto, me luce que fue planificado con premeditación y alevosía, no contra vos, sino, contra el Rabino. Nadie sabe con exactitud lo que produjo la equivocación que causó el desvió del golpe mortal, que iría dirigido hacia la cabeza del Rabino. Podría yo, deducir que, tal vez los movimientos bruscos del barco, el estado de nerviosidad del criminal, la oscuridad, las fuertes ráfagas de viento, o tal vez, una fuerza poderosa, que excedió los términos de la naturaleza, fue lo que produjo el factor causal, que causó su muerte. Las cosas no acontecen muchas veces por pura casualidad. Tal vez este suceso tenga en usted un propósito aleccionador, ¿no cree? Ya el tiempo lo dirá. Algunos aprenden fácil, otros, lamentablemente, y del modo peor, pero otros, para sus propio perjuicios, nunca aprenden."

El sacerdote Buenaventura se notaba muy preocupado y pensativo. Malatesta permanecía callado desde que cometió el crimen de Malavé. Se notaba huraño, caminaba cabizbajo y rehusaba las reuniones. Miraba de reojo hacia el sitio de la reclusión de Barrabas, mientras se limpiaba los dientes con un palillo. Fumaba tabaco constantemente, parado en ocasiones en las barandas del barco, y mirando a lontananza. Se notaba intranquilo y en ocasiones rehusaba participar de alimentos, había rebajado un poco de su peso.

Dos agentes de La Guardia Armada del barco, se le acercaron mientras permanecía parado en la baranda. Le recordaron que era ilegal detenerse en ese lugar por mucho tiempo. Les exigieron los acompañara hasta el Capitán inmediatamente.

¿"Por qué soy arrestado? Soy ciudadano español de buena reputación. Serví en el ejército por muchos años. He sido fiel y útil a mi patria."

"Señor, tenemos órdenes de escoltarlo hasta el Capitán, son instrucciones superiores"

¿"Y si me resisto a ir en este momento?"

"Pues entonces tendríamos que llevarlo esposado, con las manos amarradas a su espalda, vos decide."

Había un ambiente festivo dentro del barco. La nave se desplazaba con imponencia de realeza. Había sobrevivido una monstruosa tormenta y ni una sola de sus enormes velas había sufrido daños. Los empleados de limpieza se esmeraban en recoger todos los desperdicios tirados, y los marinos inspeccionaban que los asientos, que a pesar de la tempestad no habían sufrido daños. Las sogas fueron retiradas y marinos se habían subido a lo alto de los mástiles para inspección de rutina, como sucede en estos casos, cuando terminan tempestades severas. El cielo era de azul deslumbrante, con nubes tropicales aquí y allá. Algunos pasajeros se soleaban en la parte superior, otros tiraban los anzuelos atrapando cantidad de peces. Otros pasajeros se deleitaban tirando pedacitos de pan a los peces, mientras estos daban saltos y jugueteaban en las cristalinas aguas. El Barco, debido a los fuertes vientos del Norte se había desviado de su derrotero, pasando un poco al norte de Cabo Verde, entrando ya en aguas del trópico.

Los agentes del orden custodiaban a Malatesta, quien persistía en decir que era un ciudadano español de altos méritos. La gente a su paso, lo miraban con asombro. Este, mientras caminaba lo hacía siempre con su sombrero tirado hacia su frente, tratando de ocultar su identidad.

Pasando frente a la cárcel donde estaba Barullo, este increpó a Malatesta al extremo de encolerizarlo sobremanera:

"Puerco inmundo, no te queda ya mucho tiempo. Tan pronto salga de este encarcelamiento injusto, muchos me las pagaran. Tú, rata sucia, serás el primero. Si yo no pudiera degollarte como a un cerdo, lo que en si eres, morirás ahorcado."

Malatesta le tiró un salivazo que se estrelló en su nariz. Barullo se limpió con la manga de la camisa, no sin antes insultarlo con peyorativas y más amenazas.

"Camine, vamos, muévase, ya pronto estaremos de frente al Capitán."

"Ya, tranquilo señor oficial, no me agite, me pone nervioso. Basta con la zorra esta, quien acaba de insultarme, problema que tendré que resolver pronto."

"Señor Malatesta, lo he llamado para hacerle algunas preguntas en relación a la desaparición del señor Malavé. El señor Malavé estuvo cerca del sacerdote Buenaventura, al momento del incidente de esa noche. El portaba un farol en sus mano, -¿por qué, como lo consiguió? ¿Sabía vos, y para qué?"

"Si, sé que portaba un farol, pero no tengo la menor idea de quien se lo proveyó. Pudo ser que lo trajera consigo desde España para usarlo en Puerto Rico. Esa noche era en extremo obscura y quería alumbrarse, mi Capitán."

"Obviamente que era para alumbrar, pero, ¿alumbrar qué en especial?"

"Pues no sé, no estuve muy cerca de él."

"Teniendo el señor Malavé conocimiento de lo ocurrido al sacerdote, ¿no se le ocurrió hacerle saber a usted de lo ocurrido, por qué?"

"Si, me comentó luego que nos reunimos cerca de popa"

"¿Fue cierto que vos caminó desde la parte de atrás hasta donde estuvo Malavé, luego de cometido el crimen contra el sacerdote esa noche?"

"No, Capitán, Malavé llegó hasta donde yo estaba, más o menos, el centro del barco, quería comentarme algo. Yo le indiqué que nos fuéramos hasta cerca de popa, allí, más cómodos, hablaríamos. El caminó primero, luego yo. Fue allí, done me hizo saber de lo sucedió al sacerdote, a Tertulio, y Barrabas."

"¿Fue cierto, señor Malatesta, que allí, apartado de la gente hubo una fuerte discusión entre vos y Malavé?"

"Bueno, señor Capitán, para serle sincero, si, tuvimos una discusión."

"Cuál fue el móvil de la discusión, señor Malatesta?"

"Yo le pregunté si fue él quien mató al sacerdote."

"¿Cuál fue la reacción de Malavé por vuestra pregunta?"

"Se puso violento y me propinó una bofetada."

"¿Cuál fue vuestra respuesta a la agresión de Malavé?"

"Lo que haría cualquier hombre por su orgullo, le di un puñetazo en la cara. Tuvimos una pelea cuerpo a cuerpo y yo gane la pelea.

De inmediato me retiré. Él quedó allí, sangraba mucho por la nariz. Después de este suceso no lo he vuelto a ver. Podría haberse suicidado tirándose al agua, se notaba preocupado."

"Señor Malatesta, ¿es cierto o no que entre vos y Malavé hubieron malos entendidos desde mucho antes de su desaparición?"

"Pues sí, pero no al extremo de agresiones físicas."

"¿Fueron vecinos cuando residían en Canarias?"

"No vecinos, solo vivíamos en el mismo pueblo, Capitán."

"El señor Barullo ha dicho que fue vos quien mató al señor Malavé, ¿Qué tiene que decir de eso?"

"¿Quién le puede creer a uno que está preso por acometimiento y agresión grave, Capitán? Ese señor tiene una larga lista de hechos delictivos."

"¿Portaba usted un puñal la noche de los hechos? ¿Para qué?

"No le miento Capitán, si, portaba una cuchilla. Hay gente a quienes no les simpatizo y no me gusta darles la espalda. Con nosotros viajan algunos. Sabe usted que fui militar y no confió de nadie. Ese que está preso es uno de ellos."

"¿Era Malavé uno de sus enemigos?"

"No fui su enemigo, hasta que le quité una novia en Canarias, después de eso, nunca volvimos a tener una amistad íntima. Hasta me amenazó de desquitarse algún día."

"Vos le teme a Barullo Malatesta?"

"Tanto como temerle, no, pero me cuido de él, sé que es traicionero."

"¿Qué piensa usted lo que quiso decir Barullo cuando le preguntó: "qué hizo con Malavé?"

"No tengo le menor idea Capitán."

"¿Se considera vos una persona violenta señor?"

"No señor, solo me defiendo cuando me atacan físicamente."

"Señor Malatesta, este pedazo de tela, parece que es de una prenda de vestir, ¿la reconoce?"

"No, señor Capitán, nunca la había visto."

"¿Se considera vos hombre correcto?—y perdone que le llame de usted, y no vos. Es que estamos llegando ya a Puerto Rico y quiero empezar a practicar."

"Pierda usted cuidado señor Capitán, a mí me pasa igual."

"Señor Malatesta, usted se sintió muy ofendido por la agresión del señor Malavé. Usted sustrajo su cuchilla y lo mató de una puñalada por eso. ¿Qué hizo luego con el cadáver? ¿Lo tiró al agua?"

Malatesta se arregló su sombrero, respiró profundamente y raspándose la garganta, miró hacia la prisión de Barullo, se secó el sudor frío de su cara y continuó:

"Señor Capitán, creo que la única vez que le quité la vida a un ser humano fue durante la guerra, defendiendo mi nación. Yo no soy persona violenta, mucho menos para matar a un ser humano de forma inocente. Solo lo haría en defensa propia, lo que no es un crimen. ¿Cómo lo podría tirar al agua? Es cosa cruel. Le reitero que, me he sentido muy afectado emocionalmente por lo ocurrido a Malavé, si es que ha muerto. Me siento dolido de que usted me crea sospechoso."

"Señor Malatesta, hay testigos que oyeron a Barullo preguntarle cuando pasó usted por el lado de su celda, sobre, "qué había hecho usted con Malavé". Le vuelvo a preguntar, ¿mató usted a Malavé y se preocupa porque Barullo se enteró de lo ocurrido?"

"Capitán, vuelvo y le reitero que yo no he matado a Malavé. Luego de haberlo golpeado en la cara, como previo le dije, me retiré inmediatamente. Malavé quedo sentado sobre un alto cajón de madera, que estaba situado justo a la borda del barco. La noche era demasiado obscura, y tal vez se quedó dormido allâ, callo por la borda, o se tiró al agua para suicidarse, se notaba muy afectado emocionalmente. El barco daba muchos saltos, y la popa es lugar peligroso para estar, mucho más cerca del borde. Malavé aparentaba haber tomado mucho licor esa noche. Eso me hace pensar que, se hubiese quedado dormido, y en uno de los saltos del barco cayera al agua.

Para responderle a la pregunta que me hiciera Barullo sobre Malavé, reitero que, Barullo ha sido un delincuente de carrera. Ninguna declaración salida de su boca es confiable, ni digna de crédito."

"Mire Malatesta, puede retirarse por ahora. El caso permanecerá conmigo, y de no encontrar evidencia para encausarlo jurídicamente, será referido a las autoridades españolas, para solución final. No lo puedo incriminar como culpable por falta de pruebas, pero me da usted mucha sospecha."

"Con su permiso Capitán, ¿puedo retirarme? ¿Me permite ir a las barandas?"

"Valla, pero tenga cuidado."

La tarde iba en su descenso. Los marineros estaban dando sus rondas, tomando nota para la cena. Había sido un día de placentera navegación. Una inmensa cantidad de peces habían sido atrapados por los pasajeros que habían estado de pesca desde los bordes. Los cocineros los habían preparado para la cena, para quienes los habían solicitado en sus menús. El Intrépido de Canarias navegaba con sutileza y garbo, subiendo y bajando con elegancia y suavidad, acercándose al Trópico de Cáncer, en su derrotero franco hacia San Juan, Puerto Rico español. Los pasajeros se entretenían jugando las cartas, unos; otros habían sacado sus guitarras y panderos, y entonaban canticos folclóricos de España. Llegó el momento de la cena con rico pescado a la sartén, panecillos, arroz, frijoles, y café negro para los que habían ingerido carne. Hebreos y no hebreos comían de todo lo que con anterioridad habían ordenado. Esta vez no se sirvió carne de cerdo, ni nada derivado del cerdo.

~ XII ~

FIESTA GITANA

Entre los pasajeros había esplendido alborozo, menos en cuatro de ellos: Barullo, quien estaba cohibido de su libertad, por ser delincuente, Malatesta, que estaba muy preocupado por su crimen cometido contra Malavé, el sacerdote Buenaventura por la derrota de no haber sido exitoso en sus rezos, y el sacerdote Pinzón quien estaba afectado por el fracaso de su compañero. El tema del el éxito del Rabino Esdras, había afectado severamente al orgullo del sacerdote Buenaventura. Ya la gente no los consideraba de la misma categoría y distinción de antes. Se había corrido entre los pasajeros un comentario, salido de Barullo en el sentido de que, Malatesta había asesinado a Malavé.

"Es obvio el comportamiento raro de Malatesta,- comentaba José María a Rubiano Marín, también conocido por Rubino. He notado que evita conversar y asociarse con los demás, está muy huraño últimamente."

"Barullo sigue murmurando de haberlo visto cuando le clavó un cuchillo en el pecho a Malavé, y luego, estando aún vivo, lo lanzó al agua. "¡Hay Virgen del Rosario, El Capitán continua teniendo sospecha de Malatesta en la desaparición de Malavé!---respondía en voz baja Rubino."

"El testimonio de Barullo no tendría validez en una corte, Rubino, –comentaba José María. No creo Malatesta pueda ser encontrado culpable, a no ser que otro testigo ocular, con más valor moral que Barullo, lo pueda acusar. Sabes que esta rata es hombre traicionero, es un criminal. La noche era demasiado oscura, como para poder observar a lo lejos con claridad, lo ocurrido en popa, no sé cómo pudo haber visto lo que sucedió. El Capitán, había prohibido acercarse a ese lugar del barco durante la tormenta, por ser área de poca seguridad en tiempo de tormentas."

En el barco iba como pasajeros una compañía de cantores, trovadores, bailaores de flamenco, prestigiadores, músicos guitarristas, violinistas, y hombres de artes histriónicas. Estos se dirigían a San Juan y otros pueblos de Puerto Rico, en una gira artística.

El director del grupo musical era un reconocido músico español de nombre José Antonio Méndez, primo hermano de los doctores Yonadav y Datan. José Antonio, había ofrecido al Capitán ofrecer un acto artístico gratuito, como una aportación be buena voluntad, y en homenaje y simpatías al Capitán, por su destreza y valor, su calidad humana y habilidad para tomar decisiones, en momentos difíciles. Al copiloto Manolo De Los Ríos por exponer su vida en el timón, mientras azotaba la monstruosa tormenta. Al Rabino Esdras, por ser hombre escogido por Dios, para librarnos de la mortífera tormenta, a los marineros, hombres de gran valía y valor. Al primer cocinero, Benjamín Mendo y Luis Antonio Arizmendi, y sus ayudantes, Luis García y su hermano, Pedro, por su esmerada dedicación en el arte culinario. A todos los oficiales del orden, que supieron con profesionalidad cómo realizar su difícil oficio, y por atender con excelencia y tesón, los problemas del orden. A los oficiales militares quienes estuvieron siempre disponibles para ofrecer sus servicios, cada vez que el Capitán se los solicitaba. A las devotas hermanas de la caridad, Teresita y María, por su gran humanidad, a los doctores, Méndez, dedicados galenos, quienes con profesional dedicación atendieron las necesidades emocionales y lesiones de los pasajeros. Al primer sacerdote Perfecto Buenaventura, quien convalecía por la lesión en su cabeza, y por haber vuelto de la muerte a la vida, mediante la intervención milagrosa del Rabino Esdras, así como a su homologo Vicente Pinzón, hombre de gran calidad humana.

José Antonio Méndez, director musical, y su hermano José Luis Méndez, ambos maestros guitarristas y duchos en muchos otros instrumentos musicales; junto con María del Carmen Londoño, bailaora de flamenco, Pablo Núñez, bailaor, Lucrecia del Valle en las castañuelas, Arístides Santana, ejecutor de flauta, Ludovico Rivera en los timbales, Benito García, prestidigitador, y Estrenara Santiago, trovador. Todos se situaron en formación, para el comienzo del gran acto. Los pasajeros, exaltados, los aplaudían con entusiasmo.

Terminada la Cena, El Capitán se dirigió a todos los pasajeros para anunciar y presentar el comienzo del magistral acto.

El Rabino apareció en escena acompañado del Capitán, la muchedumbre los aplaudía con vítores y silbidos. El Capitán pedía calma, pero los pasajeros continuaban aplaudiendo eufóricos. Poco a poco fue disminuyendo la cantidad e intensidad de los aplausos, y dio comienzo el acto.

Las guitarras arrancaron con una conocida pieza flamenca. Las bailaoras y bailaores de flamenco demostraron su profesionalidad al compás de las guitarras, castañuelas, tamboriles y el contagioso zapateo rítmico, magistralmente realizado por María del Carmen Londoño, Pablo Núñez y Lucrecia del Valle. La gente, puesta de pie pitaba y aplaudía, sin deseos de terminar. Aquella fiesta de glamour flamenca, venía a ser un incentivo a las aflicciones sufridas durante las muchas horas de incertidumbre, sufridas durante la tormenta.

Acto seguido, luego de terminada la participación del primer acto, José Antonio Méndez, anuncio el próximo número:

"Señores, tengo el honor de presentarles a mis hermanos, José Luis, y Alberto, dos virtuosos maestros de guitarra flamenca y a las bailaoras de flamenco, María del Carmen y Lucrecia. Habremos de presentarles otro número de baile flamenco, pero esta vez se trata de baile y coplas cantadas por mí. Ellas y yo iremos bailando y zapateando al compás de las guitarras de José Luis y Alberto. Yo estaré intercalando coplas entre baile y baile, mientras las muy elegantes bailaoras irán destacando su estupenda habilidad del baile."

Las guitarras y los otros instrumentos arrancaron. Las bailaoras levantaron sus manos, repicando sus castañuelas, mientras bailaban, con garbo, contorneaban sus cuerpos y zapateaban al compás del rasgueo de las guitarras de José y Alberto, acompañados por Armado Rivera en la flauta y Calixto Pérez en los tamboriles. Pedro Antonio, quien con bello estilo bailaba y zapateaba, iba con gallardía tomando por la cintura a las esculturales bailaoras, quienes con fineza y elegancia batían sus largas y sueltas faldas, que les caían hasta los tobillos, mientras repicaban elegantemente sus castañuelas y zapateaban con efervescencia, entre los oles y palmas de los pasajeros. Pedro Antonio, hacia algunas pausas entre los bailes y declamaba las siguientes coplas criticas- picarescas:

Cuando salí de Canarias,
en un primero de mayo,
no fue a pie, ni fue a caballo,
más en este barco de fama.
2
La Providencia no falla.
Ella protege a mis hijos,
otras familiares y amigos,
que duda de eso no haya.
3
En el informe se halla,
del Capitán los aciagos,
momentos desesperados,
por los vientos y las aguas.
4
¡Preocupante es que aquí vaya,
gente de conducta necia,
uno que nunca aprecia,
nada de lo que por él se haga!
5
En mi léxico de España,
barullo es como un desorden;

ese con mente deforme,
engendro es de mala fama.
6
Un petulante, intratable,
cínico, mal patriota,
un patán y gran idiota,
entre viles, despreciable.
7
Arrogante, deplorable,
gran detractor que me inquieta,
de notoria delincuencia,
es fanfarrón, detestable.
8
Pero hay otro que igual vale,
más o menos de su talla;
persona de igual calaña,
de lo que él hizo, se sabe.
9
De mala testa, es notable.
de cuchillo siempre en mano;
no lo tengas como hermano,
no es de confianza, ni afable.

de él bueno no hay nada escrito.
Es detractor que me inquieta,
un ente al que aborrezco,
un fanfarrón al que detesto,
turbulento que me apesta.
¿Do vas, triste de vos?
La sangre del muerto clama,
tarde noche y mañana,
se sabe como murió.
Al de mala testa digo,
tu crimen te juzgará,
al igual que a Barrabas,
lo mismo será contigo.
El juicio vendrá hacia a ti,
criminal, malandrín ingrato,

te llegará el total fracaso,
quien te juzgará, está aquí.
10
Aludir pudiera yo,
a alguien directamente,
pero me sería imprudente
señalar lo que pasó.
11
Lamento a quien mató,
el crimen jamás paga,
con ello no ganas nada,
solo juicio ante Dios.

Barullo desde la cárcel, agarrado de los barrotes de acero, observaba cautelosamente a Malatesta sin quitarle la mirada ni un instante. Este le sopló un suave silbido. Malatesta, que permanecía cabizbajo y pensativo, levantó la cabeza y miró hacia atrás, buscando la procedencia del silbido. Barullo le silbó de nuevo, e hizo señas para que se acercara a su celda, lo que Malatesta aceptó.

Mira tío, ¿que tal del topetazo que te ha dado esa basura de trovador de callejones y arrabales? ¿No piensas en defender vuestra corrupta moral? Jajá, jajá, jajá. ¿No te preocupa? Eres penco, gran cobarde, sino te desquitas de sus burlas."

Malatesta, miró de reojo, lentamente metió su mano dentro de sus botas, y sustrajo un puñal donde lo llevaba escondido, y se lo guardó por debajo de la camisa. Barullo dio un salto hacia atrás, retirándose de las barras lo más lejos posible.

"¿No me va a decir que dentro de vuestros macabros planes esta asesinarme como hiciste con Malavé?"

"Mira caca inmunda y putrefacta, porquería de hombre, ¿Por qué no te defiendes tú también de las burlas que te ha hecho el trovador. Te ha llamado de cantidad de epítetos peyorativos. Acércate a las rejas, te diré un secreto al oído. Ven acércate un poco más, no quiero me oigan otros."

¿"Qué querrás inferir Malatesta? No necesito secretos vuestros, lo sé todo. Habladme desde allá, no me creas tan idiota como para acercarme a las rejas. Yo si se vuestro secreto, y lo regaré a toda voz. Aplaudiré cuando te sentencie el Capitán, a ser tirado al agua, amarrado de pies y manos. Malavé te espera allá abajo, en las profundidades de este abismo de aguas. ¡Qué terror aún pensarlo!"

¿"Me quieres intimidar, Barullo? ¿Ves este cuchillo? Mirarlo bien; lo verás clavarse dentro de vuestro cochino corazón; entonces ya, no tendrás más tiempo de hablar basura, ratón de letrina."

"Mira, apestoso tío, Malatesta, no estaremos navegando en este maldito barco todo el tiempo. Ya pronto llegaremos a Puerto Rico, y saldré de este encierro que me ha impuesto el hijo de puerca Capitán. Allá en esa Isla nos veremos bigote a bigote. Sobre los hediondos versos del cantaor barato ese, le voy a responder, pero también en mi propio estilo. Oye lo que le contestaré a ese trovador de cuneta:"

Escuchad bien José Antonio
trovador de callejones,
a vos faltan pantalones.
de enfrentarte a mí no hay modo.

2

Sé que os falta valor
de fajarte con cuchillo.
o batirnos tiro a tiro,
sos cobarde trovador

3

Asquerosas vuestras trovas,
vuestros bailes, son sin gusto.
vuestra música, un insulto,
letra sucia son tus coplas.

4

Mejor largarte bien lejos,
con tu música a otra parte.
¡Como profanas el arte!

Vales menos que un vil perro.
5
Dejarte claro, hoy bien quiero,
nauseabundo trovador,
que te daré una lección,
cuando salga de este encierro.
6
Arrancaré tu pellejo,
como despellejar serpiente,
no te dejaré muela ni diente,
mi puñal creará tu entierro,
7
Ahí te dejo mis versos,
recordad lo que te he dicho,
allá te espero, en Puerto Rico,
trovador cara de puerco.

José Antonio rehusó contestar a Barullo. Sabía que se trataba de un delincuente compulsivo, un criminal empedernido, de baja calidad moral. Era un gran empresario, dueño de la orquesta, un gran músico, un buen español, respetuoso de la ley y el orden; tenía mucho que perder. La orquesta estaba protegida por la guardia del barco y estaría también protegida por la guardia Real, cuando tocara tierra. No obstante debería cuidarse de las amenazas de Barullo.

La Guardia ordenó a Malatesta retirarse de las rejas de la cárcel de Barullo, y a Barullo a mantenerse callado. Barullo, rabioso, insultó a los agentes y les tiró salivas a través de las rejas. Los guardias irrumpieron dentro de la cárcel, lo rebuscaron, encontrando bajo su camisa, una larga cuchilla, la cual decomisaron. Lo retiraron de las rejas y lo amarraron a una columna con cadenas dentro de la cárcel, al fondo de la prisión. Barullo gritaba e insultaba al Capitán y a los guardias, acusándolos de ser abusadores.

Mientras esto acontecía, Malatesta aprovechó para liberarse de muchas cosas que sabía de la mujer de Barullo, gritándole a viva voz lo siguiente:

"Mira Barullo, eres un cornudo, una serpiente venenosa. Conozco vuestros criminales intentos, pero te advierto que no os daré una oportunidad. Me conoces, sabes que soy un lobo de bosque. Atiende bien rata inmunda. Escuché bien cuando Malavé te decía que él, estuvo una relación ilícita con mi esposa, y que vos, puerco inmundo, intentaste también de hacerlo. Eso te lo tengo apuntado en mi libro, y me lo pagaras pronto.

Barullo, lo que tal vez vos no sabes es que, vuestra mujer sale con Villegas y todo el que llega. Conoces bien a Antonio Villegas, vuestro mejor amigo. Por desgracia, lo que le acontece a vuestra mujercita es por vuestro abandono. Muchas veces tuve que llevarle alimento a su casa, porque, vos, gusano de letrina, gastabas el dinero en juegos de azar, y en darte buena vida con la otra que viaja contigo en este barco, mientras vuestra mujer y vuestros hijos pasan hambre en Canarias. Mira, oídme bien, os salen cuernos por toda vuestra deforme cabeza. Esa que viaja contigo, también te juega sucio, ja, ja. ja, ja."

"Ha declarado vuestra propia sentencia de muerte, ave de rapiña. Saldré de este encierro en pocos días, Malatesta. ¡Qué placer me dará cuando de corte el cuello, como se le corta a un puerco! Ya nos veremos cara a cara, inmundo cochino, rata de letrina. Veré cuan valiente eres."

"Malatesta, ¿no le habíamos ordenado que se retirara de los entornos de esta cárcel? Mire tío, lo vamos a encerrar junto a Barullo. Creo es la mejor idea, así saldremos de uno, o quién sabe si de ambos. Menos perros, menos pulgas, vamos, camine a la cárcel."

Malatesta, se las ingenió para escurrirse de los guardias huyendo a popa. La guardia le dio persecución. Al verse acorralado, sacó un segundo puñal que había escondido en alguna parte de sus vestiduras y con habilidad sorprendente, le hizo frente a los agentes. Los policías lo encañonaron con sus armas de fuego, y otros agentes que se habían enterado del suceso se les unieron a los demás agentes, con Goliat, el enorme perro pastor alemán, adiestrado para el ataque. El perro se le fue encima tirándolo al piso, lo agarró por una pierna y lo arrastró hasta un lugar despejado del barco, donde lo arrestaron, y le pusieron las esposas.

Barullo desde la celda observaba, sorprendido lo ocurrido. De forma sarcástica les gritó a los oficiales:

"Llévense a esa rata de pantano, amárrenle las manos a su espalda y tírenlo al mar, para que se lo lleve el diablo. Malatesta, mataste a Malavé, pagaras con tu vida ese crimen, ja, ja,ja. Ahora no podrás llevar a cabo tu maquiavélico plan de asesinarme, igual que hiciste con Malavé, aunque yo no te daría oportunidad, porque antes de que saques tu puñal ya yo te habré sacado el intestino. Ya me las arreglaré para conseguir otro cuchillo, tengo muchos amigos. Pronto beberé vuestra sangre y la de muchos. ¡Qué banquete me daré!"

"Barullo y Basset, retírese del portón, camine hacia el fondo de su celda, levante las manos y no trate de pasarse de listo, a no ser que quiera le llenemos la cabeza de plomo," --le ordenaba un militar, de los que estaban respaldando a los agentes del orden.

¿"Que cosa fuera de orden he hecho ahora, oficiales?"

Un agente procedió abrir el candado, mientras dos militares desde afuera encañonaban a Barullo con sus rifles. Tres agentes entraron a la celda, dos le ponían los cañones de las pistolas en su cabeza, mientras otro le amarraba sus manos en la espalda y otro le buscaba dentro de sus botas, y por todo su cuerpo en busca de algún arma. Efectivamente, otro cuchillo más corto que el primero fue descubierto dentro de sus botas. Los agentes, decomisaron el arma y procedieron arrestarlo para llevarlo hasta el Capitán, junto con Malatesta.

"Soy un ciudadano español, de los viejos, y estoy pagando por mi viaje, merezco un trato justo, con deferencia. ¿Así se me maltrata, se me humilla, se me veja? A vosotros les importa un bledo la arrogancia y la belicosidad del cocinero mayor, el barrigón Mendo, ese que me golpeó vilmente, quien siempre me ha discriminado con las comidas, a ese no se le arresta y no se le procesa por acometimiento y agresión grave contra mi persona. ¿Pero saben vosotros por qué? Porque ese regordete es el hijo mimado del Capitán de este barco. Ese tiene inmunidad. ¡Cuánto me alegraré cuando le desgarre la panza y le saque toda la mierda?"

"Calle la apestosa boca ya, español añejo, vamos camine, sino quiere que lo tratemos, como lo que es, un perro sarnoso."

"No soy español añejo, soy "español de los viejos, de privilegios."

"Mierda es lo que eres, hediondo, español híbrido."

"Soy español de sangre francesa, y vosotros, hediondos gitanos."

"Nos importa un carajo lo que dice ser, garabato de hombre, camine."

~ XIII ~

MALAVE Y BARULLO ANTE EL CAPITAN

Barullo, mientras caminaba hacia el Capitán, al lado de Malatesta, no cesaba de quejarse de haber sido abusado, por la forma que se le estaba tratando, no obstante ser un fino ciudadano español.

"Le digo por segunda vez que calle su boca y camine, idiota,"—le advirtió uno de los oficiales.

"Oficiales, les repito que soy hombre de buenos principios cristianos, respetuoso de la ley y el orden. Ya expondré mi inocencia ante el Capitán y seré exonerado de todos los cargos que me quieran acusar. Este que va a mi lado, sí que es un criminal. Que confiese él mismo que asesinó a Malavé. Policías, este hombre es un criminal, una zorra."

"Ah, Barullo, ¿es vos ahora hombre religioso, respetuoso de la ley? ¿De qué ley? Nunca ha andado vos conforme a la ley. No sea cuentista, y embustero"—le dijo uno de los oficiales."

"No soy cuentista ni mentiroso señor oficial, soy español de los preferidos. Mi nombre es Barullo y Basset, de raíces, francesas, hombre culto, de fina sangre, no como la de esta serpiente, que va arrestado a mi lado. Si me presta vos su revólver, juro que le vuelo los sesos a este tío de un tiro, y vosotros seréis librados de muchos problemas. ¿Por qué meterlo a la cárcel y darle tres comidas al día? Economícense ese dinero, señores, o regálenlo a los pobres de España, y que este animal se muera de hambre y haréis una obra filantrópica."

Dentro del barco, el monito y el lorito, que habían sido una atracción durante la presentación artística de los bailaores y trovadores, saltaban de un lado a otro. El perro levantaba su cabeza y los regañaba con ladridos, por sus travesuras. De un salto, el monito se paró sobre la cabeza de Barullo, y rebuscaba sus piojos, este indignado le echó mil maldiciones. Malatesta se reía a carcajadas por las payasadas del monito sobre la cabeza de Barullo, mientras este lo amenazaba de desquitárselas tan pronta fuera exonerado por el Capitán.

El lorito, enojado por el mal comportamiento de Barullo contra su amigo, voló por dentro del barco, se paró por un instante en el trapecio donde hacía sus ejercicios gimnásticos, luego voló en círculo, y en un descuido de Barullo, se paró sobre su calva, y mirando hacia donde Barullo tiene la espalda, levantó su rabo, le depositó su gracia de defecación física en la parte superior de la frente, bajándole sobre su nariz y los labios. Barullo, mal humorado por la humillación del lorito y el monito, pidió a uno de los guardias le limpiaran aquel caliente excremento azuloso y mal oliente que le baja por sus labios. El agente le soltó las manos que estaban amarradas hacia su espalda, y se las amarró al frente, le dio un paño para que él mismo se limpiara. El lorito voló, y en forma burlona, pronunciaba el nombre de Barullo, arrancando carcajadas de los que habían estado presenciando el espectáculo.

Malatesta miró a los ojos de Barullo y pronunció sarcasmos contra su persona. Barullo como estaba cerca, le propinó un patada en un una espinilla que, de no haber sido por la cercanía de los agentes pudo haberse suscitado una pelea, quien sabe con qué resultados. Ambos enemigos se miraron fijamente con deseos de fajarse hasta matarse mutuamente.

"Mira, cara de burro de cargar mierda, estaré pronto libre de esta maldita cárcel, prepárate para que nos enfrentemos a un duelo a cuchilla."

"No creo que tengas valor de hombre para enfrentarte a mí, simio apestoso y cornudo. Me parece que no conoces a Malatesta, placenta de puerca."

Terminando Malatesta sus frases peyorativas, le arrojó en la cara el líquido claro producido por sus glándulas de la mucosa bucal.

"Que placer me daré cuando te mate como a un puerco. Vengaré la muerte de Malavé."

Malatesta, quien incluso tenía las manos amarradas al frente, se le fue acercando lentamente y de súbito, levantó sus brazos y le golpeó la cara con las cadenas que le sujetaban las manos, a tal extremo que le abrió una herida sobre la prominencia curva cubierta de pelo que está sobre la cuenca de su ojo derecho, por la cual sangraba abundantemente. Al llegar donde el Capitán los médicos lo atendieron, tomándole dos puntos de sutura. Ambos delincuentes, por ser enemigos acérrimos, fueron separados a suficiente distancia uno del otro. Malatesta fue amonestado por el Capitán con meterlo en la cárcel junto a Barullo, de no deponer su actitud belicosa. No lo reprimió tanto esta vez, pues sabía que Barullo lo había provocado por ser hombre violento.

El Capitán citó a todas las partes hasta su salón de reunión. Los acusados y la guardia ocuparon asiento al lado izquierdo del bufete del Capitán, y los testigos a su lado derecho. Otros que solicitaron estar presentes y que podrían aportar alguna ayuda en relación a la aclaración al caso de Malatesta- Malavé, y amigos de Barullo, tomaron asiento en la parte trasera. Los sacerdotes tomaron asiento al lado de los acusados. Muchos curiosos esperaban cerca de la puerta por la decisión de los casos.

"Yo creo que Malatesta saldrá culpable en la muerte de Malavé y el Capitán lo va a sentenciar con la muerte de ahogamiento en el océano"-- decía Alberto Cienfuegos a Eugenio Molina, uno de los compañeros de viaje quienes conocían a Malatesta de muchos años atrás y sabían de su mal humor y comportamiento.

"Es cierto que, Barullo es uno de los muchos criminales que han nacido en España. Aun así, creo que sentenciar a un criminal a una pena tan severa, como lo es el de tirar a un individuo a ahogarse en el mar, es un castigo inhumano. Esos juicios de tipo salvaje, fueron del tiempo de la Inquisición, propios del fanático religioso Torquemada y los sacerdotes subalternos, quienes se deleitaban con ver quemarse vivos a los pobres judíos, o someterlos a macabras torturas quebrándoles o arrancándoles los huesos, hasta verlos morir en macabros sufrimientos, solo por ser de creencias que diferían a las de su institución eclesiástica,"-- respondió José María, quien había estado oyendo los comentarios de sus compañeros.

"¿Es vos judío?,-- preguntó Alberto a Eugenio Molina."

"No, humanitario. Vea, todos sabemos que la inquisición fue solo una aberración religiosa, cruel atroz; una desviación de lo que se consideraba licito. Todo esto fue un andamiaje orquestado por un religioso de un predicamento de homofobia, famoso sacerdote, de nombre Fray Tomas De Torquemada, quien fue Confesor honorífico de los Reyes Católicos, inquisidor general de Castilla. Fue, quien durante los años de 1478- 1483 encabezó una persecución religiosa, durante su mandato. En el 1492, fueron muchos liberados de las prisiones, emigrando con don Cristóbal Colon. Otros emigraron a Turquía. A muchos asesinó, quemándolos vivos en las hogueras, o torturándolos, hasta hacerlos expirar en una bestial forma, mientras él reía al verlos sufrir."

"Yo no sé cuál será el futuro de Barullo, de no corregir su temperamento, e igual mi final destino, comentó Margarita Suarez, amiga de Barullo. Desgraciadamente acepté venir con él en este viaje, con la ilusión de obtener su ayuda para conseguir trabajo en Puerto Rico. Admito de estar frustrada y horrorizada por lo que me acontecería, cuando llegue a esa isla, la cual no conozco, ni donde tengo familia ni amigos que me den la mano. No tengo contrato para trabajar en las fincas agrícolas, como los tienen los demás que van con nosotros. Ese hombre Barullo no me interesa, quiero corregirme de mis errores."

"Me da lástima vuestra situación, no es para menos. Pero atienda bien lo que le voy a aconsejar,-- le advirtió Alberto Cienfuegos. Al desembarcar habrán unos representantes de las fincas de Las Palmas de Naguabo, quienes han de recibir a los que van contratados es este viaje, acérquese a ellos. Exprésales vuestro deseo de trabajar para sus fincas. Ellos necesitan trabajadores, le aseguro que la contratarán inmediatamente, y se va con todo el grupo a trabajar. Olvídese de ese tío Barullo; este hombre no le hará bien alguno, además, él terminará siendo encarcelado en Puerto Rico, si es que por suerte llegara a la isla". Hable con algunas de las mujeres que van contratadas, dígales que le extiendan la mano. Las hermanitas de la caridad también la pueden ayudar en estos trámites, acérquese a ellas. Pero oíd bien, confiéseles que está totalmente arrepentida por vuestros yerros. Viaja de placer con un hombre que tiene esposa e hijos en España, y quien no es para nada de naturaleza moral. Vos parece ser de buen corazón, pero anda mal asesorada y mal acompañada."

Margarita Suarez, era una mujer de buena apariencia física, característica que estaba a su favor. Oscilaba de 30 a 35 años, relativamente joven aún. Barullo sería de unos veinte años mayor que ella. Se comenta entre los viajeros que la habían visto acortejada con Malatesta, de aproximadamente, ocho años mayor que ella, Barullo ya tenía conocimiento. Esta mujer estaba muy preocupada de que Barullo tomara venganza, contra ella por sus erráticas e inmorales comportamientos, situación que la mantenía aterrada, ella sabía que se estaba jugando la vida, para cuando él saliera de prisión.

En el salón de conferencias, Barullo fue separado de Malatesta con dos guardias entre ambos. Ambos presos estaban amarrados de sus manos con los brazos hacia el frente. Otros militares vigilaban apostados a los lados, dos guardias habían sido apostados a la espalda del Capitán, y al lado de los detenidos. El Capitán se puso de pies y hablo lo siguiente:

"Señores pasajeros, advierto que, ante mí, Capitán de este barco, y en cumplimiento a las leyes de navegación, conforme a los estatutos a las leyes de La Corona Española, asumo la responsabilidad que me otorga la jurisprudencia de la ley marítima para barcos de pasajeros. Tomo la prerrogativa de la cual reitero, estoy autorizado, de oficiar en calidad de Juez y Capitán, conforme al protocolo de La Corona, en este preliminar juicio entre los españoles, Severo Malatesta, sospechoso de la muerte del quien en vida fuera, Gastón Malavé, y el señor Barullo y Basset, por acometimiento y agresión grave, para cometer crimen, por lo que ha estado encarcelado, además de otras agresiones y amenazas de asesinar a otros pasajeros de este viaje, y por constantes amenazas terroristas contra mi persona. Este ciudadano ha estado encarcelado de forma preventiva, por ser un riesgo para la seguridad de aquellos, que han sido amenazados por este señor. Él ha estado solicitando su excarcelación, con el pretexto de haber sido encarcelado injustamente.

Reitero que, esta audiencia es un juicio preliminar. Ambos serán entregados a las autoridades policiacas, y posteriormente, sometidos a un amplio juicio de clase, por las leyes de La Corona, cuando lleguen a Puerto Rico."

"Señor Barullo y Basset, favor ponerse de pies. Vos ha solicitado que sea indultado, por haber sido encausado, injustamente, según vuestra queja. Conforme a los informes de los agentes de seguridad de esta embarcación, a usted se le ha acusado de posesión de un arma blanca de seis pulgadas de larga, de acometimiento y agresión grave contra el jefe de cocinas, el señor Benjamín Mendo, al cual usted le propinó una herida en uno de sus brazos, que requirió muchos puntos de sutura. Esa arma fue incautada por La Guardia. Volvió usted adquirir otra cuchilla igual, con la que amenazó a los agentes al momento de ser arrestado. A usted se le acusa de continuar amenazando de muerte al Rabino Esdras, y a todos los hebreos que viajan en esta nave, así como amenazar de asesinarme, el Capitán y dueño de este barco, y al señor Mendo. Ha amenazado usted de asesinar al señor Malatesta. Ha continuado usando vocabulario soez contra mí, contra el señor Mendo, y constantes insultos y amenazas terroristas contra todos los hebreos que viajan con nosotros. A ver, que tiene vos que decir de todas estas acusaciones."

"Bueno, pues hacia eso voy señor Capitán. Yo solamente he tratado de defender a los menos privilegiados que van en este barco. Los más privilegiados, los vuestros, tienen vuestro favor, el mejor trato. Me refiero a los de su gente, los judíos. Soy un ciudadano español de los viejos. Usted sabe a lo que me refiero señor Capitán."

"Pues no sé a qué infiere, señor Basset."

"Capitán, sabe que, por disposición de La Corona, todo ciudadano español católico nacido en España, tiene por ley, privilegios sobre aquellos no católicos; por tal somos llamados, "españoles viejos" Yo nací en España, soy católico practicante, fiel a nuestra Virgen, la santa Virgen María y todas las Vírgenes de España. Esto me hace ser "español de los viejos." Por tener esta cualidad. Por lo tanto, me merezco mejores privilegios, igual a aquellos que como yo somos de esta calidad y buenas cualidades ciudadanas. No así los extranjeros, o nacidos de extranjeros. A mí y los míos se nos han negado ser tratados en esta embarcación, como lo que somos, ciudadanos españoles genuinos, "de los viejos". Vos, señor Capitán, se ha parcializado con los suyos, ofreciéndoles las mejores comidas y el mejor sitio en este barco. Simplemente estoy luchando por mi gente. Si esto es un delito de muerte, pues, me puede tirar al mar; entonces seré un mártir de mi pueblo. Eso es todo lo que tengo que decir, Capitán."

"Señor Barullo, por vuestra declaración, admite ser inocente, que no tiene que retractarse de nada de lo que ha dicho y hecho."

"Ahora que admito mi inocencia, ¿me permite retirarme como una persona libre de culpas? Le he dicho la verdad monda y lironda, ni le he agregado, ni quitado. Por haber sido correcto en mi declaración, merezco ser indultado. Que lo sepa toda esta gente quienes han sido testigos de lo que he dicho; ahora me retiro como un hombre libre de toda culpa."

"¿A donde piensa que va, correcto señor, español de los viejos?"

"¿Pues a donde cree Capitán, a no ser con los míos?"

Señores oficiales, metan a este gran arrogante al lugar que se merece estar, donde estaba, hasta que sea entregado a la Guardia Real española, tan pronto pisemos tierra."

"Señor Malatesta, en este segundo interrogatorio, le vuelvo advertir que sigue siendo vos sospechoso de haber asesinado al señor Malavé, en la popa, durante la última noche de la tormenta. ¿Qué tiene que volver a decir sobre la acusación que se le continúa haciendo?"

"¿Quien es el que me acusa señor Capitán?"

"El señor Barullo, en muchas ocasiones lo ha gritado a toda garganta desde su encarcelamiento. ¿No cree es suficiente evidencia?"

"Usted lo ha dicho, señor Capitán; un presidiario me ha acusado desde su encarcelamiento. ¿Cuánta verdad puede haber en la boca de un delincuente compulsivo. Es de general conocimiento en Canarias de su vida delictiva. Ese hombre tiene sus manos llena de sangre. Él me ha amenazado con quitarme la vida muchas veces, y a muchos de los que viajan con nosotros.

"Mató vos en realidad a Malavé, señor Malatesta? – diga la verdad."

"No, señor, le reitero una vez más mi total inocencia en este caso, Capitán."

"Fue cierto o no que tuvo usted una pelea cuerpo a cuerpo con Malavé?"

"Si, nos fajamos pero fue por culpa de él."

"Señor Malatesta, ¿sabía usted que había una orden dada por mí para que nadie se aproximara a popa, dada la peligrosidad de esa parte, debido a la tormenta? ¿Por qué lo hizo?"

Señor Capitán, perdone mi estupidez por haber ignorado vuestra orden. Mire mi Capitán, fue que el difunto Malavé se me acercó y me solicitó que lo acompañara hasta popa, tenía algo importante que notificarme. Yo le advertí sobre vuestra orden. El insistió que la parte más apropiada era cerca de popa, por la privacidad; no tardaríamos más de algunos minutos, me aseguró. Allí me hizo saber de lo sucedido al sacerdote Buenaventura, Tertuliano y a Prudencio Mata, alias Barrabas. Yo estaba ajeno a todo, quedé estupefacto. La noche había sido muy oscura y por la distancia de mi ubicación no me percaté de la tragedia, sino hasta que él me lo notificó. Noté que Malavé estaba ebrio. Tuvimos una seria discusión por lo sucedido. Recuerdo que lo acusé de haber orquestado el frustrado plan para asesinar al Rabino Esdras y de haber sido él responsable de la muerte de Tertulio y Barrabas. Se mostró violento, sacó una cuchilla para herirme. Sabe usted que fui sargento de marinería, cuando serví en una compañía de la marinería española, y que muchas veces oficié en este mismo buque, siempre que es usado como un barco de escuela para marinos. Como experto marino aprendí disciplinas de artes marciales sobre defensa personal, destreza que me sirvió para desarmarlo. Le di un golpe con el puño en la nariz y sangraba profusamente. Yo me retiré de la escena y cuando voltee mi cabeza, lo vi parado sobre la baranda del barco, haciendo demostración de buen equilibrista. Regresé y le advertí del fatal riesgo a que se exponía. Me invitó a acompañarlo si me sentía ser hombre valiente. Le reiteré que su riesgosa y estúpida exhibición le podría causar la muerte. Me habló insultos y me trató de mujercita mimada. No le hice caso, aunque le aseguro, me enfadé pero continué mi camino hacia adelante, donde estaban los demás pasajeros. Luego de eso, no supe nada más de él. De verdad que lamento su desaparición. Capitán, él era mi amigo."

Oigame bien, señor Malatesta, no me satisface vuestra declaración de inocencia. Sigue siendo vos un potencial sospechoso de la muerte del señor, quien en vida fuera Gustavo Malavé. Desgraciadamente, yo no puedo aceptar la declaración del señor Barullo y Basset, por ser este otro delincuente. Es este señor un delincuente compulsivo. Así que, puede vos retirarse. El caso continuará pendiente de un testigo ocular creíble. En su defecto, será referido a La Guardia Civil de Puerto Rico, para una más exhaustiva investigación.

~ XIV ~

PIRATAS A LA VISTA CAPITAN

"Capitán, Capitán, tendremos visita. Veo naves en la lejanía, son tres. Estarán como a una distancia de veinte millas al Sur de nosotros. Se mueven con bastante velocidad," -- advirtió Casimiro desde lo alto del puente de observación.

"Noticia desagradable Casimiro, no les pierdas la trayectoria. Mantenme informado a cada minuto, no me agrada esa visita."

"Capitán, parecen ser barcos sospechosos."

¡Atención, todos los marineros, atención! Barcos raros vienen hacia nosotros. Alimentar con pólvora y municiones todos los cañones, tanto los de estribor como los de babor, los de proa y popa. Tened listas las escopetas, fusiles, sables, cuchillas, revólveres y toda arma de defensa. Pueden ser barcos de piratas, o quién sabe. Bajad la velocidad del buque, no se encenderán luces durante la noche. Todos los pasajeros, estéis listos para refugiaros en los lugares de refugio, tan pronto les advierta. Nadie será admitido en cubierta, todos deberán permanecer en vuestros asientos, hasta último aviso. Estamos en emergencia, todos los pasajeros deberán de seguir las instrucciones dadas por mí. Los infractores pueden ser penalizados con encarcelamiento. La Guardia del buque estará haciendo rondas a fin de mantener el orden.

Capitán, ¿cree vos que se trata de piratas?"

"Gadol, tengo la impresión que sí. Mantengamos baja la velocidad. No quisiera un encuentro con esa gente, si de piratas se trata, pero no sería la primera vez que me suceda. Dios nos proteja de salvajes así."

El Capitán ordenó instalar un cañón más en popa, uno al lado del otro, y ordenó mover el buque de lado, con proa mirando hacia el Norte, para poder enfrentar a los aparentes filibusteros del lado izquierdo. Cuatro cañones estaban instalados en un lado, cuatro en el otro, dos en popa y uno en proa. Los bandoleros del mar no tienen cañones, solo rifles, pero si mucho valor, coraje y determinación de ganar la batalla, para apoderarse de todo el dinero y de todo objeto de valor. Son saqueadores expertos en lucha cuerpo a cuerpo, buenos en lucha de sable, espada, cuchillo, diestros nadadores y absolutamente violentos, pero muy mal disciplinados en asuntos de guerra, característica que los ponía en desventaja de lucha.

Barullo, desde su encarcelamiento pedía ser liberado para pelear contra los salteadores. Solicitaba se le diera el derecho de enfrentarlos con escopeta. El Capitán mandó sacarlo de prisión temporeramente, pero, estaría amarrado con una cadena de diez pies, sujetada a un mástil, cerca de proa. No tendría ninguna arma, se defendería cuerpo a cuerpo. Se quejaba que había sido llevado al matadero, ya que tendría que enfrentar al enemigo armado y a Malatesta, que podría estar armado. Utilizaría solo sus fuerzas físicas, que no eran del todo muy buenas, su enjuta complexión física no le permitiría sobrevivir a una pelea a puños con ningún rival de más volumen de cuerpo que él. Barullo era un hombre diestro en el manejo de cuchillas y sables, pero de deficiente resistencia física.

Malatesta estaba solicitando se le dieran armas de fuego. Él había sido un hábil tirador con escopeta, rifle y revolver. Era un riesgo proveerle a ese hombre un arma de fuego en una circunstancia de un ataque de piratas. De seguro asesinaría a Barullo en el menor descuido. Desde luego que aprovecharía a que se desatara una balacera hacia dentro del barco por parte de los piratas, para acabar con la vida de Barullo, o quien sabe a quién más. Malatesta odiaba al Rabino, a todos los hebreos y el Capitán no era una excepción. Así que, el Capitán ordenó amarrar a Malatesta a treinta pies de popa, donde él había asesinado a Malavé. Fue amarrado del último mástil a una cadena de veinte pies, bien lejos de Barullo, pero, luego el Capitán le concedió tener uso de un revolver para defenderse.

Dos agentes estaban supervisando a Malatesta, a corta distancia. Estos tenían instrucciones de dispararle, si lo notaban intentando de usar su arma contra algún pasajero del buque, de salir alguno de ellos de los refugios donde estarían ordenados a permanecer, hasta pasada la emergencia, o contra cualquier oficial o trabajador en el barco.

Se oyó al Capitán hablar por su altavoz. Anunciaba que el encuentro con las naves parecía inminente. Los tres barcos se separaron unos de los otros. Uno tomó posición por el lado izquierdo, otro por el derecho y el tercero se ubicó por la parte de popa, a bastante distancia. Había órdenes del Capitán de no disparar a no ser de que fueran atacados primero. En algunas ocasiones los piratas no atacan, si consideran que el objetivo puede ser más poderoso que ellos, pasan a distancia, y se retiran. Esta vez parecía que no desistirían de su propósito. Eran tres barcos bastante grandes en tamaño, y podía verse mucha gente en cada uno. El barco que se dirigía a popa, de súbito cambió el rumbo navegando hacia el Sur. Todo parecía que se retiraría, y los demás hicieron lo mismo. El sol avanzaba hacia el horizonte Oeste, y pronto comenzaría a oscurecer. Todo permanecía quieto, el peligro inmediato había desaparecido y los nervios se habían calmado. El Capitán advertía de no bajar la guardia, por ser los piratas muy astutos. Estos toman su tiempo esperando dar el golpe de forma inesperada, preferiblemente en la noche. No se encendería luz dentro del barco para cuando llegara la noche, fue la orden del Capitán. Todos los marinos se mantendrán en posición de ataque, tan pronto el Capitán diera las instrucciones. No se veía barco alguno por los alrededores. Encender cigarros cuando llegara la noche, estaba prohibido. El barco tendría que parecer a un barco fantasma, para no ser fácil blanco de los bucaneros. De seguro que ellos tampoco encenderían luces dentro de sus barcos para no ser divisados, si es que eran piratas. El sol estaba próximo a alcanzar el horizonte y había inquietud entre los marinos. Habría muy poca luz de luna esa noche, y muchas nuves en el cielo. La noche era cálida y el viento soplaba suave desde el Sur.

"Señor Capitán, tengo en mi binocular una óptica clara de los tres barcos una vez más. Vienen a toda vela, y veo mucha gente dentro de los barcos. También puedo ver figuras que parecen ser mujeres. Puedo ver que están bebiendo algún líquido de botellas. Estoy seguro que se trata de piratas. Estos locos bastardos gustan de tomar mucho vino, y toda clase de bebidas embriagantes. Parece que están celebrando por algún evento. Parece que bailan, levantan sus botellas en sus manos y las tiran al agua. Navegan separados, como a una distancia de doscientos pies uno del otro y disparan sus fusiles al aire. No veo cañones en las bordas de sus barcos, pero parecen ser rápidos"—exclamó Casimiro desde lo alto del puente de observación. Navegan de forma errática, de forma sospechosa, unas veces hacia el Sur otras hacia el Norte, pero siempre manteniendo la misma separación. Ahora navegan en amplio círculo, creo que tratan de confundirnos, características de los piratas."

"Ya puedes bajarte por un momento del puente Casimiro. Tenemos que reunirnos para prepararnos para este encuentro. Estos perros lo que están haciendo es tomando tiempo para atacarnos en horas nocturnas.. No prefiero una guerra con estos salvajes en la noche, son lobos rapaces del mar, muy hábiles en los ataques en la oscuridad, Si se demoraran demasiado en llegar, iremos a su encuentro. Le vamos a dar de probar el sabor a pólvora con el impacto de los cañones. No celebro la muerte de nadie, pero hemos de defender nuestras vidas y las de los que viajan con nosotros, con toda determinación, honor y coraje de buenos marinos españoles. No vamos a ser los primeros en disparar, pero, si cometen el disparate de ser los agresores, ni cortos ni perezosos, les contestaremos con fuego, con valor de buenos guerreros que somos al momento de defendernos. Estos buitres quieren alhajas de forma fácil, pero se equivocarán esta vez. Casimiro, el sol comienza a ocultarse, sube al puente otra vez, y atisba con el catalejo si los vez todavía."

"Si señor Capitán que voy de inmediato. Me gusta mi trabajo, me siento bien allá arriba."

"Mucho cuidado allá arriba Casimiro, es lugar muy peligroso."

"Pierda cuidado Capitán, acá arriba me siento como en mi casa. Conozco bien este trabajo y lo hago con el placer de servir a Dios, a mi patria, y a vos."

"Capitán, no veo nada hacia el Oeste."

"Casimiro, cámbiate y mira hacia el Este, al Sur y Norte."

"Capitán, estoy mirando hacia el Sur ahora. Veo unas imágenes que podrían ser barcos, están muy lejos, como a treinta millas de distancia. Por estar oscureciendo, las figuras son difusas. Según se vallan acercando se podrán identificar mejor, a no ser que oscurezca rápido."

"Mantén vuestros ojos atentos a esas imágenes, Casimiro; infórmame en cinco minutos. Creo que todavía tardaría como unos quince minutos en oscurecer totalmente."

El Capitán aprovechó la oportunidad para circular un aviso a todos los oficiales de alto rango, encargados de dirigir y atender los marinos cuales tenían la responsabilidad de las municiones, cañones y toda arma de fuego, para mantenerse en sus posiciones, y estar atentos a las órdenes del Capitán en caso de la necesidad de abrir fuego. Barullo se aseguró un cuchillo que se le permitió portar temporeramente, para defenderse en un posible enfrentamiento con cualquier enemigo furtivo, dentro del barco. Un agente estaría observando todo movimiento que hacía, y podría ser devuelto a la cárcel por tratar de usar su cuchillo contra oficiales o pasajeros.

"Capitán, Capitán, ahora veo diáfanamente. Son tres barcos, veo luces dentro de los barcos. Son los mismos rapaces, y estimo que estarán como a veinte millas de nosotros. Dado que el viento sopla ahora a su favor, estaríamos haciendo contacto con ellos en veinte minutos, aproximadamente."

"¿Podrías mantenerlos en la mirilla por diez minutos más, Casimiro?"

"Positivo señor Capitán, tal vez por más tiempo. Estos idiotas están cometiendo un error garrafal a nuestro favor. Han encendido sus luces, lo que nos hace posible seguir rastreándolos. Continúen así muchachos."

"Buen trabajo Casimiro, pero te ordeno te bajes en diez minutos, no sea te den un balazo allá arriba. En diez minutos los podremos seguir con mi instrumento óptico, desde cubierta, tengan luces o no."

El Capitán ordenó girar proa hacia el objetivo. Los bandidos estaban planificando un radical ataque en cualquier momento. Solo esperaban confundir al Capitán de sus propósitos y hacerles pensar que habían cambiado sus planes. Obviamente querían dar un golpe fulminante; habían estado observando al enorme buque con sus aparatos ópticos, sabían que podría traer mucho oro, y prendas de gran valía. Estos lobos pueden asesinar a todos los pasajeros, al Capitán, a toda la tripulación, y vender en pública subasta el botín, en Francia, Inglaterra, o en cualquier otro país.

"Ahora veremos quién es más intrépido, vamos en vuestro encuentro rapiña asquerosa. Te vamos a dar la oportunidad de rendirte o pelear hasta tu muerte, o bien puedes retirarte y evitar una aplastante derrota."— comentaba el Capitán a Casimiro.

Los piratas, al notar las intenciones del Capitán y temiendo a un encuentro fuera de tiempo, enfilaron proa hacia fuera del objetivo millonario. Aparentemente conocían el poder bélico del barco, pero tampoco querían dejar pasar por alto una presa de tanto valor. No podían rendirse ante el miedo de una aplastante derrota. La tentación de una oportunidad de enriquecimiento rápido los dominaba. De inmediato se alejaron, pero al Nor-Este del océano. Sabían que el Capitán no los habría de perseguir a esa altura. Tenían embarcaciones de menor tamaño que el gran barco, pero más rápidas. Podían retirarse a significante distancia y regresar sin impedimentos.

"Ah canallas, sucesión de víboras. ¿Pensáis que no iré a vuestro encuentro? Pues estáis equivocados ratas apestosas. No vais a jugar el truco del esconder conmigo. Te sacaré de tu escondrijo, sea tarde o temprano. Sé que será riesgoso un encuentro con bandidos de vuestra calaña, máxime en la noche, pero no permitiré me ataques por sorpresa. Me he de batir con vosotros, de noche como de día."

"Señor Capitán, los pasajeros están muy nerviosos. Nos hemos desviado en dirección contraria, ellos lo han notado. Permítame sugerirle que volvamos al derrotero, y Dios estará con nosotros. No vayamos tras el peligro, deje que él venga a nosotros, si es que vendrá. Ya Dios nos protegerá cuando nos ataquen. Esa gente ya nos han seleccionado como sus víctimas y puede que no dejen de pasar la oportunidad de venir en pos de nosotros, a eso se dedican todos los días. Permítame retirarme al salón de estudio y oración con un grupo hermanos, pediremos a Dios nos libre de una tragedia," fue la sugerencia y petición del Rabino Esdras.

"Creo es apropiada vuestra sugerencia maestro. Valla al salón de oración. Dios lo escuche."

"Manolo, reorienta proa hacia a el derrotero, San Juan de Puerto Rico. Que Dios nos guie."

La noche había llegado con muy pocas estrellas. La luna estaba más allá de la mitad del firmamento, el barco navegaba a luces apagadas, como precaución. Todos estaban a la expectativa de lo peor. Todos sabían que los piratas son saqueadores salvajes, y van decididos a lograr su objetivo. No les temblaran sus manos para asesinar a sangre fría, hasta lograr saquear todo lo de valor metálico. A los hombres y mujeres útiles los venden como esclavos. Ultrajan a las mujeres jóvenes y asesinan a los niños y más viejos, e inválidos. Son cual gatos en la noche para agarrar su presa. Son diestros en el uso del sable, la espada, el cuchillo, y buenos nadadores. Son individuos de sangre fría y huérfanos de compasión.

Todos los relojes del caribe en buen funcionamiento, marcaban las 12:00 de la media noche. El silencio dentro del buque era sepulcral, destrozador de nervios. Las olas azotaban con suavidad sobre los costados del navío, y se sentía el sonar de las velas al roce del suave viento. El barco se desplazaba con agradable ritmo, bajando y subiendo al compás de las olas; la quilla de proa las rompía a su majestuoso desplazo, mientras se sentía alguno que otro golpe del agua por babor y estribor, mientras se desplazaba en suave subida y bajada, creando un agradable letargo.

"Casimiro, sube a lo alto del puente de observación, dime si notas algo en la lejanía. Mira a los cuatro lados con mucho cuidado. Mira por los lados del barco, o si ves balsas aparejadas al buque, a alguien nadando."

"A sus órdenes Capitán. ¡No sé qué haré cuando ya no haga esto!"

"Capitán, estoy observando unas tenues lucecitas al norte de nosotros. Deben ser embarcaciones, se van moviendo en la misma dirección que la nuestra."

¿"Cuantas son la lucecitas?"

"Están retiradas unas de las otras y parecen son tres embarcaciones."

¿"Cómo a qué distancia crees que están Casimiro?"

"Si mis cálculos no me fallan, a no más de cuatro millas, Capitán."

Cinco minutos más tarde, Casimiro anuncia su nuevo avistamiento:

"Capitán son los piratas, están coma a dos milla y se vienen acercando rápido, creo nos atacarán de frente, tal vez por el lado norte de proa."

"Están jugando un juego psicológico estas ratas astutas. ¡Bájate rápido Casimiro, corres peligro allá arriba!. Atiende el cañón de proa, pronto."

Cinco horas antes, los pasajeros, habían participado de la cena. A media noche sentían hambre, por la ansiedad que les hacía quemar calorías. El Capitán, para aliviar la tensión nerviosa, ordenó a los cocineros preparar otra cena de media noche. Estaban muy preocupados, y era prudente mantenerlos ocupados, ingiriendo algunos livianos alimentos. Una interacción recíproca los ayudaba a desenfocarse de la preocupación bélica con el enemigo y sus consecuencias.

Barullo se movía de un lado al otro sumamente nervioso. Había oído hablar de historias de piratas y estaba aterrado de morir asesinado por alguno de ellos. Había sido sacado de la cárcel, y amarrado a uno los barrotes del barco con una cadena en proa. Se le había permitido portar un puñal para defenderse y pedía le permitieran usar un fusil. Malatesta también estaba sujeto a una cadena, pero mucho más retirado de Barullo y se le había permitido el uso de un revolver. Malatesta y Barullo, eran dos peligrosos enemigos, como estaban separados, a una considerable distancia, no se alcanzarían para tener contacto físico.

"Hermano Buenaventura, salimos de guatemala para caer en guatapeor."

"No entiendo lo que me quieres decir, Vicente."

"Salimos de un mal para caer en otro peor, uno de piratas, hermano."

"No tema Vicente, nada nos sucederá."

"Vicente, dile al barrigón Mendo que me traiga algo de comer pronto a mí también, tengo mucha hambre. Yo también soy un ser humano. Morir de hambre, es peor que morir defendiendo mi honor. Dile al Capitán me provea de una arma de fuego apropiada para defenderme y defender a los demás. Este cuchillo no es suficiente para enfrentarme a un pirata, vos lo sabe. Es injusto que esté en desventaja para defenderme."

"Tranquilo Barullo, sabemos que no eres un buen ser humano, pero mereces alimento, ya pronto viene vuestra comida. Dios provee de alimento a buenos y malos. Sobre un arma de fuego, dudo que la tengas."

Pasada la comida, los pasajeros se reclinaron en sus asientos y cayeron en un profundo sueño. Solamente algunas pequeñas lámparas por orden del Capitán, habían sido encendidas, El cielo se había despejado de nubes en un cincuenta por ciento. El enorme y elegante buque se desplazaba con la preeminencia una deidad de los mares. Sus enormes blancas velas repicaban con sus bordes cual castañuelas de bailaoras de flamenco, al roce de los suaves vientos. Los mástiles le respondían emitiendo un suave crujido rítmico en sus bases, al compás del sonido de las velas, al ser presionados por las corrientes de los vientos tropicales. El Intrépido de Canarias cruzaba el Trópico de Capricornio, un poco al norte de las islas de Cabo Verde, latitud 30 w. Por la misma ruta que navegara el almirante don Cristóbal Colon en su segundo viaje en 1493, cuando salió de Cádiz con 17 barcos, el día 25 de Septiembre de 1493, acompañado de 1,500 hombres, muchas de origen hebreos, quienes habían estado prisioneros, por ser judíos. Había cruzado el área con cinco naos o naves y 12 carabelas), siendo La Pinta, La Niña y La Santa María, 3 carabelas incluidas en el grupo de las 12. Llegó a Puerto Rico el día 4 de Noviembre de ese mismo año, según algunos historiadores. Puerto Rico celebra el descubrimiento, el 19 de Noviembre. El Intrépido de Canarias un gigantesco barco, capitaneado por don Noah Sheiat, tenía el privilegio de recorrer la misma ruta de su homólogo 399 años más tarde, en un navío mucho más grande, más rápido y cómodo, haría la travesía en la mitad del tiempo a los previos navíos. Ya llevaba diez días de viaje, afrontando odios, rencillas y turbulencias. Sucesos trágicos marcarían la vida de algunos para siempre y cambiarían radicalmente en sus formas de pensar. Ahora otra adversidad se les había puesto en el camino y no se sabía con exactitud cuál sería el final suceso. Los piratas se habían retirado pero, de regresar habría una sangrienta batalla.

"Casimiro, vuelve al puente de observancia, vigila todo alrededor. No tardes en informarme si ves algo extraño."

"Me honro en atender vuestras órdenes, mi Capitán. Cuente con mi habilidad de observancia. Allá arriba estaré todo el tiempo que vuestra merced ordene."

"Si notas barcos muy cerca, bájate inmediatamente, hay riesgos de muerte a esas alturas. Mantenme informado constantemente Casimiro."

"Capitán, noto una tenues lucecitas al Norte que se mueven hacia el Sur."

"¿Cuantas luces puedes contar Casimiro?"

"Unas veces veo una, otras, miro dos, Capitán, pero bastante retiradas."

"Si están bien distantes de nosotros y notas que se alejan, no me preocupo, pero, si notas que se aproximan, no tardéis en hacérmelo saber. Mantén tu catalejo en tus ojos, no las pierdas de vista Casimiro. Recuerda amarrarte bien, a esa altura hay que tomar precauciones."

"Capitán, entendido. Puede estar vos seguro que no despegaré el catalejo de mi ojo, no se preocupe. Estoy bien sujetado con mi correa protectora."

Casimiro permanecía de pie sobre el puente de observancia, y no se limitaba a observar el objetivo sospechoso únicamente, prestaba atención a los cuatro puntos cardinales. Los piratas podrían ser muchos y saldrían por todas partes. Sabía de historias que cuentan que, en muchas ocasiones, piratas se habían batido en guerra con otros piratas por una presa, por lo que había que estar en constante precaución, se trata de guerreros salvajes del mar. Estaba bien amarrado a una de las sogas que sostenían la plataforma de observación. Sabía que, el océano en ocasiones producía inesperado oleajes cuales sacuden el barco con tanta violencia que lo podían lanzar al mar. Ya había sucedido muchas desgracias por falta de cautela, no en este barco, pero en otros. Era asunto de vida o muerte, debía tomar cuidado allá arriba, además, era una orden del Capitán, amararse era una obligación, por los altos riesgos."

~ XV ~

CONTACTO FEROZ

"Capitán, ahora puedo notar el titilar de unas lucecitas en la lejanía. Podrían ser tres barcos, pero aún están muy lejos para determinar con precisión. Lo que observo se mueve hacia nosotros, pero creo que tardaremos alrededor de cuarenta a cincuenta minutos en hacer contacto con ese objetivo."

"No canse mucho la vista Casimiro, vuelve a auscultar el horizonte en diez minutos e infórmame como luce el próximo avistamiento."

"Entendido Capitán."

Casimiro se sentó en la plataforma del puente, revisó que su correa estuviera bien amarrada a las cuerdas que sujetan las velas, dejando colgar sus piernas fuera de la plataforma. Desde la altura observaba el movimiento de los marinos en sus constantes afanes abajo. De súbito sintió un fuerte zumbido en el firmamento, miró hacia el cielo a ver de qué se trataba.

"¡Dios mío, una enorme estrella ha cambiado de sitio! ¡Algo grande va a suceder! Debo de persignarme y notificar al Capitán. Ya han pasado casi diez minutos, mejor es que me levante y ausculte el horizonte otra vez."

¡"Capitán, Capitán, he visto a una enorme estrella cambiar de sitio, esto puede ser de mal agüero ! Veo también dos luces más grandes, se trata de naves y vienen hacia nosotros. Eran tres, ahora son dos, no puedo ver la otra nave en ningún sitio. Creo que estarán haciendo contacto con nosotros aproximadamente en treinta, o cuarenta minutos."

"Casimiro, gracias por ser tan casi preciso. No me has dicho si esta vez has visto gente en esos barcos. No temas a la estrella, solo se trata de un desprendimiento de algún satélite o planeta, cual se va quemando al contacto con nuestra atmosfera, tranquilo Casimiro, mantén vuestro ojo visor. Nos comunicaremos en cinco minutos exactos, es urgente."

Casimiro continuó examinando el horizonte con su catalejo. Buscaba con afán la otra nave desaparecida. Tal vez habrá naufragado, se decía en su interior, también puede ser que se haya retirado; esas cosas pasan a menudo, cuando de piratas se trata, son traicioneros, salvajes e impredecibles. Por ahora lo importante es mantenerme pendiente a estas dos. Debo de comunicarme con mi Capitán inmediatamente, estos bandidos estarán atacándonos dentro de minutos.

"Atención, Capitán, atención."

"Te escucho Casimiro, habla."

"Capitán, las naves se aproximan, vienen a toda vela. Dos barcos vienen de Noreste, estarán atacándonos de frente, tanto como en quince minutos. Eran tres las naves, la otra ha desaparecido en el horizonte; no la he localizado en los cuatro puntos cardinales, Capitán."

"Bájate inmediatamente Casimiro, te necesito en el cañón de proa."

"Manolo, hazte cargo del timón, yo me encargaré de que toda la artillería de guerra esté enfocada hacia la defensa de proa, estaré supervisando toda la actividad bélica de este lado."

El Capitán ordenó a Manolo reducir la velocidad del barco un poco más, y movió un cañón del lado izquierdo al lado de proa, para fortalecer la defensa en ese lado. Dos barcos piratas, en actitud de guerra se situaron a una distancia equidistante, cuidándose siempre del fuego y los proyectiles de los cañones del buque."

El Capitán olvidó por un momento la existencia del barco pirata perdido, poniendo más atención en la defensa de proa. Los piratas estaban buscando una estrategia de ataque. El otro barco pirata no había desaparecido; simplemente, por orden del Capitán de los piratas, se había retirado hacia el Este, lo suficientemente lejos, hasta no ser localizado por el lente del vigía, para luego regresar al ataque.

Utilizando táctica de ataque, buscarían entrar a hurtadillas dentro de la nave. Para esta estratagema de guerra, los piratas nadarían hasta el buque para invadirlo por popa, utilizando sables, cuchillas, rifles y municiones, que traerían envueltos en impermeables. Una vez tuviera éxito esta primera misión, otros piratas nadarían en pequeñas canoas. Estos también estarían equipados con todas las armas de ataque, mientras otros se mantendrían dentro del barco pirata, que se mantenía a distancia, protegidos por la oscuridad, para consumar las cometidas.

Los dos barcos piratas estacionados al frente, a distancia retirada del buque, se mantendrían disparando hacia el buque. Sabían que no alcanzarían al buque, pero mantendrían la artillería del buque y todos los oficiales enfocados y entretenidos en la escaramuza de proa, mientras la operación de contacto físico de popa realizaba sus funciones de contacto físico, una estrategia que produciría gran ventaja, según la trama de piratería.

Barullo, quien por orden del Capitán había sido sacado de su celda, se había enterado de la incursión de los piratas dentro del barco. Este estaba atado a los barrotes de su celda por una larga cadena, y poseía una cuchilla para defenderse. Malatesta, suelto a propósito ahora, por orden del Capitán, poseía un rifle. Barullo se acostó en el piso y se arropó con una larga lona de fabricar velas y sacó un poquito su cabeza, lo suficiente para observar lo que estaba pasando en su entorno. Agarró su largo cuchillo e inició un monólogo introspectivo:

"Malatesta, hijo de poluta cochina, me traicionaste con mi esposa, y ahora andas rondando detrás de Margarita Suarez, mi amiga. Te ha llegado tu día, rata asquerosa. Veo que estas suelto, pero no me veras, estoy bajo esta lona."

Malatesta, se había escondido dentro de un alto armario, utilizado para guardar instrumentos de salvamento, cual había sido fijado al suelo con fuertes tornillo, para asegurar su estabilidad. Con su rifle en manos observaba por una rejilla de la madera, lo que estaba sucediendo en el interior del barco y hablaba en voz baja lo siguiente:

¡"Ah, serpiente venenosa, peste bubónica, repugnante esperpento, Barullo, hijo de Satanás, mejor es que comiences a contar los segundos que os quedan. Esta noche aprovecharé para mandarte de viaje sin regreso, al mismo infierno. Con las ganas que tengo de arrancarte la cabeza, los segundos se me vuelven horas. De momento, dale gracias a la Guardia que tal vez me vigila todavía."

Los piratas estaban ya dentro del barco y se movían con sigilo, arrastrándose, sin hacer el menor ruido. Otra más grande pandilla de ellos venía de camino, utilizando canoas. Los primeros quince piratas, quienes ya habían invadido el interior del barco, protegidos por la oscuridad, el descuido de los marinos, de la guardia y las operaciones bélicas en proa, se las habían ingeniado aprovechando todos estos elementos a su favor, para pronto comenzar su trabajo de muerte, y saqueo tan pronto llegara el refuerzo. La Guardia que vigilaba a Malatesta se había retirado a proa.

Un pirata tropezó con Barullo, quien estaba en el suelo cubierto con una lona, perdió el equilibrio cayendo de bruces. Barullo, ni corto ni perezoso se le fue encima y con su cuchillo lo degolló de un solo tajo. Los demás piratas no se habían enterado de la fatalidad de uno de sus compinches. Inmediatamente se apoderó de su fusil y con tantos deseos de derramar sangre que tenía, mató a cinco más piratas. Malatesta, pasmado de la agresividad de Barullo y consciente de su utilidad en estos momentos, se retractó de matarlo, sabía que ya le quedaba poco tiempo, algún pirata lo asesinaría en cualquier instante. Mientras tanto, él estaba más o menos protegido dentro del armario, esperando la mejor oportunidad para entrar en acción.

"Ya he matado a cinco, ahora el Capitán me indultará. Me falta matar a cinco más y el Capitán me dará un trofeo por haber salvado a su barco de estos apestosos piratas. ¡Como apestan estos puercos, no se bañan!"

Sonó una ráfaga de tiros, luego otra, el cuerpo de un hombre daba saltos en el duro suelo del barco. Malatesta observaba desde su escondite. Con su cuchillo abrió un hueco suficientemente ancho para colocar el cañón de su rifle.

Malatesta con su ojo derecho mirando a través del hueco, encañonaba a un pirata en la oscuridad para volarle la cabeza. Esperaba el mejor instante para disparar, no quería perder la única bala que portaba su fusil. De fallar el tiro, tenía que volver a cargar, y tal vez no tendría tiempo para hacerlo. La víctima se fue acercando, silenciosamente, andando de espalda para asegurarse de que nadie lo perseguía, sin enterarse que su enemigo lo tenía en la mirilla de su arma. Sonó un tiro, un pirata cayó. Hubo silencio, no se divisaban más piratas. Malatesta salió de su escondite, le quitó los rifles, contó los cadáveres. Barullo había matado a cinco de ellos y Malatesta había matado a uno. Movió los cadáveres con sus botas, contó seis cadáveres. Se enredó con una cadena tirada al piso, la haló, con todas sus fuerzas, cuál fue su sorpresa, estaba halando el cadáver de Barullo."

"Capitán, hay disparos en popa indicó un marino."

"Marinos de proa, usar toda la artillería pesada contra estos barcos del frente, estamos siendo invadidos también por popa. Manolo gira el barco un poco a la izquierda, para permitir a los cañones de Este, del lado derecho impactar a estos barcos del frente ¡Pronto, fuego, fuego! Marinos a popa, pronto, tomen precauciones. Alimentar el cañón de popa, vamos, tenemos barco pirata atacando por retaguardia. Acabemos primero con estos salvajes del frente, e inmediatamente los de la parte trasera, pero rápido, ahora, de no hacerlo seremos sus presas, vamos, rápido."

Dos cañonazos hicieron estremecer la quietud del Océano Atlántico. Se vieron saltar pedazos de madera. Cuerpos humanos salían disparados cual proyectiles, y se notaba, por carencia de suficiente luz, una mancha de sangre oscura, que era empujada por las olas, estrellándose por el lado derecho del buque. Los marinos activaron el cañón de popa. Sonó una ráfaga tiros procedente del barco pirata detenido en la parte trasera, pero sin lograr hacer impacto contra el buque.

¡"Fuego!-- gritó el Sargento de marinos. El entorno se iluminó con el destello de la pólvora. Una parte delantera del barco pirata se partió con el impacto del cañonazo. Los doce piratas que navegaban en sus canoas fueron arrestados y llevados ante el Capitán Noah; hablaban fluentemente francés.

Los piratas fueron entrevistados por el Capitán, quien tenía total dominio de ese lenguaje. El barco de popa fue parcial destruido, por el impacto de los cañones. Siete piratas habían perecido dentro del barco pirata, por el fuego de los proyectiles. Dentro del buque, Barullo había matado a cinco, y seis Malatesta, para un total de 11 piratas muertos procedentes de la nave pirata de popa. Doce que navegaban en canoas por el lado del buque, trataron de huir, pero se rindieron, siendo apresados y maniatados. Cinco mujeres que acompañaba a los piratas en el barco de popa fueron arrestadas y maniatadas, junto con los otros piratas hombres.

Los dos barcos del frente fueron intervenidos, por el Capitán Noah. Los piratas hombres fueron arrestados, y maniatados, junto con siete mujeres. Doce piratas de las dos naves del frente perecieron por el impacto de los cañones. Los heridos fueron curados por los doctores y los piratas arrestados fueron guardados en tres celdas, para luego ser entregados a La Guardia Civil en Puerto Rico.

Luego de examinar la carga que llevaban los barcos, se encontró bastantes prendas de oro y plata, algunas barras de oro, pieles, perfumes, muchas armas y municiones y abastos de alimentos. La batalla contra el enemigo que atacó al buque, se libró en alta mar, por lo que, gran parte del botín de guerra pertenecía al Capitán, pero pagaría lo que por ley debería pagar a La Corona. El Capitán compartió parte del botín con los marineros, que expusieron sus vidas, con La Guardia de Seguridad y pagó los derechos de aduana. El Capitán le entregó una contribución a la Iglesia para ser repartida entre los pobres. Otra porción fue utilizada para reparaciones del barco. Los vinos fueron usados para ser consumido por los pasajeros en posteriores viajes. Las prendas y el oro fueron vendidos, y también, entregados el arancel de ley a La Corona, Otra parte fue utilizada para costear la construcción de viviendas, y mejoramiento de la escuela de la comunidad hebrea en Puerto Rico, los piratas cautivos fueron entregados a La Guardia Real, en San Juan.

Luego de los ingenieros- marinos realizar una minuciosa inspección a los barcos piratas, y al Intrépido de Canarias, informaron al Capitán que los daños causados a las naves enemigas, fueron cuantiosos, y resultaría oneroso las reparaciones. Remolcarlas sería una tarea riesgosa, por no decir imposible. Podría causarles danos físicos, tanto al barco, como a pasajeros, de surgir marejadas. El Capitán consultó a todos los marinos expertos en la reparación y alteraciones de barcos. Todos se reafirmaron en las declaraciones de los ingenieros marinos. El Capitán redactó un acta de lo sucedido, con las conclusiones de los expertos, y ordenó hundir los barcos en el océano, disparándole cañonazos hasta verlos desaparecer. Luego de una ceremonia por los sacerdotes, los muertos fueron sumergidos en las aguas y se mantuvo una lista de los nombres de los cadáveres conforme a la ley.

Pasado un día, luego de la limpieza y arreglos, recogidos los pertrechos útiles de los piratas, el fichado de los rapaces, y sus encarcelamiento, el Capitán continuó viaje entre vítores y cánticos de los pasajeros, navegando sobre mar quieto, y de candente sol. El viento impelía la nave, susurrando con sutileza sobre los mástiles y las velas una melodía de triunfo. Las olas respondían chapuzando los costados de estribor y babor con suavidad, y las banderas de España flotaban triunfantes sobre los mástiles. La orquesta de flamencos, las bailaoras y bailaores arrancaron con un gran espectáculo musical. El Capitán mandó se sirvieran los mejores vinos gratuitamente. Muchos pasajeros fueron permitidos subir a cubierta para tomar sol y pescar para la cena. El Capitán honró a los marinos y la Guardia con parte del botín capturado, el cuerpo de Barullo fue sepultado en el océano, luego de las ceremonias de los sacerdotes, y la fiesta y comida, continuó hasta la media noche.

~ XVI ~

DECLARACIÓN Y CAMBIO
SORPRENDENTE

"Señor Rabino, si me permite un momento de vuestro tiempo, le estaré agradecido toda mi vida."

"Hombre, pues diga su señoría, señor sacerdote Buenaventura. Vallamos a cubierta, o mi recamara, donde mejor le plazca, allí en el sitio que vos escoja hablaremos."

"Pues, para que tengamos mayor privacidad, mejor es vuestra recamara, señor Rabino, pero, le ruego me permita ir con mi compañero Vicente."

"Bueno, caminemos hasta mi recamara, señores."

"Señor Rabino, gracias por permitirnos entrar a vuestra recamara. Vea, grandes acontecimientos han sucedido desde que zarpamos. Sucesos que marcarán para siempre nuestras vidas, y forma de pensar. Nos urge pues, solicitar vuestra indulgencia por nuestras acciones indignas y vergonzosas. Hemos sido ignominiosos e infames. Hemos faltado a vuestro respeto, nos hemos burlado de vuestras capacidades, de vuestros incalculables atributos, virtudes, y de la calidad humana que le caracteriza. Subestimábamos vuestro alcance intelectual y espiritual.

Hemos comprendido que somos insustanciales, ignorantes, arrogantes, frívolos, apartados de la realidad divina que está en vuestro interior. Vuestra estatura intelectual, teológica y espiritual ha resultado ser superior a la nuestra. Andábamos por las nubes de lo superfluo, de lo corpóreo, caminábamos cuello erguidos, mirábamos muy altos, pero a lo efímero, y ahora comprendemos que no llegamos ni a vuestros tobillos. Más vos ha sido paciente para soportar nuestras altanerías, nuestros hirientes complejos de superioridad. Pensábamos que éramos los niños mimados de Dios, los únicos con la capacidad para entender los misterios de lo infinito, los escogidos por Él. Ya no somos merecedores de títulos de vanidad."

No todos aprenden de la misma forma, y a mí me tocó de hacerlo de la más dolorosa. De esa aleccionante manera hemos llegado a entender quién es vos y de donde procede. Ha llegado usted a nuestras vidas procedente de Dios. Es vos un escogido de Él, visionario y gran maestro.

Hemos sido testigos de vuestras predicciones, y verlas cumplidas ante nuestros ojos. Hemos visto el alcance de vuestros conocimientos filosóficos y teológicos y la calidad de educador que ostenta. De aquí en adelante queremos tenerlo como nuestro maestro. Sabemos lo que esto significa. Es un paso gigante, eso lo entendemos. Se trata de una renunciación a todos los principios de fe, que con todos nuestros esfuerzos hemos adquirido. Será esta decisión un abandono total a nuestra religión, a nuestras amistades, y a nuestras familias inclusive, y reprobados por toda la comunidad. Sabemos que si nos apresan, seremos condenados a la hoguera, infernal, por la curia pontificia. Señor Rabino, extiéndanos vuestras manos, ayúdenos a salir de este cascarón para volver a nacer de nuevo. Denos protección y alojamiento en vuestra comunidad y le prometemos que trabajaremos por lo que recibamos de usted y vuestra gente. Solamente queremos nos enseñe los principios de fe y practica de vuestra religión, queremos aprender el idioma de vuestros padres, el hebreo. Hemos oído que están creando una escuela en vuestra comunidad. Si nos los permite, enseñaremos en cualquier currículo en que seamos útiles. Vuestro pueblo, de aquí en adelante, será nuestro pueblo, vuestro Dios, nuestro Dios; solamente le rogamos que no nos abandone, y que nos eduque en vuestra sabiduría y ciencia desconocida para nosotros.

Solicitamos vuestra indulgencia. Reitero, nos perdone por todo el mal que le hemos causado tanto a vos, como a los demás hermanos hebreos, a quienes mirábamos, pero no los conocíamos, porque nos encontrábamos en un nivel superior."

Compañero Buenaventura, compañero Vicente, jornada extraordinaria es la que queréis emprender. No será camino que se recorra en un día, ni un año; será jornada y lucha contra el mal, por toda la vida, un reto de constante aprendizaje y superación. No habrá alfombra de flores en el camino, sino, espinas, ortigas, momentos abstrusos, insatisfacciones, y a veces frustraciones, pero al final, gran recompensa. Se trata como ya ha dicho, un disloque total de vuestras convicciones religiosas y tradiciones, ya sea gradual o radical, pero será un estado indefectible de transición. Surgirán un conjunto de realidades que se producirán en un momento, y que determinará vuestra existencia como hombres probos.

Mis hermanos, y permitidme llamarles hermanos, ya pues veo en vosotros una sincera resolución. Os ruego escuchéis lo siguiente: Maimonides afirma que, el judaísmo es una fe monoteísta. Creemos en un Dios trascendente y personal. El mundo existe porque Dios existe. Hay evidencia de proyección, designio significado en el mundo y en la existencia humana que estos designios y propósitos son la composición de un Diseñador; que normas morales proveen vida humana, con significado y propósito, inherente en el gran Diseñador (Dios). El judaísmo está formado por un compendio de reglas teológicas, ética y tradiciones religiosas. La más fundamental es de que, Dios existe y fue el creador del universo. Maimonides afirma que todo principio básico y pilar de toda sabiduría es reconocer que existe un Poder Primario, (Dios) creador de todo. El dominante aproche de la creencia judía no es exclusivamente cognitivo, sino un asunto de experiencias, basadas en un cúmulo de fenómenos místicos. Sucesos que no pueden en su totalidad explicarse racionalmente. Basado en esta perspectiva existen dos variantes de importancia: tradición y experiencia personal, que los une la memoria de lo acontecido. En el judaísmo, la fe está basada en lo que se recuerda, en lo que sucedió y que fue documentado. Los escritos hebreos no nos ordenan a creer en Dios únicamente, sino en sentir satisfacción en lo que creemos. Creer en Dios no es simplemente un esfuerzo personal acumulado a través de los siglos; sino, memorias concretas que son parte de la columna fuerte del judaísmo."

"Mi hermano Rabino, somos creyentes en la teología monoteísta."

"Perdonadme que esté en desacuerdo con vuestra declaración. Vosotros adoráis a imágenes confeccionadas en yeso y otros materiales, a las cuales les habéis llamado santos y Vírgenes, las veneran, y le dan culto arrodillándose ante ellas. Esta práctica está en total desacuerdo con los principios fundamentales de la ley dada por Dios a nuestro legislador, Moisés. Es doctrina abominable para nuestro Creador. Entonces, ¿cómo podéis afirmar que también sois monoteístas?"

"Maestro, hace tiempo hemos estado en desacuerdo con la Iglesia en este renglón, aunque nunca lo habíamos manifestado, ya sabrá usted las consecuencias, de haberlo manifestado. Es posible que tenga vos desacuerdo con nosotros, por nuestras convicciones en el personaje mesiánico. Vosotros, los judíos, todavía estáis esperando a que venga el Mesías. Nosotros creemos que el Mesías hizo su manifestación en Su fase humana, y volverá a manifestarse en las nubes, glorificado y todos lo veremos y, los que le mataron sentirán dolor cuando lo vean venir. Jesús, cual nombre correcto es Yahshua entró a Jerusalén en un asno para presentarse a los sacerdotes, quienes eran incrédulos de que él fuera el Mesías. Creo en Jesús, cuyo nombre original, como le dicho, no fue Jesús, ni Cristo, sino Yahshua. Creo que todos tendremos el privilegio de vivir en La Nueva Jerusalén."

"Buenaventura, solo los escogidos de cada una de las doce tribus de Israel tendrán el privilegio de residir en Jerusalén. La Jerusalén mesiánica podría ser de grandes proporciones en su perímetro. Los que no tuvieran el privilegio de residir en Jerusalén, y que fueran seleccionados para vivir eternamente, vivirán en Israel, fuera de Jerusalén, pero entraran en Jerusalén de mes en mes y de Shabat en Shabat, para adora al Creador, luego regresarían, o regresaríamos a nuestras casas, fuera de Jerusalén."

"Maestro, entonces toda la tierra será como Jerusalén?"

"No Perfecto, se cree que, el territorio que Dios le mostró a Moisés, podría ser Jerusalén, tierra santa, el resto del mundo será el nuevo Israel. En ese vasto territorio habitaran, o habitaremos el resto de los que hayan o hayamos sido seleccionados por Dios. Me habéis pedido les explique sobre la ley oral. La ley Oral (El Talmud) será uno de los tópicos que habremos de estudiar detenidamente más tarde. No puedo ahora hablar de mucha teología. Este tema lo estudiaremos desde los idiomas hebreo y arameo. Fue en arameo que originalmente se escribió, cuando nuestro pueblo Israel fue llevado cautivo a Babilonia, luego fue traducido al hebreo, en Jerusalén, después que Israel regresó a sus tierras, (Israel). Se habrá de tener mucha precaución cuando se estudia desde un idioma que no sea el hebreo, pues hay muchas palabras en hebreo que no tienen una interpretación aplicable a otro idioma, habiendo la necesidad de un maestro ducho en el idioma hebreo y el arameo. El arameo fue lenguaje babilónico, hablado en Israel en el siglo primero de la era común. El hebreo era usado en el Templo mayormente, pero el pueblo de Israel nunca lo olvidó, pues lo necesitaban para las lecturas de las oraciones que se hacían, y aún se hacen por lo menos tres veces al día.

Sobre el conceptualizado milenio mesiánico, delicado tema al comienzo de la aparición de Cristo, hablaremos luego. Vosotros lo habéis llamado de ese nombre, pero su nombre verdadero nunca lo fue Cristo, sino como habéis afirmado, Yeshua, o, Yahshua. Entiendo que, por primera vez sus apóstoles fueron llamados cristianos, en Antioquia, ciudad de Turquía, 70 años después de Su muerte. No se sabe si como burla, honra, veneración, o fidelidad. Así que, Él nunca oyó que lo llamaran del nombre de "Cristo", mientras existió físicamente en Israel. Puedo entender por lógica que, no siendo Cristo, ni Jesús Su nombre, los que le ofrecen culto y adoración cometen un craso error. Es incorrecto rendirle culto a Cristo, Jesús, o Yahshua, pues solamente al Padre Creador se le rinde culto. Cuando rezamos, rezamos al Padre Creador únicamente."

Sobre vuestra percepción que tenéis en la espera de la manifestación plena del Mesías, entonces, tenemos esa premisa en común. Creo que sabéis que cuando Mesías llegue, todo Israel será recogido, desde los cuatro puntos cardinales del mundo, los muertos hallados elegibles resucitaran. Los resucitados que lo merezcan, tendrán otra oportunidad en el milenio que seguirá. Ya no habrá más guerras, ni enfermedades, ni hombres criminales, ni ninguna maldad habrá de pulular en nuestros entornos. Las mujeres no parirán para maldición, habrá un gobierno mesiánico justo. Todavía, lamentablemente todos estos males están con nosotros. Vosotros decís que todos estos cambios acontecerán en la segunda aparición de Yashua. Entonces pues, esperemos que así suceda; el mundo necesita un pronto cambio. No creo que habrá dificultad para entendernos. Vosotros esperáis venga Mesías y nosotros los judíos también, estamos acorde. Nuestros sabios han concluido que Mesías hará Su parición durante los 6,000 años de la creación. Entiendo que vosotros creéis igual. Luego estudiaremos más sobre este interesante y extenso tópico. Así que, nada les impide ser judío; Yehshua también fue un judío sabio. Fue enviado para zanjar diferencias, para corregir errores, para explicar el significado de la ley. Nuestros directores espirituales habían sido influenciados por la sabiduría griega, el poder militar y político de Roma. Aún el Templo, el sitio más sagrado sobre la tierra, había sido construido por los romanos, gente pagana. Mi pueblo había caído en una pobre adoración a Dios, y había muchos odios entre unos y los otros. Los fariseos no comulgaban con los saduceos, ni lo esenios con ninguno de ellos, y obviamente, todos odiaban al gobierno pagano, y el gobierno odiaba a todos ellos. Así que, había un cruento disloque de la sociedad, y el pueblo sufría esa guerra de odios e ideologías. Llegó Yahshua, hombre sabio, nacido en una ciudad pobre, de humilde familia. Los sacerdotes no lo aceptaron por no estar su nacimiento acorde con los conceptos proféticos, como ellos los creían. Hubo un impase entre los sacerdotes y Yahshua, quien los acusaba de ser "sepulcros blanqueados", que por dentro eran una cosa, por fuera otra, y de estar influenciado por los romanos. Que no quepa dudas que, Yahshua fue un hombre distinto en su forma de pensar, un perfecto moralista, hacía cosas raras, como sanaciones en shabat, levantaba a los muertos, asunto que enfadaba a los sacerdotes. No os sorprendáis por este testimonio, yo también espero el retorno de ese Mesías que murió y resucitó.

En ninguno de los libros que vos llamáis El Nuevo Testamento está documentado que Yeshua asistiera a alguna Yeshiva, (escuela judía), aunque, como judío debió haberlo hecho, era el deber y costumbre de cada padre enviar a sus hijos a educarse en la ley, y el estudio del hebreo.

Esto lo comprueba el hecho que, a los doce años debatía tópicos de la ley con los sabios sacerdotes en el Templo, dejándolos estupefactos. No hay dudas que estamos hablando de un personaje excéntrico, un gran pensador, un ser distinto a los demás. Fue un revolucionario que produjo cambios significativos que han perdurado hasta ahora, y si fueron esos cambios una iluminación divina a través de Él, entonces, estas transformaciones continuaran hasta el fin de todas las civilizaciones, cuando el Mesías haga su próxima manifestación, será cuando nuestras preguntas quedarán aclaradas."

"Maestro, continuó Buenaventura:-- Si las enseñanzas de Yahshua es lo que se conoce como, "las nuevas de salvación", entonces, ¿ por qué vuestro pueblo no las acepta, si su discurso era la verdad?"

"Me has hecho una pregunta de transcendencia histórica, la que se ha repetido por siglos. La misma pregunta continuará hasta que venga, Moshia, cuando entonces, lo incomprensible, se tornará comprensible.

"Las nuevas de salvación", no fueron nuevas, son las mismas que aparecen en los escritos de Moisés. Él habló de los principios morales escritos en la ley dada por nuestro Creador, a nuestro maestro, guía, legislador y profeta, Moisés y transmitidas a nuestro pueblo; razonamiento que nuestros sacerdotes fueron tímidos para explicarlos al pueblo, por temor a las masas más radicales de la sociedad judía. Gradualmente, muchos de los principios religiosos de nuestro pueblo habían erosionado, hasta el grado que excedía los limites. Fue entonces cuando hizo su aparición Yashua, un personaje conflictivo para los Sacerdotes. Él los acusaba de su desviación spiritual, incoherencia bíblica, y odio colectivo.

No hay dudas que nuestro pueblo siempre ha sido gente de mentes pensantes. Pondrás a tres judíos juntos, le harás una pregunta, y cada uno te daré una respuesta aparentemente distinta, pero en lógica, similar. Eso nos hace ser gente de difícil comprensión, somos de mentes abiertas, pensadores, extrovertidos y francos en nuestros conceptos, pero fieles a aceptar la verdad cuando esta es explicada con detalles convincentes, pero tenaces escépticos a lo ininteligible."

"Maestro, perdone mi franqueza, ¿queréis decir que Yahshua careció de definición, y lógica al explicar los nuevas de salvación?"

"No, no he dicho eso Perfecto. Las nuevas de salvación no fueron otra cosa, sino que, el significado de la esencia misma de la ley de Moisés, explicadas al estilo y análisis de Yahshua, las cuales los sacerdotes no pudieron asimilar, por ser Él más místico en su forma de pensar y explicar la ley. Muchos de nuestros sacerdotes consideraron a Yahshua, como un gran maestro, otros como un profeta. Admito que, no faltaron otros más radicales que lo consideraron un enajenado de la ley de Moisés. Tenían ellos conflictos sobre Su origen, Su educación, pobreza, humildad y lo rechazaban también porque Él les demostraba ser más brillante en el discurso y el análisis, y eso abatía la altives de ellos, una gente sumamente educada en la ley. Muchos de nuestros sacerdotes fueron tal vez altivos, poco tolerantes, y esa intolerancia veo que ha persistido por todas las generaciones. No quiero aparentar sonar como juez severo contra ellos, pues conozco a muchos ser incluso, maestros equitativos, tolerantes y abiertos a la forma de pensar de los gentiles piadosos; diría yo, más flexibles y humanos. Los gentiles no son abandonados por Dios, son también Sus hijos; solo obedeciendo ellos los Siete Preceptos Universales dados por Noé, son aceptados para heredar y habitar en el nuevo orden mundial, durante de la era mesiánica, cuando llegue el Mesías."

"¿Cuáles son esas siete leyes Universales de Noé, maestro? A decir verdad, nunca había oído hablar que existía un código de siete leyes, además de los diez mandamientos."

"Buenaventura, en los escritos de Noé existe un código leyes en ese contexto de educación moral."

"No sabía que existiera un libro escrito por Noé, maestro."

"No solamente tenemos escritos de Moisés y los profetas, sino también de muchos otros previo a "Moisés", incluyendo a Noé. El imperio romano no tuvo posesión de Babilonia, por tanto nuestros escritos más antiguos se conservaron en el exilio; regresaron al Templo en Jerusalén cuando salimos del exilio de Babilonia, fueron guardados en lugares secretos fuera de Jerusalén, desde antes de la destrucción del Templo, para protegerlos de las manos de los romanos. Muchos han desaparecido, pues hemos sido un pueblo errante de nación en nación, otros los hemos conservado. Entiendo que la Iglesia tiene muchos de nuestros viejos escritos en lengua hebra y aramea, lenguaje desconocido para vosotros. Podrían estar en las bóvedas del Vaticano, pero, algún día volverán a nuestras manos; son nuestros, es material que nos pertenece.

Les instruiré un poco sobre este tópico desconocido para vosotros. Buenaventura, los Diez Mandamientos fueron una síntesis de toda la masa de los preceptos dados por Dios a Moisés en el Monte de Sinaí. Esta ley, en su totalidad del fue dada a nuestro pueblo, por Dios, a través de Moisés después de haber salido de Egipto, Las Siete Leyes Universales de Noé, fueron escritas por Noé, después del diluvio, para ser observadas por los hijos de Noé, quienes, formaron naciones, apartadas de Sem. Era obvio que Dios no quería la destrucción de las naciones apartadas de Él, por tanto, permitió a Noé escribir las siguientes reglas, que están comprendidas dentro de todo el cumulo de la lay dada a Moisés, como explico a continuación:

Los Siete Preceptos de Noé:

1. No practicaras idolatría.

2. No maldecirás, o blasfemaras a Dios.

3. No derramarás sangre inocente de un ser humano.

4. No mantendrás relaciones sexuales ilícitas.

5. No robaras.

6. No comerás de la carne de un animal que está vivo, no comerás sangre.

7. Establecerás cortes de justicia, jueces y cárceles, para ejecutar castigo a los infractores de las leyes.

"Señor Rabino, estas siete leyes escritas por Noé tienen un parecido con las leyes dadas por Dios a Moisés, mucho tiempo después en Sinaí, y las que están escritas en el libro de Levíticos, ¿ por qué? ¿Nos podría explicar las siguientes?: (No practicaras idolatría), (.No derramaras sangre inocente), (No tendrás relaciones sexuales ilícitas), No comerás de la carne de un animal vivo, no comerás sangre."

"Buenaventura, Noé incluso fue un Mesías para el pueblo antediluviano, y un legislador inclusive. Tanto Noé como Moisés realizaron tareas análogas. Noé salvó su casa de las inundaciones del diluvio, lo condujo a tierras seguras. Moisés salvó a su pueblo de la esclavitud de Misraim, (Egipto). Inclusive, ambos tienen analogía con la misión que habrá de realizar el Mesías, que no es otra cosa, sino conducir al pueblo escogido hasta la Jerusalén mesiánica. Entiéndase pues que, los tres pueden ser considerados como salvadores, o Mesías."

"Buenaventura, de todas esas leyes, la única que no indica redención, o perdón, es la de derramamiento de sangre inocente, porque por más que demuestre el criminal arrepentimiento, no podrá hacer volver a la vida al que asesinó. Las demás pueden ser perdonadas si ha habido un arrepentimiento verdadero, y no hay continua reincidencia."

~ XVII ~

MOVIMIENTO DESESTABILIZADOR

Mientras esta conversación de carácter teológico acontecía entre el Rabino y sus amigos Buenaventura y Vicente, quienes ya habían puesto de manifiesto la disidencia a sus principios sacramentales, otros compañeros navegantes pasajeros, con intenciones solapadas surgían paralelos. Malatesta y otros compinches subvertidos, estaban teniendo reuniones a escondidas. La perspectiva era desestabilizar la confianza y el honor que había ganado el Rabino por parte de los pasajeros navegantes, después de la desaparición espontánea de la tormenta y el recobro de la vida del sacerdote Buenaventura, reasumiendo los acosos contra los hebreos, y un pronto asesinato de su líder. Las largas conversaciones entre Buenaventura y el Rabino, había estado levantando sospechas, entre los de mala voluntad. Vicente ya se había retirado a su recamara y esperaba con impaciencia el retorno de su compañero Buenaventura.

Malatesta lideraba un grupo de subversivos compuesto por: Pantuflo Cabeza de Vaca, Tranquilino Mata, Gato Bosque Cien Pies, Abundio Mata alias (Verdugo) y Pedro Doblado. Todos estos y los otros eran individuos de mala reputación, quienes habían sido acusados de actos delictivos y habían cumplido penitencias carcelarias. Por haber sido recurrentes delincuentes peligrosos, estorbos públicos, y luego de haber solicitado a La Corona emigrar hacia Puerto Rico, sus peticiones les fueron concedidas, para deshacerse de ellos, pero sin retorno a la península Ibérica. Igual, o peores iban incluso muchos otros de reputación turbia, quienes comulgaban con los demás delincuentes y se habían comprometido a cooperar con ellos en cualquier revuelta contra los hebreos.

"Maestro, permítame retirarme, Vicente está esperando por mí en mi camarote, debe de estar ya impaciente."

"Valla, pero valla con cuidado Buenaventura. Hombre, que ya debo de ir acostumbrándome a llamarlo por el nombre espiritual que le he dado, aunque creo esperaré hasta vuestra circuncisión y "mitve", quiero decir, su bautismo."

"Ya he sido bautizado Rabino."

"Si, pero mediante un proceso de aspersión de gotitas de agua sobre vuestra cabeza. No es ese el mitve o bautismo que necesitáis, sino el requerido a través de la Biblia". Luego hablaremos más sobre este tema. Cuídese mucho, salga tomando precauciones, tengo percepciones extrasensoriales que me indican que tengamos cuidado. No quiero causarle pánico, pero le advierto que debe de cuidar vuestra espalda, al igual debo hacerlo yo, valla en paz."

"Vean quien viene señores con el sombrero tirado sobre los ojos, el redivivo e ilustre sacerdote Buenaventura, exclamó Malatesta en forma de burla. Ya parece que terminó de secretearse con su salvador el Rabino. Tal vez le ha prometido la vida eterna, la cosa esa?"

Con su cabeza erguida esta vez, y sin responder palabras a Malatesta y a Gato Bosque Cien Pies, el sacerdote entró en su camarote, pero muy preocupado por lo recién acontecido.

"A buena hora ha llegado hermano, ya había decidido irme a mi camarote, tengo muchas cosas para estudiar. Lo noto intranquilo Buenaventura, ¿Algún problema le acosa?"

"¿Has notado la realidad, Vicente? Parece que hay otra intriga contra el Rabino; esto parece no terminar. ¡Dios mío tanto odio"! Acabando el

Rabino de advertirme de lo que estaba sintiendo en sus premoniciones, y lo he acabado de ver claro, tan pronto salí de su camarote. Es un gran visionario."

"Hombre, lo noto preocupado. ¿qué cosa rara le ha acontecido hermano?"

"Vicente, ha surgido otra pandilla de antípodas, esta creo pueda ser más peligrosa que la primera, o una sucesión más organizada."

"¿Ha visto a esa gente? ¿Quiénes son ellos Buenaventura?"

"Por lo pronto he visto a dos, pero me temo de que son muchos más. Me he encontrado al salir del camarote del Rabino con Malatesta y a un tal Gato Bosque Cien Pies, un delincuente de profesión, quienes que por las formas de sus burlas, entiendo han amenazado con una pronta violencia al Rabino, inclusive a nosotros. Es un indicativo de que ya se imaginan el comienzo de nuestra deserción de los sacramentos, sino es que ya lo saben. ¿Quién pudo llevar tal murmuración fuera de nuestro entorno?"

"Hermano Buenaventura, no es que alguien haya llevado chismes, es que el anatema nos ha visto en busca de la verdad."

"Hermano Vicente, ha dicho ¿la verdad?"

"Estoy claro hermano Buenaventura."

"Entonces estamos bien enfocados, no habrá que temer."

"Que no quepa dudas hermano Buenaventura."

"Entonces somos hoy más amigos y hermanos. Démonos un fraternal abrazo, venga. Tendremos que volver hablar con el Rabino a la brevedad posible."

"Presiento que tendremos un reto delicado que afrontar Buenaventura, hay muchos enemigos nuestros alrededor."

"No seremos los primeros ni los únicos Vicente. A veces siento miedo por lo que podría acontecernos. La inquisición no nos perdonará."

"Bueno, ¿pero quién toca a la puerta con tanta urgencia? Ya voy, un momento. Oh, adelante Rabino. ¡Qué bueno que viene a visitarnos, honor que nos hace! ¿No vio o notó cosas sospechosas mientras se dirigía a nosotros?"

"Buenaventura, pude ver a unos tíos tratando de esconderse detrás de los cajones de guardar las velas de repuesto. Tuve sospecha de ellos. Pienso que algo estaban hablando o tramando. Debemos de tomar muchas precauciones. Tenemos enemigos muy cerca de nosotros que nos vigilan constantemente."

¿"Pudo identificar alguno de ellos?"

"Pude identificar a uno, se trataba del señor Malatesta, pero con él había unos cuatro o cinco más, a los cuales no les pude ver las caras."

"De qué se trata vuestra agradable visita en esta noche, apreciado hermano Rabino? Le noto un interrogante en vuestros ojos."

"Más que nada me preocupan vosotros. Sois figuras respetadas, tienen en vuestros hombros una responsabilidad."

"Maestro, no quiero perder esta oportunidad para darle una noticia."

"Ahora mejor que luego. Diga de lo que se trata, lo noto intranquilo, Buenaventura, respire profundo, lentamente, se sentirá aliviado y listo para hablar. Tengo imaginacion de que de algo importante se trata."

"Rabino, he ponderado con detenimiento los riesgos a que me someto, pero no obstante, mi decisión es categórica y radical."

"¿Se refiere a vuestra resolución del rompimiento con la afiliación de vuestra institución religiosa?"

"Absolutamente, Rabino."

"Buenaventura, no ha sido vos el primero en separarse de vuestra institución religiosa, la fila es larga y ese ritmo continuará a medida que la verdad siga aflorando. Los hombres somos libres para seleccionar, de mirar con reflexión. Cuando se conoce la "verdad, esta nos hará libres". Dios nos hizo con "libre albedrío". No son declaraciones mías, sino, bíblicas. No veo razón para que un gobierno, ni institución religiosa nos limita y controle nuestro intelecto, nuestra sana forma de pensar. Sus reglas son improcedentes, producto de mentes retrógradas. Es mi modesta lógica. Vosotros tenéis libre albedrío, según vuestro gusto y voluntad. Pero no he oído a vuestro hermano hablar claro al respecto. No sé cómo afectaría a vuestro hermano Vicente vuestra libre selección y separación de sus impuestas enseñanzas, y las circunstancias que le rodearan con vuestro desacoplamiento de vuestra institución religiosa."

"Maestro, mi hermano, Vicente no me abandonará, irá conmigo donde quiera yo vaya. Me ha indicado que vuestras enseñanzas no son abstractas, más bien, claras, de razonamiento lógico, acorde con los escritos sagrados. La otra noticia es que, nosotros queremos casarnos con mujeres que reúnan las cualidades necesarias para ser nuestras esposas. Queremos tener familia, hijos. La iglesia nos dice que estamos casados con ella y no es reversible ese estado de unión. Pensamos que es una imposición ilógica para sacerdotes pensantes. No podemos seguir atados en contra de nuestra voluntad, por una ley agravante y arbitraria. Este estado sin sentido bíblico ha inducido a muchos sacerdotes a desviarse por prácticas promiscuas, y de la Iglesia no corregir este yerro, disminuirá eventualmente su crecimiento al grado que surgirán otras con distintos variantes, para mejor o peor."

"Buenaventura, por vuestra forma de hablar noto que vosotros estáis convencidos de la decisión que habéis tomado. No tengáis miedo, estáis tratando con Dios nuestro padre. Él no los dejará desamparados; no temáis."

Maestro, esto es un asunto que había estado considerando desde la noche de la muerte y resurrección de mi hermano. Después de ser testigo de un inusual acontecimiento, he pasado muchos ratos sumido en mis reflexiones, e introspecciones, regresar al centro de mis antiguas enseñanzas, veo que no tiene sentido. Escaparme de mi institución religiosa, sé que conlleva un gran riesgo. He confiado que, el mismo ángel que hasta aquí, lo ha guiado Rabino, tampoco nos abandonará, ya que nuestra mudanza de fe es para mejoramiento. Por tanto he decidido seguir a mi hermano Buenaventura. Sabemos que la protección vuestra asegurará nuestra supervivencia. Tanto mi hermano Buenaventura como yo tenemos sangre judía, este factor nos ha conducido a esta experiencia, que tarde o temprano nos tendría que acontecer. Ahora les estaremos sumamente agradecidos por vuestro socorro, porque nosotros solos, no sabríamos qué hacer. Es de vuestro conocimiento los rigores, la inflexibilidad de nuestra iglesia, no nos perdonará. Estarían buscándonos en toda Iberia. Rebuscaran en todas las provincias y colonias. Nuestros padres pueden ser perseguidos, es lo más que nos preocupa..

"No os apuréis, lograré un salvo conducto, a través de nuestro Capitán para un traslado de vuestros a padres a Turquía, de haber la inmediata necesidad. El imperio español no quiere enemistades, ni mucho menos una guerra con Turquía. Allá estarán a salvo hasta que se enfríen las circunstancias adversas que os rodearen."

"Habla de una emigración legal de nuestros padres a Turquía, Maestro? ¿No cree que esto levantara sospechas? La Corona la denegará y los pondrán bajo arresto hasta que nosotros hagamos acto de presencia?"

"Buenaventura, sacaremos a vuestros padres de incognitos de Madrid, hacia otra provincia española, y rápido los desviaremos hacia Turquía. Al llegar a Turquía, ellos pedirán asilo político por persecución religiosa. El Capitán tiene un barco que hace trayectoria marítima comercial a los países del Medio Este. Dejad esto a mí, les aseguro que todo irá bien."

"Maestro, cree que nos faltan muchos días para llegar a San Juan?"

"Cuatro días, y llegaremos al fondeadero del embarcadero. No es correcto que abandonen vuestros trabajos eclesiásticos mientras vayamos navegando. Se que vuestras obligaciones ya les comienzan a ser una carga, pero no podéis prescindir de ellas aun. De no cumplir con vuestros oficios será peligroso para vuestra seguridad. Cuatro horas antes de anclar, el Capitán informará a todos que estáis muy enfermos, y que estarán prohibidas las visitas a vuestros camarotes, por tratarse de una enfermedad que podría ser contagiosa. Los médicos, junto a un oficial de la seguridad estarán guardando la puerta de vuestros camarotes. Se trata de una mentira piadosa, para protegerlos."

"¿Cree que estamos próximos de un ataque de terrorismo Rabino?"

"Vicente, todos hemos sido amenazados de muerte, hay una peligrosa conspiración. El Capitán me ha dado instrucciones para una vez toquemos tierra, todos los hebreos permanezcamos dentro del barco, junto al Capitán, los, marineros y La Guardia. Vosotros permaneceréis en vuestros camarotes por recomendación médica, con el pretexto de estar padeciendo de una infección. Habremos de estar desembarcando, tan pronto las condiciones de seguridad nos sean propicias. Para protección, el Capitán mandará alquilar carruajes tirados por caballos, suficientes para acomodar a todos. Guardias de la seguridad del barco nos darán protección, junto al perro guardián, hasta la comunidad hebrea en Miramar, que no queda lejos del embarcadero. Podría ser que una comisión ordenada por el Nuncio de la iglesia venga al barco a inquirir al Capitán la razón por la cual vosotros no os habéis reportado a su despacho."

"Maestro, sentimos miedo de ser arrestados por la Guardia Real, entregados a la Iglesia y ser llevados a un frío convento en España donde moriremos de hambre y frío."

"Seguir mis instrucciones y eso no surgirá, Buenaventura."

~ XVIII ~

NAVE DESCONOCIDA A
LA VISTA CAPITÁN

"Señores, Buenaventura y Vicente, esta noche tendremos otra fiesta gitana, es importante hagamos acto de presencia, pero mucha precaución. Vosotros estaréis presentes antes que yo. La fiesta comenzará pasado las ocho de la noche, conforme me ha indicado el Capitán. Podrían haber agentes antagónicos, mantener distancia, sentaos juntos, preferiblemente al frente, cerca del Capitán; yo me presentaré a la fiesta quince minutos más tarde, y tomaré asiento separado de vosotros para no crear sospechas."

La noche era tropicalmente cálida y el cielo lucía estrellado, la mar maravillosamente serena, el barco se desplazaba con agradable suavidad. Todos los pasajeros habían ya tenido su exquisita cena. Arriba en el puente de observación, Casimiro Buenavista, audaz marinero atisbaba con minuciosidad el horizonte. Abajo había algarabía. Las bailaoras cantaban y bailaban con gitana cadencia, al compás rítmico de las guitarras. Los navegantes aplaudían y exclamaban a toda voz la folclórica expresión española: "ole. ole, za, za." Sobre las mesas se habían servido los mejores vinos de España y otra suculenta cena de media noche estaría lista para dentro de dos horas. Las cocinas estaban trabajando a toda capacidad.

Los sacerdotes se fueron acercando despacio, con sus cabezas erguidas, mirando con disimulo a todos alrededor y sus sombreros de medio lado. El Capitán los recibió y los dirigió a sus asientos. Detrás de ellos había dos guardias de seguridad y uno a cada lado. Quince minutos más tarde hizo presencia el Rabino, un asiento cerca del Capitán se le había reservado. Dos agentes del orden lo custodiaban desde la parte de atrás y uno a cada lado. En la parte trasera había una turba de alborotosos, gente de mal agüero, quienes gritaban como energúmenos en cada presentación artística; los agentes los fichaban con cautela.

"¡Capitán, Capitán, otra nave a la vista! Navega rápido, viene hacia nosotros."

"Casimiro, ¿puedes ver su bandera?"

"Veo algo flotando sobre su mástil, pero no puedo identificar nada, está muy lejos."

"¿Qué tiempo estimas que tardará para hacer contacto con ella?

"Calculo que nos estará alcanzado en diez minutos, Capitán?"

"No le quites el ojo, y mantenme informado."

"Entendido Capitán."

La orquesta de gitanos tocaba un derroche de melodías folclóricas gitano-españolas. Los pasajeros eufóricos, cantaban y batían sus manos. La noche invitaba a la jarana. Soplaba suave brisa cálida, de Este a Oeste, y el barco navegaba a toda vela, con imponencia de soldado triunfador, bajo un cielo colmado de luminosas estrellas, observado por una brillante y sonriente luna. Las mesas estaban colmadas de deliciosos manjares, y finos vinos. La Guardia no quitaba la vista a un grupo de alborotosos, quienes seguían comportándose de forma sospechosa. Casimiro continuaba apostado en su puesto de observación, y se prestaba a dar información de último minuto.

"Capitán, ya puedo identificar bandera. Todo me indica que se trata de una fragata oficial de La Marina Española. Viene con sus reflectores encendidos. Estaría pasando cerca de nosotros en cinco minutos."

"No te confíes Casimiro, los piratas realizan camuflaje para confundir y pasar inadvertidos y lograr sus propósitos."

"Entiendo Capitán."

"Casimiro, bájate, vete a uno de los cañones de estribor. Dispara una ráfaga al aire para ver su reacción, así sabremos con exactitud si es nave amiga."

"Buena decisión Capitán, me gusta la pólvora, pero permitidme observarla por algún minuto mas. Tienen luces encendidas y veo gente dentro, y parece que, la fragata está resuelta a tener un encuentro con nosotros pronto."

"Muy bien Casimiro, pero bájate del puente, yo me encargaré de esa fragata desde proa, ya la tengo en mi aparato óptico. Te necesito en el cañón de estribor y las luces de bengala, ven pronto."

"Casimiro se bajó de inmediato, se dirigió al cañón de estribor y por instrucción del Capitán hizo una detonación al aire para advertir a la nave que se aproximaba. Esta a su vez lanzó luces de bengala, dejando iluminada toda la fragata, lo que le permitió al Capitán identificar la nave en la obscuridad, con toda precisión. Hubo una gran conmoción entre los navegantes del Intrépido de Canarias por la explosión ruidosa, que los sorprendió. El copiloto Manolo De Los Ríos avisó que no había ninguna emergencia, solo era una prueba militar de artillería, algo de rutina, que continuara la fiesta. El Capitán pudo leer claro la inscripción al lado de la fragata que leía: "Marinería Militar de La Corona". Las banderas de España flotaban a lo alto del palo mayor de la fragata junto a la bandera de la Marina Militar. El Capitán lanzó cincuenta luces de bengala como grato encuentro entre ambos colegas capitanes. Todo el entorno quedó iluminado. El Capitán de La fragata militar, Carlos Juan Batista detuvo la velocidad, al igual lo hizo el Capitán, Noah Sheita. Cincuenta marinos militares acompañaban al Capitán de La Corona Carlos Juan Batista.

Estos regresaban a España luego de haber terminado ejercicios militares al norte de San Juan. El Capitán Noah ordenó levantar banderas blancas, apareó su barco al lado de la fragata de guerra, igual maniobra hizo el Capitán Batista. Ambos capitanes se saludaron militarmente. El Capitán Noah ordenó tender un puente, para lograr el cruce de una embarcación a la otra. La orquesta de flamenco comenzó a tocar al compás de cuatro trompetas el himno nacional de la Marina Española y el himno nacional de España, mientras dodos los marinos del Intrépido de Canarias, junto a los marinos de la fragata permanecían en posición militar de saludo y reverencia. Cuatro cañonazos fueron disparados, junto a una andanada de fuego de artillería más liviana, como saludo militar.

Los cocineros volvieron a sus tareas culinarias. Los fogones fueron reactivados, cantidad de ricos vinos fueron llevados a las mesas y la orquesta, llena de entusiasmo, entonaba nuevas melodías en honor a los marineros visitantes. Los bailaores y bailaoras de flamenco hacían sus mejores presentaciones de sus habilidades artísticas. Los tambores repicaban al compás del zapateo de los gitanos. Las trompetas, clarinetes, cencerros, panderos, guitarras y todo tipo de instrumento de percusión, sonaban con cadencia armónica. Los cantores y cantoras interpretaban lo mejor de sus repertorios artísticos. Los pasajeros, eufóricos, tamborileaban con sus manos sobre las mesas, y taconeaban rítmicamente sobre el piso. El barco se desplazaba con agradables movimientos ondulantes, como marcando su desplazo al ritmo de la música; reivindicando a sus navegantes lo que les pertenece, la paz, seguridad, el bienestar, la alegría interrumpida mediante la nefasta tormenta, milagrosamente reprendida mediante la intervención del Rabino Esdras, y homenajeando a los aún sacerdotes Buenaventura y Vicente, por sus oficios.

La fiesta terminó al rayar el alba. Los marinos de la fragata ayudaron a recoger los desperdicios de la gran merecida fiesta, como remuneración a los navegantes del buque por los sufrimientos pasados. El Capitán Noah Sheita envió una carta y dinero a su esposa e hijos en España, a través del Capitán de la fragata española, Carlos Juan Batista, su amigo y colega en la navegación, y el copiloto Juan Carlos Coto. Luego de los discursos del Capitanes Noah, y Carlos Juan Batista, se hicieron los saludos de rigor. Los marinos de la fragata entraron a su barco, soltaron el puente y las amarras, la fragata orientó sus velas, hacia España. El Capitán Noah mandó disparar tres cañonazos como despedida y la fragata continuó su derrotero.

Una reunión de individuos dudosos en popa fue removida por la Guardia de Seguridad. Uno de los integrantes, Pantuflo Cabeza de Vaca mostró resistencia y fue llevado ante el Capitán, quien lo amonestó de meterlo en la cárcel de reincidir, se retiró murmurando.

El día era espléndido, nubes blancas como el algodón adornaban el tropical cielo. No había indicios de disturbios tropicales. Los navegantes dormían una buena siesta después del almuerso. En lo alto del puente de observación, Casimiro, dormía al soplo de la continua y cálida brisa. Despertó sobresaltado cundo una enorme gaviota se posó sobre lo alto del mástil de su lado.

"¡Dios mío, debemos de estar bastante cerca de Puerto Rico! He dormido como una hora. Mejor será echar un vistazo a ver si veo tierra. En estos trabajos no debe uno descuidarse. Como dice el refrán de nuestra gente: "de cualquier nube sale un chubasco". En el océano hay que estar con los ojos abiertos. De mí también depende la seguridad de esta nave, soy sus ojos; mejor abrirlos bien y escudriñar el horizonte."

"¡Capitán, veo otra nave más a lo lejos, también he visto una gaviota pararse sobre el mástil!"

"Una buena y otra menos buena noticia, Casimiro. La gaviota es buena noticia, indica que debemos de estar cerca de tierra. La nave que ves me preocupa, no la pierdas de vista, mantenme informado. Espero no sea un barco pirata de los que abundan por este trayecto."

Casimiro se sentó sobre la plataforma del puente, pensativo y preocupado de no tener otra amarga experiencia con esos bandidos del mar. No obstante de estar en un barco militarmente equipado, nunca deja de ser una intranquilidad. Pasado cinco minutos volvió a auscultar el horizonte con su catalejo.

"Capitán, espero no equivocarme, pero aparenta ser otra nave militar, un poco más pequeña que la anterior, pero se desplaza más rápido que la otra."

"Mantén vuestro ojo visor sobre esa nave, Casimiro."

"Capitán, se trata de una rápida fragata militar de ataque. Veo que está fuertemente equipada con potentes cañones de largo alcance. Hay marinos a bordo, pero no tantos como en la anterior. La bandera de la Marina española, junto a la bandera de España ondea sobre sus dos mástiles. La tendremos encima dentro de tres a cuatro minutos."

"Buen trabajo Casimiro, bájate, tendremos que hacer los preparativos para el encuentro."

La fragata se fue acercando al Intrépido de Canarias, el Capitán hizo izar las banderas blancas de paz sobre sus mástiles. Una vez cerca, ambas naves redujeron la velocidad y se aparearon una junto a la otra. El Capitán se posó en su puente de mando y saludó al Capitán Noah. Se trataba del famoso Capitán Roberto Méndez, sobrino de Abraham Méndez, primo hermano de Neftalí a quienes hacía más de diez años no veía. El Capitán Noah ordenó tender un puente. El Capitán Méndez hizo los saludos militares reglamentarios al Capitan Noah al igual lo hicieron sus marineros, y fueron entrando al Intrépido de Canarias. Las trompetas de la orquesta entonaron el himno nacional de España y el de la Marinería Militar. El Capitan Méndez abrazó al Capitan Noah y luego a su tío Abraham y a Neftalí. Los tres abrazados, lloraron juntos. Los cocineros prendieron los fogones y el almuerzo estuvo preparado en una hora. Abraham escribió una carta y la envió con su sobrino y Capitán, Roberto a su hermano Cipriano Méndez en Canarias. Luego de un cálido ágape, donde dodos confraternizaron con efusividad el Capitan Méndez habló al Capitan Noah lo siguiente:

"Capitán Noah, me urge advertirle que, nos encontramos con cuatro naves piratas en este mismo derrotero. Tuvimos un encuentro con ellos y hundimos a una, las otras tres huyeron despavoridas hacia el Sur." No quise perseguirlas, pero podrán estar escondidas no muy lejos de aquí. Si me permite escoltarlo hasta la mañana, estaré muy honrado en hacerlo."

"Capitán Méndez, es interesante vuestra oferta, permitirme hacerlo saber a mi copiloto, Manolo."

"Me parece buena propuesta, gracias por tan grata información, Capitán, más, cuando se trata de un oficial del rango, categoría y estima del Capitán Roberto Méndez. La Marina de guerra española, con sus frecuentes patrullajes hace un trabajo de altura, en este corredor marino del Caribe, con especialidad entre Canarias a Puerto Rico. Esta fragata en particular debe de ser muy respetada por los malditos piratas franceses e ingleses, es espectacularmente rápita, y fuertemente equipada con potentes cañones. Es obvio que, nuestra nave está equipada para repeler la agresión de esos canallas, pero, por la paz mental de nuestros viajeros, creo que es provechosa la presencia militar y escolta del Capitán Méndez."

"Hemos concluido que es de utilidad vuestra escolta militar, Capitán Méndez. Sepa vuestra merced, Capitán Méndez que le estamos agradecidos. Bajaré la velocidad de mi barco hasta que pase la cena. Luego de la cena continuaremos navegando normalmente, cerca uno del otro, con luces apagadas, para pasar de incognitos a los piratas, si es que se encontraren ocultos en este trayecto."

"Capitán Noah, estaréis vosotros llegando a San Juan, en tres días Yo los seguiré con mi fragata hasta las diez de la mañana. Ya para el mediodía de mañana, o tal vez antes, tendrá vos encuentro con otra embarcación de la marina, no tema, estará seguro, otras fragatas de la marina estarán patrullando el área, ellos le darán protección, hasta que lleguen a puerto."

"Capitán Méndez, le reitero mi gran agradecimiento por vuestra protección, y recuerde vuestra merced, que por la gracia de nuestro Dios y el honor a La Corona estaré siempre dispuesto a recibirlo en mi barco, en el cual ha sido vos Capitán oficial de marinería mientras ha estado al servicio de la Marinería Española, como escuela para marinos."

"Antes de regresar a Espana, permitirme despedirme de mi tío Abraham y de mi primo Neftalí, y a la vez darles mi dirección postal en España, para que vos, Capitán, y ellos me visiten en su próxima visita a España.

"No Capitán Méndez, no podrá irse en la mañana sin antes participar del desayuno de la mañana, y hacerles una despedida oficial."

"Hombre Capitán Noah, no soy merecedor de tantos halagos, vea, hago mi trabajo oficial."

"Es vos digno de mis honores, Capitán Méndez."

Ambos barcos permanecieron fuertemente amarrados uno del otro durante toda la noche, mientras navegaban. Dos centinelas, en cada barco vigilaban en turnos en las tinieblas de la noche, apostados en lo alto de los puentes de vigilancia, a luces apagadas, por temor a ser localizados por los piratas. A la distancia podían verse palpitantes y tenues luces que aparecían y desaparecían en la oscuridad de la noche, otras se levantaban del agua, ocultándose en las nubes. En la media noche, los marinos, sentados en una larga mesa, contaban historias fantásticas de espectros de difuntos marinos que habían fallecido mientras realizaban sus oficios; estaban muy seguros de que se trata de almas que no habían ascendido a reposo. Otros aseguran haber visto en noches de luna, barcos fantasmas de piratas que ya habían sido hundidos en el océano. Cosas que pasan en los mares amigos, y también aquí y allá.

~ XIX ~

¡CAPITÁN CAPITÁN, TIERRA, TIERRA!

El desayuno estuvo constituido de manjares exquisitos. Los gitanos bailaban alrededor de las mesas, acompañados de las guitarras. El Capitán Roberto Méndez, confraternizaba con su tío y su primo Neftalí

"¿Qué planes tenéis vosotros en Puerto Rico, Neftalí?"

"Primo, así de inmediato, te diré que, primero necesito trabajar para enviarle alguna contribución monetaria a mamá en Canarias, y traer toda mi familia en el próximo año, a no más tardar. Papá y yo somos expertos de trabajo en madera, ladrillo, construcción de casas y muebles. Estaremos trabajando con el Rabino en la construcción de las casas, la escuela y el centro de adoración y estudio de la comunidad."

"Tío Abraham, está vos tan joven como la última vez que le vi en Canarias hace cinco años. ¿Cuándo piensa regresar a Canarias?"

"Sobrino, la condición económica no es saludable en Canarias, ni en toda Iberia. Por lo pronto me estableceré en Puerto Rico. Mi plan es traerme a toda mi familia a este territorio caribeño. En Puerto Rico, aseguran que, las perspectivas económicas apuntan mejor que en Canarias, por ahora. No descarto la posibilidad de un retorno, pero no será hasta dentro de algunos años, claro, de mejorar allá las cosas. Sobrino, esperamos verlo cuando regreses de España a Puerto Rico. Ya sabes donde he de residir. No olvides llevar esta carta a mi esposa y familia."

"Hombre tío, sabes que soy hombre de principios. ¡Con el deseo que tengo de volver a ver a tía, primos y primas! Me he enterado de la odisea de este viaje, pero al fin triunfó la verdad, y llegó la tranquilidad."

"Si Roberto, fue todo una pesadilla, pero triunfamos, gracias a Dios."

Versos y amenazas.

A las 9:30 de la mañana El Capitán Roberto Méndez, giró en círculo, lanzó tres cañonazos de despedida, se paró en el puente de mando, saludó al Capitán Shea, orientó velas hacia Iberia, y se retiró a toda vela. El Capitán Noah en respeto y reciprocidad, ordenó disparar cuatro cañonazos que hizo temblar todo el entorno.

Abraham, se acercó al Rabino portando un pedazo de papel con unas amenazas escritas en versos, muy explicitas en su contenido, aparentemente recién escritas por algún detractor radical.

El Rabino hizo una inspección analítica de todas las palabras. Escudriñó minuciosamente las palabras hacia adelante y viceversa, tratando de formar un juicio y llegar a un inteligente razonamiento, a fin de tomar las medidas precisas. Debía salvaguardar la seguridad de los ex sacerdotes, junto a la protección que le daría el Capitán Noah. No dejaba de ser una clarinada de alerta extremadamente seria, a juzgar del elemento racista que viajaba con ellos. Era urgente comunicarse con el Capitán para analizar juntos el contenido de los versos, para asegurarse si era la forma aislada de pensar de algún fanático en particular, y no una idea radical colectiva.

El Capitán leyó los versos, los estudió palabra por palabra, analizándolos con el Rabino y cotejando la caligrafía de las firmas de los pasajeros, plasmadas en sus contratos firmados. La firma de Malavé tenía una similitud con el conjunto de rasgos que caracterizaban su firma, al compararla con el escrito de las letras y palabras de los versos. La escritura de los versos leía de la siguiente forma:

Buenaventura y Vicente,
Son dos tipos de cuidado.
Con la Iglesia, mal parados,
Conocido es de la gente.
Con el Rabino de brazos,
con secretitos y cosas,
Bailan en la misma loza.
¡Arquetipos de estropajos!
Vergüenza nos dan sus casos,
sorprendente sus derrotas.
Como traición, ya no hay otra,
una aberración, un mal paso.

Dos tíos tan malos son,
cual idiotas ya no hay otros.
Se olvidaron de nosotros,
de su mal no hay parangón.

De un buitre las dos alas,
Vicente y Buenaventura son.
Bailan en cualquier son,
de oírlos, no dan ganas.

Al término del viaje este,
corramos a asesinarlos.
A estos inmundos marranos,
hay que pronto darles muerte.

No os olvidéis del Rabino,
apestoso, rata sucia.
Aprovecha bien su astucia,
a su beneficio, el cochino.

"¡Tierra a la vista, Capitán!"

"¿Cuán cerca de nosotros estimas que está la tierra, Casimiro?"

Se fueron con los judíos
Esos canallas herejes,
La muerte más bien merecen
por traidores esos tíos.

"Aproximadamente como a veinte millas náuticas, Capitán. Horizonte claro, sol estupendo, brisa cálida. Veo naves que se mueven a hacia nosotros."

"¿Las puedes identificar?"

"No todavía Capitán, pero en algunos minutos tal vez podría."

"Tan pronto sepas la procedencia de las naves te puedes bajar, Casimiro."

La noticia de "tierra" se corrió como pólvora entre los navegantes. Unos cantaban, otros gritaban eufóricos. Los trompetistas de la orquesta tocaban sus instrumentos a todo pulmón. La gente bailaba, se abrazan, y lloraban de alegría. El pandemónium era casi incontrolable. Los agentes de seguridad fueron activados para asegurar la seguridad de los viajeros, debido a la sensación de bienestar y alegría. El Rabino y el Capitán eran aclamados como héroes. El barco había avanzado con la ayuda de los vientos, que habían estado soplando más rápido que otras veces.

"Malditos idiotas. Sois unos perros sucios. Malditos judíos, muerte con todos. Ya nos veremos cuando toquemos tierra. Os acordareis de Tranquilino Mata, de Malatesta, Pantuflo Cabeza de Vaca, Gato Bosque Cien Pies, Abundio Verdugo y Pedro Doblado. Habremos de revindicar el buen nombre de los españoles fieles a nuestra fe, tronó Tranquilino desde popa.

"Casimiro, decidme que has notado sobre las naves."

"Capitán se trata de otras dos fragatas de La Marina Española. Puedo ver sus banderas, Están ya como a diez millas de distancia."

"Perfecto Casimiro, desciende pronto, buen trabajo."

Los seis alborotosos delincuentes fueron llevados ante el Capitán, quien les dio una fuerte represión, y les advirtió que serían los primeros en abandonar el buque. Les prohibió permanecer por los alrededores del muelle, so pena de ser arrestados por la Guardia Civil, quienes serían informados por escrito de su sospechosa conducta.

Al arribo de la elegante nave al fondeadero, del andén del puerto, una enorme cantidad de gente, muchos familia de los pasajeros, y cantidad de curiosos los recibieron con estruendosos aplausos. Una orquesta del municipio de la capital estaba presente para recibir a los navegantes, al compás de música española y puertorriqueña. Los seis individuos sospechosos fueron acompañados por cinco agentes del orden de la nave con una misiva del Capitán, solicitando a la Guardia Civil investigaran a los seis sospechosos por terrorismo, de tratarse de gente radical, quienes habían provocado con violencia a algunos de los viajeros por razones de raza y cultura.

El Capitán, por razones de seguridad, dio instrucciones a los hebreos a permanecer dentro de la embarcación hasta el próximo día. A los ex sacerdotes les ordenó a permanecer dentro de sus camarotes. Fingirían una enfermedad contagiosa, con vigilancia de la Guardia de Seguridad, y con instrucciones a desembarcar cuando los médicos lo creyeran "aceptable, por motivos de salud". La guardia informó a los familiares de los hebreos a que se volvieran a sus casas, pues estos serían conducidos en carricoches, tirados por caballos y protegidos por la Guardia de Seguridad y llevados hasta su destino el próximo día, por motivos de salud y seguridad, inclusive.

Los pasajeros instruidos a desembarcar fueron saliendo en orden; se abrazaban a sus familiares, mientras los marineros iban entregándoles sus equipajes. Fuerte vigilancia de La Guardia Civil que había sido asignada, patrullaba el entorno. En el andén, la orquesta de gitanos alternaba con la banda municipal, amenizando con melodías y cánticos el victorioso arribo.

Los hebreos que no iban a residir en la comunidad hebrea de Miramar, fueron permitidos a irse con sus familiares, pero bajo fuerte protección de La Guardia Marina del barco y el perro del Capitán. Estos los acompañaron hasta haber cruzado el puente. La Guardia, luego de asegurarse de que nadie los perseguía, retornaron al barco, cual permanecía anclado y asegurado en los amarraderos y bajo protección de la Guardia Civil y marina. Los demás hebreos que residirían en la comunidad hebrea, habrían de permanecer dentro del barco, y desembarcarían el próximo día de no haber peligro. Estos estaban a cargo del Rabino Esdras, y el Capitán les proveería transportación hasta la comunidad. Los que venían contratados para trabajar en la finca Las Palmas, en Naguabo, fueron recibidos por empleados de la finca y transportados en coches de tracción animal, hasta su destino. Los ex sacerdotes irían a vivir en la comunidad hebrea y abandonarían la embarcación junto al Rabino, y los demás, el próximo día, de no surgir contratiempos que pusieran en peligro su seguridad y vidas. El Capitán proveería los medios de transportación y protección hasta su lugar de residencia.

Era la hora de las dos de la tarde. Los pasajeros españoles que no tenían inconvenientes debido al odio, ya estaban de camino a sus destinos. Ciudadanos que entraban y salían por La Puerta de San Juan, aprovechando el libre acceso, pasaban frente al enorme barco, se admiraban de su tamaño y elegancia, trataban de curiosear y tocarlo. La Guardia los observaba y cuando la curiosidad se excedía les ordenaban a seguir caminando. Los trabajadores de limpieza del barco se encargaban del aseo de la nave, con la ayuda de empleados de limpieza del muelle, quienes fueron contratados por el Capitán, y antes del oscurecer ya habían terminado los trabajos. Los cocineros prendieron los fogones para la preparación de la cena de la noche. El Rabino se retiró con un grupo de diez hombres al salón de meditación para hacer las oraciones de la llegada de la tarde y la del crepúsculo de la tarde y llegada de la noche.

La noche ya comenzaría a asomarse. La guardia Civil ordenó a los curiosos a abandonar el área. Los faroles de la capital fueron encendidos y en quince minutos el entorno al muelle estaba desierto de mirones. El Capitán ordenó a levantar anclas y soltar amarras. El timonel giró las velas, el navío volteó en círculo y se retiró como a cincuenta metros del andén, con la proa mirando hacia el muelle. Las lámparas fueron encendidas. Una vez terminadas las oraciones, los cocineros comenzaron a servir la cena. Dos centinelas marineros fueron asignados a mantener vigilancia durante la noche, los demás dormirían, acompañados del más fiel centinela, el perro alemán.

Llegada la mañana, en el borde del andén apareció un oficial de la Guardia Real, que, junto a un jerárquico y otros dos subalternos de la Iglesia gritaba a toda voz al Capitán Noah para que dejara pasar al jerárquico y sus ayudantes, hasta el barco. Este oficial portaba una orden eclesiástica para interrogar al Capitán Noah. El Capitán ordenó a echar al agua una de las más cómodas lanchas para traer al oficial y sus ayudantes hasta la nave. Dos marineros y dos oficiales armados acompañaron a los marinos en la lancha hasta el borde del andén, quienes asistieron a los religiosos entrar en la lancha y los condujeron hasta la nave. El Capitán los recibió con los honores, que de acuerdo a las normas y el protocolo de la Iglesia se consideran apropiadas, cuando de un religioso se trata.

"Señor sacerdote, me es un gran honor recibirlo en mi nave. ¿A qué se debe vuestra honorable visita?"

"Señor Capitán, permítame decirles que es vos dueño del mejor y más elegante navío de España y el mundo. Es deleitante mirarlo desde lejos, con sus enormes blancas velas y sus altos mástiles. Mucho había oído hablar de vuestra gran nave, pero nunca había tenido el privilegio de abordarlo y apreciar por dentro esta exquisita obra de ingeniería marina."

"Permitirme llevar a vos y sus ayudantes a un paseo por dentro de la nave, y a la vez me indicará vuestra merced, la razón de vuestra honorable visita."

Capitán, el móvil de mi visita a vuestro buque está basado en el hecho de que, en este barco vienen dos sacerdotes quienes debieron haberse reportado ante el obispo inmediatamente, y aún todavía los estamos esperando. También venía un tal Severo Malatesta a quien la Guardia vuestra debió haber entregado a La Guardia Civil. Quiero saber a qué se debió tal negligencia. Inclusive, se nos ha informado de la muerte de cuatro ciudadanos españoles, hombres muy religiosos.

Me urge hablar con los sacerdotes, Buenaventura y Vicente inmediatamente, y solicito me entregue los datos escritos de todas esas desapariciones, Capitán. Es vos la persona responsable de todos los pasajeros, debe de entender lo que os digo."

Señor, los sacerdotes, Buenaventura y Vicente están en el barco, pero, por estar padeciendo de una enfermedad muy contagiosa, están separados del contacto de los demás. Puede pasar a verlos en sus camarotes, pero bajo vuestra absoluta responsabilidad. Los médicos, hasta ahora, han sido los únicos autorizados para entrar a sus habitaciones para proveerles los medicamentos. Tan pronto los doctores les den de alta, los enviaré a vuestra presencia. Ellos conocen el camino a vuestra parroquia muy bien.

Malatesta, junto a un grupo de alborotosos y disidentes a la ley impuesta en este barco, fueron entregados a la Guardia Civil, por La Guardia de esta nave. Un informe de los sucesos acontecidos durante el viaje fue entregado también a los representantes y custodios de la ley civil, pregúnteles a ellos, señor. Siempre he sido catalogado por las autoridades civiles como un Capitán responsable de mis deberes. Me ha catalogado como negligente, le solicito retire vuestra expresión.

Señor, si algo ha sido hecho en disconformidad a los códigos de la ley civil, yo no tengo jurisdicción para forzarla más allá de los límites de mi barco. He cumplido con los deberes que me impone la ley civil, señor mío."

"Entonces, infiere vos que La Guardia Civil, es quien ha sido negligente en el cumplimiento de la ley de vigilancia?"

"Atienda bien señor lo que le reitero: Ha sido vos quien ha mencionado la palabra "ineficiente". Solo he dicho que es prerrogativa de la Guardia Civil hacer su trabajo, en la aérea que le corresponde. Luego que los pasajeros ponen un pie en tierra, ya no es de mi jurisdicción, imponer ley. Dentro de mi barco, yo imparto ordenes, conforme a la ley de navegación, dictadas por La Corona. Es mi deber informar por escrito a La Guardia Civil sobre elementos peligrosos que desembarcan en el territorio. He sido puntual y cabal en el cumplimiento de la ley, señor."

"Señor Capitán, parece no conoce vos el protocolo de ética. No soy un simple "señor", soy un alto oficial jerárquico. Exijo se dirija a mí con el tratamiento que merezco."

¿"Y cómo debo llamarlo? Cuando vos entró en este barco no se identificó debidamente. Para mí es vos un religioso como los demás, y así me dirigí a vos. No tiene un título honorífico escrito en vuestra frente. Decidme como he de llamarlo, y así nos entendemos, su señoría."

"Soy "Gran Maestro", señor, así me ha de llamar. Espero vuestro respeto hacia mi título de honor. A vos le conviene ya sabéis las consecuencias".

"No me gustan las amenazas, señor…. Maestro"

"Capitán, le dije que mi título es "Gran Maestro", maestro de maestros. No le estoy amenazando, solo le advierto, para que evite consecuencias."

"Gran Maestro, permítame decirle que, está vuestra merced parado dentro del barco, que es escuela de marinos, nave que usan los reyes de España para salir de vacaciones. Entenderá vuestra eminencia, el gran susto que me causan vuestras amenazas."

"Señor Capitán, le urjo retire a ese perro apestoso lleno de ladillas de mi lado. Me apestan estos animales inmundos."

"Señor Maestro, este perro es siempre muy bien cuidado. Le aseguro que lo menos que tiene son ladillas. Los médicos lo examinan constantemente, está perfectamente alimentado. Le sugiero se cuide de hablar mal de mí mascota, este perro, cuyo nombre es Goliat, entiende perfectamente vuestras emociones, y belicosa actitud respecto a él o a mí. Si lo ofende, él entiende y su instinto será responder agresivamente, es su naturaleza."

El perro no quitaba la vista a los recién llegados. Emitió un gruñido intimidante, dejando ver sus afilados colmillos, con sus dos grandes orejas levantadas. Miraba a su dueño esperando un comando. Un robusto marino lo sujetaba con la cadena asegurada al cuello y cuerpo, para evitar un súbito ataque.

El monito saltarín, brincando de una soga a la otra de mástil a mástil había seguido al Capitán, al Gran Maestro, su guardia personal y sus dos ayudantes. Súbitamente se abalanzó sobre la cabeza del Gran Maestro. El guardia personal que lo acompañaba levantó su fusil para dispararle, pero Goliat, ni corto ni perezoso se abalanzó sobre el oficial derribándolo de un certero salto. Con sus enormes mandíbulas le agarró el fusil, haciéndolo desprenderse de sus manos, y le apretaba el brazo derecho con sus colmillos. El oficial, desesperado por el dolor daba despavoridos gritos.

El perro muy enojado ladraba insistentemente, con sus ojos fijos al gran oficial jerárquico, y su sequito. Raspaba con sus patas sobre el tablado del barco y halaba con tenacidad, amarrado a su cadena al marino que hacia esfuerzo para sujetarlo.

Por lo alto del barco, el pícaro lorito y el monito hacían travesuras, y jugueteaban saltando de una soga a otra, de vela en vela, de mástil en mástil, meciéndose en los trapecios que los marinos habían instalados para sus acrobacias. Acostado sobre el piso, Goliat volteaba su cabeza hacia arriba y les emitía suaves ladridos, como deleitándose de las hazañas de los divertidos malabaristas, pero sin desatender los bruscos movimientos de los brazos del jerarca religioso, mientras levantaba la voz al Capitán por la indisciplina del travieso monito.

Inesperadamente, el lorito voló y se posó sobre la calva del Gran Maestro y expulsó sobre su cabeza sus haces fecales, cuales rodaron por su nariz, bajando cálidamente por las narices del iracundo y prepotente religioso.

"Maldito, asqueroso pájaro, hijo del diablo. Que te destruya el demonio, junto a tu apestoso mono"—exclamó con arrogancia el santo Maestro, mientras se secaba con la manga de su sotana el mal oliente excremento y escupía sobre el perro."

"Señor Maestro, pido vuestras indulgencias para estos traviesos animalitos. Ya les daré sus merecidos. Vos sabéis,… son seres irracionales que sienten y responden a su propio instinto. No tiene que escupir sobre este animal. Si yo lo soltare, le aseguro que no le perdonaría vuestro impropio tratamiento."

Señor Capitán, nos debéis una buena disculpa por todas las humillaciones de sus asquerosos animales, comandados por vos. Es vuestro deber de adiestrarlos para que sepan cómo comportarse con la gente, máxime de mi honor. Yo he venido ha visitarlo por orden del Prelado de la capital, con el fin de realizar una minuciosa investigación en relación a los sacerdotes Vicente Pinzón y Perfecto Buenaventura, y otros de comportamiento dudoso que han entrado en este territorio. Estos sacerdotes fueron autorizados por la Iglesia para hacer trabajos de carácter eclesiásticos en vuestro barco. Hasta nosotros han llegado rumores en el sentido de que hay un Rabino que viaja en este barco, y que pudiera estar entre los que todavía no han desembarcado. Este les había estado, inculcándole doctrinas antagónicas a estos religiosos. Inclusive, se ha comentado que, estos dos sacerdotes pudieran estar detenidos en contra de sus deseos, y en violación a los más elementales principios de las leyes de navegación, conforme establece la jurisprudencia en relación a las leyes de marinería. Yo espero que instruya a estos sacerdotes se personen a mi oficina tan pronto se recuperen de esta enigmática enfermedad. Confío que de facto, llevará esta orden a estos dos jóvenes sacerdotes, Capitán. Estos hombres que están conmigo son testigos de mis instrucciones. Espero no lo tome livianamente, así evitaremos problemas."

"Infiero que me está amenazando señor religioso. No me gustan las amenazas, señor. Soy un empresario, marino, guerrillero, propietario de cinco embarcaciones, dos inscritas en España y tres en Turquía, donde tengo buena amistad con el Sultán otomano. Quiero advertirle que estos hombres enfermos, saldrán de esta nave cuando los médicos me indiquen que ya pueden estar en contacto con la sociedad, y con mi final autorización. Pero no dude que ya les estaré pasando vuestras instrucciones."

"Creo que nos estamos entendiendo, Señor Capitán."

"Pero, si no me entiende, o no me quiera entender, no me moriré del miedo señor. Estoy acostumbrado a pelear con piratas, corsarios, tormentas marinas, enormes tiburones de los océanos y de tierra, con enajenados políticos o religiosos, con bandidos de caminos, y hasta contra Satanás, y todas las influencias del mal, no me amedrenta nadie ni nada.

No obstante poseo sensibilidad de hombre de familia, aunque no lo parezca. Soy ciudadano español, nacido en Madrid, residente de Toledo. Este barco sirve a la Infantería de Marina Española una vez cada dos años, como barco escuela. Soy un gran contribuyente al fisco. Mantengo muy buenas relaciones con los reyes de España.

Quiero de una vez expresarle mis excusas por lo acontecido con estos traviesos animalitos, creo me celan demasiado, y a pesar de ser animales y de distintos géneros, están unidos como si fueran hermanos. Si no le teme a las enfermedades contagiosas y mortales, puede pasar a ver los sacerdotes.

Quiero invitarlos al área de comedor, los cocineros han preparado unos exquisitos manjares. No quiero se retiren sin haber participado de ellos."

No, no iré a los camarotes de los sacerdotes, temo a enfermedades contagiosas. Pero indíqueles que se personen ante mi presencia tan pronto estén en buena salud. No obstante aceptaré vuestra invitación al comedor."

~ XX ~

FINAL DESEMBARCO

Pasado un día el resto de pasajeros se reunió en el salón de comedor. El Capitán hizo una alocución para despedirse del resto de pasajeros, grupo que fue víctima de etnocentrismo y peyorativas por parte de los racistas intolerantes. Eran pocas las palabras y la preocupación se reflejaba en cada rostro. El Capitán fue despidiéndose de los pasajeros, les dio un fuerte abrazo de estímulo a Vicente y Buenaventura, y salió detrás del último en fila. La Guardia, fuertemente armada iba acompañando al Capitán. Buenaventura y Vicente, se notaban preocupados, miraban hacia la Guardia Civil de reojo, tratando de ocultar su nerviosismo. De ser reconocidos, no había dudas que tendrían que vérselas con la alta jerarquía de su Iglesia, y el resultado sería trágico. La Guardia del Barco iba montada en briosos caballos, cuales habían sido alquilados por el Capitán, y estaban totalmente preparados para proteger los inmigrantes durante la trayectoria. Goliat, el perro guardián los seguía fielmente. Seis carruajes también habían sido alquilados por el Capitán para transportar a los viajeros, quienes se dirigían hacia la comunidad hebrea en Miramar.

El Capitán con su vigilancia retornaron al barco. El monito y el lorito se notaban agitados por la partida del segundo grupo de viajeros. Goliat desde afuera los regañaba con ladridos lastimeros. Un marino le acariciaba la cabeza y en reciprocidad el perro le lamía las manos. Goliat miraba hacia el Capitán y le ladraba como invitándole a acompañarlo en la misión. El Capitán, volvió a bajar del buque, lo obsequió con un pedacito de la carne que acostumbraba a comer y lo acarició por la cabeza y hocico y se despidió de él.

El muelle se había abarrotado de gente para presenciar de cerca al elegante y enorme barco que había anclado, parecía que San Juan estaba de fiesta. La orquesta gitana alternaba con otra de la Capital dándoles la bienvenida a los inmigrantes. Un pandemónium estalló a pocos metros del muelle. La gente corría de un lado para otro y nadie sabía de qué se trataba. Se oyeron disparos y los recién llegados hebreos se morían del miedo. El Capitán se asomó a las barandas para tratar de saber de lo que se trataba. La música cesó, y cada uno trató de buscar refugio en algún sitio más seguro. La Guardia Civil se movilizó de inmediato en sus caballos, con sus fusiles levantados se dirigían hacia el lugar de donde surgía el mayor griterío. Se vio a dos hombres jóvenes correr pueblo adentro y guardias los perseguían disparando a diestra y siniestra. Los individuos corrieron por detrás de los edificios, brincaron sobre altas verjas y desaparecieron entre casas y callejones. Dos mujeres gritaban de haber sido asaltadas por dos individuos robándoles todo lo que tenían en sus carteras. Nadie pudo ser arrestado de inmediato, la policía se hizo cargo de la investigación.

"Hermano Buenaventura, que susto he pasado."

"No es para manos hermano Vicente."

"Quieto Goliat, todo parece que está bajo control, ya apresaran al delincuente, nosotros tenemos otra misión, sé que estás preparado eres un gran perro guerrero," – le dijo el guardia que lo sujetaba.

Las orquestas continuaron la corta fiesta de recibimiento, con un saludo del alcalde. Buenaventura y Vicente portaban sombreros de anchas alas y vestían al estilo de españoles comunes. Fácilmente pasaban de incognitos entre toda la gente. Dos sacerdotes iban estrechándole las manos a los recién llegados, haciendo temblar del miedo a Buenaventura y Vicente.

"Tenéis vuestras manos frías, ¿estáis en buena salud hermanos?—le comentó un sacerdote a Buenaventura y Vicente.

De un lado y otro de la empedrada carretera pastaban pacíficamente animales vacunos y caballos. Todos comían del mismo pasto, uno al lado del otro. No había odios ni agresividad entre ellos, ya fuera por genero o color. Ninguno disputaba por el área donde comían. La tranquilidad imperante en el entorno campestre era característico de un lugar casi perfecto, delicioso y agradable; no había hombre, solo animales. Pitirres, zorzales, gaviotas, cotorras, palomas y toda clase de ave, volaban de un árbol a otro con libertad absoluta, sin disputas, ni limitaciones territoriales.

Por lo contrario, el primado y más inteligente ser de la creación, el hombre, en muchas ocasiones toma ventaja del más débil, aún a su hermano traiciona para conseguir sus propósitos egoístas, lo trata de frente de una forma y por la espalda le es infiel. Lamentable es que rechacemos a nuestro semejante por razón de etnia, posición social u otras sinrazones. Todo esto ha traído como consecuencias que en el mundo que habitamos haya odios, guerras y genocidios. ¡Qué miseria, que ironía, tanta falsedad, tanta insidia, tanta falsedad, tanta porquería!

Pero no todo se ha perdido. Aún quedan hombres con buenos principios, sinceros, buenos amigos. Tenemos el libre albedrio, calidad maravillosa, conjunto de propiedades divinas que nos hace ser inteligentes para escoger entre lo auténtico y lo espurio. Todavía hay tiempo para la introspección, restaurar estropeados actos pasados, crear nuevas calzadas, y caminar erguidos hacia la meta."

La paz del entorno era envidiable, no parecía que por allí ocurriera ningún accidente lamentable en muchos años. La verde llanura, la anchura del mar, y la quietud imperante invitaban a la meditación.

La caravana, con los hebreos partió por la empedrada carretera con la esperanza de llegar ilesos a su destino. Una fuerte protección por parte de la Guardia del barco los acompañaba, unos a vanguardia y otros a retaguardia. Goliat, el perro guardián iba unas veces atrás, otras al lado derecho o al izquierdo, como presintiendo un acontecimiento nefasto. La paz de la fauna en ese sitio, nunca tuvo un suceso tan indigno como el que estaba a punto de acontecer. Goliat constantemente olfateaba el suelo siguiendo el rastro, ofreciendo celosa vigilancia, como todo un militar. Los carruajes se desplazaban despacio, uno detrás del otro, al compás de los cánticos de los conductores, y el chirrido de las ruedas, al roce de los pobremente engrasados ejes. Los conductores, los carruajes y los caballos habían sido alquilados por el Capitán para el traslado de los hebreos, el mismo día de haber atracado al muelle. Todo parecía tranquilo para los conductores y pasajeros, ajenos a los sucesos que de un momento a otro podrían estallar.

El viaje transcontinental había sufrido sucesos infaustos, de dramáticas consecuencias. Un desgraciado naufragio los amenazó en más de una ocasión. El odio, insidia y el racismo habían permeado desde la partida. Parecía como si el infortunio perseguía a los inmigrantes una vez más. ¿Qué motivaciones tenía Malatesta en su insistencia de exterminar al Rabino y su gente, que no fuera el odio o la envidia? La gente que él odiaba y perseguía era una sociedad laboriosa, de un alto nivel moral. La morbosidad, la intolerancia religiosa de Fray Tomas de Torquemada, de cuatro siglos pasados, había calado profundamente en la enferma psique del infame troglodita, Malatesta, quien sentía una gran admiración de sí mismo, por haber sido un militar. Era pretencioso, narcisista, abusivo y frío criminal.

Los carruajes se aproximaban lentamente a la escena de violencia. El perro gruñía constantemente, como advirtiendo la proximidad del enemigo. Los pasajeros respiraban con extrema agitación; trataban con dificultad de balbucear alguna plegaria de inspiración divina. Sabían que el encuentro con el temible Malatesta, quien había reunido un grupo de bandoleros, sería inevitable. Pantuflo Cabeza de Vaca, Tranquilino Mata, Gato Bosque Cien Pies, Abundio Verdugo y Pedro Doblado, liderados por Severo Malatesta, criminal sin escrúpulos, quienes habían alquilado caballos, y portando armas de fuego y cuchillos, se habían apostado a la vera del camino, dentro de un tupido matorral de compacta vegetación y de altos arbustos. Usando tácticas de camuflaje, cautelosamente atisbaban a la distancia el movimiento lento de la caravana que se iba aproximando. El Rabino con esmero calmaba con palabras de aliento a los desesperados pasajeros, por la muerte que asechaba.

De súbito, se vio a un infernal jinete vestido de negro, enmascarado, saliendo del escondite boscoso, luego otro y los demás los siguieron a galope. La banda de delincuentes criminales había entrado en acción, sedientos de sangre y robarse todo lo que pudieran a su paso. Goliat se abalanzó sobre Abundio Verdugo, quien se había agarrado al carruaje del frente, y con puñal en mano trataba alcanzar el asiento donde iban el Rabino y los disidentes sacerdotes, para asesinarlos. De un violento jalón del perro, Abundio rodó por el duro pavimento empedrado, las ruedas del carro posterior pasaron sobre su cabeza haciéndole brotar la masa encefálica. Sonaron disparos procedentes de La Guardia del barco, y la Guardia Civil que se habían enterado del asalto. Goliat se encargó de Pantuflo Cabeza de Vaca. Lo mantuvo agarrado por sus piernas mientras la Guardia del barco le amarraba las manos a la espalda.

Goliat muy activo en su trabajo, se lanzó sobre Gato Bosque, otro de los bandoleros, y de un certero salto le clavó los colmillos en la pierna izquierda, haciéndolo rodar por el pavimento al perder el balance de la silla. Gato pateó en la cabeza a Goliat para sacárselo de encima, acción que el astuto perro no perdonó, y más apretó sus largos colmillos desgarrándole la piel. El bandolero daba gritos de auxilio pidiendo retirar al perro que lo quería devorar. La Guardia Marina del barco, retiró al embravecido canino mientras le acariciaban la cabeza y le daban de comer un pedacito de carne de res ahumada, como premio por su trabajo policíaco. Bosque fue arrestado y amarrado.

El sol caía en el horizonte, cuando los demás delincuentes también fueron llevados a la Comisaria de la Guardia Real y encarcelados. En el crepúsculo se vio a una solitaria cabalgadura salir de la arboleda. El solitario caballo, relinchando, galopaba como despavorido, como si algo lo asustara. Sobre la cabalgadura podía notarse la imagen de un cuerpo sin cabeza, vestido de negro, parecido a un espectro, que a la distancia parecía estar sentado, pero que en realidad levitaba, moviéndose de arriba hacia abajo, sobre la silla del desbandado equino. La imagen se fue desvaneciendo, el caballo se fue de cabeza rompiéndose el cuello en la caída. Malatesta había desaparecido de la escena. Más tarde mediante una minuciosa búsqueda, un agente de La Guardia Civil lo encontró colgando de la horqueta de un árbol. En su huida había impactado inadvertidamente con el cuello una bifurcación de una robusta rama donde quedó ahorcado en la horqueta.

Cuentan de muy cierto más de un centenar de residentes del área, que, en las noches oscuras y de luna llena se ha avistado el espectro de un jinete sin cabeza cabalgando sobre un caballo desbocado. Nadie osa pasar por el lugar durante las noches.

Otros, dicen haber escuchado quejidos y voces procedentes de las inmediaciones del montecillo, durante la media noche, durante noches sin luna, y otras durante luna. Un gemido que exclama: ¡"Malatestaaaaaaa…..., criminal, nos veremos en el día del juicio final, y un jinete vestido de negro, sin cabeza que cabalga en un caballo negro. Dicen que el alma de Gastón Malavé, asesinado por Severo Malatesta, no había alcanzado reposo aún, su alma vagaba, y en su desesperación y dolor, clamaba por justicia. Lo acusaba constantemente desde ultratumba por el vil crimen. Fue tanta la preocupación de los vecinos por el miedo de transitar por el lugar durante las noches que, seis ciudadanos españoles residentes en el área, decidieron hacer una visita al prelado de la capital, a fin de hablar con algún sacerdote sobre las terroríficas apariciones que se daban lugar, en las noches obscuras, y a veces de luna. Luego de mucho tratar, pues la Iglesia es reluctante para hablar de asuntos sobrenaturales, al final lograron encontrar a un sacerdote. El Padre Salvador de los Santos, espiritualista, originario de Brasil, se decidió visitar el sitio. Le acompañaron cuatro agentes de la Guardia Real, y los seis civiles. La primera noche nada ocurrió, tampoco la segunda. El Padre Salvador les prometió que, volvería una semana más tarde. Una semana después, en otra noche obscura, volvió el Padre Salvador acompañado de la Guardia Real. Los seis vecinos estaban muy preocupados, pues pensaban que, podrían ser arrestados y acusados de mentir a la policía y a las autoridades eclesiásticas, y de prácticas de doctrinas diabólicas, sino se podía constatar la voz procedente de ultratumba, y la aparición del jinete sin cabeza. Dos carros de la Guardia Real se situaron cerca del sitio exacto de donde decían que se oía la quejumbrosa voz y la espectral visión. Eran las once de la noche y el silencio era sepulcral, no se movía ni una hoja en los árboles, solo se sentía la agitada respiración de las personas presentes.

Faltaban cinco minutos para las doce de la media noche. El silencio en el entorno del valle era impresionante, y espeluznante. Los corazones de los horrorizados vecinos palpitaban aceleradamente, nadie se atrevía a emitir palabras. Los agentes del orden sostenían sus bastones en ambas manos y miraban a los vecinos con escepticismo y altivez. Los vecinos temblaban de pies a cabeza. Pensaban que podrían ser arrestados de no suceder la aparición fantasmal, el sacerdote sostenía un rosario en sus manos y balbuceaba las oraciones del Padre Nuestro y Ave María, mientras que con sus dedos iba moviendo las piedras del rosario.

Esa noche, la luna comenzaba hacer su aparición detrás de la tenebrosa montaña, y una tenue luz rompía las lóbregas tinieblas de la llanura. Algunas nubes negras en su paso eclipsaban temporalmente la tímida luna. Mar adentro, parecía que el cielo se hundía en el abismo. A la distancia, podía verse las tenues luces de los faroles de la ciudad de San Juan que titilaban con constantes parpadeos, dejando entrar sus tímidos resplandores a través de las celosías de las ventanas de los capitalinos, quienes dormían, ajenos a los sucesos aconteciendo más allá de sus domicilios.

"Señores,-- ¿sabéis que tal vez podíais estar jugando con la policía? Podréis ser acusados de promulgar doctrinas de espiritismo. Creo nos están haciendo perder el tiempo. Sois gente totalmente ignorante, todavía estáis viviendo en retraso intelectual. ¿Sabían que también pueden ser acusados de embaucar a la Guardia Civil?"

"Oficiales, no somos brujos, o enseñamos doctrinas espiritistas, ni los engañamos, somos ciudadano decentes. Esperemos un poco más, a ver qué pasa."

"¿Sabéis que los hemos de llevar presos dentro de tres minutos, que es lo que falta para las doce de la noche?"

"Señores oficiales, vosotros cumpliréis con vuestra responsabilidad que la ley de La Corona os exige, de no acontecer lo que nosotros hemos visto por más de cuatro veces. No somos nosotros los únicos, que hemos sido testigos de estas apariciones, podríamos traerles más de veinte ciudadanos españoles de los viejos, respetuosos de la ley y el orden, quienes también han visto lo mismo, y ya estamos horrorizados."

"Todo estos son minucias, más producto de mentes retrasadas intelectualmente que otra cosa. Estamos en tiempos modernos, señores. Esto es un cuento de brujas, fenómenos paranormales que no tienen explicación científica. Mucho gusto nos dará en meterlos en lo profunda de la mazmorra del Morro, por brujerías."

"Falta un minuto para las doce de la media noche", -avisó el sacerdote.

La luna salió de su escondite, detrás de las negras nubes. Las rodillas de los agentes se debilitaron y cayeron sentados, al romperse el silencio de la noche por un escalofriante ruido surgido desde las inmediaciones del bosque. Inmediatamente se escuchó un agudo quejido de hombre. Dos espectros vestidos de negros surgieron, uno corría detrás del otro en una persecución espantosa, mientras otro de ellos repetía a toda voz: "Malatestaaaaa……criminal, arderas para siempre en el infierno. Cuando te estés quemando te acordaras de Malavé. Fui tu amigo y me asesinaste, cobarde."

Los espectros en su desenfrenada carrera se introdujeron dentro del oscuro mar. Una ola los envolvió y desaparecieron de la vista de todos.

"Señor Sacerdote, ha sido su señoría testigo de lo que le habíamos dicho. No somos brujos, no estamos enseñando doctrinas de espiritismo, ni hemos creado esas escenas espantosas que han estado atemorizando a los que vivimos por este sector. Debe saber vos de qué se trata toda esta mística, ruego nos explique."

"Manolo, esta será la última noche de esas apariciones. Todo esto se trata de la vida de muchos después de la muerte. Estas son dos almas que no han sido permitidas entrar en reposo, debido al mal comportamiento que tuvieron mientras estaban en vida. Malatesta fue un criminal compulsivo, quien asesinó a Malavé. Malavé incluso fue también un criminal vicioso, quien murió en el mar. Aconteció que, Malatesta le clavó un cuchillo, y luego, para querer ocultar el crimen, lo lanzó aún vivo al agua, donde terminó su vida ahogado. Las almas que vagan sufren, y quieren reposar aunque sea en un animal, hasta en un cerdo; estas estarán fuera hasta el día del juicio final. Todos vosotros vieron que se introdujeron dentro del mar, allí encontraran un poco de quietud por un poco de tiempo, luego podrían quedar vagando por todo el universo. Un ángel los lanzará de un extremo del universo, mientras que otro los recibe y repite la acción. En este caso, el alma de Malavé llevó el alma de Malatesta con él al mar, tal vez ahí permanecerán hasta cuando sean llamados, juntos con aquellos que murieron también en el mar. El mar será su sepultura hasta el día final, cuando la tierra dará los suyos, al igual el mar lo hará."

"Señores, ya oyeron al sacerdote ofrecerles toda esa enmarañada respuesta. Espero no nos vuelvan a molestar si esto se repite. Se salvaron por ahora de ir presos, por estar promoviendo doctrinas de espiritismo. Ya pueden todos largarse a sus casas. Espero que puedan dormir tranquilos por lo que queda de esta noche; nosotros no sé si hacerlo. ¡Virgen María, se me erizan los pelos!"

"Señor sacerdote, es vos un estudioso de esos fenómenos extrasensoriales, tal vez sea el único en Puerto Rico. Nosotros somos ignorantes de apariciones sobrenaturales, de hecho, absolutamente horrorizantes. Aunque complicadas, nos satisfacen vuestras explicaciones. Prométanos que no nos llevarán presos a la judicatura."

"No Manolo, no podréis ser acusados de ningún delito, les doy mi palabra. Los devolveremos a vuestras casas y podréis dormir en paz. Las explicaciones que os he dado de lo aquí acontecido, es solo una exposición extracta de lo que podría acontecer a algunas almas antes, durante, y después del juicio final. Es esencia de una teología de difícil comprensión, y muchos difieren en la interpretación y explicación. Pero sí, les aseguro que, estos espectros que, muchos consideran cabalísticos, también pueden aparecer a veces en otras formas, y que crean pánico en muchos, no volverán acontecer, por lo menos en este lugar."

Las suaves brisas alicias, comunes en el Caribe, acariciaban con placentera suavidad los cansados cuerpos de los viajeros, quienes no habían tenido la experiencia de experimentar la sensación del agradable cosquilleo del viento fresco algunas veces, y húmedo inquietante durante la mayor parte del tiempo, en el clima caribeño. El Rabino y sus compañeros, durmieron su primera noche en la comunidad donde residirían, y entonaban cánticos de triunfo al amanecer del otro día. Mientras La Guardia Civil se ocupó en recoger los cuerpos de los caídos. El camino por donde pasó la caravana, pareció haber sido un campo de batalla. Los Guardias, ilesos retornaron al barco, y Goliat se entretenía al amanecer con las acrobacias del monito y el lenguaraz lorito, quien no cesaba de mencionar la palabra "rabino", meciéndose en su columpio.

~ XXI ~

BOTAS MILITARES EN MARCHA

"Rabino, ¡cuán hermoso es este lugar! ¡La comunidad es una fantasía hecha realidad! -- exclamó Neftalí al contemplar el panorama. Debe de ser esta una tierra fértil en gran manera. Veo un espléndido verdor a todos lados, hermosas y verdes montañas, el paisaje es incomparable y esta playa que estoy mirando, no tiene parangón La agricultura debe de ser abundante en todo este paraje edénico. Las Canarias, tesoro de España, tienen su hermosura, pero que no quepa dudas, que este sitio es espléndido. Siento que se respira paz en este lugar. Quiera Dios así sea."

"Nefta, ya estamos en el lugar donde con tantos sacrificios hemos llegado. Tenemos un compromiso de dar agradecimientos a Dios por haber llegado todos a salvo. El país es pequeño en tamaño, pero grande en potencial. Estamos en un lugar estratégico en el trópico. En Junio comienza la estación de los huracanes, y estamos en la ruta de esos peligrosos fenómenos. La construcción de las casas hay que hacerlas apropiadas, para que resistan los embates de los fuertes vientos. Las cosechas muchas veces se pierden cuando ataca un meteoro de furiosos vientos y torrencial lluvia. Aquí, cuando hace sol y cesan las lluvias, se quema casi todo. Cuando llueve demasiado, el agua lo arrastra casi todo, cuando hacen fuertes vientos, el viento se lo lleva casi todo, la humedad desespera a todos, los mosquitos, impacientan a todos, y los políticos, deprimen, decepcionan y se lo llevan casi todo. El país es pequeño, pero hay de casi todo. Pero, solo obedeciendo a Dios, estudiando y trabajando duro tendremos triunfos. En seis meses las familias de los que recién hemos llegado, estarán con nosotros, hay que construir las casas donde habrán de habitar. Hay trabajo que hacer para todos, señores".

Una semana después, la fiesta en recibimiento a los recién emigrantes, y honor al compromiso de noviazgo de Neftalí y Raquel, comenzó en grande. Los Rabinos tomaron asiento en la larga mesa junto a Jacobo, Myriam, su esposo e hijos. Neftalí estaba sentado al lado de Raquel, sus hermanos y hermanas, Myriam, esposa de Jacob e hijos. Leah, casada con Isaías, hermano mayor de Neftalí y sus dos hijos, y Sarah hermana de Raquel y toda la familia llegada de Las Canarias tomaron asiento al lado de Jacob. El festín autenticaba la formalización del noviazgo entre Raquel y Neftalí. Desde las Canarias, España, siendo adolescentes ya los dos padres y las dos madres habían estado de acuerdo de que cuando ambos fueran adultos tendrían el permiso de ser novios. Tres años hacia que se habían mudado a Puerto Rico. Ya Raquel tenía dieciocho años, todos los jóvenes de la comunidad hebrea y no hebreos hubiesen hecho todo lo que les exigieran por tenerla como novia. Jacobo y Myriam llamaron a Raquel y a Neftalí junto al Rabino y Abraham, padre de Neftalí, emprendieron una conversación:

"Nefta, eres mi sobrino, joven apuesto e inteligente. Sabemos que tú y Raquel han estado enamorados desde que eran mucho más jóvenes. El Rabino, y mi hermano Abraham tu padre, tu tía, quien es mi esposa, me han solicitado, que de no haber impedimentos aceptemos las relaciones entre ambos. Espero aceptes mi modo caribeño de pronunciar el español. En el poco tiempo que hace que vivo en este idílico lugar, ya he adoptado el acento y modo de hablar de los habitantes de esta Isla."

Neftalí y Raquel, sentados uno al lado del otro, sintieron un calor excesivo que le subía por las piernas y les llegaba hasta la cabeza. Sus rostros se tornaron rojos como tomate listo para el consumo. Las piernas de ambos se agitaban, como mesa durante un temblor de tierra, las movían de un lado hacia el otro y las manos les sudaban profusamente.

Raquel se daba aire con su abanico que le regaló su tía, madre de Neftalí cuando salió de España. Los jóvenes de la comunidad que habían aspirado algún día ser sus prometidos, y veían sus esperanzas truncas, no cesaban de mirarla muy afligidos y frustrados. Ella, y sus otras dos hermanas eran sumamente bellas. Las niñas de la comunidad no quitaban sus miradas de Neftalí, comentaban en silencio entre ellas, respirando con profundidad y ansiedad. Neftalí se secaba su rostro con su pañuelo incesantemente y Raquel no cesaba de abanicarlo con su abanico español de bello colorido.

Luego de muchas conversaciones, el padre de Raquel ordenó hacer un momento de silencio para dirigirse a la concurrencia:

"Señores y señoras, me place informarles que, hoy, nuestra hija Raquel, ha quedado comprometida para matrimonio con mí sobrino Neftalí. La boda será celebrada en seis meses, en este mismo sitio. Estáis todos invitados a la gran fiesta de los novios."

"¡Dios bendiga a los elegantes novios!," --gritó la concurrencia y la fiesta continuó hasta cerca de la media noche. Muchos otros jóvenes salieron desesperanzados, compungidos al ver fracasadas sus aspiraciones de alcanzar tener las atenciones de la reina de la belleza de la comunidad; un recién llegado había sido laureado con el gran premio de la beldad de la comuna.

Una milla más allá, elementos cónsonos con el anatema se preparaban para infligir dolor. Por desgracia, las influencias malévolas no cesan de perturbar a la gente honrada y formal. Los inadaptados sociales pululan por todos los ámbitos. Lo más frustrante es, cuando la maldad emana de quienes esperamos protección, se manifiesten como escoria protegida, con licencia para causar mal colectivo.

El Rabino Esdras aprovechó la oportunidad de la fiesta para instruir a los demás rabinos, Rabino Simón y Rabino Isaías, a Abraham y Neftalí, respecto a sus deberes y responsabilidades en la comunidad, en su ausencia.

"Después de la circuncisión de Moisés y Aron, saldré para España en el mismo barco donde llegamos. Vosotros quedareis a cargo. Estaré de regreso para la boda. La restante familia de Neftalí en Canarias vendrán conmigo en el viaje de regreso, así como muchos otros hermanos hebreos. Abrahán, los trabajos de construcción quedarán bajo vuestra responsabilidad, Neftalí será vuestra mano derecha. Neftalí, estarás a cargo de la enseñanza del idioma hebreo durante las clases nocturnas. Fuiste un egresado de Yeshiba, eres ducho en este idioma. Moisés y Aarón estarán a cargo de matemáticas y ciencias. Cuando regrese estaré trabajando en el currículo completo. Isaías y Simón, son rabinos autorizados, ellos estarán a cargo de los asuntos de educación religiosa. Hay que comenzar la construcción de las nuevas viviendas, para acomodar a los que vendrán. Los rabinos, Simón e Isaías, serán los maestros para educar a Moisés y Aarón, en el idioma hebreo, y en el orden de las oraciones del "sidur", {libro de oraciones diarias}. Antes de salir, los antes sacerdotes serán circuncidados. El nuevo nombre para Buenaventura será Moisés y para Vicente, será Aarón. Serán oficialmente llamados con esos nombres después del bautismo, (mitzve) de ambos, y la circuncisión. Dos semanas después de la boda, Vicente, Buenaventura, y yo, partiremos hacia Turquía, en uno de los barcos del Capitán Noah, que hace ese recorrido. Allí tengo buenas amistades con el reinado de Estambul. Primero me entrevistaré con el embajador para El Reino Unido, Señor Goshem, hebreo como yo, y a quien tuve el honor de conocer hace tres años en London. Me hizo una invitación a su residencia, nunca lo he visitado, pero esta vez lo haré. Él me ha de dirigir hacia donde ir para obtener certificados de residencia para Aarón y Moisés con sus nuevos nombres, ya sea como ingleses o turcos, ya él me asesorará sobre ese particular. Luego regresaremos a San Juan."

"Rabino, la Iglesia es muy severa, de sorprendernos nos quemarían vivos en una hoguera, pues nos juzgaran como traidores y herejes."

"Vicente, no os preocupéis demasiado. De permanecer aquí, bajo vuestra identificación, tarde o temprano vendrán por vosotros y los llevaran arrestados. Vuestros actuales documentos son los que la Iglesia os concedió al nacer, así como los de vuestros bautismos. Es asunto de vida o muerte. Lo mejor es salir hacia Inglaterra, y luego hacia Turquía. España no quiere conflictos con el Imperio Otomano ni con London. Volveréis a entrar a San Juan, pero con documentos turcos o ingleses, y con otros nombres, ya veremos cuál será la mejor y correcta opción. La Iglesia no está dispuesta a hacer tantas investigaciones, y La Corona actualmente no está en la mejor situación militar ni económica. Usaremos la diplomacia, los contactos con las altas esferas de gobierno de La Corona. El Capitán Noah es muy respetado en esas altas esferas. Nunca sus peticiones han quedado desatendidas. La próxima semana seréis circuncidados por los doctores Yonadav Méndez y Datan. Dos semanas más tarde saldremos hacia España. Estaré dos semanas en España y regresaré una semana antes de la boda de Neftalí, bajo la voluntad de Dios."

"Señores hermanos, Moisés y Aarón, hoy es el decimo día de vuestra circuncisión. Habéis sanado de forma espectacular. En esta mañana nos dirigiremos hasta la playa que está a diez minutos de aquí, para vuestro "mitzve", el (bautismo) ceremonial hebreo. Cuatro hombres nos acompañaran. Solamente hombres están permitidos en este acto. Con una larga piezas de tela, digamos, una sábana y cuatro largos palos fabricaremos un lugar de privacidad para que os desvistan y se vistan con las túnicas blancas que os daré. Caminaremos mar adentro hasta donde el agua nos dé hasta el pecho. Os quitareis las túnicas allí y os sumergiré hasta que el agua os cubra vuestras cabezas. Luego de emerger del agua, os cubriréis con vuestras túnicas, caminaréis hasta el lugar que previamente preparamos para cambiar las vestimentas y os vestiréis con vuestras ropas secas y regresaremos a la casa. Hoy no habréis de comer nada hasta que regresemos del mar.

Era martes, el sol empezaba emerger. La fauna madrugadora cruzaba de una parte a otra, muchas veces, utilizando su habilidad nata de camuflaje, pasando inadvertida. El trinar de los pitirres, zorzales, y de una gran variedad de pajaritos, anunciaban un día pleno de sol. La brisa era cálida, suave, que invitaba a un remojón en las cálidas aguas del Atlántico, las nubes eran blancas como algodón. A lo lejos se notaba ver un barco mientras hacía su recorrido rutinario comercial entre San Juan y algún punto del caribe. No aparentaba que hubieran disturbios tropicales en ese día, ni en los próximos dos. El momento era magnifico para el paseo y contemplar la belleza del océano.

"Sargento Maldonado, tiene usted una misión militar en vuestros hombros hoy. Recuerde bien que soy oficial de alto rango, español y puertorriqueño. No acepto la indisciplina, la insubordinación, ni sublevación de los cobardes, ni los que se confabulan con el enemigo, para hacerle daño a La Corona. Esta gente, la cual usted, Sargento Maldonado, enfrentará hoy, está comprobado que son enemigos de la Iglesia y La Corona. Son separatistas, con comportamiento e ideas extravagantes, gente de costumbres, raras y extrañas a las nuestras, las cuales atentan con nuestro gobierno católico romano, y no ceden un ápice en sus ambiciones desmedidas. Se ha comentado que estos judíos herejes, tienen secuestrado a dos sacerdotes católicos. Estos vinieron con ellos en el mismo barco, y se presume que están viviendo enclaustrados en una comunidad que mira hacia el mar, circundada por una alta verja, en los predios de Miramar, y están construyendo casas, escuelas y centros de reunión. Estos salvajes adoran a dioses paganos. Se creen superiores a todos, pero son solo herejes. Estos rechazan la autoridad del Papa, nuestra santa y venerada Virgen María, y todas las vírgenes que adoramos. Por consiguiente, detestan nuestra Iglesia, y todas nuestras liturgias. Quiero que hoy aplastes a esta indeseable sociedad. Cuídate de no tener compasión de ninguno de ellos, ni mucho menos aceptar sobornos por privilegios. Esa gente tiene mucho dinero, y las pesetas pueden comprar favores, cuidado. Sabes que soy severo con los herejes, y con los detractores de nuestra Iglesia y ejército. Quiero aquí vivos o muertos a los sacerdotes católicos, Perfecto Buenaventura, a Vicente Pinzón, y a los rabinos, hoy mismo; muerte con los herejes. Vamos, caminando, que se hace tarde, al combate con nuestros enemigos."

"A vuestras órdenes Teniente Tranquilino."

A la distancia se notaba una enorme nube de polvo que se levantaba a lo alto, por el efecto de un ruidoso ejército de soldados que se acercaba a toda prisa, montado a caballos. En su desenfrenada carrera, se oían detonaciones procedentes de sus armas de fuego, estremeciendo el entorno, haciendo volar manadas de pájaros. Una carroza con tres clérigos se distinguía en la caravana.

"Josué, muchacho, venga, tu que eres joven y tienes mejor vista, fíjate bien a esa caravana que veo a lo lejos, ¿Qué piensas que son?"

"Tía, mi vista no me falla, son soldados y no hay otro sitio a donde se puedan dirigir, solamente hacia aquí."

"Mira chaval, monta el caballo Estrella que está amarrado junto a la verja, corre, ve a la playa donde está el Rabino Esdras realizando el mitzve, avísale que tendremos visita de militares. Sé que eres buen jinete, pero ten mucho cuidado con un accidente, ese caballo es muy ligero. Creo es mejor salgas por el portón trasero, pero apúrate. ¡Hay Padre mío, ten piedad de nosotros!"

"Pierda cuidado tía, soy buen jinete. Estrella y yo nos conocemos bien. Vamos Estrella, tiene buenas patas y estas fuerte, ¡arree! Ven Chino, acompáñanos, eres un perro fiel y hábil, venga, venga."

"Rabino, Rabino, vea, alguien viene cabalgando a todo galope"- advirtió Moisés.

"Es el joven Josué; tengo el presentimiento de que algo debe de estar aconteciendo en la comunidad."

"Rabino, Rabino Esdras, soldados se aproximan. Tome precauciones, parecen que no vienen en son de paz, vea"

"Anda Josué, regresa a casa, dile al Rabino Isaías que permanezca tranquilo. Decirle que el ejército nuestro es mayor y poderoso; que mantenga a todos en meditación. El conoce el protocolo de oración. Nosotros estaremos regresando en veinte minutos. Ten mucha precaución, no hables con ninguna de esa gente, ve con tus padres."

Una grande tropa de infantería había llegado a la comunidad. Estos habían sitiado el vecindario y mantenían vigilancia en las entradas y salidas. Josué había logrado entrar en la comunidad antes de la llegada de los soldados. El perro salió al encuentro de la tropa que permanecía en la parte afuera y ladraba sin cesar.

"Vamos, abran el maldito portón, o lo arrancaremos de raíz, somos la ley y el orden, y amarren el apestoso perro antes de que le volamos la cabeza de un balazo. Soy el Sargento Maldonado y quiero hablar con la persona encargada de este sitio, vamos."

"Un momentito, ya vamos señores militares,"--respondió el Rabino Isaías.

"Pues abra ligero, antes de que echemos el portón a tierra."

"Es usted la persona encargada de este lugar, viejo decrépito?"

"La persona encargada lo es el Rabino Esdras, buen señor."

"¿Dónde carajo está el radino ese?- lo quiero ver, venga ¡Como los odio, malditos judíos! Vamos, dígale al apestoso radino que lo quiero ver inmediatamente. Vamos muévase antes que le dé una merecida patada en el culo."

"Señor militar, el título del señor es Rabino, no radino."

"Mire viejo, dije radino y radino se queda. Que me importa un carajo la mierda de título ese, vea, y me llama por mi título. Respondo al nombre de Sargento Maldonado. Soy militar y como tal me honra, antes de que le rompa la cara con la culata del rifle, y abra ese portón no sea que me impaciente y rompa el candado a balazos, venga."

¿"Dónde puedo encontrar a la cosa esa que llamo radino?

"Señor Sargento, el Rabino se encuentra en la playa, junto a otros hombres. Esta oficiando un bautismo. Está al frente de aquí."

Soldado Cienfuegos, caminen hacia dentro de esa casa e investiguen cuantos hombres hay circuncidados. El que no lo esté, échelo al lado y amárrele las manos a la espalda. El que se resista, rómpale la cara con la culata del rifle. Yo me dirigiré a la playa con el soldado Maduro. Atienda bien mis instrucciones, Cienfuegos. Los sacerdotes Perfecto Buenaventura y Vicente Pinzón, a los cuales estos animales tienen secuestrados deben de ser los únicos que no estén circuncidados. Pero, por las dudas, todo el hombre que no esté circuncidado, lo quiero tráigalos separados del grupo y amarrados de las manos a la espalda. Haga como le he instruido. ¿Entendido soldado Cienfuegos?"

"Perdóneme Sargento, no sé lo que es "circuncidado."

"Idiota, animal con dos patas. Circuncidado es cuando le han cortado el prepucio que cubre el glande a un hombre, vea."

"Sargento, peor me lo ha puesto. No sé qué cosa es el glande ni entiendo bien lo otro. ¿Quiere usted decir que le han cortado eso que llaman el pene? Verdad que estos son gente viles."

"Señor Sargento, las mujeres las he puesto juntas con las niñas y los niños, en un cuarto separado, los hombres permanecen en un cuarto aparte."

"Soldado Pérez, vea, investigue de que esta bestia esté haciendo bien el trabajo. No quiero hombres donde están las mujeres. Si encuentra alguno junto con las mujeres póngalo junto con los demás hombres, pero separado, hay que investigar lo que hacía con las mujeres. Bájele los pantalones a cada uno e investigue a ver quién no está circuncidado"

"Sargento, ninguno ha sido castrado."

"Idiota, eres tan burro como el otro. Le dije, circuncidado, no castrado. ¡Con los militares que cuento, Virgen del Socorro!.

"Sargento, pues entonces no se a lo que se refiere."

"Rodríguez, que no tengan prepucio."

"¿Prepucio? Todos tienen lo que se llama pene, Sargento."

"Animal, la capa cutánea retráctil que cubre el glande."

"Me la ha puesto más difícil ahora mi Sargento, no sé qué cosa es eso del glande. ¿Es que esta gente tiene otra cosa diferente para orinar, distinta a nosotros, Sargento?

"Mire, burro de carga, analfabeto, idiota, retírese. ¡Con lo que cuenta España! Con cien soldados como vosotros, perderíamos todas las guerras. ¡Virgen Santa Teresa, no mires a estas placentas!

"Soldado Maduro, valla vos allá con esas bestias."

"Vamos, señores, abran bien las piernas, todos. ¡Virgen de los Pirineos, pero qué cosas veo! ¡Hay San Miguel, me persigno, ni quiero ver!"

"Señor Sargento, es vos representante del poder la ley y el orden, nosotros, vasallos de Dios. Es vos un militar que denota gran capacidad intelectual. Es un ser que demuestra empatía a las adversidades de los demás. Es hombre que sé que, entiende nuestras vicisitudes. Que no quepa dudas que será retribuido por el bien que haga, el mal se pagará con creces y vos no quiere eso suceda. Ha visto ya con vuestros propios ojos que todos estamos circuncidados, conforme a nuestras costumbres milenarias. De haber estado presentes los sacerdotes que vosotros buscáis, ya lo hubierais identificado, pues sabido es que, un sacerdote católico no acostumbra a circuncidarse."

"Atienda bien viejo de aspecto quijotesco lo que le haré saber: ¿está tratando de sobornarme con adulaciones? ¿Sabe que le puedo volar la cabeza de un tiro por tratar de comprar mis favores? ¿Cómo es que dice llamarse vejestorio esquelético?"

"Vuestro servidor se llama Rabino Isaías, señor."

¿Cómo el tío ese de las historietas de adivinaciones?"

"Si se refiere a las historia bíblica, entonces estará vos hablando del gran profeta de Dios, Isaías, quien no fue adivino."

¿Y quién le puso a vos ese nombre de Dios? Ja ja ja ja. Vamos, marranos mal olientes, ya pueden subirse los apestosos pantalones. Me da nauseas seguir mirando esos descomunales colgajos ¡Vaya peste que hay aquí!"

"Señor Sargento, el Rabino Esdras ya ha llegado. En estos momentos está entrando por el portón trasero."

"Cabo Cienfuegos, ¿cómo pudo ser posible que estos hombres violaran la vigilancia que le he puesto a esta aldea?"

"Sargento, hemos estado vigilando constantemente toda el área, y no hemos visto entrar a nadie por este portón, que es el único en la parte de atrás de toda esta alta cerca, además, hay alambres de púa sobre las puntas de la tupida empalizada. Esto es extraño. ¿Serán brujos esta gente?

"Oiga barbudo, ¿por dónde entraron sin ser vistos?"

"Pues por el portón trasero de nuestra comunidad que estaba abierto. Vimos la vigilancia, y entramos a nuestro lugar. Pensamos que nos detendrían, pero no fue así."

"¿Su lugar? ¿Quién le dijo que este lugar es de vosotros?"

"Nosotros lo compramos a La Corona con dinero español, y estamos en conversaciones para adquirir el terreno adyacente, que es cuatro veces más grande al tamaño de este. Por ser esto nuestra propiedad, tenemos el derecho por ley de entrar y salir cuantas veces lo queramos." Este señor que está a vuestro lado, entiendo que es el Cabo Cienfuegos, según vos le habéis llamado, estaba parado frente al portón. No sé cómo es que no nos vio, no somos invisibles, tenemos cuerpos y ocupamos espacio."

"Oiga, barba roja, inmigrante judío errante, permítame tocarlo. Quiero asegurarme de que no estoy frente a un fantasma. Me parece vos ser arrogante" ¿Practican vosotros la magia?

"Cabo, Cienfuegos, oyó lo que ha manifestado este mago. He dicho que esta gente practica ritos satánicos. Esta gente hay que sacarlos de este territorio, antes de que nuestras santas costumbres sean absorbidas por sus disciplinas diabólicas. ¡Santa María, madre de Dios, ruega por nosotros; me persigno ante Ti."

~ XXII ~

DE LO QUE ACONTECE EN LA PLAYA

Mira güerito, me caes mal, no me simpatizas en lo mínimo. Eres altanero, pareces presuntuoso. Tienes plan de comprar a todo San Juan? ¿Hay más hombres guardados en las otras casas?"

"Cabo Cienfuegos, tome dos soldados más y valla a las otras casas de esta comunidad, busque y rebusque debajo de esas mugrosas camas, en todo cuarto y recoveco, a ver si hay más hombres escondidos. Si los encuentras traerlos hasta aquí a patadas. Me tendrá que decir güerito, donde tiene escondido a los sacerdotes Buenaventura y Vicente. De ocultarnos la verdad le habremos de aplastar los testículos con dos piedras; procedimiento que habría de recordar mientras viva. ¿Soportará vos ese dolor?"

En el cuarto contiguo permanecían enclaustradas por los militares las mujeres y niños. Las condiciones eran paupérrimas. Era la hora del mediodía, el sol calentaba inmisericorde. Muchas mujeres y niños vomitaban, y ya comenzaban a deshidratarse por el constante sudor y la intoxicación por la respiración colectiva, el hacinamiento, y la escasa entrada de oxígeno. Los militares habían prohibido se abrieran las ventanas para que entrara aire, ni traer agua potable para evitar la deshidratación, porque estaban procurando el exterminio sistemático de todas las mujeres y niños primero, para luego proseguir con el genocidio violento de los barones. El Sargento ya había planificado asesinarlos a todos y erradicar la comunidad de todo vestigio hebreo.

Afuera, los militares patrullaban constantemente por el alrededor de la comuna. Disparaban al aire para mantener amedrentados a los residentes dentro del entorno. No habían casas cerca de la vecindad hebrea que estaba rodeada de altas palmeras. Era más bien un vecindario aislado de las demás comunidades. Detrás quedaba el poblado de Santurce y al frente el océano Atlántico.

Señor, Sargento, estas mujeres y niños a quienes mantenéis presos en ese cuarto van a perecer si no abre vos las ventanas para que entre aire, no sea tan criminal, pagará caro su injusticia. Está equivocado de tiempo, señor inquisidor, la diabólica ley de la inquisición de vuestra Iglesia hace muchos terminó."

"¿Me está dando instrucciones, o retando, rata inmunda? No admito intimidaciones, soy militar y no temo ni al diablo, viejo apestoso".

Inmediatamente el iracundo Sargento le asestó un golpe al Rabino Esdras con la culata de su rifle, en su estómago, haciéndolo vomitar. Mientras el Rabino aún se mantenía doblado vomitando, este lo levantó y le asestó un puñetazo en la cara haciéndolo rodar por el piso, y sangrar. El Rabino se estremecía del dolor.

"Espero te hayas dado cuenta de quién es el que manda aquí, detestable tío. Espero que de aquí en adelante hagas silencio y te limites aceptar mis instrucciones, sin dar opiniones ni mucho menos hacer amenazas. Vamos, póngase de pie, que nos dirigiremos a la playa, allá, donde estuvo dándose buena vida. Allí vamos arreglar muchas cuentecitas, vos y su apestosa gente. A ver si como roncas duermes líder de papel. Entonces me dirás la verdad, o te cagaras en tus pantalones, para que seas más detestable."

"Sargento, este hombre está sangrando, ¿quiere que lo ejecute antes de que se muera?"

"No, soldado Seguismundo, no se va a ejecutar a nadie todavía, esa gente tiene que sufrir aun un poco más, no podemos ser tan lenitivos. Vaya con el Cabo Cienfuegos a la playa, ayúdele con los caballos."

Los tres clérigos observaban estupefactos al Sargento Maldonado mientras planificaba las macabras ejecuciones en voz alta, frente a sus víctimas. Estos decidieron tratar de convencer al infame Sargento para que frenara su horrenda decisión de exterminio, hablándole de la siguiente forma:

"Sargento Maldonado, es obvio notar que planifica un genocidio. Esta gente son hebreos y vos los aborrecéis por su origen racial y o principios religiosos. Entienda que, además de ser judíos, son españoles nacidos en territorio español, con todos los derechos natos, igual a cualquier ciudadano católico, o de cualquiera otro de origen étnico, o religioso, tanto que haya nacido español, o que haya jurado legalmente ciudadanía española. Es derecho adquirido y privilegio que La Corona ofrece. Solamente la corte española puede revocar tal derecho y privilegio. Será impropia injerencia suya intervenir en contra de tal derecho ciudadano. Esta gente son descendientes directos del pueblo escogido de Dios. Poner las manos sobre ellos sería herir la niña de los ojos de Dios. No dará Dios por inocente quien lo haga, no tendrá el tal impunidad, y pagará con creces su crimen. Nosotros somos católicos y como humanos y religiosos, reprochamos vuestra determinación. No quisiéramos ser testigos de tan horrendo homicidio, piense bien lo que le aconsejamos. Es evidente que no ha podido encontrar vos a los religiosos católicos que buscáis. Ellos no se encuentran entre esta gente. Eso ha quedado claro."

"Señores clérigos, respeto vuestros consejos, y amonestación, pero, nosotros somos militares y cumplimos instrucciones de parte del Teniente Tranquilino. La orden dada por nuestro Teniente es, llevar arrestados a los sacerdotes Perfecto Buenaventura, y Vicente Pinzón, quienes oficiaban como sacerdote en el barco, El Intrépido de Canarias, que hacía la travesía de España, a San Juan, Puerto Rico. Ese barco, hace más o menos tres semanas que arribó a puerto. Esos sacerdotes, aparentemente, se declararon enfermos con una enfermedad contagiosa, no obstante, en un período de veinticuatro horas fueron liberados. Una vez salieron, hay testigos que admiten que estos fueron secuestrados por esta gente, y se cree que están entre ellos, escondidos en algún lugar. Estos admiten no tener ningún sacerdote católico con ellos, y todos los hombres que hemos visto, dicen ser judíos y están circuncidados. Pero aún así, en esta isla hay judíos viviendo fuera de esta comunidad, por lo que pueden haber sido escondidos en algún otro sitio. Queremos saber la verdad. Estos individuos son enemigos de nuestra religión, y están llenando esta Isla con su gente, y de no detenerlos ahora, en algunos años, la mayoría de este pueblo será judío. Tenemos una orden precisa de regresar hasta nuestro teniente con estos sacerdotes mencionados, vivos o muertos. La orden militar dada es, exterminar a los que se opongan a responder a nuestras instrucciones. Muy a pesar mío, vuestra merced, yo cumpliré las instrucciones del teniente Tranquilino sin contemplación. Sería preferible, mis señores, se dirijan hasta mi teniente, si él cambia su orden, yo la acataré. No tengo otra respuesta a vuestros razonamientos. Si les aterra lo que haré, pueden retirarse."

La respuesta del militar fue seca, determinante, radical y final. Todo indicaba que el horrendo derramamiento de sangre en masa era inminente, como jamás visto desde los días de la inquisición. Parece como si el alma del inquisidor Torquemada hubiera encarnado en este individuo, desde su nacimiento. El inquisidor teniente ordenó poner a todos los reos de muerte en una fila larga. Había ya treinta hombres a ser masacrados. Las edades fluctuaban de diecisiete años, a setenta y cinco. A cada uno se les entregó una pala para que fueran cavando un zanja en la arena, tan honda como de cinco pies. Un soldado estaría parado con su fusil en mano, apuntando a cada uno de los reos, listo para disparar tan pronto el tenienta diera la orden. Eran las tres de la tarde y el sol era candente. Los clérigos se retiraron a sus carros para no ser testigos de la bochornosa masacre. Mientras cavaban, llorosos, cantaban salmos en hebreo. Los más jóvenes lloraban el infortunio de morir tan jóvenes, y sin haber podido despedirse de sus madres y hermanitos menores. Eran incapaces de entender la aberración de un ser inhumano, tan insensible a los sentimientos y sufrimientos de los demás.

"Vamos daos prisa, el tiempo es corto y tengo que regresar a mi casa. Me esperan mis dos hijos y mi querida esposa. A qué se debe tanto llanto.

Seré lo más humano posible. Nadie habrá de sufrir dolor. Un soldado para cada uno, un solo tiro a la cabeza y pun, todo habrá quedado en negro. Luego vienen los ángeles y se llevan vuestras almas y no habrá más pesares. Deberían de estar alegres por darles el privilegio de alcanzar la gloria antes de lo imaginado. Ya dejen de cantar esa melancolía. No sé en qué lengua cantan, pero ese lenguaje me aterra. La primera vez que siento que se me erizan los pelos."

De súbito el día se nubló, y el sol se opacó en su totalidad. Era, exactamente 3:15 de la tarde. Parecía como si la noche se estuviera adelantando. Las aves retornaron a los árboles donde acostumbran a dormir. Las luciérnagas revoloteaban, dejando ver sus deslumbrante brillo, las ranas y grillos emitían un sonido mustio y a la distancia se escuchaba el ulular de los búhos y otras aves nocturnas. En el cielo, estrellas fugaces cruzaban el firmamento produciendo ruidos fuertes y extraños. La larga zanja estaba ya casi lista. Solamente se notaban las cabezas de los más altos de estatura. Un alto montón de arena extraída, ocultaba la vista al mar. Los hombres habían sido severamente golpeados en sus testículos con las culatas de los rifles. El Rabino Esdras, sangraba por una herida que le había causado el Sargento. Neftalí y su padre Abraham habían sido castigados con toda severidad. Su padre tenía dificultad para levantar su brazo, por una herida en su hombro derecho, no podía levantar la pala para tirar la arena afuera. Neftalí trabajó arduamente para terminar la tarea de su padre y la de él.

"Padre, temo de que estos soldados nos quieran enterrar vivos en esta zanja, que ya está comenzando a recibir agua del mar, pues parece que ya hemos llegado al nivel del océano."

"Hijo, no te aterres, Dios está con nosotros y tengo fe que Él vendrá en nuestro auxilio. Nosotros no hemos hecho nada contra Su ley. Pero si esta zanja fuera nuestra sepultura, no sufriremos, muestras almas serán elevadas para no sufrir."

"Carajo, callar vuestras mal olientes bocas, o yo se las callaré volándole los sesos de un balazo",—gritó un guardia encargado de la ejecución de su reo, por los raros canticos en la lengua hebrea.

El vecindario era un campo de sitio. Soldados y perros policías circundaban la aldea que parecía haber caído en desgracia. No muy lejos de la orilla, apareció la silueta de lo que parecía era un barco militar que ancló a poca distancia del escenario militar, acontecido en la orilla. Todo indicaba que esta nave, cual se iba haciendo más visible desde la faja de tierra inmediata al mar, venía a mantener vigilancia, o investigar la acción militar de exterminio, que ya estaba tomando demasiado tiempo.

En una de las casas, en el cuarto donde estaban secuestradas las mujeres y niños bajo fuerte vigilancia militar, y debido a una fuerte ráfaga de viento, se le había levantado parcialmente una lámina de metal de las que cubrían el techo, permitiendo la entrada de aire fresco al recinto, que estaba hacinado por mujeres y niños. De no haber sido por este milagro, todos hubieran perecido asfixiados. Los militares no habían notado lo sucedido, de otra forma hubieran reparado la ruptura; pues procuraban la eliminación sistemática de todos.

"Hermano Moisés, creo sería preferible entregarnos a los militares. Así seremos nosotros los únicos que moriríamos. Por nuestra culpa, todos estos inocentes han de morir. Entiendo que seremos torturados en algún convento de España, por haber sido infieles a la Iglesia, por huir del sacerdocio y abrazar el judaísmo. Esta gente nada malo ha hecho. Haremos un acto de misericordia al librarlos de una muerte segura. Los militares solamente buscan por nosotros, dejaran ir a ellos."

"No temas hermano Aarón, Dios no nos dejará desamparados, nuestra vindicación está próxima, no permitas se debilite vuestra fe. ¡Cuidado Aarón, viene el soldado, no hablemos ahora, disimula, trabajemos!"

Al final de la fila, y en ausencia del soldado que los ejecutaría, Neftalí hacia una confesión importante a su padre:

"Padre, ahora que el guardia se retiró, aunque sé que regresará dentro de poco, te quiero confesar rápido, una falta que cometí cuando yo era mozalbete. No quiero morir sin confesártelo. Esto aconteció después de haber cumplido diez y seis años, luego de nosotros habernos mudado de Jerusalén a España. En ese tiempo conocí a unos amigos que me envolvieron en una actividad, que está en total disidencia con nuestros principios morales, culturales y religiosos. Al principio, pensé que eran buenos amigos, pero según me fueron envolviendo, quedé como imposibilitado de desatarme de ellos, estaba como hipnotizado. Cuando pude darme cuenta de lo que estaba haciendo, estaba acorralado en actividades satánicas, promiscuas. Trataba de salir, pero no podía, el entretenimiento me ataba. Fue cuando llegó el Rabino a nuestra casa que me dio una bendición. Sentí en ese momento que salió de dentro de mí una mala influencia. Desde entonces soy persona distinta. No te había confesado esto, y te pido perdón por el mal que te hice, y le hice a toda mi familia. Si muero en las manos de este ejército, creo haber sido perdonado por Dios, y pasaré a reposar en el seno de Abraham. Pienso que, debido a mis yerros, nos ha sobrevenido este mal; perdonadme Padre."

"Neftalí, eres un hijo honesto. Todos en algún momento de nuestras vidas hemos cometido alguna falta. Eso explica que somos de naturaleza física, endebles, vulnerables, a veces variables, nos confundimos fácilmente y no sabemos ni que hacer. Pero ten por seguro que yo te he perdonado, y más importante, Dios te ha perdonado hijo. No has cometido derramamiento de sangre inocente, que es el pecado del cual un hombre, de nada le vale arrepentirse, porque pagará con su sangre el crimen cometido. El militar está regresando, hagamos silencio."

¿"Qué hacéis chismorreando, vamos, cuando debéis estar acabando vuestra sepultura? ¿Qué idioma es el que estáis hablando, herejes asquerosos? ¿Queréis un balazo ahora? Pues qué importa si ahora, o dentro de cinco minutos. Vamos, acabad vuestro sepulcro, idiotas. Muerto el perro se acaban las pulgas, vamos. ¡Atención reos de muerte, ya viene mi sargento y os quiere comunicar algo, prestar atención!"

"Señores reos, quiero hacerles una final propuesta: De encontrarse entre vosotros los sacerdotes Buenaventura y Vicente, o si los tuviereis escondido en cualquier otro lugar, hacérmelo saber, entregádnoslos, y os perdonaré la vida. Vuestras esposas e hijos serán exonerados inclusive. Veréis que soy militar justo y compasivo. Reitero, entregadme a esos dos sacerdotes, y vosotros seréis libres de exterminio, es mi final petición.

Soy hombre que siempre he obrado conforme a la justicia y la razón, aunque vosotros tengáis una idea distinta, vea"

"Ya hemos oído Moisés, todos los demás serán liberados,"

"Araron, ese hombre es mentiroso."

"Después de todo, Moisés, es preferible morir de un balazo en la cabeza, que poco a poco, a pan y agua en un frío convento."

"Eres hombre de escasa fe, Moisés, calla, el guardia….."

"¿Que estáis diciendo güeritos? Habéis dicho, ¿convento?"

"Señor sargento, mi compañero ha dicho, " contento.".

"Ah salvajes, ¿contentos de morir a balazos?" ¡Sois estoicos! Nunca había visto gente semejante."

La súbita oscuridad que cayó sobre la comunidad parecía de origen místico. A lo largo del horizonte Oeste, a nivel del mar, se notaba una estrecha franja de luz solar que alumbraba con poca intensidad. La poca claridad parecía más bien como el crepúsculo del anochecer, ni era del todo oscuro, ni claro.

Los clérigos se aproximaron al lugar de ejecución y porfiaban con el sargento para que les permitieran realizar los ritos finales de confesión, previo a la ejecución. Miraban hacia el horizonte Oeste y Este y se persignaban, el acontecimiento les erizaban los pelos.

"Sargento, tenemos todo el derecho de hacer nuestros oficios por sus condenados a esta muerte injusta, y viciosa."

"Señores clérigos, ¿no sabéis que esos marranos no son católicos? Ellos tienen rabinos con ellos, son ellos los que en todo caso deberían de hacer los ritos de confesión pre-muerte, y yo no se lo permitiré."

"Sargento, es vos inhumano, hijo de Satanás, sin sentimientos ni respeto al ser humano."

El Rabino Esdras salto del fondo de la enorme zanja, se dirigió al Sargento, mirándole fijamente a los ojos le dijo:

"No se pondrá el sol, sin haber recibido vuestra paga. No llegara a vuestra casa por vuestros pies. Esta zanja será vuestra cama y mañana estará seis pies bajo tierra, sepultura igual a la que hemos cavado. Vuestra alma no tendrá descanso sino que vagará de un cabo del mundo al otro, sin encontrar reposo, esperando el día final del juicio, donde será quemado."

El Sargento quedó paralizado por un instante. Cuando recobró sus sentidos el Rabino ya había regresado a la zanja.

"Vergüenza les debería dar vuestro caso, señores clérigos. Esta gente atentan contra nuestra religión, son anatema, -- ¿no os da cuenta? Esto debería de ser asunto bien conocido por vosotros, los religiosos. Siglos atrás esta gentuza se les daba el tratamiento correcto para evitar la proliferación de sus diabólicas doctrinas. Esta gente son brujos. Como dicen en Galicia: "no creo en las meigas pero haberlas haylas". Quiero decir que, no creo en las brujas, pero de haberlas las hay. Los brujos y judíos eran sentenciados a muerte de hoguera, una muerte dolorosa, pero correctora medicina para detener el mal a tiempo. Ahora vosotros os oponéis a la Santa Inquisición, doctrina de nuestra madre Iglesia, para la erradicación del error. Sois infieles e hipócritas. ¿Pero, qué clase de clérigos sois? Más que religiosos sois santurrones, enemigos de nuestra fe."

¡"Qué lástima sargento, es una reencarnación del inquisidor Fray de Torquemada, un monstruo satánico!"

Era la hora de la oración de la tarde. El sargento se retiró con todos los soldados unos cuarenta pasos. Mantenía una conferencia con todos los militares a fin de hacer un escogido de los verdugos que habían de disparar el tiro de muerte. Había algunos que se oponían a realizar el macabro trabajo. El sargento se notaba muy enojado con los tales, y por sus ademanes se podía entender que los amenazaba. El cabo Cienfuegos y el soldado Rodríguez comentaban entre sí que lo asesinarían tan pronto como pudieran.

La reunión para el escogido duró veinte minutos, tiempo suficiente para que el Rabino y sus amigos-- hermanos realizaran el acto de la oración de la tarde, pasando por desapercibido para el sargento, de otra forma se los habría prohibido.

"Sargento, somos oficiales religiosos y cumplimos una orden del obispo de San Juan. A nosotros no nos intimida vuestro comportamiento, haremos lo que tenemos que hacer. En este momento vamos a dirigirnos a los condenados, para hablarles unas palabras de aliento. Informaremos a nuestro superior sobre vuestra decisión, indisciplina y rebeldía. Por este error tendrá que responder."

"Señores rabinos y reos, víctimas de este enajenado militar: He utilizado todos los medios habidos a fin de evitar esta sentencia sin razón. Vosotros seréis mártires de la verdad, seréis grandes en el reino de los cielos. Tened fuerzas y no temáis por los que matan el cuerpo, no podrán matar vuestras almas, ni vuestras enseñanzas. Que Dios los acoja en Su seno. Vosotros habéis sido comunicadores de la verdad y la paz."

"Señores clérigos, sois un ejemplo de bondad. ¡Cuánto les agradecemos vuestra simpatía y empatía hacia nosotros! Con todas nuestras convicciones, le aseguramos hoy que, Dios habrá tenido en cuenta vuestros efusivos sentimientos de compasión sobre los afligidos. Vos será testigo de lo que habrá de suceder en el día del juicio a este señor militar. Tendréis vosotros la encomienda de acusar a este hombre y su jefe. Nosotros lo perdonamos, pero tendrá que rendir cuentas a una Autoridad Superior. De no desistir en su empeño, mañana a esta misma hora estará seis pies bajo tierra. Aún este militar está a tiempo para arrepentirse de su aberración."

"Rabinos Esdras, Simón, Isaías y vuestros hermanos, paz con todos vosotros. Seréis acogidos en el seno de Abraham."

Los disidentes ex sacerdotes Buenaventura y Vicente, quienes estaban uno al lado del otro se intercambiaban miradas. Buenaventura lucía estoico, Vicente se notaba nervioso.

"Hermano, Buenaventura, ¿no está preocupado?"

"Pues le diré que no; nuestra vindicación está más cerca de lo que estuvo una hora antes."

"Hermano, siento mucho miedo, sería mejor entregarnos."

Calma hermano Vicente. No se rinda. Sería peor la medicina que la enfermedad. Si fuéramos a morir, asunto que no ocurrirá, moriríamos al instante, sin dolor. Si nos entregamos, moriríamos lentamente, después de mucho sufrir."

¿"Que es lo que estáis hablando, sucias ratas? Una palabra más y moriréis, pero lentamente"—amonestó el Sargento, visiblemente enojado y nervioso.

Las cinco de la tarde, y el inesperado crepúsculo mostraba una incognoscible apariencia. Aproximadamente a media milla, permanecía anclado el barco de guerra. Se observaba a marinos que atisbaban con sus catalejos las actividades de la escuadra de soldados en tierra.

Repentinamente, la fina franja de claridad, gradualmente entró en un proceso de incremento. Los pájaros, confundidos comenzaron a volar de sus ramas, los demás animales, movidos por impulso irracional, se incorporaron de donde habían estado reposando, retornaron a pastar por el prado de forma organizada y pacífica. No obstante, a pocos pasos, seres racionales compartían el mismo entorno, preñados de odios.

De improviso, y como en un pestañeo, las nubes negras se enrollaron, y se retiraron hacia el Este. Mientras se envolvían producían un ruido ensordecedor. Todo quedó de día en un abrir y cerrar de ojos. El sol aún era bastante cálido, el cielo era claro. Los pájaros revoloteaban de árbol en árbol. Era verano tropical en San Juan. Las olas azotaban con suavidad sobre la arenosa orilla. La natura parecía más bella, sosegada y diáfana que nunca, excepto, una facción del ser más inteligente del universo, el hombre, hechura directa de Dios. Prueba evidente era la bochornosa y larga zanja, excavación ridícula, propuesto sepulcro para gente justa, idea de una mente podrida, cainita, llena de odio, que contrastaba con la armonía divina.

El sol se aproximaba al horizonte. Eran las 6:oo pasado meridiano y dentro de 30 minutos comenzaría el crepúsculo natural. Los animales retornarían a sus lugares de reposo. Las luciérnagas comenzarían a aparecer, adornando la serena noche. Los clérigos observaban estupefactos los acontecimientos sin pronunciar palabras.

Los soldados verdugos tomaron sus posiciones. Por orden del sargento levantaron sus fusiles en espera del conteo del sargento, para todos a la misma vez disparar un solo balazo a la cabeza de cada reo. Los hombres balbuceaban una oración con sus ojos cerrados. El sargento se sorprendía de tanto estoicismo y le daba escalofríos mirarlos.

"¡Esa gente son inocentes!"-- gritó el cabo Cienfuegos, seguido por los soldados Pérez, Rodríguez, los clérigos y tres más del pelotón de fusilamiento.

El furibundo sargento en absoluto irritado, de inmediato sustituyó a los soldados Rodríguez y Pérez. Ordenó al cabo Cienfuegos y a los otros tres a dar tres pasos al frente, los encañonó con su rifle, y les amonestó de que pagarían con sus vidas por sus desobediencia militar. Les advirtió que los fusilaría tan pronto terminara con la misión de exterminio de los judíos, y los enterraría en la misma zanja. Ordenó a tres soldados para que vigilaran a los militares separados de sus funciones, y también ahora reos de muerte. Pero no eran estos los únicos en desacuerdo con el sargento, habían muchos más que no comulgaban con sus radicales acciones y abuso de poder; no obstante, era este el niño mimado del Teniente Tranquilino.

El iracundo sargento volvió a llamar a la atención a los expertos tiradores, para que tomaran sus posiciones. Ordenó a los condenados a muerte, a que se pararan en el borde de la zanja, e inclinaran sus cabezas para que fueran cayendo al fondo de la zanja, tan pronto fueran ejecutados. Los cañones de los fusiles estaban a aproximadamente a tres pulgadas de la parte posterior de las cabezas de cada uno, por lo que el disparo sería certero y fulminante.

"Señores sacerdotes, Perfecto Buenaventura y Vicente Pinzón, de estar presentes, yo, el sargento les doy la última oportunidad. En vuestras manos está vuestra salvación, y la de toda esta gente. Les exhorto a ponerse de frente y dar tres pasos al frente. No seréis arrestados. Seréis tratados con dignidad, deferencia y con todo el respeto que merecéis. Vuestros errores les serán perdonados y seréis restituidos a vuestros oficios; es la promesa de mi Teniente Tranquilino."

Los aludidos se miraron de reojo, hubo absoluto silencio."

Al instante, sopló una recia ventolera procedente del océano. El barco anclado zozobró junto con los marinos, no se notaba emerger del agua ningún sobreviviente. El viento que soplaba hizo rodar por la arena a los soldados. Los fusiles cayeron de las manos de los militares y no podían sostenerse de pie. La borrasca cesó y los soldados, por orden del sargento corrieron a tomar los fusiles y terminar el trabajo del exterminio. No habían puesto sus manos en los fusiles cuando enjambres de abejas negras surgieron de las palmeras. Cayeron sin misericordia contra el sargento y los soldados verdugos. Corrían desesperados tratando de desprenderse de las abejas que los picaban con agresividad en la cara, y en todas las partes de sus cuerpos, desprovistos de protección. Los cuerpos de los soldados que tuvieron en sus manos el fusil de fusilamiento, junto al sargento, parecían pelotas negras que rodaban por el suelo, se levantaban y caían para no volverse a levantar. Una enorme masa negra de insectos se dirigió hacia el sargento. Este daba saltos, algunas veces rodaba y dando gritos como un energúmeno, cayó dentro de la zanja.

"Rabino, sálveme de estas malditas abejas. Esto debe ser cosa del diablo. Échelas de mí, antes de que me maten, como a todos esos desgraciados que ya han muerto. Quisiera postrarme a vuestros pies, pero no puedo. ¿Por qué estos malditos insectos no le hacen daño a vos y a los suyos? Yo le prometo que lo he de perdonar, al igual que a los demás. Por favor, alcance mi fusil y deme un balazo en la cabeza. Si no tiene el valor de hacerlo, yo lo haré, pero, por piedad Rabino, provéame el fusil pronto, no resisto ya el dolor de estas salvajes picaduras."

El sargento Maldonado, como un bólido, saltó de la zanja y se abrazó al Rabino, con la intención de provocar las abejas para que estas lo atacaran también, pero por más que insistía era imposible. Viendo que no lograba hacer que las abejas atacaran al Rabino, trató de estrangularlo. El cabo Cienfuegos, a quien no le afectaban las abejas, y que estaba observando las intenciones del sargento, empujó al sargento dentro de la zanja. Una ola se levantó, se estrelló sobre el montón de arena sepultando vivo al sargento dentro de la zanja, junto con todos los soldados asignados como verdugos. El montículo de arena sobre lo que fue la zanja, donde yacían el sargento y los soldados, se movía de arriba hacia abajo, hasta irse calmando los movimientos.

Los clérigos no sufrieron el castigo de las abejas, tampoco aquellos militares que se resistieron a ser verdugos, o tuvieron el coraje de oponerse a los planes del sargento Maldonado. El juicio divino era rápido y justo.

Otra ola azotó sellando con arena la larga zanja, sepultura de los militares con su sargento. Las abejas se retiraron volando lejos, y en su retirada habían dejado un caos sin precedentes en la historia caribeña. Los clérigos, junto a seis jóvenes militares quienes no sufrieron el castigo de los insectos, se dirigieron como testigos de lo ocurrido hasta la Comandancia Militar para contar el suceso. El Comandante ordenó se hiciera una investigación de lo sucedido. La zanja fue abierta y exhumados los cadáveres. Tres médicos fueron asignados para verificar las causas de las muertes de doscientos soldados. Dos Capitanes y dos abogados sometieron a juicio al Teniente Tranquilino. Un juez militar lo encontró culpable de genocidio. Murió encarcelado por su delito. No habiendo a quien más enjuiciar después del Teniente Tranquilino, y las abejas, el caso fue cerrado. Nadie acusó de crimen al Cabo Cienfuegos.

Los disidentes ex-sacerdotes católicos Perfecto Buenaventura y Vicente Pinzón, hicieron oficial transición al judaísmo, pero siempre manteniendo la convicción de la fe del mesianismo en Yahshua, según la data histórica

Nuevo-Testamentaria. Fueron profesores de matemáticas, filosofía, ciencia y gramática en la escuela hebrea de San Juan, sector Miramar por cuatro años. Se casaron con jóvenes hebreas en Puerto Rico. Nunca fueron intervenidos por las autoridades católicas, para ellos habían desaparecido. Cambiaron sus identidades, adoptando nombres de sus raíces hebreas, en un viaje a Turquía con el Rabino Esdras. Tuvieron hijos e hijas. Retornaron al círculo familiar de sus padres y hermanos, donde encontraron plena felicidad. Regresaron a España con el Rabino Esdras después de cuatro años, y mudaron su residencia a otra provincia de España. Fueron catedráticos en la Universidad Hebrea de Madrid por el resto de sus vidas.

~ XXIII ~

UN AÑO DESPUÉS, UN PABELLÓN DOS NOVIOS

Mes de Junio de 1883. Un enorme pabellón de lona se había construido en el patio de la comunidad hebrea. Una alto portón de metal protegía la entrada del entorno, circundado por una alta verja de madera. Cuatro hombres robustos guardaban la entrada acompañados de un perro pastor alemán, quien no perdonaría a ningún intruso. El lugar se había decorado con flores y 200 faroles de querosín para el alumbrado se habían instalado, los cuales estaban bajo el cuidado de 15 hombres, quienes se encargarían de alimentarlos con queroseno, y los devolverían a sus dueños al terminar la fiesta.

Entre los invitados estaban el Capitán Noa, quien había regresado de España con Moisés, Aarón y su familia. El Capitán había hecho la contribución de proteger el lugar con 29 oficiales de vigilancia de su barco, quienes estaban fuertemente armados, juntos con la mayoría de su cuerpo de marineros. La orquesta de flamenco, un experto presentador de actos, trovadores, bailaores habrían de amenizar el acto a celebrarse, quienes habían contribuido de forma gratuita. Veinte terneras y setentaicinco gallinas habían sido matadas para la ocasión. Estas serían confeccionadas y asadas, en hornos construidos en la parte trasera de la casa. Cocineros, bajo la dirección del maestro cocinero del barco, El

Intrépido de Canarias, el señor Mendo y sus expertos cocineros, estaban a cargo. Había abundancia de arroz, papas, muchos vegetales frescos, exquisitos guisados españoles, vinos finos de España y suficiente pan. Las terneras se asarían en varas. La fiesta sería en grande, no se había escatimado en gastos.

El señor alcalde de San Juan, su esposa e hijos habían sido invitados; había hecho presencia con vigilancia policial fuertemente armados con armas largas y pistolas. Dos policías prestaban vigilancia fuera del portón de entrada. Estos no permitirían la presencia y aglomeración de extraños en un radio de 500 pies en su periferia. Una plataforma de madera, con una elevación de cuatro pies del suelo, había sido construida para la presentación de los actos artísticos, y estaría alumbrada con faroles en su alrededor, y decorada con ramos de flores. Mesas y sillas habían sido instaladas a lo largo y lo ancho del espacioso toldo de lona, con alta cúpula. Se escuchaba música que procedía de la parte trasera, donde la orquesta ensayaba sus números musicales a ejecutar.

La tarde era serena, clara, la temperatura moderadamente fresca. Una suave brisa procedente del Nordeste era responsable de esas condiciones atmosféricas. No había indicios de disturbios atmosféricos en la parte este del Mar Caribe. No obstante era temporada de huracanes. Debido a la baja humedad y la constante brisa, parece que se alejaría la turba de majaderos mosquitos durante la noche. Elegantes niñas con sus típicos abanicos españoles, sus elegantes atavíos y apuestos jóvenes, elegantemente vestidos hacían la gala de la noche.

La cortina que separaba la interioridad del escenario, con el resto del público se abrió, surgió el presentador de los actos, y acompañado de las trompetas y tambores de la orquesta anuncio:

"Señoras y señores, tengo el honor de anunciarles la llegada de los elegantes novios. He aquí al joven Neftalí Méndez y Raquel Méndez que en estos momentos hacen entrada por la puerta lateral derecha, todos de pie, por favor."

La muchedumbre de invitados y familiares se puso de pie y recibieron a los novios con efusivos aplausos. Los novios y el séquito desfilaban llevando velas encendidas dentro de vasos de cristal, conforme a la tradición. Mientras caminaban, iban dando las vueltas reglamentarias alrededor de las mesas. Ella lucía un esplendoroso traje blanco. Un velo blanco cubría su cabeza, cara y hombros, conforme al reglamento hebreo. No era permitido que el novio mirara la cara de la novia antes de haber hecho los votos matrimoniales ante el Rabino. Era un día de ayuno reglamentario solo para ambos. Un séquito de bellas jovencitas y elegantes jóvenes les acompañaba. Al frente están sentados, los novios, el Rabino Esdras y su esposa, el Capitán Noah quien era el padrino, y su esposa la madrina, con los padres de los novios, y Manolo De Los Ríos, copiloto de la nave, El Intrépido de Canarias. En las primeras mesas estaban el alcalde de la capital, su esposa e hijos. En la próxima mesa estaban los jóvenes que acompañaban los novios en el séquito, El hermano de Abraham y su esposa quienes habían llegado de España con el Capitán Noah para la boda, y establecerse en la Isla, la hermana de Abraham, su esposo y sus hijos quienes también se habían mudado de Canarias para residir en la comunidad, junto a otros familiares, quienes también habían emigrado de España para establecerse en Puerto Rico. En las mesas adyacentes estaban los expertos cocineros, quienes desde temprano habían preparado los alimentos a ser servidos, Moisés y Aarón, seis marineros del Intrépido de Canarias y cuatro guardias de vigilancia del barco, que, aunque estaban sentados junto a los invitados, se levantaban y caminaban para asegurar el orden y la seguridad. Detrás del alcalde y su esposa podía notarse su escolta policíaca quienes permanecían de pie, y en ocasiones tomaban asiento para descansar.

El crepúsculo había comenzado agregando espíritu de felicidad y romanticismo a los novios, y euforia al acto. Era obvio el sentimiento intenso y agradable al compartir con Neftalí, Raquel, el disfrute de su unión matrimonial en una noche inolvidable para la historia de la comunidad. Por primera vez el sitio se veía abarrotado de gente del ambiente político y policiaco, de la navegación internacional, y la artística; jóvenes radiantes de alegría, adultos llenos de entusiasmo, compartiendo en grata camaradería.

Los faroles fueron encendidos al caer el momento crepuscular. La concurrencia, de pies le dio una ovación a los encargados de los fanales. Luego de la ceremonia nupcial, el presentador de los actos artísticos salió a escena e hizo la presentación de los nuevos esposos, quienes recibieron los recién bendecidos cónyuges con un largo aplauso. Al instante la orquesta comenzó a interpretar una apasionante pieza musical hebrea. El recién inaugurado esposo, Neftalí, rompió con su bota del pie derecho un vaso de cristal, tradición hebrea, que ha permanecido a través de las edades. Los nuevos esposos fueron sentados en dos sillas, y al compás de la música de la orquesta fueron levantados sobre la cabeza de la concurrencia, por ocho hombres fuertes y de alta estatura. Los invitados tarareaban la melodía, levantaban las manos y aplaudían a los felices cónyuges que comenzarían de esa noche en adelante a experimentar los altos y bajos de una nueva vida. Abraham, padre de Neftalí puso sus manos sobre el recién nacido matrimonio y pronunció una bendición, para que tuvieran triunfo en lo espiritual y lo material en adelante. Después de partido el pastel, la fiesta prosiguió en todo apogeo y fervor artístico. La comida y los vinos fue algo excepcional.

Pasada la comida y los bailes, los recién casados cambiaron sus vestido de boda, se sentaron a compartir y a disfrutar de los alimentos. Luego fueron mesa por mesa agradeciéndoles a los comensales y agradeciéndole su presencia en la celebración del matrimonio. La feliz pareja se notaba extenuada. Conforme a la ley hebrea ortodoxa, es costumbre permanecer en ayuno el día de la boda, para que Dios acepte a esa pareja y sean bendecidos, ellos y los hijos.

El alcalde tomó la palabra para darle la bienvenida a la nueva pareja en la sociedad sanjuanera, y desearle toda clase buenaventura. La orquesta con sus trovadores y bailaores de flamenco, tomaron posesión del escenario, y continuó el espectáculo artístico.

La pareja se despidió de la concurrencia a eso de la media noche. Junto a sus padres, los padrinos, Capitán Noah, su esposa, el copiloto, Manolo De Los Ríos, Benjamín Mendo y los demás cocineros, marinos, los guardias del barco, los dos médicos, y los dos ex - sacerdotes, se dirigieron al muelle donde esperaba el elegante navío. Cuatro marinos y cuatro guardias habían permanecido en vigilancia dentro del barco durante la ausencia de su Capitán. Tres grandes carruajes policíacos los acompañaron para prestarle protección. Temprano en la mañana partirían en un viaje de placer por el caribe, ofrecido a Neftalí y Raquel por el Capitán Noah, como un regalo de bodas. Los padres de ambas parejas, y los hermanos, Moisés y Aarón, los médicos Yonadav y Datan, quienes también participaron de la boda, el Rabino Esdras y los otros dos Rabinos, los acompañaban en ese viaje, que duraría una semana. Cuatro hombres idóneos de la comunidad y dos rabinos, quedaban encargados de vigilar por la comunidad.

Treinta Años Después

ESTAMPA PINTORESCA.

La Brisa es agradable y juguetona. El azul del cielo es esplendente. De aquí y allá se dibujan nubes tropicales, blancas cual algodón, que coquetean con el astro sol, opacándole su brillo tímidamente, al desplazo por el viento de la atmosfera terrestre. Es el mes de mayo de 1913. Puerto Rico ha sido tomado por los Estados Unidos de América como botín de guerra, ya no es territorio español. Ha pasado ser una colonia de los Estados Unidos desde el año 1898 por el "Tratado de Paris", que puso término a la guerra con los Estados Unidos. La Armada Española había sido destruida en Cavite de Cuba, luego de un sangriento combate. De esta forma, Puerto Rico pasó a ser una colonia de los Estados Unidos, y Cuba obtuvo su independencia.

"¡Como han pasado los años! Ya soy hombre de 49 años de edad. He luchado en el mar y la tierra. Dios me ha dado dolores, pero también bendiciones. ¿Quién soy para quejarme ahora? Tengo la esperanza de algún día ver la salud de mi esposa. Dios no deja al pobre desamparado.

¡Oh Dios, perdona mi egoísmo, no soy indigente! Por ser corpóreo, soy de naturaleza endeble. Solo te ruego tengas un poco de empatía hacia mí y escuches mis ruegos; libera a mi esposa de este terrible mal. Tengo confianza de que algún día enviaras socorro a este Tu servidor a través de algún mensajero Tuyo. Tú tienes cuidado aun de los pajarillos que no pueden valerse por sí mismos, de las malas influencias, sean estas manifestadas de forma corporal, o invisible.

El hombre en su soliloquio mantenía una comunicación con su Ser Creador, sobre la bestia, la que se movía despacio, subiendo y bajando cuestas, y la arreaba para que fuera un poco más rápido en su caminar; estaba ansioso de llegar a su casa. Abajo en la llanura, los obreros estaban sembrando las semillas de la caña de azúcar y otros productos del agro. En lontananza, se apreciaba el vasto océano que, en una ilusión de óptica daba la impresión de juntarse con el cielo, en un prolijo y misterioso, horizonte que creaba la ansiedad de aventura de descubrir lugares desconocidos. De un lado otro se dibujaban majestuosamente asimétricas y verdes colinas y altas montañas, columna vertebrar de la superficie topográfica de Puerto Rico. Estas se extienden a todo lo largo, por el centro de la paradisíaca isla caribeña, desde donde sus aborígenes, con sigilo escudriñaban las costas para librarse de los intrépidos invasores foráneos.

Calandrias, zorzales, cotorras, pitirres, y cantidad de diminutos pajaritos de melodiosos cánticos, producían una sinfonía celestial, que, Beethoven, Paganini y Mozart hubieran quedado absortos ante tan perfecta armonía de sonidos.

Hombre y bestia se detuvieron por un instante debajo de un frondoso árbol, cerca de una casucha del casi desolado lugar. Soltó las riendas de su caballo para observar por la parte derecha, interesante espectáculo entre un pequeño pajarito y una poderosa ave de las montañas y los aires. El caballo resopló por el cansancio, bajo su cabeza y comió algún pasto de alrededor.

De sobre una montaña emergía una enorme, ave de rapiña, conocida en el vocablo criollo como "guaraguao, o "falcón", que buscaba su alimento de ese día. Una mamá gallina cacareaba a sus polluelos, y con su maternal instinto extraía gusanitos de la tierra con sus fuertes patas, para la alimentación diaria. Las diminutas crías, de tal vez una semana de nacidos, entretenidos, picando con entusiasmo los gusanitos, no se habían enterado del silencioso carnívoro que los expiaba desde la altura, buscando el momento propicio para un ataque seguro y engullir alguno, o todos.

El semental, ostentoso y gallardo papá gallo, de roja cresta, y tarsos armados de afilados espolones, con cuidado y esmero ofrecía celosa protección a los retoños, sobre cualquier peligro que asomara desde las nubes.

Como todo un responsable vigilante y protector de su familia, del gallinero, no escatimaba en sacrificio alguno, aún cuando su vida estuviera al margen del peligro. Había tenido el presentimiento de un inminente peligro para las crías de él y mama gallina. Se movió hacia un lugar donde pudiera tener una vista clara del cielo, volteó su grueso cuello, con su ojo izquierdo, miró hacia las nubes blancas que surcaban el cielo, para cerciorarse como astuto ovíparo cuan ciertas eran sus preocupantes premoniciones. Produciendo un ruidoso aleteo y escandaloso cacareo, rodeó a la mamá gallina y su progenie, y los obligó a refugiarse debajo de su madre, debajo de una roca.

El pequeño gigante en acción

Desde su atalaya, un avisado y pequeño pitirre, parado sobre la rama más elevada de un frondoso árbol, divisó a la monstruosa ave y entendió el macabro plan del gigantón, terror de los aires y de toda ave más pequeña. Compadeciéndose de los endebles polluelos, el pajarito, de un salto, se remontó bien alto y se abalanzó sobre la enorme ave carnívora, de largas patas, extensas alas, afiladas garras y de pico cual navaja. Lo atacó por retaguardia con su pequeño, pero incisivo pico. Le infligió acertados y dolorosos picotazos que lo hizo perder por un momento el balance de vuelo.

El gigantón, con paciencia esperaba el momento preciso para derribarlo de un solo aletazo, agarrarlo entre sus poderosas garras y engullirlo de un bocado. El rápido y hábil volador, conocedor de las debilidades de su enemigo, aprovechaba cada segundo para clavarle su afilado pico sobre las alas y poder debilitar su facultad de vuelo. El falcón, viéndose acosado por la persistencia y tenacidad del rápido y agresivo pajarillo, giró ligeramente hacia la izquierda, levantó su cuello y se encaramó a doble altura, procurando alcanzar las rápidas altas corrientes de aire, para hacerle el trabajo más difícil a su agresivo enemigo.

El diminuto animalito, diestro volador, experto conocedor de las direcciones de los vientos, sabía cómo evadir las ráfagas que corrían en remolino. Mientras el falcón subía utilizando el poder de sus enormes alas y abundante plumaje, el pitirre tomó posición de ataque de forma vertical, de abajo hacia arriba, atacándolo por su vientre. El falcón sintiéndose herido por la estocada del pitirre, dejó escapar un fuerte chirrido. De no haber sido por la gran habilidad de vuelo, por un segundo, el pitirre pudo haber sido el sabroso almuerzo del hambriento y desesperado guaraguao. El veloz pajarito, voló en círculo pasando a corta distancia del pico de la feroz carnívoro, se situó por encima de la enorme ave, se dejó caer en picada a una gran velocidad y le clavó el pico sobre una de las alas. El falcón viéndose peligrosamente herido, voló dando chirridos de dolor hacia la más cercana montaña, desapareciéndose a toda velocidad de la escena de combate. Una vez más se repitió la hazaña de David y Goliat, esta vez escenificado por la zoología, entre dos vertebrados ovíparos, con cuerpos de significante e irregular tamaños.

El espabilado pajarito revoleteó sobre los polluelos que, felices comían gusanitos junto a su protectora madre, supervisados siempre por su astuto vigilante padre gallo. El gran triunfador se paró sobre una de las más altas ramas de un roble, agitó sus alas y entonó un cántico de victoria, mirando hacia la montaña donde se refugió el herido falcón para reponerse de sus lesiones. El pajarito voló alrededor de los polluelos, volvió y se detuvo en otro árbol dejando escapar trinos de triunfador. Miro hacia abajo donde estaba la gallina y elegante gallo, el cual aleteó y cacareó eufórico como homenaje al gladiador de los aires. El gallo raspó con sus patas, sustrajo cantidad de gusanitos, volvió a cacarear en invitación al pitirre para que bajara y participara del banquete proteínico. Los polluelos se acercaron a picar, el papá les hizo un regaño, la comida sería compartida con el gran vencedor. El atento pajarito aceptó la invitación a la mesa. Luego de compartir con la familia, recogió con su pico algunos gusanitos, levantó vuelo hasta un alto árbol, se detuvo sobre una rama, y saltó hacia un nido donde levantaron sus picos tres recién nacidos pajarillos, ansiosos de alimento. La mamá pitirre, con su deliberado impulso de madre, le puso un gusanito en la boca de cada uno. Volvió a volar entonando su característico canto en busca de más alimento para sus endebles crías. Se plantó como centinela militar, en lo alto del árbol con su vista fija hacia la montaña, donde se escondía el terror de los más débiles, el temible falcón.

El jinete tomó las bridas de su caballo y lo volvió arrear para continuar su viaje, subiendo y bajando pendientes.

"Si Dios cuida aún de los pajaritos, también lo hará por mí",-- decía en un monólogo, el fatigado caminante, admirado por la escena que había visto desde su caballo.

La casa estaba situada al tope de una siempre fresca loma, acariciada por los vientos alisios. La vista panorámica era impresionante. Mirando fijamente hacia el Este, podía apreciarse las islas de Vieques y Culebra. Al lado derecho de la casa había un camino para trasladarse a caballo. Al frente de la casa, un jardín de rosas de muchos colores engalanaban la casa. Dos arbustos de jazmines, uno de flores blancas y el otro de amarillas impregnaban la casa y los alrededores con olores exquisitos. En la parte trasera había un refugio para huracanes, que los nativos criollos, descendientes de padres españoles, llamaban "tormentera". Un poco más atrás había un establo donde se guardaban los aparejos de los caballos y útiles para la agricultura. Al lado había largas jaulas para gallinas ponedoras, arboles de tamarindo, naranjas dulces y más abajo, árboles de mangos. Más arriba de la parte de la casa, había una plantación de plátanos y muchos otros productos agrícolas. Un alto árbol de algarrobo por la parte trasera, más abajo de la tormentera, daba sombra a una gran parte de esa área, y creaba una tupida oscuridad durante la noche; era lugar donde los murciélagos dormían colgados de sus ramas. En las noches salían en busca de comida, orientados por ultrasonidos.

El caminante llegó a su amplia casa a eso de las once de la mañana, abrazó a sus hijas, y luego se dirigió al aposento donde estaba su esposa, saludó y conversó con las mujeres que la atendían. Se sentó donde trabajaban los trabajadores, platicó con algunos por un instante, retornó a su casa, se sentó a tomar un descanso. Era viernes, fin de semana de trabajo y de toda actividad física. Se quitó las botas y se recostó en su silla de descanso, de frente hacia el lejano horizonte y océano. El perro se acostó al lado del sillón donde estaba reposando el cansado caminante, y le acarició la cabeza.

Sorpresa.

Los padres de la familia deberían de ser de mediana edad, pues habían tres bellas niñas, de cabellos rubios, de edades de 14 a 18 años.

El perro salió disparado ladrando a todo pulmón. Había escuchado ruidos de gente hablando, que se aproximaban a los predios de la casa. Alguien llamó detrás del portón, el perro estaba nervioso, tan desesperado que mordía la madera del portón. Los visitantes llamaban por su nombre al dueño de la casa. El señor de la casa parecía reconocer la voz del que llamaba. Ordenó a una de las mujeres amarrara al furioso animal. Abrió el portón y cual grande su sorpresa.

"¡Shalom aleirren!", (la paz sea con ustedes)

"¡Aleirrem Jah Shalom!" (sea la paz también con ustedes)

"¡Rabinos Esdras, y Rabino Shimon ben Josué, que grata, e inesperada visita!"

"Que lejos os habéis mudado Neftalí. El lugar tiene una vista panorámica espectacular, pero cuán difícil es llegar a este solitario y alto paraje. Estáis al lado de las nubes.

"¿Cuándo regresó de España, Rabino Esdras?"

"Pues exactamente hace una semana, Nefta."

"Hábleme de mis hijos en España, y de los hermanos en Miramar, - ¿Cómo están todos?"

"Pues todos deseosos de verlos y abrazarlos; hombre, que ya veo tienes unas bellas niñas, vea. Debo darles una bendición antes de la cena del shabat."

"Rabinos, habéis llegado a vuestra casa. Mucho me hubiera gustado hubieran llegado en otras circunstancias. Mi familia está adolorida. Estamos afrontando una situación lamentable."

El hombre se secaba sus lágrimas con su pañuelo mientras con dificultad articulaba palabras. La niña mayor, Myriam, lo consolaba.

"No hay por qué apurarse ya Nefta, hoy retornará la alegría a vuestra casa. Sabíamos desde hace tiempo de la enfermedad de Raquel y por eso hemos venido a visitarlos. Antes de que se oculte el sol regresará la alegría que se había ausentado de esta casa. Dios te ha dado buenas hijas que se han ocupado en cuidar de su madre. Sé que, Rubén José y Benjamín están estudiando Medicina en España, yo los visité en la universidad."

"Le agradezco maestro. ¡Cómo me desespero por verlos! Es cierto que ha llegado la alegría a mi casa, han llegado vosotros. Quisiera se quedaran con nosotros. Rabino Esdras usted ha sido para mí como un padre, además de maestro y consejero. No sé qué me haría si algún día lo pierdo. El Rabino Simón es como si fuera mi hermano de sangre mucho lo amo. Rubén ya lleva cuatro años estudiando en España, José tres, y Benjamín dos. Ya para el próximo año Rubén terminará, José un año después. Dos se han decidido por neurología, Benjamín por medicina interna y se establecerán aquí en Puerto Rico. Myriam y Dina saldrían para España dentro dos años, también seguirían la misma carrera de medicina. Pero con la enfermedad de Raquel la situación se ha tornado difícil para ellas abandonar la casa."

"Neftalí, eres hombre de poca fe. Yo estaré vivo para celebrar contigo el triunfo de las niñas. Serán también todas florecientes profesionales de la salud. Tú y Raquel celebraran juntos el triunfo de todos tus hijos."

"Rabino, yo sé que Raquel tiene buenos los sentidos auditivos, entiende todo lo que se habla en su entorno. No tiene la facultad del habla, y ha perdido la sensibilidad en un lado de su cuerpo, no puede caminar."

"Permíteme hacerte una buena observación Nefta. Veo que has adoptado con maestría el acento y estilo del habla los caribeños de Puerto Rico. Paréceme algo así como una mezcla de andaluz y gitano. Yo, que tengo mi residencia en España, por el hecho de viajar constantemente a esta bella isla, también he adquirido mucho del estilo y vocabulario de los que viven aquí. Esta modalidad es innata en los habitantes de Andalucía y Canarias. Los puertorriqueños en su mayoría, son oriundos de esos territorios españoles."

Te noto muy preocupado, Nefata. Tienes una finca demasiado grande. Estas ubicado en un lugar inhóspito para ti y familia, de difícil acceso. No creo que tus hijos vivirán en este sitio cuando regresen de España convertidos ya en médicos. Tienes 49 años y de aquí en adelante, como que parece que los años pasan más rápido. Tus niñas, te podría asegurar que, no volverían a este sitio una vez se casen. Si no has pensado en esto, comienza a analizar los pro y los contras y compáralo con lo que te he dicho."

"Maestro, que bueno que has traído ese tema. Me complace decirte que, ya tengo un comprador. De todo salir bien, dentro de tres meses ya estaré fuera de este sitio. Estoy en gestiones de una finca más pequeña, pero ubicada en lugar más accesible, cerca de la carretera. En la carretera del Barrio Duque a Naguabo, antes de llegar al puente, a la izquierda yendo de aquí al pueblo, allí estará mi próxima finca. Estaré fabricando otra casa en Miramar, donde viviré con mi familia. La nueva finca estará a cargo de gente responsable. Yo estaré viajando a Naguabo una o dos veces por semana. Para eso, ya he ordenado un vehículo motorizado en Estados Unidos, a través de un suplidor de aquí. Estaría tal vez llegando dentro de un año."

"Haz pensado de modo inteligente, Nefta, solo que aún no hay una carretera pavimentada para vehículos motorizados, salvo camiones. Cuando eras más joven, podías bregar bien con este latifundio. Dios te ha bendecido en este sitio, pero el tiempo de salir ha llegado. Me parece lógico que asignes gente responsable para que se encarguen de los trabajos agrícolas, y tú te dediques a supervisar."

Más abajo de la casa existe un viejo y amplio establo en desuso. Había sido construido para albergar animales, ordeñar vacas y guardar los aperos, materiales y equipos usados para la agricultura, y los aparejos de los caballos. La estructura estaba en decadencia estructural, podría decir, bastante decrepita. Algunos animales lo utilizaban para protegerse de las inclemencias del tiempo y otros para dormir.

En el carro tirado por caballos, habían venido con los Rabinos, tres personas más que habían llegado de España con el Rabino Esdras en este viaje, y eran muy conocidos por Neftalí y Raquel. Prefirieron esperar en el viejo establo para luego darle una sorpresa a Neftalí. Ya se estaban preocupando, esperando les avisaran para poder entrar a la casa. Habían pasado 20 minutos y los próximos minutos se harían más largos. Los Rabinos aprovecharon para pasar a donde estaba Raquel.

"Neftalí, Raquel se ve muy bien físicamente, a no ser por esa apoplejía, diría que representaría quince años más joven."

"Ella es la otra mitad de mi vida, sin ella mi vida es una tragedia, Rabinos."

"Nefta, Raquel estará participando de la comida del shabat, (la cena del sábado) de esta misma noche."

"Rabino, ya hace un año. ¿Cómo se sanará en un minuto?"

"Nefta, Dios no tiene espacio ni tiempo. Raquel se levantará de la cama. Tu alma gemela estará contigo y con todos nosotros, esta noche, para la cena del sábado, que en hebreo llamamos "kiddush.""

"Rabino, después del nacimiento de Sarah, Raquel enfermó. La llevé al médico en San Juan, fue sometida a una cirugía muy dolorosa que la mantuvo encamada por seis meses. Yo pensé que se moría, pues derramó mucha sangre. Para ese tiempo usted estaba en España. Rogaba yo a Dios que usted regresara para que interviniera por la salud de Raquel. Gracias a Dios Raquel se repuso; pero ya no pudo tener más hijos, Dios así lo quiso. Ahora estoy muy preocupado por su salud."

"Te reitero Nefta que, esta noche retornará la alegría a tu casa. Cree lo que te digo y el milagro será inmediato."

"José, Benjamín, vengan, miren allá abajo, un carro tirado por caballos se acerca. ¿Quiénes podrán ser? Esperemos a que estén más cerca para tener una vista más clara."

"¡Tendremos visitas Rubén!—exclamó José. Estoy seguro de quienes se tratan. Son Moisés, Aarón, y los doctores.

"¡Oh mi Dios, habrá casa llena esta noche!"-- comentó José.

"¡Qué sorpresa, tenían esta visita calladita!" ¡Qué alegría! Pueden llevar el carruaje más adentro, cerca del abrevadero para que los caballos beban. Al fondo hay una vasija de madera que contiene melaza. A los caballos tiene que gustarle. Veo que rentaron este carro de caballos en el mismo sitio que rentamos nosotros. Es más práctico para escalar hasta aquí; estamos cerca de las nubes."

"Y ustedes, por qué no están con su padre, madre y hermanas? Me extraña que estén en este sitio."- comentó Moisés.

"No pensamos que esto acontecería, pero ya que habéis llegado, daremos a nuestros padres una sorpresa distinta."

"No entiendo que quieres decir con "distinta". Lo mismo hubiera sido si hubieran entrado con los Rabinos."

"Nuestra madre está muy enferma y parece que los Rabinos querían preparar a nuestro padre y madre, para que la impresión de nuestra llegada no creara un efecto adverso en ella, su estado de salud podría afectarse más. Ya que ustedes han llegado, haremos la entrada juntos, nuestro padre y nuestra madre podrán mantener el control de las emociones, máxime estando los médicos presentes, quienes podrán darle un calmante si diera muestras de excitación. Todo indica que, nuestra dilación no ha sido una planificación nuestra, sino algo venido del cielo."

Goliat daba desesperados saltos y ladraba incontrolable. Uno de los empleados de Neftalí trataba casi sin resultados controlarlo.

"¡Dios mío, hemos olvidado algo! Nefta, tengo que ir al carro que esta abajo, dentro del destartalado establo, quiero me perdones mi corta ausencia, regresaré en algunos minutos." -- sugirió el Rabino Esdras.

"Vaya usted Maestro, lo estaremos esperando aquí. Tenga cuidado no resbale y sufra un accidente."

"¡Valla, valla mi sangre los médicos, con los ex sacerdotes Buenaventura y Vicente! Entiendo que ya no se llaman por esos nombres, sino Moisés y Aarón. ¿Cómo les resultó subir esta cuesta? ¡Pero venga, que sorpresa!"

"Pues para comenzar, estamos absolutamente contentos de poderlos ver,—comentó el doctor a Rubén. Dejamos nuestro carruaje allá en el pueblo, y rentamos este carruaje, que es más apropiado, con estos caballos, de otra forma hubiéramos tenido que subir esa cuesta a pies. Vuestro padre debió haber sido un escalador de montañas en otra anterior vida, hablando de la transmigración de las almas, de ser una realidad. No obstante, este paraje no deja de ser una belleza. ¡Mira como hasta puedo tocar las nubes con mis manos! ¿Cómo están vuestros padres?"

"Pues ni sabemos todavía, estamos esperando que venga el Rabino Esdras para acompañarnos hasta la casa. Él nos sugirió nos quedáramos esperando aquí, hasta tanto regrese por nosotros, pues quiere darle una sorpresa distinta a nuestros padres. Nosotros estuvimos de acuerdo a su sugerencia. Veo que la sorpresa se logrará con vuestra visita. Nuestro padre está muy preocupado por la enfermedad de nuestra madre."

El Rabino venía bajando la cuesta silbando una melodía. De súbito se detuvo, al notar la presencia de los dos médicos, y los ex-sacerdotes, Moisés y Aarón, inclusive.

"¡Oh Elohim de Israel, pasemos juntos! ¡Qué sorpresa!"

"¿Cómo pudieron transportarse de San Juan hasta Naguabo, tan rápido?"

"El hermano Ezequiel nos prestó su carruaje de cuatro caballos. En Naguabo rentamos un carro tirado por dos caballos, para subir esta montaña, y dejamos los nuestros reposando en la compañía de arrendamiento."

"Igual hemos hecho nosotros, allá también dejamos la nuestra y los caballos. Veo que esta noche habrá dos gratas experiencias y satisfacciones. La primera será el sentimiento grato de Neftalí de poder abrazar a sus hijos, cuales no esperaba ver tan pronto. La segunda, parecida a la primera. Está basada en la consumación total del retorno de la alegría colectiva que causa la devolución de la salud de un estimado ser humano. Pero bueno, caminemos, subamos. Es preferible subir que bajar. Allá arriba habrá euforia antes de la puesta del sol. Neftalí matará un ternero para celebrar. Habrá supervisión rabínica observando e instruyendo a los que han de degollar de forma correcta el becerro, ya que el animal no debe sentir dolor al ser matado. Todos sus empleados, hombres y mujeres, están inmersos en la preparación de los alimentos de la cena. La noche será fresca, tendremos luna toda la noche y mucho jubilo."

"Rabino, ¿cuál ha de ser la alegría de tener una cena sabática, con la pena que nos embarga? ¿Cuál la alegría de recibir el sábado, con una estupenda comida y exquisitos vinos, viendo a nuestra madre sufrir de una enfermedad incurable? ¿Cuál la satisfacción de recibir el día de reposo con fiesta, cuando mi padre y nosotros vemos el sufrimiento de nuestra madre? ¿Hemos de comer y beber, mostrando una alegría inexistente?"

"Rubén, reitero, vuestra madre participará de la cena de esta noche."

"Rabino, sabemos que nuestra madre estará en la cena y tendrá conocimiento de todo lo que esté pasando en el entorno. Ella no puede ingerir alimento de la forma que lo hacemos nosotros, eso usted lo sabe, es hombre culto. Sabe vos también que, la impotencia de no poder interactuar recíprocamente de forma verbal, podría empeorar su condición de salud."

"Rubén, hijo, esta noche tendrás una gran sorpresa."

"Rabino, soy científico; en la única maravilla que creo es la que produce la medicina. A nuestra madre hay que llevarla a un hospital especializado en esa clase de enfermedad, es como único que tal vez podría recobrar su salud. Respeto vuestra convicción en eso que vosotros llamáis milagros de sanación, no soy creyente de cuentos carentes de lógica."

"Rubén, entiendo muy bien tu forma de pensar, es obvio, acabas de egresar de una escuela de medicina. La ciencia y la religión no siempre andan cogidos de la mano, son polos opuestos. La ciencia estudia lo tangible, la fe, lo intangible. Necesitas de un microscopio para poder observar lo que no puedes ver a simple vista, necesitas fe para ver lo que no puedes ver con la vista física. Esta noche tendrás una escuela de aleccionamiento místico que cambiará tu manera de pensar. Que bueno, ya estamos llegando a la casa, esto de caminar por estas cuestas ya no es para mí. Los años pasan silenciosos pero dejan huellas, y las mías son obvias."

"Papá, papá, ven, tenemos inesperadas visitas. ¡Hay Padre mío, nuestros hermanos han llegado! ¡Ven, ven pronto que casi no creo lo que estoy mirando! ¿Será esto una visión de ángeles?", --exclamó Myriam emocionada.

"No Myriam, no es una visión sobrenatural. Estoy mirando claramente de quienes se trata. Son mis hijos, tus hermanos, José, Benjamín, y Rubén. Los otros son tus primos, mis sobrinos, tus primos los médicos, los ex-sacerdotes Buenaventura y Vicente, y vienen acompañados del Rabino Esdras. Ahora entiendo por qué quería ir hasta el viejo pesebre. ¡Oh Rey de Israel, no esperaba magna sorpresa! ¡Qué felicidad!"

Neftalí abrazado a sus hijas no podía contener las lágrimas. Las niñas de un salto, se tiraron de la casa y se abrazaron a sus hermanos con llantos incontrolables, por la emoción de poder mirar de cerca a sus hermanos. Los empleados, parados en el centro de la sala miraban estupefactos la escena y se secaban sus lágrimas con sus pañuelos. Desde el aposento, Raquel azotaba el colchón de la cama con el brazo que tenía movilidad, y hacia esfuerzos por gritar, pero no podía. Los tres muchachos no pudieron contenerse y corrieron, abrazados a su padre hasta la cama de Raquel y sin consuelo lloraban y la cubrían de abrazos y besos. Los médicos intervinieron para calmar las emociones que, podrían agravar más las condiciones patológicas de la impotente enferma.

La tarde avanzaba en la isla caribeña, y en toda la casa había algarabía, y exquisitos olores a carne asada y pan recién orneado. Por primera vez en muchos años la casa estaba llena de alegría, mezclada con sentimientos mixtos de tristeza, por la enfermedad de Raquel.

~ XXIV ~

SE SACUDE LA CASONA

"Nefta, la cena del shabat ("kiddush"), está próximo a comenzar. Las mesas están a punto de ser totalmente servidas. Raquel está muy afligida y adolorida, las niñas y vuestros hijos varones, muy tristes. No es correcto nos sentemos a celebrar la llegada del shabat con tanta aflicción. No debemos de entrar en un día de reposo con tantas penas.

Neftalí, mueve a Raquel un poco más cerca de la puerta, abre las dos ventanas, del cuarto, ponle a Raquel la mantilla preferida de ella sobre su cabeza, tráeme un poco de aceite puro de oliva, pon dos lámparas más en el cuarto, antes de que oscurezca, e infórmale a todos en la sala que hagan silencio.

Raquel sudaba profusamente, y con su mano hábil agarraba a su esposo por una mano. Neftalí le secaba el sudor, y con el abanico preferido de ella, el que su madre le trajo de España, la abanicaba, ella lo miraba y le sonreía, reciprocando su demostración de afecto. Myriam y las demás hermanas le pasaban las manos por la cabeza y le daban aliento. El Rabino Esdras la miró fijamente, hizo una bendición sobre el aceite y le frotó la frente con el aceite.

El sol ya estaba llegando a su ocaso. Afuera soplaba aire fresco, dejando entrar por las ventanas un suave olor a jazmines del jardín que Raquel habia sembrado mucho antes de caer enferma. Raquel no tenía sentido del olfato, debido al derrame cerebral, de lo contrario estaría disfrutando a plenitud su preferida fragancia.

"Neftalí, párate al lado derecho de tu esposa, Rubén, pósate al lado izquierdo. Yo pondré mi mano derecha sobre la cabeza de Raquel y haré el rezo de sanidad."

El Rabino levantó su cabeza, cerró sus ojos y balbuceaba una oración. Puso presión sobre los lados derecho e izquierdo de la cabeza de Raquel y continuó rezando. Se puso de frente a Raquel, la tomó por sus manos y le dijo:

"Raquel, hija de Jacob, levántate, estas libre de tu enfermedad. Dios creador del universo te ha sanado, camina, abre totalmente vuestros ojos, que habían estado nublados."

Rubén trató de sostenerla, evitando perdiera el equilibrio y cayera sobre el sillón de madera. El Rabino Esdras le ordenó la soltara, lo que hizo, pero con sus brazos en posición de sostenerla por si falseaba. Raquel abrió sus grandes y verdes ojos, miró alrededor, pero, aún su vista estaba un poco nublada. El Rabino puso sus dedos sobre sus ojos e hizo una oración, y cuando los quitó, Raquel volvió abrir sus ojos, abrazó a Neftalí, a los tres hijos varones, a sus hijas y todos lloraron por un buen rato. Neftalí tomó una guitarra y entonó una melodía en hebreo que trataba sobre un salmo de la Biblia, y todos cantaron con Neftalí un canto de triunfo.

Raquel preguntó qué día de la semana era y qué hora. Todavía no tenía noción del tiempo. Fue un domingo cuando cayó enferma. Pensaba que había dormido demasiado. Estaba un poco confundida. Era las 5:30 de la tarde y se aproximaba el momento de la cena del sábado. Rubén lloraba desconsoladamente. Un fuerte ventarrón se dejó sentir, haciendo agitar los árboles y la casa se sacudía, desde su simiente hasta el techo. El sol caería en el horizonte dentro de poco.

"Rubén, hijo, levántate, Dios te ha perdonado. Todos, a través de nuestra vida hemos cometido faltas. No es bueno para tu madre verte llorar. Todavía su cerebro está confundido, pero, en diez o quince minutos habrá recobrado en totalidad sus sentidos. Ponte alegre, canta, ve abrázala, ella lo necesita, tu padre y tus hermanos quieren verte alegre, será día de reposo dentro de algunos minutos, debemos alegrarnos."

"Maestro, gracias por la lección que me ha dado. Ahora he entendido que existen dos ciencias, la física y la mística. Gracias por su escuela, gracias por ser el Gran Maestro de nuestra casa. Quiero me excuse por mi arrogancia, por haber faltado a vuestro respeto. No sabemos cómo pagarle tantos favores."

"Rubén, no me debes nada, estoy para servirles. La ciencia que poseo es no es mía, es de Dios, Él me la ha dado de gratis, y gratis la imparto. Tanto Neftalí, Raquel y todos vosotros sois mis hijos espirituales, a quienes amo entrañablemente. Algún día ya no estaré entre vosotros, soy un ser humano. Vosotros también podéis lograr hacer cosas superiores, pide a Dios y Él te dará al doble, solo se humilde y pon en práctica lo que has aprendido. Eres el primogénito de Neftalí, cabeza de familia eres. Vuestra familia te necesita, no te apartes de ella; tu pueblo también espera de ti, no frustres la confianza de tus hermanos de raza. Recuerda, eres hebreo, hijo de Abraham, simiente de reyes y sacerdotes, real sacerdocio, pueblo adquirido para ser guía y maestro. Mantén esto en mente y tendrás bendiciones divinas. Ahora vamos a la mesa, ya pronto estaremos en la cena, alégrate. Raquel está cantando con Neftalí y todos tus hermanos, ¿no es eso gratificante?"

Era las 6:45 del momento crepuscular, momento que da aire de misterio al ambiente, máxime en la montaña. La mesa fue servida, toda la familia alrededor cantaba una inspiradora canción. La alegría de tener a Raquel cantando, no tenía parangón. Repentinamente se sintió otra ráfaga de viento que azotó sobre el techo de la casa, y un ruido de la cocina se dejó sentir, parecido al de una puerta que se abre con violencia y azota contra la pared de la casa. Neftalí se levantó fue a la cocina donde estaban las cocineras y sus esposos sentados a una mesa platicando. Ya el fuego de los fogones había sido apagado.

"No han sentido vosotras un fuerte ruido como el que produce un huracán? ¿No se ha abierto esta puerta por las ráfagas del viento?"

"No señor, no hemos sentido nada esta vez, pero juzgando por lo que nos pregunta, es el mismo ruido que hemos sentido otras veces. Yo creo que en este sitio hay malos espíritus. Tal vez las almas de los que suicidaron en este sitio, antes de usted haber comprado esta finca y haber construido esta casa, están por aquí don Neftalí. Pero no haga caso a esas cosas, que sé que molestan y aterran", --adelantó a declarar una empleada.

Neftalí regresó a la mesa un poco preocupado y nervioso. Fue inquirido por Raquel de inmediato.

"¿Que sucedió en la cocina Nefta?"

"Nada en absoluto, el mismo ruido, paradigma de los anteriores, cosas raras que acontecen aquí."

"No hagas caso a esas cosas, no ha sido nada nuevo."

Raquel, pletórica de alegría, cantaba, y bailaba acompañada de las niñas al compás de su pandero. Neftalí rasgaba las cuerdas de su guitarra con el sentimiento vivo y grato por la restitución milagrosa de la salud de su esposa. Todavía había claridad indirecta del sol, era verano, cuando los días son un poco más largos. La total oscuridad surgiría dentro de veinte minutos aproximadamente. Raquel no cesaba, continuaba cantando eufórica de placer por su sanidad, no había forma de disuadirla para que se calmara.

Datan, el doctor, se le acercó a Neftalí para hablarle, y le advirtió al oído lo siguiente:

"Neftalí, no es bueno para Raquel estar muy agitada. Está sudando por el cansancio. No ha comido nada y podría desmayar. Ella sufrió un derrame cerebral y tantos movimientos violentos y repetidos podrían ser perjudiciales para su salud."

"Primo, ya le he aconsejado para que se siente, pero está llena de tanta energía y quiere gratificar a Dios con cánticos y bailes por su sanidad. Roguemos que nada pase, ella es todavía mujer llena de vigor."

La sala estaba atestada de gente que al compás de la música y el taconeo con los zapatos hacían temblar toda la enorme casa de madera. Rubén y sus hermanos también bailaban y batían sus palmas. Las mujeres empleadas y sus esposos participaban de igual forma y la alegría era sorprendente.

De súbito Raquel se sintió mareada y dio tumbos de caer. Rubén la sostuvo y la sentó, pero la situación fue empeorando. Los doctores la examinaron y ordenaron acostarla en su cama.

El doctor Datan Méndez le tomó la presión y notó que estaba exageradamente alta. Su corazón palpitaba en descontrol rítmico, y sudaba fuera de la medida normal. A veces sentía frío, otras veces mucho calor y se ponía su mano sobre su cabeza, como indicando fuerte dolor de cabeza. La alegría que hubo se trocó en llantos y desesperación, la guitarra cesó y también los canticos. El silencio en toda la casa era sepulcral. Había frustración y el total oscurecimiento surgiría dentro de poco. El Rabino leía oraciones de su libro y levantaba sus manos y las lágrimas le mojaban sus mejillas.

Los médicos se mantenían al lado de su cama, continuaban tomándole la presión. Las niñas llorosas le acariciaban pasándole la mano por la cabeza. Inesperadamente Raquel se sentó sobre su cama, miró con visión borrosa y dejó exhibir una sonrisa lánguida. Volvió a caer sobre el colchón, volteo su cabeza sobre su lado derecho y dejó de respirar. Los médicos continuaron su trabajo, auscultaron con sus estetoscopios, no hallando signos vitales de vida. Raquel había muerto. Los médicos no encontraban como informarlo a Neftalí y a su familia. No obstante llamaron al Rabino Esdras.

"Nefta, vuelve a traerme del aceite puro de oliva, y dile a la gente se salga del cuarto, debo de hacer una oración por Raquel."

"Rabino, dígame la verdad, ¿Qué le ha sucedido a Raquel? ¿Ha muerto, o solo ha sido un fuerte mareo?

"Nefta, serán los doctores quienes te den el diagnóstico, yo solamente quiero interceder por ella. Raquel estará participando de la cena antes de llegar la noche."

El Rabino se acercó a la cama de Raquel, la tomó de las manos, y la llamó fuerte al oído.

"Raquel, en el nombre de Elohim, Dios de Abraham, de Isaac y Jacob, te digo: levántate ahora, levántate Raquel hija de Jacob, arriba Raquel, eres mujer fuerte, arriba, vamos."

El Rabino le sopló su aliento sobre su rostro . Hubo un estremecimiento en su cuerpo. Sarah dejó escapar un grito de emoción, al notar la conmoción del cuerpo de su madre. Myriam se abrazó de Dina, miraban estupefactas al cuerpo de su madre quien hacía movimientos involuntarios, abría sus ojos, miraba como confundida y volvía a cerrarlos.

Un resplandor como cuando un relámpago surge en el crepúsculo alumbró toda la casa. Raquel movió una pierna, luego la otra. El Rabino la tomó de sus brazos y le ordenó caminar. Un fuerte estornudo salió de su nariz, abrió sus ojos, y preguntó:

"¿Por qué tanta gente a mi alrededor? Tengo mucha hambre y sed. ¿Por qué están llorando? ¿Qué hago en esta cama? No es hora de dormir todavía. Nefta, ¿no es el momento del kiddush? Ayúdame a levantarme, siento mis piernas pesadas."

"Con cuidado Raquel, camina poco a poco, estas débil. Enfermaste de forma inesperada. El Rabino intervino y regresaste a la vida mediante intervención divina, luego te diremos más."

Si en su muerte fueron grandes los gritos de dolor, más grande el griterío de alegría en su resurrección.

"Nefta, siento que la cabeza me da vueltas, oigo a todos como si estuvieran lejos. ¿Qué hora es? ¿Dónde están los médicos y el Rabino Esdras?"

"Raquel, sufriste una recaída por estar muy agitada, te subió la presión sanguínea, estuviste muerta por algunos minutos. Gracias a Dios por habernos dado al Rabino Esdras, él intercedió por tu retorno a la vida, y aquí estas. Está llegando la noche, comenzaremos la cena del shabat, el kiddush, en algunos minutos. Nuestros primos los médicos, los rabinos, Moisés y Aarón, nuestros amigos trabajadores de la finca están aquí invitados, nuestras hijas y nuestros hijos, todos estamos aquí, por lo que damos gracias a Dios. Esta será noche inolvidable."

"Nefta, sentí que mi alma salió de mí, mire a todos llorando y mi cuerpo estaba acostado en la cama. Yo no sentía nada en absoluto. Te vi llorando, al igual que las niñas y los varones. Noté que el Rabino hablaba a los oídos de mi cuerpo inerte, yo lo escuchaba. Todos lloraban. Creo que si, me morí y volví a la vida cuando el Rabino intervino a Dios por mí. ¿Es lo que digo cierto Nefta?

"Raquel, hay misterios que yo no entiendo. El Rabino Esdras luego nos explicará en un vocabulario que entendamos este misticismo que solo él entiende. Es un hombre extraordinario, creo que como él surge uno cada siglo. Lo importante es que, gracias a Dios lo tenemos entre nosotros. Tú eres muy significante para mí y nuestros hijos. Creo que necesitas unas largas vacaciones en España. Tan pronto se cierre el negocio de esta finca, nos iremos con el Rabino a España, a casa de tu hermano. Myriam y Dina comienzan a estudiar medicina, para el próximo año, tendremos que ir a instalarlas en el lugar donde han de residir."

"Nefta, es muy bueno le des de tomar a Raquel un poco de café, más fuerte que el acostumbrado por ella a tomar, pero con moderación. La cafeína la hará despertar totalmente. Todavía está en un poco de letargo, es natural.",-- fue la recomendación del doctor Yonadav Méndez.

"Primo Yona, es su bebida preferida. Ipso facto diré a las empleadas le traigan el café."

Raquel siempre ha sido una mujer que denota alegría, aún en los momentos de preocupación. Tan pronto ingirió los primeros tres sorbos, comenzó a transpirar, su semblante lánguido mudó de parecer, abrazó a sus tres hijas e hijos, y comenzaron un cántico de victoria. Neftalí tomó la guitarra, Dina el pandero esta vez, y de no ser por la intervención del Rabino Esdras hubieran estado cantando toda la noche.

"Apreciadísimos hermanos,--prosiguió el Rabino Esdras: La música está contagiosa como para amanecernos celebrando la victoria de la salud de Raquel hasta el amanecer, mas no obstante, ha llegado el momento de recibir el shabat con la oración correspondiente y participar todos del "kyddush", que no es otra cosa que la santa cena de la noche del día de reposo, el shabat ordenado por Dios a nuestro pueblo Israel. Luego de haber comido la cena, Raquel y las niñas, con sus voces celestiales, nos deleitaran con sus melodiosos cantos y también nosotros nos uniremos, y con nuestras fuertes voces, formaremos un armonioso coro, en honor y gloria al Hacedor de los milagros por la total salud de Raquel.

Nefta, antes de comenzar la cena del shabat, es nuestra costumbre hacer una bendición sobre todos los hijos. Llámalos a todos para en este momento hacerles la bendición tradicional bíblica."

"Rabino, yo los bendije cuando eran niños, ¿es necesario volverlos a bendecir?"

"Hijo, lo sé, y esa bendición les es válida por todas sus vidas, pero, es costumbre hacerlo todas las semanas antes del comienzo de la cena del shabat, o como se dice en el idioma castellano, el sábado."

Los varones se pararon uno al lado del otro, las niñas hicieron lo mismo. El Rabino puso sus manos sobre las cabezas de los varones y comenzó la bendición, de la siguiente forma en el idioma hebreo:

Yesimerra Elojim keEfraim, vejiManashe. yebarejeja Elojim veyishmereja: yaer Elojim panav elerra vijuneka: yisa Elojim panav eleja, veiasem leja, shalom.

Continuaré repitiendo la misma oración en español:

Que el Eterno los haga como Efraim y Manase. Que el Eterno los bendiga y los cuide. Que el Eterno ilumine Su rostro hacia vosotros y les otorgue

Su gracia. Que el Eterno vuelva Su rostro hacia vosotros y ponga en vosotros paz.

Continuaré ahora con la bendición para las niñas:

Yeshimej Elojim keSarah, Ribka (Rebeka), Raquel ve Leah. Yebarejeja Elojim veyishmereja: yaer Elojim panav eleja vijuneka: yisa Elojim panav eleja vayasem leja shalom.

Terminaré esta bendición traducidas como se diría en español:

Que el Eterno las haga como Sara, Ribka (Rebeka) y las proteja. Que el Eterno ilumine Su rostro hacia vosotras y les otorgue gracia. Que el Eterno vuelva Su rostro hacia vosotras y ponga en vosotras paz".

Aún no se habían sentado en la mesa cuando se oyó la voz de Eustaquio que muy nervioso llamaba a Neftalí:

"Don Nefta, venga, al algarrobo. ¡Dios mío mi piel se me ha puesto como pellejo de gallina! ¡Huy que terror!"

"Cálmate, casi ni puedes hablar. ¿Qué es la cosa rara que has visto?"

"Don Nefta, he visto gente colgada de las ramas gruesas del árbol de algarrobo".

"¿Cuantos eran los que viste ahorcados Eustaquio?"

"Tres los ahorcados, ¡Dios mío qué horror! Todos me miraban y me decían: Venganza, venganza contra el Rabino Esdras, Neftalí y todos los judíos. Además pude ver dos seres decapitados en el suelo y sus cabezas tiradas."

Mientras hablaba se oyó un quejido que procedía de la parte posterior de la casa, por el área donde está el árbol de algarrobo.

"Mira Nefta, esto es asunto de espíritus errantes. Parece que en esta casa hubieron sucesos macabros antes de ser tuya. Vende esta finca pronto, no te conviene seguir viviendo aquí. Continuemos con la cena de sábado. Vamos a la mesa."

Eustaquio, temblando de pies a cabeza insistía con el Rabino para que fuera a las inmediaciones del algarrobo, y echara aquellas apariciones de horror del lugar. Eustaquio tenía que pasar, tanto de noche como de día por el lado de ese árbol. Ya en muchas ocasiones había oído ruidos raros y había visto las ramas agitarse sin hacer viento, pero nunca al grado de aquellas manifestaciones tan espeluznantes.

"Oiga Eustaquio, sé que usted no entiende nuestras tradiciones bíblicas. Para nosotros, el día que comenzará inmediato, es de gran trascendencia bíblica. No nos conviene ir a contaminarnos con esas cosas diabólicas en este momento, aún cuando fuera para ir a reprenderlas. De la única forma que podemos encarar esas cosas satánicas es, si se nos pusieran en nuestro camino, pero nunca ir hasta donde ellas. No obstante, después de haber terminado el sábado, y si esos espectros les siguen causando terror, imploraré a Dios, para que mantenga alejados a esos fantasmas. Quédese junto a nosotros para que esa maldición no lo atormente, y que salgan de su cabeza esas imágenes para que pueda dormir tranquilo. Esos cuerpos ahorcados y decapitados que usted dice que ha visto, podrían ser de seres que murieron de forma trágica, que no tuvieron una vida agradable ante Dios, por tanto, sus almas vagan, hasta el día de su juicio final, pero no tienen ningún poder sobre nadie, no haga caso y se disolverán, yo oraré para que se le pase el miedo, esté tranquilo Eustaquio."

"Maestro, cosas que no tienen explicación lógica, han estado sucediendo alrededor de esta casa, y en otros sectores de esta finca durante las moches oscuras, según me han hecho saber algunos de mis obreros. Yo no soy supersticioso, pero los encuentros que han tenido con muchos de mi gente, me preocupa. En mi forma de pensar, creo que se deba esto a un ahorcamiento que sucedió en la antigua casa que hubo en el mismo lugar donde está ubicada esta nueva casa."

Nefta, los aires están llenos de malicias espirituales, almas que no han reposado, dejemos de preocuparnos. Eso concierne solo a Dios. Ahora, lavémonos las manos y sentémonos a la mesa, hagamos una plegaria, comencemos la cena de la noche del shabat, y veras que desaparecerán esas visiones de todas esas almas en maldición"—prosiguió el Rabino.

Dos largas mesas habían sido puestas en la espaciosa sala de comedor. El Rabino Esdras, junto a Neftalí y Raquel estaban a la cabecera de la mesa con sus hijos e hijas. Los doctores, Moisés y Aarón estaban sentados uno al frente del otro, junto al Rabino Simon. En la otra mesa estaban, Héctor Eustaquio y todos los demás obreros, quienes habían sido invitados por Raquel y Neftalí. Estos, por primera vez participaban de una cena extraordinaria. Dos señoras servían los alimentos. La casa había sido iluminada por una gran cantidad de lámparas. Raquel, que agregaba una nota inspiradora al acto, se notaba entusiasmada en gran manera. Sus hijas no cesaban de abrazarla y besarla.

En el balcón, permanecían sentados dos jóvenes campesinos, quienes esporádicamente hacían trabajos en la finca. No obstante de haber sido invitados por Neftalí, rehusaron sentarse con los demás compañeros en la mesa. Neftalí ordenó llevarles su alimento hasta donde estaban. Sentados sobre un largo banco de madera conversaban en voz baja sobre algún tema desconocido. Los dos habían forjado ilusiones inalcanzables con las dos hijas mayores de Neftalí y Raquel. El mayor de ellos, Silverio, soñaba de tener de novia Myriam, el menor, Eulogio, tenía ilusiones con Dina. Ambas evitaban cruzar miradas con ellos, mucho menos establecer amistad. Tener novios no era asunto que estaba en sus planes, solo educarse a nivel universitario. Ellos no tenían nada que ofrecerles para darles felicidad en un matrimonio. Además, no eran el ejemplar de hombres que les agradaba como para futuros esposos.

Neftalí se había enterado de las pretensiones de los jóvenes y había planificado enviarlas a España a la brevedad posible, o dejarlas en su casa de Miramar, donde estudiarían durante el período escolar. Ahora que Raquel estaba sana de la enfermedad que la acosaba, podría quedarse con las hijas en Miramar, o irse con ellas a España. Cuando las niñas visitaran la nueva casa de campo, Neftalí asignaría a dos trabajadores, para que les provean protección, y les prohíban salir fuera de la casa. Estos individuos sufrían una esperanza utópica, tóxica, eran violentos, gente que no entraba en razón.

"Eulogio, te juro que no permitiré a nadie que se acerque a Myriam. La amo entrañablemente, al punto de dar mi vida por ella."

"Silverio, ¿qué crees de mí? Mataré al primero que enamore a Dina. Esa rubita será para mí. Sueño con ella todas las noches."

"Eulogio, tenemos que deshacernos de esos dos jíbaros, tan pronto como podamos; esos idiotas que su papá ha puesto para protegerlas me apestan; siento celos de ellos, malditos esclavos. Odio a Héctor, Eustaquio y a todos los que se acercan a mi futura mujer, esa pelirroja me está volviendo loco. ¿Por qué no pudo ser yo el protector de ella?"

"Silverio, ¿cómo vamos hacer para salir de ellos? El perro y el jefe los protegen."

"Hombre, no seas idiota tú también, Eulogio. ¿Para qué quieres ese puñal que siempre llevas a la cintura, ¿para limpiarte los dientes?"

"Me quieres echar a mí el trabajito sucio Silverio, ¿y tú qué?"

"Tranquilo, ya los mandaremos al algarrobo pronto Eulogio; incluyendo a los feos africanos, que según me he enterado están que se mueren por cualquiera de ellas, ja. ja, ja, ja."

"No menciones ese árbol, se me paran los pelos. No pasaría por su lado, aunque me paguen mil pesetas diarias por un año; y no te cause risas las pretensiones de los horripilantes negros esos, de cualquier nube sale un chubasco, podríamos tener sorpresas, las mujeres a veces no piensan bien."

"Héctor, ve al balcón y dile a esos jóvenes que pasen a la mesa."

'Señor, vi a esos dos jóvenes portando puñales en sus cinturas, no creo deban de pasar estando armados. Estos individuos no son de buena reputación, son muy peligrosos, Neftalí."

"Héctor, quiero demostrar a estos jóvenes que tengo igual consideración tanto para ellos, como para los demás. Es la razón que tengo para invitarlos a la cena, que ya en poco hemos de disfrutar. Respecto a sus armas, diles que te las entreguen, y les serán devueltas al final de la cena, pero al salir por el portón de esta propiedad. Llévate a Eustaquio y a los jóvenes africanos para que les den respaldo, pero si demostraren un comportamiento violento, diles que abandonen la casa, y si se resisten, escóltalos hasta el portón de salida, pero asegúrate que se hayan marchado a sus casas. Llévate al perro por si lo necesitas. Debéis de estar en la mesa para la cena, que comenzará en minutos. Vayan, mucho cuidado, que regresen en paz, pero pronto."

"Entendido señor, pierda cuidado."

"Currustacio, Burundingo, acompáñennos, a mí y a Eustaquio hasta el balcón. Tengo instrucciones del señor Neftalí de hacer llegar una invitación a Silverio y Eulogio para que pasen hasta la mesa y participen de la cena. Tengo el presentimiento de que habrán de declinar la invitación, y se han de poner torpes. De aceptar la invitación, tienen que entregarnos los puñales. Incluso, tengo la corazonada de que se resistirán hacerlo; ya los conocen. De mostrase peligrosos debemos de accionar rápido, están armados y son delincuentes. Tenemos a Goliat."

Salgan por la puerta de la cocina, volteen hasta cerca del balcón, por el lado de la casa. Manténganse alejados, pero escuchando la conversación que habremos de tener con estos dos canallas. Estén listos para entrar en acción, por si tratan de atacarnos con sus puñales. Bueno, vámonos."

Fue llegando la noche, el Rabino comenzó, la fase de oraciones para la recibida del shabat. Dentro de diez minutos ya estaría totalmente oscuro, y estarían todos participando de la suculenta cena sabática. Sería la última gran cena de esta categoría celebrada en esa casa. La finca y la casa ya estaban en las negociaciones finales de compra y venta. Otra finca más pequeña estaba también en negociaciones de compra por Neftalí, y la construcción de otra casa para la familia en Miramar, San Juan. Neftalí con su familia, el Rabino, los médicos Moisés y Aarón, saldrían para España, en dos años, después de terminada la escuela secundaria de las niñas. Héctor se dirigió al balcón para hablar con Silverio y Eulogio.

"Señores, Silverio Pescador y Eulogio Carrasquillo, venimos en nombre de nuestro señor, Neftalí, para invitarlos a la cena que comenzará en minutos. No es bueno de que estén separados de los demás."

"Ja, ja, ja, ja, mira eso Eulogio, el ñangotado, alcahuete este. Ahora resulta que es el personaje más importante de entre todos nosotros. Parece que no sabe este jíbaro de que Myriam es mi novia y Dina la tuya. Miren, analfabetos, nosotros seremos los herederos de todos los bienes de Neftalí y ustedes serán nuestros servidores. Mira, mojón de puerco, Héctor, y tu imbécil cara de burro, Eustaquio, si nosotros hubiéramos querido estar sentados en esa mesa hubiéramos sido los primeros, y sentaditos al lado de nuestras novias, las mujeres más lindas de todo esta isla, Myriam y Dina. Ustedes, y todos los demás hombres estarían muriéndose de envidia. Qué raro, que no trajeron con ustedes a los otros tres ñangotados, los africanos espanta pájaros y al otro esclavo mal hecho, Luis Amador, ese que se ha ofreció como vigilante de las niñas,?-- ¡como lo odio!"

¿Saben ustedes lo que haremos? Mañana, temprano en la mañana, iremos al pueblo y haremos saber al sacerdote y a la policía, sobre esos sacrificios de animales en nombre de deidades paganas, los que están prohibidas por nuestra Iglesia. Tan pronto como nos casemos con sus hijas las liberaremos de esa idolatría pagana. Se pueden largar al "carajo" y díganle a su amo que, nosotros no estaremos en esa mesa de espíritus del algarrobo, porque de eso es que se trata esa comida. Ustedes, como todos ellos son brujos. El brujo mayor es ese viejo al que llaman Rabano."

"Si te refieres al Maestro principal, su título es Rabino. Ese señor como los demás rabinos son hombres de grandes principios, muy cultos, altamente educados, seres inspirados por Dios. Debes tener respeto hacia ellos. Ahora, por última vez, dime si vas a entrar o no. Si vas a entrar tienes que entregarnos los puñales, se los devolveremos al salir de la casa."

"Mira, hijo de la bastarda, ni a ti, ni a tu mal parida madre entregaremos nuestros cuchillos. Si quieres los puñales tendrás que quitárnoslos. Tu nos conoce muy bien, anda, trata de quitárnoslos, a ver qué sucede."

De inmediato ambos individuos trataron de sacar sus puñales de sus cinturas. Currustacio y Borondingo, quienes habían estado escuchando las palabras despectivas de los sujetos, se aproximaron a la puerta de entrada al balcón. Silverio y Eulogio no esperaban la presencia de los dos africanos, diestros en defensa personal, quienes utilizando unos palitos, hacían grandes espectáculos de lucha. Sin pérdida de tiempo, Silverio y Eulogio sustrajeron sus largos puñales y se le fueron encina a los jóvenes africanos. Curustacio se encargó de Silverio y Burondingo de Eulogio.

El perro se levantaba en sus patas delanteras, y casi arrastraba a Héctor. De haberlo soltado hubiera despedazado a Silverio y a Eulogio. Silverio lanzó una estocada con su cuchilla a Burondingo que le pasó raspando por el hombro derecho, a una distancia del grueso de un pelo. Borondingo le asestó una patada en el pecho haciéndolo perder balance y rodar por tierra. Este, de un salto se incorporó y volvió a la carga, y cuchillo en mano volvió y le tiró una cuchillada al su pecho, rozando la camisa de Burondingo. Este, giró en sus pies, y volteándose le pegó con sus palitos sobre la cabeza abriéndole una herida en la frente y desprendiéndole el cuchillo de sus manos. El perro se le fue encima y le clavó sus afilados colmillos en la pierna derecha, haciéndolo chillar como cerdo que está en el matadero. Héctor se aproximó y tomó el puñal que se le había desprendido y lo guardó en su cintura.

Mientras tanto, Curustacio, que había sufrido una leve herida en su mano izquierda, se batía en un duelo de muerte con Eulogio. Eulogio quiso aprovechar la aparente ventaja que llevaba y le lanzó una mortal cuchillada al cuello, la que evadió con gran maestría. Agarró ambos palitos en sus dos manos, y cuando estuvo cerca de Eulogio le asestó una descarga de palos a su cara y cabeza haciéndolo gritar del dolor. Se puso por detrás de Eulogio y le apretó el cuello con el cordón de los palitos casi llevándolo al límite de ahorcarlo. Eulogio se rindió, cayó al suelo casi asfixiado. El perro lo haló por los pantalones y lo alineó al lado de Silverio. Con dificultades se levantaron, pidieron les devolvieran sus puñales, demanda que Héctor declinó. Los llevó hasta afuera del portón, les ordenó se largaran y no regresaran. Se alejaron jurando vengarse.

Héctor y los demás se dirigieron hasta el barril donde había agua, se lavaron sus manos, guardaron los puñales en un cajón cerrado con llave y se dirigieron hasta la mesa de la cena. Faltaba cinco minutos para comenzar la cena.

"¿Cuál fue el resultado con los jóvenes Héctor? ¿No pusieron resistencia?"

"Pues sí señor, se resistieron, se pusieron violentos, nos insultaron, nos amenazaron con matarnos. Nos dijeron que sus hijas eran sus novias y que de no ser de ellos no serían de nadie. Debe usted tomar esto en serio, esas niñas aquí corren peligro Neftalí. Le quitamos los puñales los echamos fuera y juraron regresar para vengarse pronto. Estos jóvenes roban gallinas, vacas, novillas y otros animales, y dinero en este barrio. Ya la policía en ocasiones, ha intervenido con ellos, son delincuentes habituales. Los muchachos africanos hicieron un perfecto trabajo, aunque Goliat solo se hubiera desempeñado muy bien, pero no quisimos arriesgarlo, tenían largos cuchillos, podían hacerle graves daños. Los puñales están guardados en el cajón grande de madera que está dentro del rancho de las gallinas."

"Buen trabajo muchachos, ahora a disfrutar de la cena. Los médicos están viendo el rasguño que sufrió Currustacio y estará disfrutando de la cena en minutos."

Raquel y las niñas rebosaban de alegría, y se aprestaban a bailar pasado la cena. La cena del perro se le fue servida previa a la cena del shabat. Pasado dos semanas Neftalí se estaría mudando para San Juan, sector Miramar. Una casa que, se estaba construyendo para él y su familia ya estaría disponible en las dos próximas semanas. Luego saldría para España con la familia. Había propuesto inscribir a las niñas en el sistema de educación de España, hasta terminar su educación secundaria, para luego seguir educación en medicina. Permanecería dos años en España.

El siguiente miércoles parte de la especial visita regresó a San Juan. Los hijos y los médicos, quedaron con Neftalí. Todos saldrían para San Juan en la próxima semana. La casa había sido vendida, y debería ser entregada a los nuevos compradores. Anduvieron por toda la finca viendo los sembrados. Subieron hasta la cúspide de la montaña y disfrutaron del espectáculo de una preciosa vista panorámica. Tomaron agua de los manantiales y de las cristalinas aguas de las cascadas. Montaron a caballos, subieron y bajaron cuestas. Rabino Esdras visitó la nueva finca, y le otorgó una bendición especial a Neftalí y a la finca. Neftalí le concedió una semana libre y pagada, a todos de los obreros. Mantuvo a cuatro hombres y dos mujeres para preparar los equipajes, e ir acomodándolos en los carros. Subieron a la lomita donde sus trabajadores habían comenzado a construir la casa grane de campo, en la nueva finca, donde habrían sembrados de hortalizas, patatas, muchas variedades de tubérculos, árboles frutales y bananos. Diez cuerdas serían dedicadas a la siembra de caña de azúcar, con entrada y salida para carros de caballo, cinco a la siembra de vegetales, y otros productos del consumo humano, y cinco al cuido de ganado vacuno. Ya había planificado la futura compra de un tractor, para la preparación del terreno, un camión para la transportación de los productos, y un automóvil "Ford T" para él y su familia. Podría ser que, para cuando regresara de España en dos años, ya tuviera todos los equipos en la finca nueva. Había conseguido que el gobierno municipal le abriera un camino ancho para la entrada a la finca y a la nueva casa. El gobierno también se comprometió en proveerle semillas, fertilizantes y asistencia técnica de siembra. Los obreros terminarían la construcción de la casa nueva y comenzarían la siembra de inmediato. El dinero para los pagos quedó con su abogado, quien pagaría a los trabajadores.

~ XXV ~

MUDANZA Y RAPTO

En esa misma semana se realizó la venta de la finca grande, y la compra de la otra propiedad inmueble. Comenzó la mudanza de equipos, semillas y todos los útiles de la agricultora, hacia la otra finca. Alguno bueyes fueron vendidos al señor Santana, el nuevo dueño de la finca de la montaña, no habría necesidad de muchos bueyes en la otra. Los trabajos del sembrado en el cercano futuro, se harían mediante contratación y un tractor. Tres vacas fueron conservadas para el consumo de leche de los trabajadores y familia, las demás fueron vendidas al señor Santana, así como la mayoría de las gallinas. No habría por ahora, una granja avícola en la nueva finca, solamente las gallinas necesarias para el consumo de los empleados, los demás fueron vendidos al nuevo dueño.

La semana siguiente a la venta de la casa de la montaña, un domingo primero de junio de 1913, la familia Méndez abandonó la casa y la montaña para siempre. Hubo lastimeros llantos, de parte de las niñas, los hombres y sus mujeres. Aquellos humildes y sinceros campesinos habían calado profundamente dentro de la familia Méndez, y viceversa. Los doctores prepararon a Raquel, con medicamentos, para que pudiera evitar las fuertes impresiones que causaría su partida. Había sufrido un radical derrame cerebral y milagrosamente había sanado. Las carretas iban repletas, no obstante, los obreros previamente habían llevado tres viajes con equipos y semilla y los habían acomodado dentro de un rancho temporero, que habían construido en la nueva finca.

El perro ese día no quería levantarse de donde estaba acostado. Miraba de forma lánguida, se notaba decaído, no quiso comer el alimento que Héctor le llevó en la mañana. Con gran dificultad se levantó después de Neftalí y Myriam acariciarlos por la cabeza.

Ese día amaneció nublado, no había llovido, pero, parecía haber pronta precipitación. No había pájaros cantando, ni indicaciones de que el sol pudiera asomar en muchas horas. Era un día poco confortable, pesado, engorroso, por lo pronto no se escuchaban voces de los vecinos que vivían cerca ni distanciados. Todo era melancólico, tétrico, funesto; el día también se afligía por la partida de la familia. Ya no habría en adelante más niñas jugueteando por los alrededores. Toda la montaña sería más lúgubre, de aspecto mustio. Parecía como si la alegría de la montaña se aprestaba a desaparecer para siempre. ¿Qué razón entonces había para que fuera un día con cielo azul, de coloridos pajaritos revoloteando y cantando? ¿Qué razón había para que aún el perro estuviera animado? Ya no habría niñas que con amor y elegancia le acariciaran su cabeza? Ya no tendría una casa que vigilar ni una familia para proteger. Ya no parecía que fuera más un perro útil y amado. Ya tal vez no volverá a sentir el cariño de las niñas, que por muchos años le dieron cálidas atenciones, y él reciprocaba lamiéndole sus manos.

Neftalí entregó las llaves de la casa y el portón, de entrada al patio de la casa al señor Francisco Santana, nuevo propietario, quien también se notaba compungido al ver la pena que embargaba a la familia Méndez, por su partida, y la de los campesinos que quedaban con los recuerdos de los buenos años que disfrutaron con Raquel, Neftalí y las niñas.

"Señor Santana, con mucho sentimiento nos mudamos de esta finca, donde por muchos anos estuvimos viviendo. Pero ya es tiempo de salir. Mi esposa enfermó por un tiempo, y mis hijos ya quieren un cambio, son jóvenes y miran hacia otros horizontes, cosa natural.

La puerta de la casa, que había permanecido abierta, azotó abruptamente quedando cerrada, sin la intervención humana, ni corriente de aire que azotara. El señor Santana se notó asustado, quedo estático mirando hacia la puerta y los alrededores de la casa, sin emitir palabras. La familia iba en tres carros cubiertos, tirados por caballos. Un carro sin techo, contenía parte de los enseres de la casa que serían almacenados en la barraca de la nueva finca, que había sido provisionalmente construida para guardar pertrechos de la casa de la montaña, los equipos de labranza y semillas. Era partida sin regreso, ni en corto, ni largo plazo. Cinco hombres de los trabajadores de Neftalí, acompañaban la caravana hasta Miramar. Borundingo y Carrustacio estaban a cargo de la carreta del frente, Eustaquio conducía la del medio, y Héctor y Luis Amador, la última. Los otros tres hombres quedarán a cargo de comenzar a preparar el terreno para la construcción de las casas de la nueva finca.

El camino hacia San Juan era peligroso, podrían acontecer asaltos. Héctor portaba un rifle para el cual tenía permiso de la policía. Eustaquio también portaba pistola con permiso. Neftalí le había también conseguido permiso de portación a Luis Amador quien era el vigilante de la finca y al cuidado de la protección de la familia. Carrustacio y Burindongo portaban sus palitos de defensa personal, los cuales manejaban magistralmente. Llevaban colchonetas y ropa para cambiarse, de ser necesario. En la última carreta iba, alimentos y agua para los caballos y en la del frente había alimento para la familia y los hombres conductores de las carretas. Harían parada en cada pueblo para las necesidades orgánicas, dar agua y alimento a los caballos y descansar un poco. La travesía tomaría de cuatro a cinco horas, de no haber retrasos por emergencias. Eran la diez de la mañana, había poco calor de sol, lo que sería favorable para la gente y los caballos, La amenaza de lluvia había cesado en su totalidad.

El día había sido favorable para la larga caminata. Raquel y las niñas cantaban acompañados por Neftalí en la guitarra. Eran ya las tres de la tarde e iban entrando cerca de la aldea de Loiza. Hicieron una corta parada para darle agua y comida a los caballos y comer alguna carne asada y pan, para continuar la esmerada jornada. La próxima parada sería en Carolina.

Una pandilla de jóvenes asaltadores de 25 a 35 años de edad, procedentes de la aldea de Loiza, quienes los habían estado espiando desde un matorral aparecieron portando machetes y cuchillos, advirtiéndoles que se trataba de un asalto. Ordenaron a todos salir de las carretas, so pena de matarlos a todos, de demostrar resistencia. Neftalí había vendido la finca y lo que le sobró después de la inversión que hizo en la otra finca, lo llevaba en uno de los bolsos, debajo de su asiento. Ellos querían dinero y una carreta para escapar. Esos asaltos eran ya comunes en esa área, la policía había hecho muy poco para resolver el problema, no obstante haber habido muertes y gente mal herida. Para ese tiempo la patrulla policíaca preventiva se hacía a caballo. Hasta el próximo año no contarían con unidades motorizadas, pero, primero tendrían que pavimentar las carreteras. El camino real de Humacao, y Naguabo a San Juan, construido por España, no obstante, era ruta viable para algunos de los vehículos que llegarían en el próximo año, de los cuales ya Neftalí había ordenado algunos, para la finca y otro, para la familia.

"Vamos, rápido, todos fuera, queremos todo el dinero, pronto, ah, y nos llevaremos dos de esas lindas chicas. Queremos esta carroza donde ellas van."

"Dinero no tenemos y tampoco se llevaran mis hijas, solo por encima de nuestros cadáveres."

"Mira Lagarto, -- (que era el sobrenombre de uno de los asaltantes), es potro el papito de las nenas. ¿Oíste lo que acaba de decir?"

"Déjamelo a mí Verdugo, --(que también era su apodo) yo me encargo de despachar a mejor vida al papito, tú me conoces, pero me quedo con la nena que parece la mayor, que esté claro eso."

"No importa, es igual de bonita que la otra, no hay diferencia."

Verdugo tenía a Myriam agarrada por el cuello y amenazaba con matarla de no acceder Neftalí a la demanda del delincuente, Lagarto había hecho lo mismo con Sarah y la situación era complicada. Raquel lloraba inconsolablemente.

"Muy bien muchachos, ya resolveremos el problema. Permítanme subir a la carreta y les traeré el dinero, solo quiero a mis hijas sanas. Por favor no las lastimen, se los ruego."

"Cálmate Raquel, reza constante, todo saldrá bien."

"Nefta, tengo mucho miedo por lo que le pueda pasar a nuestras hijas, entrégales todo el dinero."

Neftalí retornó con el bolso conteniendo todo el dinero sobrante de la venta de la finca grande de la montaña, después de haber pagado por la compra de la más pequeña. De hecho, había hecho una fantástica venta y mejor compra. La nueva finca pudo haberse vendido en el doble del dinero pagado por ella.

"Bien señores, trato hecho. Aquí está todo lo que tengo. Entréguenme mis hijas y yo les entregaré el precio del rescate."

"¿Cuánto dinero tienes en ese bolso, viejo idiota?"

"Mucho dinero señores, mucho."

"¿Cuanto es mucho?" -, preguntó Verdugo.

"Señor, tengo $20,000.00."

"Eso no paga por el rescate de estas lindas princesitas viejo listo, tienes que buscarte otros veinte mil, vamos, apúrate o veras la sangre de tus hijas. No pienso estar aquí toda la tarde haciendo negocio contigo. Sabes que nos podemos llevar el dinero, a tus hijas, y matarlos a todos, así es que, tú tienes la respuesta. No somos gente fácil, te aseguro que si no cooperas con tus hijas veras mucha sangre correr. Degollaremos tus hijas, esposa, hijos, y luego todos los demás, uno a uno. Nos llevaremos todas las carretas y las venderemos en Fajardo. Muévete, no hemos venido a perder el tiempo, y mucho menos ahora que sabemos que tienes mucho dinero, creo que no eres estúpido. No, no mires a la distancia buscando auxilio, por aquí no ha pasado la policía en muchos años y muy poca gente transita por este camino. La gente lo llama el camino del diablo. En este vecindario somos nosotros los que implementamos la ley, la nuestra, tú tienes la última palabra, viejo asqueroso, apúrate."

"Bueno, tengo la respuesta que estas esperando, dadme tres minutos."

Neftalí, en total desesperación, un poco turbado, subió a la carreta, buscó por todas partes, encontró un bolso lleno que contenía su ropa interior. Metió papeles en el bolso, y encima le puso el dinero. Se dirigió donde estaban los salvajes asaltadores con sus cuchillos en las gargantas de sus os hijas, Myriam y Sarah. Trataba de no mirar a la desesperante escena. Hablaba en un soliloquio, tratando de no mover sus labios:-- "Dios mío, ¿qué cosa tan mala he hecho para que me castigues de esta forma? Ven en mi socorro, no mates a estos mis enemigos, a quienes nada les he hecho, solo quiero a mis hijas vivas. Mi esposa moriría si mis hijas murieran en las manos de estos dementes." Con sus piernas temblorosas llegó hasta casi al frente de los raptores que tenían a sus hijas retenidas por la fuerza a punto de degollarlas.

"No te acerques demasiado, viejo rata, retírate mucho más atrás. Quienes son esos negros ese que vienen contigo? ¿Trajiste todo el resto del dinero?"

"Eso es cierto, aquí lo tengo en un solo bolso para que se les haga más fácil cargarlo. Los que vienen conmigo son dos un testigos, buen amigos."

"Eso es bueno, abre el bolso para que yo mismo pueda ver lo que hay, pero de prisa el tiempo se acaba, y veo gente allá arriba que parece están mirando, no queremos se nos dañe este trabajito que nos dejará buena ganancia. Pon el bolso con el dinero frente a mí, vamos, muévete."

Neftalí, con sus manos temblorosas puso el bolso al frente y lo abrió para que el delincuente pudiera ver el dinero, que estaba encima de los papeles, para aparentar que había mucho minero. Ambos se miraron y no pudiendo retener sus emociones al ver tanto dinero, soltaron las niñas y bailaron de alegría. Lagarto sacó una bebida alcohólica que llevaba en una pequeña botella dentro de su bolsillo y exclamó:

"Verdugo, por fin somos ricos, los negros más ricos de todo este pueblo. Seremos los dueños de Loiza, tendremos las mejores mujeres."

Las niñas corrieron a los brazos de su padre. Verdugo y Lagarto se aproximaron a recoger el bolso conteniendo el dinero. Una vez llegaron al sitio para levantar el bolso, se descuidaron que Currustacio y Burundingo se habían adelantado a donde estaba el bolso. Currustacio había puesto su pie derecho sobre el bolso, y miraba fijamente a los ojos de Verdugo.

"No tan ligero negrito, no te será tan fácil granuja."

"Mira viejo zorro, ¿Quién es la cosa esta? Tú me prometiste ese dinero, entrégame lo que acordamos o los mataremos a todos. Esta cosa fea es la que manda entre ustedes? Apártate de sobre esa bolsa, mono africano. Mira bien este puñal que tengo en mi mano izquierda. Con este te voy a sacar toda la mierda apestosa que tienes en esa prieta barriga."

Currustacio y Burondingo, miraban al saqueador estáticos, sin tratar de mover ni un solo dedo. Lagarto se acercó a Currustacio y le arrojó una saliva en su cara. Currustacio se limpió lentamente con la manga de su camisa, se quitó los palitos que tenía colgados al cuello, y tomó a cada uno encada mano, y con maestría los movía de un lado al otro. Inclinado hacia el frente, se movía de derecha a izquierda, mirando a ambos con cautela.

"¿Con esos dos palitos me vas a matar, negro apestoso?, Ja, ja, ja, ja."

"Verdugo, ¿te atreves cortarle el cuello a este chimpancé? Despacha al tuyo, mientras yo me encargo de este. Vamos acabar con estos dos animales en un pestañazo. A la guerra, somos cinco, fuertes y jóvenes, muerte con todos, hombres y mujeres."

Currustacio le asestó un golpe con uno de los palitos a Lagarto en la frente abriéndole una herida por la que sangraba profusamente. Héctor sacó su rifle y mantenía a los demás a raya. No lo había querido hacer antes pues, no quería matar a nadie, a no ser que no hubiera otra alternativa. Sabía que, ellos podrían deshacerse de los asaltantes sin derramar sangre. Borondingo le había propinado una paliza al otro, quien ya estaba tirado al suelo pidiéndole clemencia. Levantaron a ambos, los amarraron con cuerdas, lo mismo hicieron con los demás.

Cuando miraron a su alrededor, notaron que había siete hombres mirando el suceso. Los hombres aplaudieron a las víctimas, a Neftalí, su familia y sus amigos. Uno de nombre Luis se le acercó a Héctor diciéndole:

"Amigos, han desbaratado ustedes a la pandilla más temible de este camino. Ya estábamos cansados de quejarnos a la policía, y nada habían hecho. Tuvieron que venir ustedes a resolver este problema. Amarrémoslos a todos y llevémoslos a la policía, todos seremos testigos."

La familia Méndez ya se había ubicado en la comuna de Miramar, y estaban teniendo una gran acogida. Los jóvenes estaban eufóricos por la llegada de nuevos jóvenes. No encontraban más formas de manifestarles su gran aprecio. Las niñas eran la admiración de todos los varones jóvenes, y sus tres hermanos, el suspiro de todas las chicas. Neftalí y Raquel, recibían la estimación de jóvenes y adultos.

Era un domingo, se estaba celebrando una fiesta de recibimiento a los Méndez, los jóvenes y adultos confraternizaban en gran camaradería. Otros jóvenes y adultos de las comunidades vecinas no hebreos habían sido invitados, y compartían en gran cordialidad. Un grupo musical de la comuna, con guitarras, violines y tambores, hacia más ameno el momento interpretando bonitas canciones. Jóvenes con habilidades para los cánticos hacían demostración de su arte escondido. Myriam, Dina y Sarah, junto a las demás jóvenes, habían formado un corro, y cogidas de las manos bailaban y cantaban llenas de grato entusiasmo. Los jóvenes barones hacían lo mismo, y separados de las niñas, bailaban, daban saltos casi acrobáticos, ganándose la admiración de todos.

Eran las dos de la tarde, la algarabía en el salón estaba en lo macro del momento. La comida era exquisita. Se habían matado dos terneras y 20 gallinas. Patatas, pan horneado en el horno de la cocina del salón de recepción, acompañaban las ricas ensaladas de distintas variedades y refrigerios en abundancia.

Pero, los influjos del mal, siempre están al asecho, y nunca duermen. Más abajo, al otro lado de la comunidad, dos individuos utilizando camuflaje, se estaban infiltrando dentro de los predios de la comunidad hebrea. Se habían dejado crecer la barba, vestían elegantemente, al estilo de los jóvenes hebreos, con sombreros negros de ala ancha, camisa blanca y lazo negro. Habían llegado desde Naguabo, dos semanas después, en una carreta cubierta por techo y lados y un asiento adicional en la parte trasera, tirada por dos caballos. La habían rentado en Naguabo con dinero ilícito. Portaban cuchillos y sus intenciones eran malévolas. Habían dejado la carreta con los caballos, guardados en una vieja choza abandonada en las afueras de la finca de la comunidad. Se dirigían a la fiesta, caminaban agachados, despacio, tomando precauciones para no ser vistos.

Los malandrines habían robado dos vacas y un caballo, habían vendido el botín hurtado a personas inescrupulosas, en un precio ridículamente bajo. Querían el dinero rápido, lo suficiente para comprar las prendas de vestir que necesitaban, y alquilar la carreta con los caballos, para cometer el crimen que habían planificado. Llevaron utensilios para desprender las tablas del vallado que protege la comunidad, trabajo que pudieron realizar sin dificultad.

Currutacio, Borindongo, Héctor, y Eustaquio, habían sido invitados a la recepción, y el perro de la familia no podía ser olvidado. Neftalí le había regalado zapatos y ropa a Currustacio, Borindongo, y los demás hombres de su finca. Los sastres de la comunidad habían confeccionado las prendas de vestir de los hombres trabajadores de Neftalí, gastos que fueron sufragados por la familia Méndez. No había dudas que estaban disfrutando de la fiesta, elegantemente vestidos.

Los dos intrusos ya habían logrado fácil acceso dentro del edificio. Estaban vestidos a la usanza de los jóvenes judíos de la comunidad, característica que les abría puertas. No había sospecha de parecer gente extraña, al momento. Se habían dejado crecer la barba, para tener una apariencia con los demás jóvenes. Se sentaron en una mesa que estaba no muy lejos de la mesa donde estaban Dina y Myriam. Los jóvenes encargados de servir la comida en las mesas les trajeron dos porciones de carne, patatas, (papas) maíz y vegetales hervidos, pan recién horneado y refrigerios. No lavaron sus manos antes de partir el pan, no conocían esa costumbre hebrea. Un joven judío de la comunidad les advirtió de que, debían lavarse las manos antes de comer pan. Ellos, con grosería les dijeron que se habían bañado durante la mañana, que sus manos ya estaban limpias. Esta acción, en desacuerdo con los principios religiosos de los hebreos creó sospechas. Participaron de la comida y pidieron repetir. Pidieron café con leche, les trajeron café negro. Ellos se enojaron, querían café con leche. Los jóvenes les indicaron que, no se servía leche cuando en la comida se había servido carne, era la tradición judía religiosa. Se sintieron más enojados, pero se cohibieron de protestar.

"Myriam, no sé si te diste cuenta de esos dos jóvenes que recién han llegado. No me parecen hebreos, viste que no se lavaron sus manos antes de participar de la comida, cuando hay pan incluido. Son raros, pero es como si antes los hubiese visto."

"Has hecho la misma observación que yo he hecho, Dina. Bueno, pero hay mucha gente que se parece a otros. Oye, sigo pensando que los he visto antes. No los miremos mucho, he notado que no nos quitan la vista. Huy, son feos."

"¡Cáspita Myriam! Tienen aspectos desagradables. Se ríen mucho, como si se estuvieran burlando de algo, o de alguien. No me parece que sean residentes de la comunidad. Es cierto, tienen aspectos raros; vamos a cambiarnos de sitio."

"Dina, acompáñame al escusado, y cuando regresemos nos movemos de mesa, esa gente no me simpatiza para nada. Nos sentaremos más cerca de nuestros padres, hermanos, y de la guardia. Les sugeriremos los investiguen."

La música trascendía los límites de la comunidad. Muchachos de comunidades vecinas se habían acercado al escuchar la algarabía, y trataban de mirar a través de las rendijas de las tablas de la verja, por el frente. Los olores de comida atraían a muchos perros realengos.

Myriam y Dina se levantaron y se dirigieron al escusado para mujeres que estaba en la parte afuera del salón de recepciones, al lado izquierdo. Abrieron la puerta de salida, caminaron por un pasadizo, abrieron una puerta, luego entraron por otro pasadizo que daba entrada al escusado.

Los dos individuos, esperaron un corto tiempo, luego se levantaron, caminaron aparentando que iban al escusado de varones. Abrieron la puerta de salida, y se detuvieron frente a la puerta que da al pasadizo que comunica al escusado, para hombres, y esperaron. Las niñas no tomaron mucho tiempo, y al salir por la última puerta se toparon con los dos extraños individuos, que ansiosos las esperaban.

Los rapaces les taparon sus bocas con telas que habían traído, les amarraron los brazos y las obligaron a caminar por el pastizal de la parte trasera de la comunidad.

Moviéndose con rapidez, entraron al destartalado establo, donde habían dejado la carreta y los caballos. Amarraron a sus víctimas con una cuerda al asiento, les quitaron la cinta que le habían amarrado a las bocas, y arrancaron del lugar a toda prisa.

"Desgraciados, ya nos lo imaginábamos. ¿Qué quieren de nosotras, bestias?"

"Tranquilízate Dina. Si cooperan nada les acontecerá. No queremos herirlas, mucho menos matarlas. Somos gente civilizada al igual que ustedes. No soportaremos se burlen, solo queremos sean nuestras esposas."

"Y de esta forma pretenden conquistarnos Eulogio?"

"Calla y hagan todo lo que les ordenamos, si quieren vivir."

"En el salón de la fiesta, Sara, la más pequeña, se levantó de la mesa, corrió donde estaba su padre, y muy nerviosa le comunicó la ausencia de sus hermanas.

"Papá, las hemos buscado por todas partes y no las hemos encontrado. Dos jóvenes desconocidos, que se comportaban de forma rara, y quienes estaban sentados al frente de nosotras, también han desaparecido. De eso ya van como quince minutos."

"Guardias, guardias, venid, mis hijas Dina y Myriam han desaparecido. Hay que dar cuentas a la policía inmediatamente. Vallamos a la Jefatura Policíaca. Necesitamos caballos, y el perro. Yonadav, Datan, os ruego den protección a Raquel. Creo será necesario darle un calmante para que no le cause esto otra recaída de salud. Ella no está enterada de lo sucedido aún, y desearía que no se diera por enterada. Rabino, es usted la persona idónea, tome el control de la familia. Yo me encargaré de hacer frente a este otro problema.

"Nefta, ve en paz, todo habrá de salir bien. Inmediatamente reuniré a diez hombres para rezar por este asunto. Confía en el Dios a quien sirves."

"Rabino no sé cómo agradecerle por todo lo que hace por mi familia."

"Héctor, busca a Burindongo, a Currustacio, y trae el perro inmediatamente. Movámonos rápido, el tiempo se hace corto. ¡Dios mío, que infortunio!"

Eulogio y Silverio, salieron como almas que lleva el diablo del establo, con las dos jóvenes sentadas en la parte trasera, fuertemente atadas sus manos, amarradas al asiento. Doblaron hacia la izquierda y bajaron a galope hacia Rio Piedras, doblaron por la carretera que da hacia Trujillo Alto, cruzaron el puente, doblaron por el camino que pasa por el lado del río. Subiendo la cuesta, las correas que estaban sujetadas a los caballos y que halaban la carreta, se partieron y los caballos, una vez sueltos, cambiaron de dirección y bajaron desbocados la cuesta, quien sabe hacia dónde.

Los bandoleros secuestradores, turbados de no ser atrapados por la policía que vendría es su persecución, y por no caer por algún precipicio, que por allí hay algunos, se bajaron desesperados, empujaron la carreta hacia una zanja a la orilla de la carretera, soltaron a las niñas y huyeron monte adentro con ellas. Buscando donde pasar la noche y pensando que podrían hacer para salir de la encerrona a donde los había llevado una fuerza superior. Buscando y rebuscando encontraron una cueva no muy profunda que estaba debajo de una larga roca. Limpiaron el área de pasto y piedras, buscaron cuatro piedras lo suficiente grandes para acomodarse, y se sentaron a planificar que hacer. Estaban lejos de sus casas, desconocían el sitio, y no tenían ahora los caballos. Era aproximadamente las ocho de la noche y la única luz que tenían, era la que le ofrecía la luna.

Seis oficiales policiacos, Héctor, Eustaquio, Currutacio, y Borindongo, todos a caballo, acompañados del perro de Neftalí venían en persecución de los secuestradores y la liberación de las niñas. La policía había recogido un pañuelo, de una de las jóvenes que se le había desprendido del cuello, se lo dieron a oler al perro, y así lo hacían cada cinco minutos para mantener el olfato. El perro, olfateando el rastro de las ruedas y las pisadas de los caballos sobre el terreno, siguió las huellas de la carreta con mucho cuidado, sin confundirse en lo absoluto.

La policía pensaba que, los secuestradores habían seguido la ruta hacia Fajardo y Naguabo. Quedaron un poco confundidos cuando el perro los dirigía hacia Trujillo Alto. Se detuvieron, dieron a oler el pañuelo al perro, quien siguió la misma ruta que su instinto y olfato le indicaba.

El tiempo había transcurrido con rapidez, eran las once de la noche. La luna brillaba en todo su apogeo. Una que otra nube pasaba creando una negra sombra sobre los picos de las montañas. A la distancia se veían luces, unas alargadas, otras más redondas, que flotaban sobre las montañas, para luego desaparecer entre las sombras de la noche. Mis abuelos me decían que, se trataba de las brujas que salían a esas horas de la noche, buscando enredar entre las "zarzas" a los que se aventuraban a caminar en la noche, pudiendo únicamente liberarse de ese laberinto embrujado al amanecer. Más tarde aprendí que, se trataba de emanación de fosforo, constituyente de los organismos vegetales y animales, que brillan en la oscuridad. Una tradición supersticiosa traída de Galicia, España por nuestros antepasados reza así: "no creo en las meigas, pero haberlas haylas". Traducido sería: no creo en las brujas pero de haberlas, si las hay. Somos descendientes de gente de una tradición supersticiosa, ha sido parte de nuestro folclore andaluz.

"Señores, el perro está inquieto, como si oyera, o viera algo. Tengamos suma precaución. Presiento que pronto tendremos un encuentro con alguien. Preparemos las armas. Escondámonos con los caballos detrás de esos árboles, hagamos una corta parada por un corto momento. Nadie dispare sin mis órdenes." – ordenó el sargento Gutiérrez, a cargo de la guarnición policíaca.

Pasaron unos veinte minutos y nada distinto surgía, pero el perro continuaba más inquieto, levantaba sus grandes orejas y emitía gruñidos raros mirando atentamente hacia la distancia. Héctor trataba de calmarlo con caricias. Nadie hacía comentarios, el silencio era absoluto. La noche era quieta, el cielo estrellado. La luna ya había pasado de la mitad del cielo, no se movía ni una hoja de un árbol.

De súbito el perro dio un salto, y ladraba a todo pulmón. Héctor hacía esfuerzos para no ser arrastrado por la enorme fuerza con que tiraba. Eustaquio se unió a Héctor para asistirlo en mantener el desesperado perro, más quieto.

Un acelerado tropel se escuchaba a la distancia en la tranquilidad de la noche, ruido que había sido percibido por el perro, mucho antes de los humanos haber tenido sensaciones a través de los sentidos.

Una difusa sombra se notaba acercarse con rapidez. El perro mantenía un comportamiento salvaje, raspaba la tierra con todas sus fuerzas, jadeaba y expelía espuma por la boca. La oscura imagen se fue haciendo más evidente a medida se acercaba. El sargento dio instrucciones de salir del escondite para hacerle frente a lo que fuera, y mantener las armas listas para una eventualidad inmediata. No obstante, volvió a prohibir que nadie disparara ni un solo tiro sin su consentimiento, pues no se sabía de qué o de quien se trataba la inesperada visita, que venía hacia ellos. Había que tomar esmeradas precauciones.

La sombra ya se había esclarecido y se notaba las imágenes de dos caballos que corrían desbocados. Parecía que venían atados uno del otro, situación que los ponía en peligro de que, de uno falsear y caer, también el otro tendría la misma suerte. El sargento ordenó pararse de frente a ellos para detenerlos e investigar por qué corrían en esa dirección, y de donde podrían venir tan sudados. El perro los detuvo de inmediato y los policías los sostuvieron por las bridas. Notaron que unas correas de cuero sujetadas a sus cuellos estaban partidas, indicando que eran usados para tirar de alguna carreta, o carroza. Buscaron por sus cuerpos si habían sido marcados con las letras de sus amos. Efectivamente, pudieron notar dos letras, "VM", grabadas por un marcador de acero, de los que se usan para imprimir a fuego. El Sargento las reconoció como las dos letras del comienzo del nombre y apellido del amo. Zabulón olfateó sus patas y caminaron con ellos en la dirección del objetivo, los secuestradores.

~ XXVI ~

SORPRESA EN EL RAPTO

"Estos caballos me dan sospecha. Tengo la presunción de que se trata de los caballos utilizados por los raptores. Ustedes me han dicho que esta gente es procedente de la población de Naguabo. Estas marcas "VM" podrían ser de una caballeriza de ese pueblo y deben de estar registradas en la Comandancia de Policía de Naguabo, y la casa alcaldía. He notado que las correas de los caballos están partidas, aparentemente por un fuerte tirón de los caballos. La carreta tirada por estos caballos debe de estar en algún punto de esta carretera. Movámonos con cuidado, no sea estén escondidos y nos reciban a tiros. Héctor, ponle el bozal al perro para que no ladre, no debemos hacer ruido. Ellos están protegidos por la noche y la maleza, nosotros, al descubierto. Continuemos la marcha, pero despacio y sin hablar. Amarremos esos caballos a los nuestros. El perro se encargará de guiarnos,"—fueron las instrucciones del sargento.

La luna avanzaba hacia el horizonte, y Neftalí se notaba emocionalmente afectado, por sus hijas. Zabulón resoplaba esporádicamente, por el bozal, aparato que le apretaba y no le simpatizaba en lo absoluto. Con su hocico inclinado no descansaba de olfatear el camino. De vez en cuando se detenía por segundos, volteaba su cabeza y miraba hacia Héctor, quien montaba a caballo, y llevaba su rifle preparado para usarlo, de haber la eventualidad. Tanto él como Eustaquio tenían permiso de portación de armas de fuego, por estar ambos al cuidado de una finca y de empleados.

Currutacio y Borindongo, portando los palitos de defensa personal los seguían en sus caballos; estaban ansiosos por encontrarse con los secuestradores. Habían pedido permiso al sargento para que los dejara a ellos hacerles frente a los bandidos, petición que fue denegada de plano. La misión era policiaca, era la policía responsable de la aprehensión de los raptores, los demás, como ciudadanos, estaban a cargo de prestarles asistencia de ser necesario.

Silverio y Eulogio se habían acomodado dentro de la cueva, con Myriam y Dina, y descansaban recostados sobre una lona que Eulogio había ido a recoger de la carreta, que no estaba lejos del camino. Dina quien era de menor edad que Myriam, lloraba sin consuelo. Un rayo de luna penetraba dentro de la cueva, y el silencio del entorno amedrentaba a las chicas aún más, además de la incertidumbre de su seguridad, por estar a merced de sus raptores.

"Dina, no entiendo la razón por qué lloras—le comentó Eulogio. De esta noche en adelante serás la mujer más dichosa de Naguabo. Tendremos siete hijos, ¿no es eso una razón para sentirte que serás una mujer realizada? Pienso que Myriam ya ha comprendido. Mírala, ella no llora, ¿no crees que sea porque ha comprendido que ya se han liberado del yugo de su padre, y que esta noche haya comenzado su independencia? Viviremos los cuatro juntos, fabricaremos una casa más amplia que en la que vivías. Catorce hijos, contando los de Myriam, serán la felicidad de todos. ¡Qué felicidad haber por fin encontrado a mi alma gemela!"

"¿Yo, tu alma gemela? ¿Estás durmiendo? Prefiero morir antes de ser tu mujer. Mi hermana piensa igual que yo, así es que retírate de mí inmediatamente."

"Mira hija de put….. Serás mía por encima de las pretensiones de tus estúpidos orgullos, o el sueño de otro hombre, lo que no acontecerá. Mataré como a un perro al que se te acerque."

Eulogio la agarró por la cintura quiso besarla, utilizando violencia. Ella fingió que aceptaba sus caricias, él se entusiasmó tanto al grado de creer que ya la había conseguido. Cuando ya quería violarla, Dina le mordió una oreja, la cual por poco le arranca de un mordisco. Eulogio gritaba desesperado pidiendo a Silverio lo ayudara a quitársela de encima. Silverio le asestó una bofetada, que casi la hace perder el sentido. Myriam, utilizando un pedazo de palo que había alcanzado golpeó a Eulogio por la cabeza haciéndolo rodar afuera de la cueva. Eulogio se levantó caminando erráticamente. Se recuperó de inmediato y le pegó con la mano cerrada a Myriam en la cara haciéndola sangrar por la nariz. Silverio, partió un pedazo de la lona y cubrió la herida de Eulogio con la tela.

La policía, siguiendo a Zabulón como guía, dobló por la carretera que da por el lado del rio. Subieron cuesta arriba haciendo el menor ruido posible para no llamar la atención. El perro se detuvo y olfateaba rastros insistentemente, resoplaba, levantaba su cabeza, miraba hacia Héctor, y volvía a olfatear huellas. Siguió camino hacia arriba y volvió a detenerse. Héctor le dio a oler el pañuelo de una de las chicas una vez más, continuó olfateando por evidencias de huellas y movía su rabo agitadamente.

Moviéndose despacio y tomando precauciones, la policía se va aproximando a un bulto que, a la distancia se reflejaba una imagen difusa. A medida se iban acercando se hacía más clara la pronta identificación del objeto tirado hacia el lado del camino. El perro se acercó al objeto, lo olfateaba con insistencia y gruñía. Héctor le frotó la cabeza, le dio unas palmaditas.

El sargento se bajó de su montura, prendió un cerillo, rebuscó alrededor del carruaje buscando por alguna identificación. Casi acabándose el primer cerillo, prendió otro y continuó investigando pulgada a pulgada por alguna evidencia que identificara la procedencia de la descarrilada carreta.

"¡Bingo! Aquí está. "Caballeriza Vicente Martínez." Venta y alquiler de caballos, Carretera de Maizales, Naguabo. Las dos letras grabadas en los caballos indican que esta carreta y estos caballos pertenecen a ese rancho. Tranquilos muchachos, gracias a este fantástico perro hemos llegado al comienzo de la final misión de esta noche. Mucho cuidado, estos individuos no deben de estar muy lejos de nosotros y deben de estar armados con armas de fuego. Les advierto que se trata de un trabajo de riesgo. Podría ser que esos salvajes nos estén observando en estos momentos. Tenemos ahora la misión más importante, el rescate de las niñas. Espero que estos malandrines no las hayan herido. Introduzcamos estos dos caballos dentro de este bosquecito, amarrémoslos de algún árbol y manos a la próxima delicada misión. Démosle a oler al perro el pañuelo de una de las niñas y mucho silencio.

Dentro de la cueva, Eulogio se contorsionaba por dolor de la herida, al punto de casi no resistir. Myriam volvió a agarrar el madero y amenazaba con volarle la cabeza a cualquiera que se le acercara. Eulogio no estaba en buenas condiciones físicas para enfrentársele a Myriam y quitarle el madero. Ambas eran muchachas robustas y de más elevada estatura que sus raptores. Eulogio continuaba sangrando y comenzaba a preocuparse. Dina había agarrado una piedra y no le temblaría la mano para pegarle en la cabeza al que se le acercara. Silverio y Eulogio eran dos jóvenes enjutos y comenzaban a temerles, máxime ahora con Eulogio bastante inhabilitado, la situación empeoraba para ellos. Ambos habían perdido las armas de fuego dentro de la cueva durante la refriega con las jóvenes, y las buscaban apresuradamente.

Neftalí, los policías, Héctor, los negritos, y los demás con Zabulón al frente, constantemente olfateando el suelo, se movían pulgada a pulgada en silencio para no ser escuchados por los secuestradores. Héctor mantenía a Zabulón agarrado por la cadena. El astuto sabueso olfateaba de derecha a izquierda, se detenía, miraba a Héctor, quien le acariciaba la cabeza, le dio a oler una vez más el pañuelo de una de las muchachas y continuó olfateando con todo su empeño.

"Silverio, cuidado, paréceme que he escuchado ruidos no lejos de aquí. Oí como el bufido de un perro. Ojalá me equivoque.

"Paréceme tienes razón Eulogio, creo también haber escuchado ruidos, pero no temamos, ya he encontrado las pistolas, le quité el madero a Myriam y la piedra a Dina. Están bajo nuestro total control.

"Salvajes, - ¿así quieren conquistarnos?"

"¿Oíste lo que acaba de decir Myriam, Silverio? Paréceme que están cambiando de opinión. Eso me está una buena noticia."

"Eulogio, tenemos que salir de esta cueva. No tenemos los caballos, al romperse las correas se desbocaron, y no sabemos hacia donde se dirigieron. Tengo el presentimiento que nos vienen persiguiendo. ¿Tienes alguna idea de cómo salir de este sitio? Dime algo, tenemos que movernos rápido."

"Silverio, la única alternativa sería dirigirnos a la casa de mi primo, él vive por Quebrada Negrito, aquí en Trujillo Alto. Tenemos que subir mucho más arriba, pero por el otro camino, esto nos tomaría tal vez más de una hora de camino. Dime, ¿cómo te sientes de tu oreja? Recuerda que tienes que estar lo suficiente fuerte para caminar."

"Pues te diré Silverio que, no me siento ya tan adolorido; el sangrado se ha detenido, creo que estoy en buenas condiciones físicas para caminar. Así es que, movámonos pronto, porque presagio problemas pronto de no salir del cerco a que nos podría llevar la policía antes del amanecer."

"Busca el cordón que trajiste de la carreta y amarra los brazos de Dina, yo amarraré a Myriam y salgamos de este sitio a la brevedad posible."

Las dos niñas fueron puestas de espalda a la alta piedra de la cueva. Eulogio encañonaba a Dina mientras Silverio amarraba a Myriam, luego Silverio hizo lo mismo mientras Eulogio le ataba los brazos a Dina.

"Eulogio, no tienes otra manera de proponerme matrimonio. Me parece que harías lo mismo si estuviéramos casados."

"No mi amor, jamás te heriría ni con la hoja de una flor."

"Y entonces, -¿Por qué no lo demuestras?"

"Todos quietos canallas,-gritó la policía, suelten las niñas que han raptado."

"Nosotros no las hemos raptado, ellas se fugaron voluntariamente con nosotros."

"No les creas papá, ellos nos raptaron de la fiesta. Estos salvajes nos han golpeado y nos tienen amarradas de los brazos. Han tratado de violarnos, y nos han amenazado con asesinarnos, de no ser sus esposas. Yo me he negado a sus pretensiones y esta bestia me ha herido con el puño."

"Callate idiota"--,le gritó Silverio. Mira viejo, si quieres vivas a tus hijas, tráenos cuarenta mil dólares, pero eso es ahora mismo. No trates de querer pasarte de listo con papelitos debajo de las mangas. Si no quieres ver a tus hijas saltando en el suelo con dos balazos en sus cabezas, anda muévete."

"Dame un par de minutos para pensar que decirte Silverio."

"Tu demanda es aceptada Neftalí, pero el tiempo se te está acabando. No nos importa morir. Tenemos en nuestras manos a Myriam y Dina y no estamos dispuesto a entregártelas vivas. Si no son de nosotros, no lo serán de nadie más. Si viene la policía contra nosotros, las mataremos y luego nos suicidaremos, queremos que esto esté claro. No es tanto el dinero lo que está en juego aquí. El dinero no nos interesa tanto como las niñas, aunque siempre es codiciable y sabemos que tú lo tienes. Queremos a tus hijas como esposas, acepta nuestra demanda y tendrás tus hijas vivas por toda tu vida."

"Mira Silverio mi decisión es final y les va a interesar. Les daré mis hijas y les daré $20,000.00 (veinte mil) para que se establezcan como matrimonios. No solamente esa es mi oferta, los haré herederos de mis tierras y dinero. Serán ustedes los administradores de mis negocios. Como regalo de bodas les llevará a España en el lujoso barco El Intrépido de Canarias. No solamente serán ustedes mis yernos, sino mis hijos. Mi esposa estará muy feliz con ser ustedes los esposos de Myriam y Dina. Para que sean de otros, mejor de ustedes, a quienes conozco desde sus nacimientos. ¿Qué les parece mi oferta?

"Ahora soy yo quien te solicito un par de minutos para analizar tu oferta, con mi compañero Eulogio."

"Toma el tiempo que creas necesario Silverio, hijo, estaré esperando intranquilo por lo que habrán de decidir. Cuiden las niñas que serían sus esposas."

Myriam y Dina entendieron la psicología en reversa aplicada por su padre, pero no dieron a entender a sus raptores la prometedora astucia de su progenitor. Su padre no tendría consigo ese dinero, y esto pondría sus vidas en peligro. Silverio y Eulogio estuvieron conversando en secreto. Silverio era escéptico a la propuesta de Neftalí, le parecía una estratagema para quitarles las jóvenes y tirarles la policía encima. Pensaba que la oferta no era solo tentadora sino, riesgosa. Decidieron consultar con las jóvenes y preguntarles si estaban resueltas a ser sus esposas.

"Myriam, oíste la oferta de tu padre, ¿Qué opinas?"

"Silverio, tanto tú como Eulogio son jóvenes apuestos e inteligentes. Pero, si ustedes deciden cambiar su conducta, no creo haya impedimentos en aceptarlos como nuestros esposos; por lo que a mí respecta, no sé cuál será la opinión de Dina. Nuestro padre hubiera estado de acuerdo en aceptarte, no hubiera habido necesidad para llegar a esta situación, que fácilmente pudo haber terminado en una tragedia más dolorosa. Por tanto, quiero deshacer los entuertos y aceptarte, tal y como eres como mi novio, y mi futuro esposo, no obstante quiero oír que dice Dina."

"Myriam, yo quiero ir más allá. Que se aproxime a mi Eulogio, se ponga de rodillas y me prometa que, desde esta noche en adelante él comenzará a cambiar su conducta, que me será fiel el resto de sus días, respetará a mi padre, mi madre, a Sara, a todos mis hermanos, y comenzará a asistir a la escuela nocturna, hasta que se convierta en un hombre útil a toda la sociedad. Que me pida perdón por todo esto que nos ha hecho. Ambos tienen que deponer de sus armas. ¿Estás de acuerdo Eulogio?"

"Si mi amor, por ti iría nadando hasta España. Esta noche me siento ser un hombre resuelto, el más feliz de la tierra."

"Bueno pues, ahora salgan hablen a nuestro padre de la decisión que hemos tomado. De rodillas irán ante él y le pedirán perdón por estas fechorías que han cometido. Nuestro padre es un hombre de honorable estilo de vida, él los escuchará y no creo que los condene por el mal que nos han causado. Ah, importante, tienen que arrojar las armas fuera."

"Myriam, mi amor, dame un beso, ahora entiendo cuán inteligentes son."

Hubo un momento de silencio de debajo de la piedra. La policía se reunió con Neftalí y lo alagó por la forma inteligente de lidiar con el delicado problema. Pronto serían las dos de la mañana, y el aire que soplaba era suave y cálido. El perro se mantenía acostado sobre el pavimento, sostenido, por Héctor. Levantaba sus grandes orejas, como si estuviera escuchando en el ámbito algún ruido imperceptible a los oídos humanos. De súbito surgió una rata corriendo por los alrededores, Zabulón se impacientó y quería salir como disparado en la persecución del roedor, que de no ser de estar fuertemente sujetado hubiera dado cuenta del inmundo animal.

Debajo de la roca Myriam y Dina, escondían sus caras de Silverio y Eulogio, al hacer muecas por el asco que sentían al tener que acceder a sus peticiones de besarlos. Era difícil, pero estupenda estrategia reflejar amor fingido, para entusiasmarlos a proceder a sus demandas a fin de que caminaran como ovejitas al matadero y cayeran en las manos de la policía. Ellos estaban tan enamorados de ellas que estaban ciegos, y estaban dispuestos a complacerlas en lo que les pidieran, por ser aceptados como sus novios. ¿Por qué hacer fuerza física contra ellos, sin logro alguno, si tenían en sus manos la más efectiva arma para defenderse? Habían identificado la parte débil de ellos, había que atacarlos con ese infalible medio. Hasta aquí sus tácticas habían comenzado a dar frutos, gracias a la iniciativa inteligente de su padre. Una combinación inteligente entre padre e hijas estaba a punto de dar resultados.

El sargento de la policía había dado instrucciones a sus subalternos de retirarse con el perro a la parte trasera de la piedra. Tres policías se situaron encima de la piedra mientras se realizaba la transacción. Desde la parte superior de la piedra, como a seis pies de altura podían tener control de la escena que se desarrollaría abajo. No serian vistos por los raptores, y por sorpresa podían caer de un salto encima de ellos y apresarlos. Transcurrían los minutos sin respuesta absoluta. Silverio no creía que la oferta de Neftalí era sincera, y parecía haber un impase entre él y su compañero. Myriam se acercó a Silverio y le acarició la cabeza. Silverio le besó la mano y ella le juró un fingido amor eterno, quedando él mas enamorado.

De pronto se oyó un ruido de algo que había sido arrojado. Silverio salió solo y habló en voz alta:

"Neftalí, mi futuro suegro. Estoy haciéndole saber, como portavoz de los demás que, hemos aceptado su oferta. Arrojaremos nuestras armas fuera de la cueva, aquí están, véalas caer hacia donde usted las puede levantar. Llamaré a Eulogio, Myriam y a Dina a que pasen al frente; sus hijas tienen un mensaje para comunicarle. También Eulogio quiere expresarle el pesar que sentimos por haberle causado todo este mal. Myriam y Dina nos han aceptado como sus novios y quieren hacerlo saber personalmente. Sé que no es el sitio más correcto, pero el mensaje es el mismo, tanto aquí como en la casa del rey."

"Ya que serán mis yernos, no hay animosidad de mi parte. Entrégame las niñas y continuaremos hablando de los futuros planes. El dinero se lo entregaré el día que se casen correctamente. Tú me conoces, soy hombre correcto. Si te lo merecieras cumpliré mi palabra."

"Las niñas comienzan a salir de debajo de la roca Neftalí, véalas."

Myriam y Dina una vez se vieron libres de sus raptores, dieron un salto y cayeron en los brazos de su padre. El las abrazaba y los tres lloraban sin consuelo. Los policías que habían estado observando la escena desde arriba, también lloraban por la emoción que causaba la escena, y de un salto cayeron encima de los dos raptores, los amarraron de pies y manos y los llevaron hasta las carrozas de la policía.

Al día siguiente, en la Caballeriza de Vicente Martínez en Naguabo, donde se alquilaban caballos y carretas, dos caballos tiraban de una carreta. Habían viajado desde Rio Piedras, acompañados por cuatro policías. Cincuenta años de prisión sin derecho a fianza fueron impuesta a cada uno de los raptores.

Tres semanas después, Neftalí y la familia viajaron a Madrid, España. Una larga carrera en medicina les esperaba enfrentar a Myriam, Dina, Sarah y demás hermanos. La familia habitó en la casa de Josué y Ruth, hermano mayor de Neftalí, quien nunca vivió fuera de España, y poseía dos casas. A los seis años regresaron a San Juan donde se establecieron y ejercieron sus profesiones junto a sus hermanos. Se casaron con hombres puertorriqueños, de descendencia hebrea, al igual lo hicieron sus hermanos. Tuvieron hijos e hijas nacidos en San Juan.

~ XXVII ~

DECADA Y MEDIA DESPUES

Silverio y Eulogio junto a otros confinado, comenzaron a planificar un acto de fuga. Había para entonces un prisionero muy conocido por ellos. Se trataba de un individuo sumamente peligroso, quien también, calladamente, junto a los otros, habían estado tramando una fuga relámpago, pero sin lograrlo aún, debido a falta de estratagema precisa. Para ello se necesitaban decisiones bien calculadas, frías y rápidas. Pantuflo Estremera, era un negro de aspecto grotesco, arrogante y tosco. Llevaba una cicatriz en el lado derecho de la cara que le comenzaba desde la parte superior de la nariz hasta su quijada. Otra herida de cuchilla le cruzaba el pecho. Estaba cumpliendo una sentencia de quince años por el asesinato de un individuo de nombre Colombo Restrepo. Fue encontrado culpable en segundo grado, mediante pruebas técnicas. Hubo testigos que admitieron en corte que, ya previamente lo había amenazado de muerte, por asuntos de faldas, pero nadie lo había visto darle muerte. Había sospechas en el sentido de que este individuo también asesinó por desaire a una joven blanca y muy bella, de nombre Myriam Rivera, quien era residente del barrio Duque de Naguabo. Conforme a declaración de algunos, esta reusó bailar con Pantuflo, en una fiesta de fin de año. Su novio, de nombre Antonio Martínez, estaba con ella, por lo que ella se cohibió de sus pretensiones. En ese instante Pantuflo abofeteo a Antonio. Más tarde, este fue encontrado muerto a la orilla del camino que conecta al pueblo, y cuatro meses más tarde, Myriam apareció asesinada a cuchillo cerca del plantel escolar, cerca de su casa. Pantuflo fue arrestado y fichado como sospechoso de la muerte de Antonio. No habiendo testigos oculares contra él por la muerte de Myriam y tal vez por miedo a represalias, este fue encontrado inocente por esa muerte.

Silverio era individuo astuto y planificador para delinquir. Toda su vida la había dedicado al pillaje y a todo tipo de delincuencia, le gustaba a jugárselas frías. Pantuflo por lo contrario era un torpe delincuente, mal planificador, pero hombre muy peligroso, de desagradable aspecto. Silverio había estado planificando una fuga. Para ello habían propuesto fingir buen comportamiento, pues, los que mostraran esa cualidad se les permitía salir a trabajar en el corte de pasto a los lados de las carreteras, asunto que habían logrado luego de mucha abstención de realizar trifulcas dentro de la cárcel. Ya estaban disfrutando de esos privilegios, y fue cuando los planes de fuga se hicieron más ambiciosos, y próximos a ponerlos en ejecución.

"Oídme bien, mañana saldremos a trabajar en la carretera que va de Naguabo a Humacao. Estaremos desyerbando a los lados. La carretera es larga, por lo que estaremos trabajando ahí por algunas semanas. Es sumamente importante portarnos correctamente, como la guardia indica, si queremos estar libres de esta "jodía" prisión. Partiendo del primer día de trabajo, y al llegar el cuarto día, en el comienzo de ese día de trabajo, esperaremos que los dos policías se paren a nuestros lados para darnos las instrucciones. Si estuvieran un poco retirados los llamaremos, y una vez se acerquen los dos, tu, Pantuflo que eres el más fuerte y tienes puños grandes, le darás un puñetazo al guardia cerca de ti y tu, Eulogio le acertarás un golpe en la cabeza con el palo del azadón al otro, y seguiremos golpeándolos hasta que queden inconscientes. Luego, los amarraremos de un árbol, le quitaremos las armas, las camisas, las gorras, y las balas, y nos vamos en el carro de la policía, libres como los pájaros. Tenemos otra misión que cumplir."

"Y quien te puso a ti, cara de caballo, como líder?"

"Yo me he puesto como líder, Eulogio cara de puerco, te guste o no."

"Mira, Eulogio, ya oíste a Silverio, él nos dirá que hacer."

"Gracias Pantuflo, eres inteligente."

"Hace tiempo me estas apestando a mierda, Silverio."

"Mira bestia inmunda, Eulogio, si no te gusto, ya sabes lo que tienes que hacer."

"Tan pronto salga de esta maldita cárcel, yo el gran Pantuflo, haré un asalto a mano armada, y con el dinero que me robe cogeré un barco y me largaré a Nueva York."

"Ja, ja, ja, me das ganas de reír Pantuflo. ¿Y qué vas hacer allá? Bueno, como dicen que hace poco sol, y es frio, se te cambiará el color prieto, y ese pelo de alambre se te pondrá como el mío, rubio y lacio."

"Silverio, ten cuidado con las burlas, no las tolero. Parece no me conoces."

Era el mes de noviembre. El calor del sol no es tan cálido como en los meses de verano. Soplaba brisa ligera de la parte norte, y se notaba a la gente en estado de excitación por los aires frescos de la época. La euforia es común en esta época del año, por la proximidad de los días festivos de Navidad. La gente parece más jovial que en el los otros meses del año. El espíritu de fiesta ya comienza desde mitad de Octubre y se extiende hasta fines de Enero. Las bebidas embriagantes, por lamentable cultura mundanal, constituye una preferencia entre una considerable porción de la población de la Isla. El ron clandestino, bebida enajenadora por excelencia, prohibido a la venta publica, y que ya constituye parte de la bebida folclórica del país, es vendido de forma ilegal en muchos hogares, como medio de vida, motivado por la pobreza típica del tiempo en que acontecen estos sucesos.

"Silverio, mira, toma precauciones al hacer lo que te solicito. Ve al establecimiento de refrescos y alimentos con Eulogio y dile a Jacinto, el dueño de la tienda que te venda una pinta de ron cañita. Jacinto me conoce muy bien, él me puede ver desde la tienda. Aquí tienes el dinero, y con lo que sobra, te da para un refresco para ti y otro para Eulogio", - le comunicó el policía.

¿"Y si nos agarran otros policías de esos que a veces pasan por aquí?"

"No temas, entrégale esta nota. El enviará contigo a un empleado con el ron."

"Bueno, pues allá iremos, pero defiéndenos por si algo nos sucede."

"Sin miedo Silverio, yo los estaré mirando desde aquí, pero, no te olvides de comprarle a Eulogio un refresco con lo que sobra."

"Mira negro feo, Pantuflo, no estás haciendo el trabajo como te expliqué. A ti parece que nunca te ha gustado el trabajo. Coño, que eres más vago que la madre que te parió. Carajo, que parece que cuando naciste, botaron a la criatura y se quedaron con la placenta."

Los dos policías, felices como lombrices, se sentaron debajo de un frondoso árbol de almendro, para disfrutar de la embriagante bebida y la inspiradora paz de del paradisíaco entorno playero, como a cincuenta pies de los presos. Era pasado el medio día y el sol comenzaba a calentar un poco más. El día era tan claro que invitaba al disfrute al aire libre, y sentir el suave cosquilleo de la blanca arena, al caminar descalzo, y la acariciante agua tibia de las olas al romperse silenciosamente sobre la blanquecina arena. Las olas del mar azotaban con suavidad allá lejos en el arrecife, y al romperse recorrían lentamente hasta la orilla, formando blancas espumas. Bellas y blancas gaviotas volaban en círculo, y se tiraban en picada sobre el agua al divisar desde lo alto algún pececillo que, inocente del peligro acechaba desde arriba, y jugueteaba dando saltos sobre las olas. Por la carretera, uno que otro carro tirado por sudorosos caballos, conducidos por campesinos, portando largos machetes, corrían pateando estrepitosamente sobre el embreado y duro pavimento de la carretera. Matas de uvas playeras entre árboles de almendro y palmeras, a lo largo de la playa, creaban hermoso paisaje paralelo a la panorámica carretera. A lo lejos, pescadores tiraban sus redes en busca del sustento diario, mientras algunos felices bañistas se daban un refrescante chapuzón, y se zambullían en las olas cual expertos nadadores, confiados en la tranquilidad y seguridad del lugar. La escasa delincuencia en el plano social, con uno que otro suceso criminal esporádico, no preocupaba al ciudadano. Uno de estos estaba a punto de plasmarse para las estadísticas del crimen, orquestado por desajustados sociales que, como un monstruo comenzaba a asomar. Muchachos de la vecindad, confiados de la apacibilidad del litoral, pasaban muy confiados a intervalos, o se detenían debajo de árboles de almendras, para extraer el muy gustoso al paladar almendruco de la verde cubierta, golpeándolas entre dos piedras; reían y se divertían sanamente, mientras tiraban piedrecitas sobre el agua, ajenos al inusual suceso que próximo estallaría y rompería la placentera paz del lugar.

"No me agrada el negro grande ese. Tan feo es él como su nombre. Hombre, ¿pero cómo se les ocurrió a sus padres ponerle tal nombre? Pantuflo, pero, ¡qué diablo de nombre es ese! Es la primera persona que conozco con tal nombre. Santiago, debemos tomar precauciones, son prisioneros peligrosos", -comentó el sargento Quintero.

"No creo que estas bestias estén planificando escapar, pero noto algo sospechoso. Debemos mantenerles el ojo, sargento Quintero, nosotros somos dos y ellos, tres."

"Vamos acercándonos lentamente, Santiago, y cuando estemos como a quince pies de ellos, yo llamaré al negro Pantuflo, y a Silverio a que caminen hasta mí, tú te encargas de Eulogio, al que mantendrás separado de los otros dos."

Al llamado del sargento, los bandoleros caminaban muy nerviosos con sus manos en los bolsillos y Eulogio con su azadón de trabajo en su mano. Un poco a la distancia, dos personas hablaban debajo de un árbol, al lado de la carretera, y en una finca, no muy lejos de ellos, agricultores trabajaban en sus faenas. Un carretón arrastrado por bueyes, como a un cuarto de milla, venía acercándose lentamente.

"Fuera las manos de los bolsillos, señores. Les ordeno permanezcan donde están",-- fueron las instrucciones del sargento Quintero. ¿Me pueden explicar a qué se debe la reunión que recién tenían? Por qué paralizaron el trabajo que les asignamos? Pantuflo, y Silverio, caminen hacia la derecha y deténganse allá. Vamos, levanten sus manos mientras le inspecciono los bolsillos. Policía Santiago, haz lo mismo con Eulogio, pero toma precauciones."

Una vez el sargento se acercó a Pantuflo, este lo derribó de un violento puñetazo a su rostro. Eulogio le acertó un golpe en la cabeza al policía Santiago, con el palo de su azadón cayendo este de bruces, e inconsciente. Sin pérdida de tiempo les amararon de pies y manos, los arrastraron dentro un bosque a los lados de la carretera, los despojaron de las camisas, las gorras, sus armas y las llaves del auto. Silverio quien había aprendido a conducir automóviles, tomó el volante, y a toda prisa se escaparon en el carro policíaco.

Los individuos que se recreaban frente al mar, debajo del árbol de almendro, se habían enterado de que algo inusual había estado aconteciendo con los policías y los presos. Estaban muy nerviosos por lo que acababan de presenciar y no podían ni emitir palabras. El hombre de la carreta de bueyes se estaba acercando y aprovecharon para hacerle saber sobre el acontecimiento.

"José, José, detén los bueyes. Ayúdanos, parece que dos policías que habían estado a cargo de tres personas que hacían trabajos en el corte del pasto los han asaltado. Vimos a los tres mientras los arrastraban hasta dentro del bosque. Tememos que los hayan asesinado. Acompáñanos hasta dentro del bosque para ver lo que ha sucedido."

"¿Ese fue el carro de policía que vi salir a toda prisa? ¿Y a dónde los llevaron dicen ustedes?"

"Al otro lado de la carretera, allá dentro del bosque."

"Bueno pues, amarraré los bueyes de este árbol y vamos, vamos ligerito. ¡Hay Virgen del Socorro que no estén muertos esos guardias. Con el miedo que tengo de mirar a la cara de un muerto. Ustedes entran primero dentro del bosque y si están muertos, pónganle algo sobre las cabezas, yo no quiero mirar. Luego me llaman. ¡Hay Jesús María y José, en lo que ustedes me han metido! No sea que nos acusen a nosotros de haber matado a esos guardias."

"Tranquilito José, nosotros vimos parte de lo que pasó y eso diremos en el Cuartel de la policía si tuviéramos que ir allá. Como estábamos pelando almendras no vimos si los mataron, pero si vimos cuando los arrastraban, por lo que entiendo que estarán muertos. ¡Hay Dios mío que tragedia, bendito!"

"Espera aquí José, nosotros nos internaremos en el bosque. Si están vivos te llamamos, si están muertos regresamos a ti."

"Vallan, vallan, pero de prisa, ya son las cinco de la tarde y no quiero ver muertos después que se ponga el sol."

José el boyero se persignó, junto a los dos jóvenes, cruzaron la carretera y comenzaron a internarse dentro del bosque. Dentro de una hora comenzaría a caer el sol por el horizonte. El corazón de José palpitaba de forma agitada y se persignaba constantemente. Otros jóvenes habían llegado al lado de la playa, para disfrutar aire fresco, y darse un chapuzón en las azules aguas del Mar Caribe. Un par de martinetes que volaban sobre las olas buscando atrapar algunos pececitos saltones, se detuvieron cerca de los jóvenes quienes, les tiraron pedacitos de pan.

Ya dentro del bosque, los socorristas sintieron unos lastimeros quejidos que surgían de más adentro de la enmarañada maleza. Los dos jóvenes, cuyos nombres eran Julio y Raúl, junto a José caminaban abriéndose paso entre la zarza y los bejucos. No se habían percatado que, los otros dos jóvenes que habían llegado a la playa los seguían escondiéndose entre los árboles.

Amarrados de pies y manos y sangrando yacían el sargento Santiago y su compañero el policía Martin García. Sus caras y ojos estaban hinchados y con dificultad podían articular palabras.

"Hombres, ¿pero quién o quienes les han propinado tales golpes? Están ustedes muy mal heridos. Vimos a unos jóvenes quienes los arrastraron y los introdujeron dentro de este bosque, luego salieron y se fueron en el vehículo policíaco. Pero como portaban gorras de policía, pensábamos que eran también policías. ¿Eran acaso policías también?"

El Sargento haciendo esfuerzos trató de incorporarse, pero no pudiendo, fue auxiliado por José y sus amigos. Los sentaron sobre una piedra, y les limpiaron la sangre que les caía sobre los ojos. Asistido por los otros dos jóvenes, los fueron ayudando a caminar hasta sacarlos fuera del bosque.

"Nos han atacado tres prisioneros que hacían trabajos en el corte del pasto. Les agradecemos nos lleven al hospital de Humacao. Si alguno sabe conducir el camión lo autorizo para que lo conduzca y nos lleven al hospital."

Raúl, uno de los jóvenes dijo saber conducirlo. Le mostró el carnet que lo autoriza a conducir ese tipo de vehículo. Levantaron a los dos policías, los sentaron en el asiento delantero del camión, y comenzaron la marcha. Antes de entrar al hospital entraron al Cuartel de la policía y dieron parte al sargento. Otros policías montaron a los policías heridos en una ambulancia, y otro agente entrevistó a los testigos.

"Eulogio, ves esa casa allá arriba en la lomita, esa casa es la casa del judío Neftalí Méndez, el padre de Dina y Myriam. Quiero ver a Myriam pronto, sigo desesperado por verla. Siempre recuerdo el suceso en la cueva, ¿recuerdas Eulogio? Allí ellas dijeron que siempre habían estado enamoradas de nosotros. Esas voces las oigo constantemente. Son las voces más estimulantes y lindas que jamás haya oído en toda mi vida. Quiero ver a esa mujer otra vez. Han pasado muchos años, pero no me importa el tiempo. Espero no se haya casado, sé que está esperando por mí. Ella sabe que he de regresar, ella me dijo que me quería, y creo en sus palabras, ella no puede mentir, es mujer de grandes principios, al igual que Dina lo es. Su padre Neftalí prometió dárnosla como esposas, ¿recuerdas Eulogio? Su padre es hombre muy respetuoso, recto, correcto, él no miente. Pues ahora nos volverá a ver y nos tendrá que cumplir su promesa."

"Silverio han pasado quince años, esos son muchos años. ¿No crees que esas mujeres ya se hayan casado y tengan hijos?"

"Eulogio, no me importa lo que haya acontecido, ni cuántos hijos tenga Myriam. Si tuviere esposo e hijos, no me importa, voy a buscarla y te juro que me la llevaré esta noche. Ella me está esperando, dejará a sus hijos con el padre de los niños y se escapará otra vez conmigo. Espero que estés de acuerdo con mi plan. "Acaso ya no quieres a Dina? No creo te hayas olvidado tan pronto. Eulogio, te juro que escucho su voz cada día cada noche."

"¿Te has vuelto loco Silverio? Ellas deben de estar viviendo lejos de aquí, ¿cómo la puedes oír?

"Oye Silverio, si esas mujeres son tan bellas, ¿cómo es que personajes tan feos como tú y Eulogio pueden soñar con tener mujeres de esa calidad? Ja, ja, ja, ja. Yo creo que te está patinando el cerebro, Silverio. Eso de que oyes voces lo dice todo."

"Mira, cara de gorila, yo creo que en todo el mundo no hay un mono más feo que tú, Pantuflo. ¿Cómo te atreves llamarme feo, asquerosa placenta? Te mataré tan pronto tenga la oportunidad, Pantuflo. Puedes ir contando tus días, Pantuflo, mono de jungla."

"Eulogio, subamos allá arriba? Neftalí vive en esa casa y ahí deben de estar Myriam y Dina. Estamos armados, podemos invadir la casa y llevárnoslas. Los vamos a tomar por sorpresa. Andamos en un carro de policía, nadie nos lo impedirá."

"Silverio, yo creo que el judío no vive ya en esa casa, ahí viven los ñangotados del judío Neftalí, Héctor y sus secuaces, y están también armados. Neftalí vive en Santurce, y nuestras futuras mujeres viven con él."

"Eulogio, veo un grande resplandor lejos, detrás de nosotros. Esto puede ser un carro de policía, o tal vez más de uno. Metámonos dentro del callejón y apaguemos las luces del vehículo, podemos caer en una trampa, rápido. Es que soy un genio."

"¿Y es que tú eres el único inteligente, Silverio? No jodas tanto con tu complejo de inferioridad. Cuando uno es inteligente no anda diciéndolo, sino que deja que otros lo reconozcan."

"Mira hijo de la mal parida, yo soy el más inteligente entre ustedes, el más audaz, el único que sabe usar los sesos. Mejor te callas, no me hagas pegarte un tiro en la cabeza, y te tire dentro de esos matojos para que te coman los ratones. Silencio ahora, creo son policías y son dos carros los que vienen."

Estaba sumamente oscuro, la carretera era estrecha y de paupérrimo pavimento. Altos árboles y arbustos habían crecido de lado y lado del camino. Silverio había introducido el carro dentro del callejón de entrada a la finca, y lo había colocado con las luces apagadas, detrás de arbustos y árboles, haciendo casi imposible divisarlo desde la carretera. Un perro ladró desde la casa poniendo a los bandoleros en estado de nervios. Alguien salió de la casa portando un farol, y caminó alrededor de la casa, no viendo nada anormal volvió a entrar a la casa, y cerró la puerta.

"Silverio, no salgamos de este escondite hasta que esos dos carros de policía regresen, y se vallan. Esta carretera no tiene salida, por lo que esos policías tendrán que bajar por donde han subido. Si nos movemos nos agarraran."

"Carajo, te has apuntado otra Eulogio. El que no opina nada es el chimpancé este. Claro, si tiene cerebro de mono, no puede pensar Eulogio, ja, ja, ja, ja."

Eran las nueve de la noche y la oscuridad, cerrada. No había luna, pero si, muchas nubes negras en el cielo. Parecía que pronto podría llover y haría la salida del escondite casi imposible, por lo blando del suelo. Tendrían que esperar a que los policías que habían subido regresaran. De súbito se oyó el ruido que producen los caballos al caminar. ¿Otros policías? El ruido se fue haciendo más audible a medidas se acercaba lo que fuera que caminaba en la noche. No había viento esa noche y el silencio era intimidante. Se podía escuchar casi cualquier ruido a la distancia. Se oyeron algunas voces, eran los jinetes en los caballos que conversaban entre ellos. Los delincuentes dentro del carro respiraban profundamente. Pantuflo, no tenía revolver pero portaba un largo puñal en la cintura. Era un maleante de armas tomadas, frio criminal. Silverio no le quitaba la vista. Pensaba que debía de matarlo a la brevedad posible. Ese negro no le simpatizaba, le temía, y buscaba deshacerse de él a la brevedad posible.

La animosidad entre ambos era recíproca. Silverio le había pedido a Pantuflo se sentara con él en el asiento delantero, no lo confiaba estando sentado detrás de él. Eulogio iba sentado en la parte trasera, aunque tampoco era muy confiable. Las burlas e humillaciones contra él también habían calado muy adversamente en su forma de pensar contra Silverio.

Los caballos y sus jinetes comenzaron a pasar frente al callejón de entrada. Un perro que los acompañaba ladraba sin cesar. Las cabalgaduras se detuvieron por un instante, el perro no cesaba de ladrar, percibía con su olfateó a los prófugos. Los jinetes lo regañaron y siguieron su camino. El perro se detenía a intervalos, miraba hacia atrás y ladraba.

"Pedro, deberíamos averiguar de qué se trata? El perro no cesa de ladrar. Podría tratarse de alguien que necesite ayuda."

"No Anacleto, es un riesgo, mejor es seguir nuestro camino. Se ha dicho que hay unos fugitivos muy peligrosos, y quien sabe si están escondidos en esa maleza."

"Los desertores se dice que son tres, yo no arriesgo mi vida. Mucho menos a esta hora de la noche por este camino solitario."

Los dos jinetes continuaron su camino hacia el barrio Duque. El perro se calmó y las pisadas de los caballos lentamente se fueron haciendo inaudibles.

"Estuviste muy asustado Silverio, no pareces ser tan macho como te jactas"

"No, el más macho aquí eres tu Pantuflo, cara de perro hambriento"

"¿Por qué tantos insultos hacia mi Silverio? ¿Qué te he hecho yo para que tanto me humilles. Tú sabes, a cada puerco le llega el día…"

"¿Qué infieres Pantuflo, me quieres matar como mataste al otro."

"¿Me acusas o me amenazas Silverio.?"

"¿Tómalo de la forma que te venga en ganas, me importa un carajo. Me conoces Pantuflo, no perdono al traidor ni al que me rete."

"Pantuflo, ¿te gustaría saber cómo se conduce este vehículo? Es bueno que aprendas. Estamos estacionados, pero te puedo explicar algo, tú sabes, por aquello de sobrevivencia. Somos prófugos de la justicia; pudiera ser que yo no estuviera con ustedes todo el tiempo. Alguien debe de entender cómo se conduce este carro. Mira, acércate más, te explicaré como se hace para cuando vallamos a arrancar."

Pantuflo entendió la maldad de Silverio. Sabía este que Silverio estaba tratando de asesinarlo. Pantuflo tenía su puñal metido debajo de su cinturón, al toque de sus dedos, y Silverio, el revolver en su baqueta. Mientras Silverio le explicaba cómo trabajaban los mecanismos de frenar, aceleración, engranaje de transmisión, y como ejercer control sobre el timón. Pantuflo no le quitaba la vista de sus manos, mientras con sus brazos cruzados al pecho, con pasmosa lentitud iba moviendo su brazo derecho para agarrar el puñal.

Eulogio, sentado en el asiento trasero estaba ya enterado de lo que estaba sucediendo en el asiento del frente. La cabeza de alguien en esa noche iba a rodar. Tenía mucha desconfianza en Silverio. Sabía que, tanto Pantuflo como Silverio eran hombres sanguinarios, aunque él no era una excepción. Pero, ¿quién era el menos malo entre los tres? Un encuentro de vida o muerte sería indefectible entre él y Silverio, y Pantuflo ya había hecho planes para eliminar a Silverio y a Eulogio. Silverio era indispensable en esos momentos, sabía como conducir el automóvil para poder salir de ese sitio inmediatamente, pero, había que esperar a que la policía regresara para evitar un encuentro. Pantuflo era hombre raposo, de volátil carácter, frio, de mente criminal, amigo de nadie, abusón, y de armas tomar. Tarde o temprano habría un encuentro violento con él, con fatales consecuencias.

Un resplandor producido por los faroles de algún vehículo, rompió las tinieblas de la noche. Los delincuentes callaron, se acostaron en el piso de su vehículo, robado a la policía mediante violencia. El auto fue acercándose con lentitud sobre el pobre y decrépito pavimento de la carretera. Hizo una parada a la entrada del callejón donde estaban bien escondidos detrás de unos arbustos los fugitivos. Había excitación nerviosa entre ellos, y hubo una temporera suspensión de los planes inmediatos de los delincuentes, pero, cada cual sospechando de cada uno, y con sus manos bien cerca de sus armas.

Los agentes policíacos permanecían estáticos a la entrada de la finca, y casa agrícola, y tres pequeñas casas más al uso de los trabajadores de la finca. Los desertores de la justicia no movían ni un dedo por temor a ser escuchados. El auto no podía ser visto desde la carretera, la vegetación y la oscuridad le daba total protección. Los agentes señalaban hacia la casa que se divisaba desde la carretera. Parece que conocían la casa y tal vez su dueño. El perro de la casa se inquietó y se oyó que ladraba con insistencia. Alguien se levantó, y con alguna luz alumbraba los alrededores. No notando nada anormal, apagó su linterna y volvió a entrar a la casa, pero el perro continuaba ladrando. Los policías, para no molestar a los que vivían en las casas se fueron moviendo lentamente, no obstante hicieron otra inmediata parada algunos cien pies más adelante, donde permanecieron detenidos por algunos minutos. A la lacra social dentro del carro robado les dio dolor intestinal por el susto; temían que la policía hubiera tenido sospechas, y decidiera regresar para investigar, o que retornara, luego de llegar al pueblo, que estaba bastante cerca de ellos.

Pantuflo no desistió de los planes para asesinar a Silverio, al que odiaba entrañablemente. Estaba ya agarrando su largo puñal por el cabo, y debido a la oscuridad, Silverio no se había enterado. No obstante, Eulogio no le quitaba los ojos a Pantuflo y al movimiento de sus manos. Eulogio también odiaba a Silverio, todos se odiaban mutuamente. ¿A quién mandaría al otro mundo en esta noche? - decía entre sí. Eulogio tenía su revólver con el cañón apuntando contra la parte posterior del asiento donde estaba sentado Pantuflo. Sonó un disparo y Pantuflo cayó de lado, dando con su cabeza contra la palanca de emergencia de frenos del vehículo.

"Que has hecho Eulogio, ¿por qué no me lo dejaste a mí? Yo quería desquitarme de la bestia esa."

"Te salve de una muerte segura Silverio. ¿No te diste de cuenta que ya estaba sacando su puñal de la cintura?

"Bueno, saquemos a este animal de aquí inmediatamente, antes que se nos haga tarde. Yo no quería despacharlo todavía. Tal vez tengamos que empujar este carro de aquí con nuestras manos y fuerzas, y ese aparato nos hubiera sido útil. Espero que podamos echarlo a caminar con la manigueta. Movámonos, ayúdame a sacar este muerto de aquí, rápido Eulogio. El maldito perro está ladrando otra vez, y alguien prendió luces allá arriba. Yo lo levanto por las manos, y tú por los pies, y lo tiramos allá, adentro de esa maleza. ¡Mi madre, que feo muerto, huy, creo que no podré dormir durante muchas noches! Esa fea cara se me ha quedado metida en mi cabeza. ¡Como pesa esta peste! Ya está, ahora ligerito, vamos a echar a andar este vehículo. Aquí está la manigueta; ya, una vuelta, otra vuelta, y listo, ya prendió este motor. Monta en el carro, vamos a salir de aquí antes de que venga alguien de los ñangotados. Esa gente tienen armas de fuego, y si los negritos, aquellos de los palitos, están todavía viviendo con ellos, podríamos enfrentar problemas. Creo tienen perros grandes y pueden ser peligrosos. Vámonos para Santurce, debemos de estar allá en la mañana. Mañana sabremos de Myriam y Dina. Oye, esas mujeres deben de estar bien interesantes. De las ganas que tengo de ver a mi mujer me muero. Ese viejo judío Neftalí tiene mucha plata, y la necesitamos urgentemente. Ya debe de estar viejo el riquito ese"

"Asegúrate que este automóvil tiene suficiente gasolina, el camino es largo. No creo Silverio que, esas mujeres estén aquí, en esa casona"

"No te preocupes, el tanque está lleno, y además, hay dos recipientes grandes, llenos de gasolina en la parte de atrás. Estos policías siempre están preparados. Dina y Myriam deben de estar en Santurce, el viejo zorro padre también está allá."

"Mira Silverio, allá vienen como diez hombres con perros. Apúrate, arranca el carro, el trecho de ese camino no es tan largo, estarán encima de nosotros en un par de minutos, vamos echa a correr este carro por esa carretera ahora mismo."

"Virgen del Socorro, de lo que nos salvamos Eulogio."

"Silverio, Myriam ya debe de tener algunos 35 años de edad. A estas alturas ya deben de tener hijos grandes. No creo que hayan estado esperando por nosotros. Son mujeres muy bellas, y solteras creo no estarán. Quién sabe si sus padres ya están muertos. Nosotros ya también estamos adelantados en años, han pasado 15 años. ¡Como vuela el tiempo!"

"Vamos, no te pongas nostálgico Eulogio. Esas mujeres las buscaremos hasta en el fondo de la tierra, y nos las llevaremos, ya estén casadas y con hijos. Ya lo dije, Myriam terminará siendo mía. Espero tú no te hayas acobardado. Cuando la encuentre, me la llevare aunque un ejército me lo quiera impedir. Mataré a quien se oponga, y si ella se resiste, con todo mi pesar, me veré obligado matarla, y luego yo me quitaré la vida para irme con ella."

"¿Eres capaz de quitarle la vida a una mujer?"

"Carezco de sensibilidad. Te mataría como se mata un perro, sin remordimiento alguno."

"Eres una bestia Silverio."

Eulogio sabía que tarde o temprano tendría una violenta bronca con Silverio y ya estaba preparado para el peor escenario. Tendría que matarlo y seguir solo en su huida de la justicia, o terminar asesinado por la policía. El auto estaba marcado con el nombre de la policía en sus puertas, y era obvio que la justicia los apresaría pronto. Habían ya llegado a Santurce y lo peor parece que estaba por venir. Ya Eulogio había perdido la esperanza en conseguir a Dina. Silverio dobló a la derecha, entró por una estrecha calle que los conduciría a la comunidad Hebrea.

"Mira bien por donde vamos Eulogio. Yo sé que eres bruto y no se te meten en la cabeza mis instrucciones. Pero por lo menos mira por todos los lados a ver si ves algún carro de policía. Aquí llegamos a un lugar de playa, doblaremos a la izquierda y continuaremos marcha, paralelo al mar."

"Silverio, cuidado, veo allá adelante un camión que me parece militar."

"Oye animal, tienes buena vista, pero no es militar bestia."

"¿Por qué me insultas Silverio?"

"Deja las idioteces ahora y fíjate bien por donde andamos. Estamos llegando al sitio que hemos estado buscando. Ya pronto veré a Myriam. Por fin veré mis sueños cumplidos."

"Que te pasa cochino? No tienes ganas de encontrarte con Dina? Dejaremos este carro aquí y caminaremos hasta el sitio. Me extraña que no vea la vieja casucha donde guardamos los caballos la primera vez. Todo es un poco diferente, pero esta es la empalizada de esa comunidad, no veo muchas casas, la verja está casi destruida. ¿Qué dice en ese anuncio Eulogio?

"Dice: no trespass, government property. Violators will be prosecuted."

"¿Y qué quiere eso decir Eulogio?"

"Eres tú el más inteligente y no entiendes, animal con cara de gente? Dice que, no pasemos, es propiedad del gobierno. Nos podrían arrestar por entrar."

"A la mierda con los invasores, esta es mi patria. No, no puede ser Eulogio, este es el sitio donde vive Myriam. ¡Oh cielo, no puedo estar equivocado! Esto nunca ha sido una propiedad de gobierno. Es raro, el sitio parece como abandonado. Como quiera que sea, vamos a entrar. No veo gente al rededor pero, más allá veo algunas casas, no dudo que en una de esas vive ella. Las casas se me parecen a las que vi la otra vez que estuvimos aquí, ¿te acuerdas? No, no creo que recuerdes nada, pa'a qué te pregunto, no tienes mucho cerebro."

Ambos hombres se arriesgaron a entrar a la propiedad privada. Caminaron agachándose, como la otra vez, apartando la maleza para poder caminar, tratando de no hacer el menor ruido posible. Era la hora del medio día y el sol calentaba inmisericorde. El sudar les corría por sus caras y sus ropas comenzaban a empaparse del líquido transparente que segregan las glándulas sudoríparas. Las espinas de la maleza, y los abrojos comenzaban a realizar su flagelante y bien merecido trabajo sobre las caras, brazos y piernas de los perversos intrusos. Silverio maldecía cada vez que una espina le hería la cara y le rasguñaba las manos. El suelo era áspero, se enredaban en los bejucos, trataban de no falsear sus pisadas, pero, caían sobre el fango y se levantaban mal humorados. Hacia algunos minutos que habían estado tratando de abrirse paso entre los matojos, y ya parecía que habían estado sembrando bananos por todo el día. Sentían sed, bebían agua sucia de la retenida en el suelo después de la lluvia.

"Silverio, gente a caballos van pasando cerca de aquellas casas, tenemos que tomar precauciones, pueden ser policías. Hay Virgen del Socorro, no quiero volver a caer preso, quiero llegar a Nueva York."

"¿Que va hacer una bestia como tú en Nueva York? ¿Cómo vas a llegar allá?"

"De polizón idiota. Me escurriré en la bodega del primer barco que salga para Nueva York."

"Eulogio, ¿ya no te importa Dina? Bueno, tampoco ella estaba interesada por ti. Una vez me dijo que eras demasiado feo para ella. Bien, me quedaré con las dos, siempre yo era atractivo para Dina también. Así es que ya puedes largarte al carajo, me harías un bien. Tengo hambre, necesito conseguir algo para comer. En esas casas debe de haber alimentos. Tenemos que entrar a ellas, estoy que me muero por comer algo. Tengo también que entrar a una letrina pronto, carajo ya no aguanto más."

"Mira, ya estas apestando bastante Silverio, vete por ahí, mira detrás de esos arbustos, avanza que ya no resisto tu pestilencia, apestas a zorrillo."

"Eulogio, una burla más y de degüello. Sabes que lo digo y lo cumplo."

Era el colmo. Eulogio conocía muy bien a Silverio, y sabía que ya no le estaba siendo útil. Ya no era él el compañero con el cual se sentía cómodo. Eulogio tenía la inclinación a creer que ya esas mujeres, las que estaban buscando, no estaban en ese lugar, y quien sabe hacia dónde se pudieran haber mudado. Sería preferible volver a Naguabo e inquirir a los que estaban viviendo en la finca de Neftalí. Sabía que ya esa finca pertenecía a otros dueños. Habían transcurrido 15 años, y muchas cosas acontecen en un período de tiempo tan largo. Además, al encontrarse con Héctor, los africanos, y los demás que los conocían desde previo, de seguro habría una confrontación violenta, donde ellos dos estarían en desventaja numérica.

"Ya, cara de burro, sigamos caminando. Ya me siento mejor, pero quiero comer algo pronto. Tenemos que llegar a esas casas, vamos muévete."

"Silverio, tengo la impresión que allá adentro hay vigilantes."

"No, allá adentro están mis dos mujeres, no la tuya, ya te jodiste."

"Cuidado Eulogio, no levantes la cabeza. ¿Estás queriendo entregarte a la policía y arruinarme mis planes, cara de mono?" Baja, baja la cabeza te repito, animal o nos descubrirán. Vamos a movernos por este otro lado y entramos a las casas por el lado opuesto a ellos. Ya siento el olor agradable del perfume de Myriam."

"Silverio, parece que esas casas están abandonadas desde hace tiempo. Mira como ha crecido el pasto en los alrededores. No veo niños jugando ni mujeres caminando como la otra vez. Mira, mira esa gente que está por ese lado, parece que están trabajando en la carpintería de las casas, o destruyéndolas."

"Fantástico Eulogio, esa gente tienen que saber a dónde se habrían mudado Neftalí y sus hijas. Los secuestraremos para que nos lleven hasta donde se han mudado, si es que ya no están viviendo en este vecindario, como dices. Aún sigo pensando que están en alguna de esas casas. ¡Que inolvidable fue aquel día cuando últimamente vi a Myriam, aquí mismo! ¡Recuerdo la música, la algarabía en el salón, y tan bella que se veía! ¡Hay, si pudiera hacer regresar el tiempo!"

Era la una de la tarde, el día era absolutamente húmedo y caliente. Ambos sujetos estaban embarrados fango de pies a cabeza. Parecía si hubieran salido de ultra tumba. Desde que se escaparon no habían consumido alimento alguno, estaban desnutridos y lucían cadavéricos. Era indudable que el primero que tuviera un encuentro con ellos, saldría corriendo despavorido por el susto. Silverio era hombre grosero, rudo, criminal, de vocabulario soez, de agrestes modales, de decadencia moral, y ligero para cometer delitos. Eulogio se cuidaba constantemente de él, no dudaba en lo absoluto que en cualquier momento surgieran discrepancias entre ambos, y uno de los dos muriera.

"Quietos, alto ahí. ¿Quiénes son ustedes, cómo entraron aquí y a quién buscan?"

"Señor no dispare, somos sobrinos de un señor que vivió en este sitio hace muchos años y queremos saber a dónde se ha ido. Queremos verlo y saludarlo."

"Aquí no vive nadie desde hace diez años. Los residentes de aquí eran judíos, unos se mudaron a otros pueblos, otros están viviendo aquí en San Juan, y creo muchos regresaron a España, de donde vinieron. Parte de esta propiedad pertenece al gobierno federal de los Estados Unidos. ¿No leyeron la advertencia que indica no entrar, es propiedad del gobierno? Están detenidos y serán llevados a donde el juez."

"Señor, buscamos a nuestro tío Neftalí Méndez, no nos arreste, les dijo Eulogio."

"Pues, largo de aquí antes de que los lleve arrestados por invasión a la propiedad del gobierno federal. Vamos caminando, fuera de aquí, que hoy estamos de buen humor, sino ya los hubiéramos matados a balazos."

"Gracias señores oficiales federales, nosotros nos regresamos a casa, ahora mismo. Que- que- que queden ustedes con Dios."

Los dos malandrines fugitivos, tartamudeando las palabras, ni cortos ni perezosos voltearon su cara y se retiraron a toda prisa, antes de que los dos vigilantes cambiaran de idea. Silverio estaba muy frustrado por no haber logrado el propósito de encontrarse con Myriam, estaba furioso de su fracaso. Habían entrado dentro de la maleza, sin las camisas y gorras que les habían quitado a los dos policías que habían atracado y golpeado malamente, para escapar de su vigilancia. Toda la policía de la parte este de la isla había pasado un aviso para capturarlos vivos o muertos. Se prepararon para partir, pero antes, se quitaron sus ropas y se lanzaron al mar, para limpiarse un poco el fango del cuerpo. Se secaron, se pusieron las camisas y las gorras de policías, esperaron que comenzara a ponerse el sol; pues en la noche podrían pasar inadvertidos. Conectaron la manigueta para encender el motor del carro policíaco que les habían quitado a la policía. Eulogio hizo girar la manigueta, de encendido tres veces, mientras Silverio al control agitaba la paleta de la gasolina para embriagar el carburador y lograr combustión. Surgió una estridencia por la reacción de la chispa eléctrica con el combustible y el oxígeno. Una vez encendido el motor Silverio fue normalizando el ruido, y lo echó a correr despacio para no levantar sospechas.

El crepúsculo comenzaba a caer sobre las montañas, valles y pueblos. Los faroles de gas, colgando en los postes de las calles del pueblo de Santurce fueron encendidos por los faroleros. Los jóvenes, hombres y mujeres se paseaban por las calles, unos venían, otros iban. Los varones, con todo el propósito de lanzarles graciosos y románticos piropos a las chicas, asunto que les agradaba a las niñas, si estos eran románticos y el joven apuesto, les pasaban bien cerca, a las señaladas a piropear.

Los bandoleros estaban a punto de desmayar por el hambre. Además de hambre tenían que comprar combustible para el automóvil, y entrar a un retrete para hacer sus necesidades fisiológicas. Más adelante entraron a una fonda, usaron los retretes, se sentaron y pidieron suficiente comida para satisfacer sus depravados apetitos. Eran individuos de malos modales, hacían demasiado bulla y se burlaban de los otros que estaban sentados a su alrededor. Como parecían policías, y por respeto en sus maneras de vestir y portación de armas de fuego, muchos les reían de mala gana los despectivos chistes.

Luego de comer como cerdos y beber bastante licor, pidieron una orden igual para llevarla con ellos. Eulogio llevó la orden servida al vehículo y regresó de inmediato, mientras Silverio llamaba al dueño y al empleado a la parte de atrás del salón donde habían comido, y bebido, y el resto lo habían esparcido por el piso, como puros animales. Una vez regresado Eulogio, Silverio le puso el cañón de su revólver a la cabeza del dueño, mientras Eulogio les amarraba los brazos a la espalda. Los clientes no se habían percatado de lo ocurrido en la parte trasera.

"Mira jíbaro, necesitamos dinero, pero es ahora." –le advirtió Silverio mientras le oprimía el lado derecho de la cabeza con el cañón de su revólver.

"Señores policías, tomen lo que quieran de la caja. Nosotros siempre hemos ayudado a la policía con nuestro dinero. Debieron habérnoslo dicho y no llegar hasta esta situación."

"Queremos bastante licor jibarito, pero date prisa antes de que te vuele la tapa de los sesos." --- Le ordenó Silverio al dueño.

"No podemos complacerlos, a no ser que me suelten las manos para buscarle el dinero."

"No, camina conmigo y dinos dónde está ese dinero y el licor."

"Eulogio, trae contigo al lindillo empleado, ese, que se cree lindo, y es más feo que una patada en el trasero, él abrirá la caja esa con la llave del dueño.

"Luis, abre ese cajón con la llave que está en mi bolsillo derecho del pantalón, y dale el dinero que hay dentro de un bolso a los policías, date prisa."

~ XXVIII ~

LA DELINCUENCIA TRAE FATALES CONSECUENCIAS

La noche era muy oscura y humada. Silverio borracho, conduciendo en zigzagueo, se fue acercando hasta la entrada del pueblo Fajardo. Como necesitaba combustible se decidió a entrar al único servicio de gasolina existente en toda el área. Pero, divisó un auto de policía abasteciéndose de combustible, y tomó precauciones. Se detuvo, e introdujo el vehículo dentro de un callejón utilizado para el tráfico de los camiones del acarreo de caña de azúcar. Esperó a que se retiraran los policías y despacio y con precaución se acercó hasta el establecimiento de servicios de combustible.

"Bonito auto, y me gustan los nuevos uniformes de policía. ¿Nuevo estilo ah?

"Que mierda te importa, llénanos el tanque y cállate la apestosa boca."

"Muy bien señor agente. Bueno…. ya… ya está lleno señor, son dos dólares."

"Mira, cara de chimpancé, no tenemos esa cantidad, envíale la factura a la policía de Rio Grande."

"Por qué a Rio Grande, el carro dice que es de Humacao."

"Hijo de puerca te dije que a Rio Grande," - mientras le ponía el cañón del revolver en la cabeza.

El empleado sumamente asustado, calló de espalda contra la bomba de succionar el combustible del tanque, mientras los prófugos se retiraron, a toda prisa, no sin antes dispararle una ráfaga de tiros a los neumáticos de un auto estacionado a un lado del establecimiento, y emprendieron marcha hacia Naguabo.

"¡Rufino, que susto! ¿Leíste el letrero de ese carro de policía? Dice que es de la Comandancia de Policía de Humacao. Esa gente no me parecen policías, el pantalón de cada uno era de diferente color y no del color del que la policía usa. No pagaron por la gasolina. Me dijeron que le facturara a Rio Grande. Eso está raro."

"Julio, hemos tenido suerte de que no nos mataran, esos son los prófugos de la cárcel de Humacao. ¡Hay Virgen de la Caridad, nacimos una vez más hoy!"

Silverio, luego de vaciar los neumáticos del vehículo estacionado al lado de la bomba de gasolina, para evitar lo persiguieran en ese vehículo, emprendió desesperada carrera hacia el pueblo Naguabo. Su interés primario era llegar a la finca de Neftalí donde había fabricado una casa para toda su familia, y otras casas para sus trabajadores, encargados de las funciones de la agricultura. Estaba Silverio seguro que Neftalí y su familia podrían estar en esa casa con su familia en los fines de semana, y era viernes esa noche. Necesitaba más dinero para satisfacer sus animalescas ambiciones. Luego de ir dando saltos por una carretera pobremente pavimentada para aquella época, llegaron al callejón de entrada a la finca. Desde que salieron de Santurce, habían tomado tres horas para llegar al lugar. Eulogio se apeó del vehículo y abrió el portón de entrada y volvió al vehiculó. Eran las once de la noche y la obscuridad, densa.

Camino hacia arriba, hasta la casa, Neftalí había mandado a construir un callejón, por donde en la eventualidad se pudiera pasar en un automóvil. Sus empleados se ocupaban de irlo reparando tan pronto las lluvias pasaban, y cortaban el pasto a ambos lados, cada dos semanas. Los criminales en huida habían apagado los faroles del vehículo para no ser vistos y se fueron acerando a la casa. El perro escuchó el ruido desconocido del vehículo y dando saltos se les fue encima a los intrusos. Silverio cometió el error de abrir la puerta del auto, trató de sacar su revolver para matarlo, pero el perro, consciente de las intenciones del bandolero, le clavó los dientes en su mano izquierda y lo halaba con furia, mientras desesperado trataba de desprendérselo de encima. Dos hombres abrieron la puerta de la casa y salieron a toda prisa, portaban largos rifles y estaban a punto de abrir fuego, pero vieron al perro que estaba haciendo un perfecto trabajo, se abstuvieron. Al momento otros hombres de los que habitaban en las casas adyacentes llegaron hasta el pandemónium atraído por la gritería de Silverio, quien trataba de substraer su revólver, pero el embravecido can no se lo permitía.

"Tranquilo Sansón, deja esa gente a nosotros," – gritó uno de los señores, mientras todos los demás, y también él, apuntaban con sus rifles a los recién inesperados visitantes.

"Señores no nos maten, nosotros somos grandes amigos del señor Neftalí Méndez y toda su familia. Nos criamos junto a Myriam, todas sus hermanas y hermanos y queremos verlos."

"A esta hora de la noche no se hacen visitas a nadie. Aquí no vive nadie que se llama Neftalí, no conocemos a esa gente. Vamos, cambien sus caras hacia donde tenían sus espaldas y lárguense de esta casa, o le volaremos los sesos.

"¡Pero que sorpresa tenemos, Silverio, Eulogio, en esta casa a media noche! ¡Tantos años que hacia no les veía! ¿Cuál es la próxima fechoría a la que vienen a realizar?

"Señor, hemos llegado un poco tarde porque tuvimos problemas con una llanta que explotó, y nos tomó mucho tiempo para cambiarla. Pero, ¿cómo es que nos conocen por nuestros nombres? No hemos llegado a hacer fechorías, sino a visitar a Neftalí, su esposa Raquel, a sus hijas e hijos; nos criamos juntos en el barrio, y nos une una gran amistad."

"Ah canallas, ¿no recuerdan a Héctor? ¿Tampoco conocen a estos, Burindongo, Currutaco, y Eustaquio?"

"Indudablemente que sí, pero, ¡cómo han cambiado de apariencia! Perdónennos que no los pudimos reconocer de inmediato, además, está muy oscuro?

"Parecen muy listos Silverio y Eulogio, ¿desde cuándo son policías?"

"Pues sí señor, por fin logramos rehacer nuestras vidas e ingresamos a la policía hace ya cinco años."

"¿Y cuando salieron de la cárcel? Si buscan a Neftalí, él no viene aquí desde hace exactamente cinco años. Esta finca y casas son mías, y si vienen en busca de dinero, como la noche de la tormenta, allá arriba en la otra casa, ¿recuerdan?, pues entonces, el tiro les habrá salido por la culata. Pero, me parece que les gustaría saludar a Burindongo y a Currutaco, ¿cierto? Todavía tienen sus palitos. Les podrían dar una magnifica demostración de sus habilidades, ¿quieren?"

"No, no es necesario. Mejor nos retiramos Héctor, grato haberles visto."

"Pues, lárguense, antes de que les llenemos los cuerpos de balas."

"Héctor, ¿no estaban presos esas ratas? No entiendo por qué andan en un carro de policía."

"Burundango, son los mismos, se fugaron de la Comandancia de la Policía de Humacao. Pero no llegaran muy lejos, los agarran vivos, o los matan pronto. Ojala se los tragaran los pitones y las boas de la ciénaga del Duque."

La escoria, sumamente nerviosos, giró el carro y siendo apuntados con los rifles de los agricultores se encaminaron por el callejón cuesta abajo. Al llegar a la salida Silverio dijo a Eulogio que abriera el portón de salida. Una vez cerró el portón y se aprestaba a subir al carro, oyó un ruido que salía de adentro de la maleza. Asustado miró y vio una figura humana que emergía, y que lo llamó por su nombre. Eulogio, de un salto cayó dentro del carro. Silverio extremadamente nervioso miró por el espejo retrovisor, hacia el asiento trasero y vio la figura de Pantuflo cómodamente sentado. Silverio, turbado de dirección, en vez de seguir hacia el pueblo, a donde pensaban ir, se dirigió tembloroso hacia la mano derecha de la carretera, que conduce al barrio Duque.

"¿Adónde vamos Silverio?"

"¿Viste quien está sentado en la parte trasera Eulogio? Yo pensé que lo habíamos asesinado."

"Está muerto, Silverio, lo que vemos es un espíritu. ¡Qué horror mirarlo!

"Yo no creo en aparecidos, él está vivo, lo tiraremos a las serpientes que trajo de Brasil el indocumentado aquel que vivía en la casa que está cerca de la ciénaga. Háblame bajito para que no se entere el animal ese que va atrás."

"No Silverio, no está vivo, te lo repito, yo sé de aparecidos. Huy, no quiero mirarlo, se me paran los pelos."

"Por aquí es Eulogio, conozco muy bien el camino a la ciénaga. Ábrele la puerta a tu fantasma como dices. Que pase él adelante, no lo quiero detrás de mí. Este hijo de Satanás me aterra. Me daré gusto cuando lo vea siendo engullido por una boa, o pitón. Esas diabólicas serpientes se pueden tragar hasta una vaca. Cuídate tú de ellas, porque no me temblaran las manos de tirarte a la ciénaga para que juegues con esas culebras, sería divertido, ¿no lo crees?"

"Eres burlón, y vil Silverio. No se cómo fue que esos brasileños pudieron traer esas enormes serpientes a Puerto Rico. Son salvajes y temibles reptiles."

"Tú no piensas Eulogio, eres más burro que el que usa mi papá para arar. Las trajo cuando eran pequeñitas dentro de una caja de madera en el barco. Tal vez pasó la caja como ropa, zapatos, que se yo, pregúntale al brasileño, pero sí sé que están en esa ciénaga. A mi papá ya le han tragado algunos becerros, perros y gatos. Salen en las noches a buscar comida, atrapan y se tragan lo que encuentran."

Pantuflo, o mejor dicho, su espíritu, iba al frente sin hablar palabras, asunto que preocupaba a ambos. Silverio lo mantenía encañonado con su revólver, mientras le temblaban las manos. A veces se le desaparecía de sus ojos, y reaparecía atrás. Silverio estaba muy preocupado con el comportamiento de la imagen que él creía era Pantuflo vivo, quien él pensaba que no había muerto, y comenzaba a hablar incongruencias por el espanto del espíritu de Pantuflo que lo perturbaba.

"Silverio tengamos cuidado, está muy oscuro y podríamos encontrarnos con uno de esos reptiles. Dicen que en las noches salen a buscar su alimento. Dios mío cuídame de no ser la comida de una de esas enormes serpientes."

"Eulogio, ¿estás clamando a Dios? ¿Tienes miedo? Eres una mujercita, idiota. Pantuflo será la comida de ellas, y tú también eres un buen candidato. Eres flaco, no les dará trabajo para tragarte vivo, ja, ja, ja,ja. He sido testigo de esos espectáculos. Nací en este barrio y conozco esta ciénaga desde niño. Las he visto caminando por todo esto. No sé cómo es que el gobierno no saca a esos monstruos de aquí."

"Silverio, ¡cuidado, cuidado! Vi moverse esas hojas que están en la ciénaga. Las hojas no se mueven solas a no ser que algo las mueva. Que no quepa dudas que es alguna serpiente. ¡Mira, mira a Pantuflo flotando sobre la ciénaga! ¿No te habías dado cuenta? Te lo he dicho, es un fantasma esa cosa Silverio. ¡Huy Dios mío!

El fantasma regresó y trató de tomar a Silverio por las manos, para que lo acompañara hasta dentro de la ciénaga. Silverio se esforzaba defendiéndose de lo que él creía era Pantuflo, pero por más que trataba no agarraba nada, era como si tratara de agarrar al viento, pero no obstante, sentía que una fuerza poderosa lo halaba, y por más que trataba, no podía liberarse de un poder sobrenatural.

Pantuflo se detuvo y habló a Eulogio:

"Vengo por ti luego Eulogio, primero es Silverio."

"Eulogio, sálvame, sálvame por Dios, hazlo ahora, no dejes que me traguen esas serpientes. Sácame a este fantasma de encima, yo no lo puedo controlar. Tú, que me salvaste la vida cuando él me quería matar, hazlo una vez más. Por tu madre a quien sé que quieres mucho."

Una boa levantaba su cabeza sobre el agua. Los ojos le brillaban y se revolvía en las fangosas aguas. Parecía como si estuviera contenta por el alimento que habría de disfrutar. Una serpiente pitón salía del pantano para agarrar a Eulogio. Este dio un salto y salió de aquel sitio, más ligero que cabro montes huyéndole a su depredador. La serpiente había salido de la ciénaga y lo perseguía, pero él corría más ligero que la serpiente. En su huida, tropezó con una piedra, cayó de cabeza, y se hirió la frente. La sangre le cubría los ojos, se secaba como mejor podía con el borde de su camisa. Llegó a la parte mas llana y no cesaba de correr como un loco. Volteó su cabeza para asegurarse que estaba a salvo, y no viendo ya a la serpiente que lo perseguía, comenzó a caminar hacia donde estaba el carro, en donde habían venido. Nunca había conducido un vehículo de motor, pero había estado observando como era que Silverio lo había estado haciendo. Buscó la manivela para arrancar el motor. Una vez encendido el motor, se sentó y tratando lo mejor que pudo, logró embriagar el cloche. Lo puso en la moción que creía era reversa, y efectivamente era ese el cambio de velocidad. Con dificultad por la falta de experiencia, logró mover el auto. Mientras esto hacía, sintió unos golpes debajo del auto. La serpiente había llegado y golpeaba por debajo al vehículo, estaba resuelta a engullirlo. Eulogio aceleró, el carro, este dio un salto, le pasó por encima al reptil, y salió a toda prisa del sitio.

~ XXIX ~

SE LO TRAGO LA SERPIENTE

"Señor Eulogio, ¡qué bueno que por fin se ha entregado a la policía! Pero tendrá usted que contestarnos muchas preguntas. Díganos donde están sus compañeros Silverio, y Pantuflo señor. ¿Los mató usted, o escaparon hacia otro sitio?

"Señores oficiales, a Pantuflo yo lo mate cuando él trató de asesinarme, y yo me le adelanté. A Silverio se lo tragó una serpiente de la ciénaga del Duque"

"Dices, ¿una serpiente? ¿Qué hicieron con el cadáver de Pantuflo?"

"Lo tiramos a la entrada del callejón de la finca que era del señor Neftalí"

"Y por qué en ese sitio? ¿Dónde están esas serpientes?

"Señor oficial, Silverio era criminal vicioso, me había amenazado matarme en muchas ocasiones. Pantuflo era peor criminal y traicionero. Silverio insistía buscar a Myriam; decía que no podía vivir sin ella. Ella lo odiaba y él no lo entendía. Hace quince años no vemos a esas mujeres. Él no quería entender que a estas alturas ya debían tener hijos. Después de escaparnos nos dirigimos a la finca, a la casa donde pensamos debió haber estado el señor Neftalí Méndez y su familia. No logramos llegar esta vez. Fue a la entrada de la finca donde maté a Pantuflo, cuando noté que quiso matar a Silverio. Era preferible tener vivo a Silverio, era el único que sabía conducir el carro. Luego de eliminarlo lo tiramos dentro de una maleza. Por decisión de Silverio nos dirigimos a Santurce donde sabíamos estaba la residencia oficial del señor Méndez. Encontramos que la comunidad donde él vivía había desaparecido. Regresamos a Naguabo el día siguiente por la noche, llegamos a la finca, inquirimos por los Méndez, pero la finca la habían vendido, a Héctor Martínez, ya no estaba allí el señor Neftalí. Entonces nos dirigimos a la ciénaga. Vimos la imagen de Pantuflo sentado en la parte atrás del carro. Silverio pensaba que estaba vivo; decidió ir a la ciénaga para echárselo a las boas."

"Señor Eulogio, comentó usted que, vio a Pantuflo sentado en el carro, pero, ¿no dice usted que lo había matado?

"Si, estaba muerto, lo que veíamos era su espíritu, pero Silverio creía que estaba vivo, y se lo quería tirar a las serpientes."

"No sabía que existieran esas clases de serpientes en todo Puerto Rico. ¿Está usted diciendo la verdad señor? ¿Sabe usted que mentir a la policía es un grave delito? ¿Dónde específicamente está esa ciénaga señor Eulogio?"

"Señor sargento, mi casa quedaba bastante cerca de esas ciénagas. Yo he visto a esas serpientes desde niño, y a muchos perros han matado, inclusive, a un vecino le mataron una vaca y se la tragaron. Son boas y pitones enormes que viven en una ciénaga más arriba de donde estaba mi casa. Señor, son enormes serpientes, da miedo verlas. Salen en las noches a buscar su comida. Había que mantener todas las puertas bien cerradas, y los niños no podían estar fuera de la casa al llegar la noche. Mi padre decidió mudarse de ese sitio por temor a esos reptiles; todos los vecinos también se mudaron, ese lugar era horroroso, y lo sigue siendo. Recuerdo que, mi padre denunció el asunto a la policía, pero parece que no le creyeron."

"Señor, ¿cómo llegaron hasta ese sitio esos animales?"

"Antes de nosotros vivir en ese sitio, vivieron allí unos inmigrantes brasileños que las trajeron en un cajón de madera, desde Brasil, cando aun eran bien pequeñas. Como fueron creciendo, no pudiendo tenerlas, y tal vez por temerles, por peligrosas, las tiraron a una de esas ciénagas. Nosotros éramos vecinos de esa gente. Ellos se mudaron, no sé adónde, pero nos dejaron esos reptiles en una de esas ciénagas."

"Señor Eulogio, tiene usted que acompañarnos hasta esas ciénagas. Tenemos que investigar sobre el terreno, sobre la muerte de Silverio, y sobre esas serpientes. Esta noche lo mantendremos preso aquí, en esta cárcel; mañana temprano nos acompañará hasta esta esas horrendas ciénagas. Tenemos que investigar el sitio donde dice usted dice que que arrojaron el cadáver de a ese señor Pantuflo."

Cuatro patrullas de policía y un vehículo para cargar cadáveres se dirigieron temprano en la mañana hacia el barrio Duque. Eulogio iba amarrado de sus manos a la espalda en el carro del frente. Un policía a cado lado lo custodiaba, mientras él los dirigía hasta los sitios de los sucesos. Llegando a la entrada de la finca de Neftalí, se estacionaron al lado del callejón. Eulogio fue sacado del vehículo bajo fuerte vigilancia. Dirigidos por Eulogio, los policías se introdujeron a través de una tupida maleza. Los residentes en la finca que, una vez fue de Neftalí Méndez, y ahora, propiedad de Héctor Martínez, dejaron sus faenas y todos se dirigieron hasta la escena de la entrada.

"Héctor, veo a una persona esposado con sus manos a la espalda y policías lo custodian. Sino me equivoco, y si mi vista no me falla, ese individuo es Eulogio. No veo a Silverio."

"Eustaquio, esto me huele a algo raro."

"Hablando de olor, Héctor, he estado sintiendo olores desagradables que salen de la entrada de la finca. Algo podrido habrán tirado por esa maleza."

"Siempre hay indeseables en este país que tiran todo tipo de basura y animales muertos a las orillas de las carreteras, Eustaquio. Veamos qué es lo que acontece. Se trata de la entrada de mi casa, y las casas de todos nosotros. Esto nos interesa. Vamos allá pronto, la policía no nos podrá impedir preguntar."

Los inseparables Borindongo y Currutaco se colgaron los palitos al cuello, junto a Héctor y los demás se dirigieron hasta la escena policíaca, a la entrada de la finca, donde nunca antes se había visto nada similar, en ese apacible lugar. El perro fue amarrado al lado de la casa. La policía había llevado con ellos otros dos perros, y un perro más habría creado un serio problema con los otros dos perros.

"Señor Héctor Martínez, bueno es que haya llegado. Estamos investigando un crimen acontecido a la entrada de su finca, hace dos noches, ¿sabía algo?"

Pues para serle franco, sargento, no había oído hablar de algún crimen acontecido en todo este sitio. La gente que vivimos aquí nos tratamos como hermanos, esa fue la forma perfecta para tratarnos, la que mi más querido amigo, el señor Neftalí Méndez nos ensenó. Que Dios lo siga bendiciendo, junto a su queridísima esposa Raquel, y sus brillantes hijos e hijas. Nunca olvidaremos a seres tan magníficos."

"¿Había visto usted alguna vez, señor Martínez, a este individuo que tenemos esposado, o lo conoce personalmente?"

"Lo conozco muy bien señor Sargento. Se trata de Eulogio Carrasquillo. Muchos problemas nos causó, junto a Silverio Pescador, su compinche bandolero. Me extraña que no esté con él, nunca se separaban. Hace dos noches vinieron a mi casa con el propósito de extorsionarnos, como lo hicieron hace unos 15 años atrás. Esta vez, al igual que la otra, no lo lograron. Entiendo que se habían fugado de la cárcel de Humacao hace algunos días."

"La noche que este señor llegó a su casa, ¿quiénes otros lo acompañaban, señor Héctor?"

"Habían llegado en un auto de policía, él, Silverio. Es raro que hayan apresado solo a Eulogio. Creo que estarían acabados de fugarse de la cárcel la noche que llegaron a mi casa para tratar de robar. No quisimos matarlos, aún cuando estábamos en ley de hacerlo, sabe que tenemos licencia para portar armas. Estábamos preparándonos para ir a denunciar este caso a la policía.

"Gracias por la información señor Martínez. Lo citaremos para que pase por el Cuartel de la Policía, aquí en Naguabo mañana, para que nos de esa misma información, u otra más que sepa, para asunto de registro oficial."

"Allí estaremos, sargento."

Los perros policíacos estallaron en ladridos. El oficial a cargo de ellos llamó al sargento para que fueran donde él estaba. Un cadáver yacía dentro de la maleza, ya estaba comenzando entrar en estado de putrefacción.

"Sargento, no, por ahí no, hemos subido demasiado. Las ciénagas están más abajo, al final de aquella loma. Tengamos cuidado, podrían haber serpientes tomando el sol fuera de la ciénaga, así acostumbran. Son largas, gruesas, y se confunden con la vegetación. No quisiera asustarlos, pero no le deseo un encuentro con uno de esos monstruos carnívoros. Son furiosos y rápidos cuando atacan."

"De verdad, eso me aterroriza. Las serpientes son animales repugnantes. Aquí está, me parece ver agua pantanosa. ¿"Es esta es la ciénaga más grande?"

"No, sargento, la más grande es aquella que está a la izquierda. Pero oiga bien lo que le digo, tenga cuidado cuando camina, mire a todos los lados. Las serpientes salen a calentarse al sol y se enroscan en el tronco de los árboles, ahí dormitan."

"Sargento, venga, mire esto. Parece ser el cuerpo de algún ser humano flotando por este lado de la ciénaga," – exclamó el policía Lorenzo Gutiérrez, quien junto a otros compañeros trataba de halar con la horqueta de un largo palo hasta la orilla, el cuerpo que flotaba, retirado de la orilla.

"Cuidado Lorenzo con alguna de esas serpientes. No las provoques, no te darán tiempo para huir de ellas. Dice Eulogio que son rápidas, y muy violentas."

"Mira bien a ese cuerpo flotando, Eulogio, ¿se te parece a la persona que buscamos?"

"Está un poco retirado y se ve más pequeño que Silverio, pero su pelo parece al de él".

El agente Lorenzo fue halando el cuerpo, tomando precaución, mientras los otros agentes observaban con sus rifles, listos para disparar de surgir algún reptil del fondo de la ciénaga. De súbito hubo un movimiento brusco en las pantanosas aguas y un largo y grotesco pitón que, intimidaba al más intrépido y fornido policía, levantó su cabeza, y con sigilo se acercaba a la orilla, listo para dar un rápido salto y agarrar la presa entre su escamoso cuerpo, comprimirlo, para irlo engullendo con lentitud pasmosa, con su boca dilatada, hasta devorar la presa y hacerla desaparecer dentro de su largo y compresor estómago.

Sonó un disparo, luego otros seis, y luego otra ráfaga de disparos hicieron tornar el mal oliente y pantanosa agua, en un revuelco de fango, y hojarasca. Las balas habían impactado a otros reptiles, los que flotaban muertos sobre la desagradable y maldita charca. El cadáver fue recuperado y puesto lejos de la orilla. Los policías no quitaban sus ojos de la superficie del pantano y sus alrededores.

"Eulogio, mira ahora bien a este cuerpo, ¿a quién se te puede parecer?

"Sargento, que no quede la menor duda de que se trata de Silverio. Virgen del Perpetuo Socorro, cuídanos de una muerte similar. ¡Como habrá sufrido en su muerte! La serpiente lo comprimió, y no gustándole como alimento lo vomitó. Su cuerpo está aplastado. ¡Qué terrible muerte habrá tenido!

"Misión cumplida señores, vámonos de este horrendo sitio. Esta ciénaga será vaciada, llenada con piedras y tierra. El resto de esas serpientes serán sacadas de aquí por expertos, y llevadas a algún zoológico donde serán exhibidas al público, como animales exóticos."

Debido a la acción policíaca, muchos vecinos se habían reunido y seguían la caravana de los carros patrullas a lo largo del camino rural, no muy apto para transportación motorizada. Eulogio continuaba esposado con sus manos a la espalda. Se había mantenido callado, y pensativo. Estaba ahora solo, sin familia, y tendría que retornar a otro juicio, por cargos de fuga y crimen. Sabía que su futuro seria lúgubre, solo esperar morir dentro de una húmeda cárcel. Miraba por las ventanillas del carro de policía y por última vez contemplaba las colinas y llanuras de su pueblo donde nació y se crío. Lagrimas asomaron de sus ojos, no pudiendo limpiárselas con sus manos, estas le bajaron por sus mejillas creándole sensación de molestoso cosquilleo, hasta que se fueron secando por el constante aire que entraba por la ventana del carro.

"Sargento, conoció usted al señor Neftalí Méndez"—pregunto Eulogio apesadumbrado, y con tono de voz afligida.

"Tuve el privilegio de conocer a ese gran señor, creo regresó a España."

"Haz llorado Eulogio, ¿Qué te conmueve?

"Usted lo ha dicho sargento, era un gran hombre, ahora lo entiendo. Le hice mucho daño. Fui influido por mi compañero que ahora va en ese carro, horrorosamente deformado por un reptil. ¡Qué espanto! ¿Por qué fui tan débil e idiota, Dios mío? No hice caso a los consejos de mis padres. Tuve una juventud pésima, me asocié a con los amigos incorrectos, y caí en delincuencia; ahora arrastrando estas consecuencias, con las que ahora tengo que cargar. Cometí el error, la patochada de ilusionarme por la belleza de Dina, hermana de Myriam, de la cual también estuvo enloquecido Silverio. Nos cegamos por con el espejismo de pensar que un día serian nuestras esposas, sin entender sus constantes rechazos. ¡Qué estúpido fui sargento! Muy tarde veo la realidad. Quisiera volver a ver a Dina y a su padre para excusarme por todo el mal que les hice, pero pienso que no regresaran de España jamás"

El sargento, compungido por la declaración del preso respiró profundo y continuó conduciendo el vehículo. Pensó decirle a Eulogio que Neftalí y su familia no habían regresado a España, que estaban viviendo aún en Puerto Rico, pero se retractó, por la seguridad del señor Méndez y su familia.

Al siguiente día dos patrullas llegaron hasta el Cuartel de Policía de Naguabo. Tres agentes fuertemente armados sacaron a un prófugo de la justicia esposado por las manos a la espalda y lo introdujeron dentro de un vehículo, custodiado por policías y lo condujeron hasta la cárcel de distrito de Humacao.

El juicio de la ciénaga, había dado una dolorosa lección a un delincuente, y exterminado a otro, de forma impresionante por la aflicción causada a muchos responsables ciudadanos. El crimen tiene lamentables y dolorosas consecuencias.

Humacao es una población al este de la Isla de Puerto Rico. Durante los dos primeros siglos de la presencia española estuvo escasamente poblado. Los únicos habitantes para esa época eran indios Caribes, seres salvajes, caníbales, acérrimos enemigos de España. Eran procedentes de las Antillas Menores. Es el Este la parte más expuesta a la entrada de huracanes, razón por la cual había una escasa población.

En el año 1772 se asentaron en su territorio una inmigración de españoles procedentes de las Islas Canarias, la cual bautizaron con el nombre de San Luis del Príncipe de la Rivera de Jumacao o Macao, en honor a ese cacique indígena, de los Tainos, indios más pacíficos, no salvajes, quienes habitaban en ese territorio para esa época. Para el 1828 ya había una población de 4,700 habitantes, y para el año 1894, por su rápido crecimiento se le dio el título de distrito, para asuntos administrativos y militares.

VISITA SORPRESIVA A LA CÁRCEL

"Eulogio Carrasquillo, -- gritó el carcelero. Pase usted, tiene visita. Camine por este lado, el salón de visitas está a la derecha. Tiene usted una hora para hablar con los visitantes."

Sentados en la mesa había dos personajes ya entrados en años. Estos habían traído algunos alimentos para obsequiar al preso. Eulogio quedó petrificado al mirarlos y lloraba incansablemente.

"Señor Neftalí, Héctor, no soy merecedor de sus atenciones. Me abochorno mirarles a la cara. Les hice mucho mal, y no creo que ni siendo sus esclavos por la vida que me quede por vivir, pagaría por los agravios que les he causado."

"Eulogio, no nos debes nada, nosotros te hemos perdonado."

Los tres se abrazados lloraron un rato, luego todos almorzaron juntos. Eulogio fue liberado cinco años más tarde por buen comportamiento. Fue empleado por Héctor en su finca donde vivió, y se desempeñó correctamente.

Adalberto Méndez Santana Febrero 22, 2015